Für Mama

Lawine

Schon als sie das erste schwache Dröhnen vernimmt, weiß Ingrid, dass sie den größten – und womöglich letzten – Fehler ihres Lebens begangen haben.

Zuerst ist da nur das Geräusch. Dann wird sie sichtbar. Die Lawine ist eine weiße Masse, die auf sie zukommt, in kleine weiße Schollen zerbirst, ein Netz, das immer breiter wird, je mehr es an Geschwindigkeit zunimmt.

Für eine gefühlte Ewigkeit bleibt sie wie versteinert stehen. Dann hört sie die Schreie. Giovanni, den Sherpa Pertema, die anderen aus der Gruppe. Was Preben, der Anführer, sagt, hört sie nicht. Bevor sie wenige Minuten zuvor vom Basislager aufgebrochen waren, hatte er ihnen noch versichert, er habe alles unter Kontrolle. Und jetzt kommt die Lawine. Alles geht so schnell. Jemand wird sterben, denkt sie. Sie weiß nur nicht, wer. Aber sie hat keine Angst. Noch nicht.

Der weiße Schnee ist das Schönste, was sie jemals gesehen hat. Er ist das Furchteinflößendste, was sie jemals gesehen hat. Er gleicht einem Zug, der mit 120 Kilometern pro Stunde auf sie zurast. Ein wildes Tier, wütend, dass es nach langem Schlaf im Berg geweckt wurde. Ein Ungeheuer, ein Yeti – nein, ein funkelnder weißer Drache. Plötzlich ist sie nicht mehr versteinert, ihr Körper erwacht, sie will weglaufen. Doch der Boden verschwindet unter ihren Füßen, zerfällt zu Pulver. Als der Drache sie zu fassen bekommt und sie in die Luft wirbelt, schwebt sie zuerst auf seinem Atem. Dann tanzt er mit ihr, einen wilden Tanz, rundherum und rundherum, immer schneller und schneller.

Schnee und Eis sind überall, sie hat keine Kontrolle, kann nicht atmen. Wie in einem Strudel wird sie unter die Schneemassen gezogen, eingeschlossen, daruntergedrückt. Dann ist alles plötzlich ganz still.

Ist sie tot? Sie sieht Lichtstrahlen. Sie hat keine Schmerzen. Sie friert nicht. Aber sie kann ihre Beine nicht bewegen, sie sind wie in Zement gegossen. Sie versucht es mit den Händen, die befinden sich oben beim Gesicht, sie kann sie einige Zentimeter in jede Richtung schieben. Dann ist sie wohl doch nicht tot.

Der Raum, den sie durch die Bewegung ihrer Hände erschaffen kann, ist klein. Die Spalten füllen sich erneut mit Schnee, das Licht verschwindet. Jetzt wird das Atmen schwer, sie bekommt zu wenig Luft. Die Lungen schmerzen. Wo ist oben? Wo ist unten?, denkt sie. Wie tief bin ich begraben? Wie viele Minuten bleiben mir? Sollte es so enden? Dann wird alles dunkel.

1. Dezember

Ruckartig setzt sich Ingrid Berg im Bett auf. Der gleiche Traum wie immer. Wieder und wieder sucht er sie heim. Das Dröhnen. Der weiße Drache. Die Schreie. Die Dunkelheit. Die Panik. Der Schmerz. Überall Schnee.

Es ist nicht viel, an das sie sich aus den ersten Stunden und Tagen erinnert, aber das grelle Licht, die weiß gekleideten, hektisch umhereilenden Menschen, die Schmerzen und das Blut, all das Blut – das wird sie niemals vergessen.

Sie bringt ihre Atmung wieder unter Kontrolle. Sie ist jetzt nicht dort. Nicht unter dem Schnee, nicht im Krankenhaus. Sie ist in ihrem Bett im Himmelfjell Hotel. Um sie herum ist es dunkel, und sie ist allein.

*

Bereits als kleines Kind hatte Ingrid mit dem Klettern begonnen. Zuerst an den kleinen Felsen in der Nähe des Hotels, in dem sie aufwuchs, dann an Bergwänden. Etwas in ihrem Inneren trieb sie immer weiter, immer steiler und immer höher hinauf. Die Leute hatten sich gewundert, dass ihre Großmutter, die sie Mutter Borghild nannte, das zuließ – *erst recht nach dem, was den Eltern geschehen ist!* Doch die Großmutter war stets ruhig geblieben. *Ingrid ist zum Klettern geboren*, hatte sie entgegnet. *Ihr das Klettern zu verweigern, wäre, wie dem Raufußbussard das Fliegen zu verbieten.*

Die Leute vom Himmelfjell sind immer Kletterer gewesen. Mutter Borghild hatte erzählt, dass sowohl sie selbst als auch Ingrids Mutter Engeline von Kindesbeinen an an den Bergwänden unterwegs waren, obwohl das zu dieser Zeit für Frauen noch ungewöhnlich war. Das Letzte, was Mutter Borghild also wollte, war Ingrid daran zu hindern, sich zu entfalten. Als Zugeständnis an die allgemeine Vernunft hatte sie dennoch dafür gesorgt, dass Ingrid einen Kletterkurs belegte, Sichern und Abseilen lernte und einen Helm benutzte, dass sie Kletterkameraden fand und tat, was nötig war, damit das Klettern so sicher wie möglich wurde. Mutter Borghild vertraute Ingrid. Und so hatte Ingrid sich selbst vertraut, keine Angst gehabt. Sie kannte die Berge, ihre Finger wussten, wohin sie greifen mussten, sie wusste immer, wohin sie den Fuß beim nächsten Schritt zu setzen hatte.

Und nach und nach war das Klettern zu ihrem Leben geworden. Sie war in die Welt aufgebrochen, zu neuen Herausforderungen, und hatte sich immer sicher gefühlt, nahezu unverwundbar.

Aber dann, im vergangenen Jahr, hatte sich dort oben im asiatischen Hochgebirge das Leben innerhalb weniger Minuten verändert. Die Bilder rasten wie eine Schneelawine an ihrem inneren Auge vorbei, wie die Lawine, die sie im Himalaya überrollt hatte. Prebens Versagen, die fatalen Konsequenzen – darüber würde sie niemals hinwegkommen, und jedes Mal, wenn sie daran dachte, war es, als wäre sie erneut unter meterweise Schnee gefangen und mühte sich damit ab, Luft zu bekommen.

Sie ließ warmes Wasser über Kopf und Körper laufen, während sie das Lied mitsang, das im Badezimmerradio lief. *Every Day Is Christmas With You.* Es war der erste Sonntag im Advent, die Weihnachtslieder wurden jedoch schon seit mehreren Wochen gespielt. Shampoo, Spülung, erneut Shampoo. Was für ein

Luxus das war, sich täglich eine warme Dusche genehmigen zu können. Den Albtraum der Nacht in den Abfluss rinnen zu lassen. Ingrid hatte an genügend Expeditionen teilgenommen, um den Komfort des Indoorlebens wirklich schätzen zu wissen. Saubere, trockene Handtücher. Warmes Wasser. Warmer Badezimmerfußboden. Duftendes Duschgel. *Candy cane kisses. With you!* Beinahe vergaß sie, dass sie nicht singen konnte. Sie verteile noch etwas Spülung in den Händen und fuhr sich damit durch die langen, lockigen Haare, um des Gewirrs Herr zu werden. *Why wait for mistletoe? I don't need an excuse.*

Ingrid drehte den Wasserhahn zu und streckte sich nach dem Handtuch. Für einen Moment hatten das warme Wasser und die beschwingte, herrliche Musik sie in eine Zeit zurückversetzt, in der das Leben ganz anders gewesen war, in der sie selbst eine ganz andere gewesen war. Eine Zeit, in der sie dieses Lied geliebt hatte, genauso wie denjenigen, der es für sie gesungen hatte, obwohl auch er nicht singen konnte: *Every Day Is Christmas With You!*

Sie hielt kurz inne, wickelte sich das Handtuch um. Spürte, dass ihr kalt wurde. Ihre Muskeln verspannten sich, wie so oft, wenn die Erinnerung kam.

Sie schaltete das Radio aus, zog sich schnell an, cremte Gesicht und Hände ein. Nach einigen Minuten mit dem Fön waren die Haare trocken genug, um unter eine Mütze gestopft zu werden. Ingrid betrachtete sich im Spiegel, der, seit sie sich erinnern konnte, neben der Tür gehangen hatte. Als Kind hatte sie zusammen mit Mutter Borghild hier in der Direktorenwohnung des Himmelfjell Hotels gewohnt, dem »Privatbereich«, wie die Hotelangestellten sie nannten. Jetzt lebte sie allein hier. Die Großmutter hatte darauf bestanden, als Ingrid nach Hause gekommen war, um die Leitung des Hotels zu übernehmen. Mutter Borghild ihrerseits war in eine kleinere Wohnung auf derselben Etage gezogen, die »Kårstua«, das Altenteil. Das Personal wohnte im Nebengebäude, mit Ausnahme der Hausverwalterin und der Köchin, die eigene Zimmer im Hauptgebäude hatten.

Ingrid zog Schnürstiefel und Wolljacke an, lief die Treppen zur Rezeption hinunter und ging mit großen, schnellen Schritten hinaus, um ein wenig Tageslicht zu tanken. Ihr blieb Zeit für einen kurzen Spaziergang, bevor sie sich des Tagwerks annehmen musste.

Sie genoss den Anblick des Sonnenaufgangs am Himmelfjell. Die rosafarbenen Strahlen drangen durch die dünne Wolkenschicht und umrahmten die schöne Silhouette der Berggipfel und Bäume. Dreihundert Kilometer von Oslo und eine Stunde Autofahrt vom See Mjøsa entfernt, durch Täler hindurch und steile Gebirgsstraßen hinauf, lag das Hotel nahe der Baumgrenze. Hier oben wuchsen nur Birken und Kiefern, keine gewaltigen Fichten, wie auf den Hängen nach Dalen hinunter. Umso besser war die Aussicht. Der Himmel wechselte unaufhörlich seine Farben und selbst die Form des Gebirgsmassivs schien sich mit dem Licht zu verändern.

Unter ihren Stiefeln knirschte es, als Ingrid das Heidekraut Richtung Geröllhalde überquerte. Die Flechte und das Moos auf dem Boden waren mit Reif überzogen, der im frühen Morgenlicht glitzerte. Die an den Blau- und Preiselbeersträuchern verbliebenen Früchte waren in eine dünne Eisschicht gehüllt und sahen aus wie von der Natur sorgfältig ausgearbeitete, delikate Kunstgegenstände, nicht zu vergleichen mit irgendeinem von Menschenhand gefertigten Dekor.

Trotz eines kalten Herbstes hatte es bisher nur wenig geschneit. Lediglich der Gipfel hoch, hoch dort oben war von eisigem Weiß bedeckt. Die gigantische Spitze reckte sich zum

Himmel. Manchmal verschwand sie in dicken Wolkenschichten, wie ein Wohnsitz Gottes, hoch erhaben über der Welt der Menschen. Nicht verwunderlich, dass der Berg den Namen Himmelnuten trug, und dass sich Mythen und Sagen um ihn rankten.

In der Senke unterhalb des Himmelnuten lag, blau-weiß und monumental, der gefrorene Wasserfall Styggfossen.

Die Sonne kämpfte sich durch die Wolkendecke, das Licht veränderte seine Farbe, wurde wärmer. Ingrid schloss die Augen und ließ die Sonnenstrahlen ihr Gesicht wärmen, spürte, wie sie die Lebenskräfte weckten. Vögel und andere Tiere erwachten. Von einer Birke aus flog ein kleiner Schwarm Unglückshäher an ihr vorbei. Sie machten sich auf den Weg zum Kücheneingang, wo von den Hotelangestellten Brotkrümel zu erwarten waren, obwohl die Köchin den kleinen Rabenvögeln gegenüber misstrauisch war, die ihrer Meinung nach ihrem Namen alle Ehre machten und Unglück brachten. Ein ungerechter Name. Die Unglückshäher waren niedlich und lustig mit ihrer Abenteuerlust und ihrer verwegenen Frisur.

Sie sah sich um. Wenn man Glück hatte, konnte man an einigen Tagen an den Berghängen Herden wilder Rentiere erblicken. Heute jedoch war von ihnen keine Spur.

Die Sonne stieg, das Licht wurde weißer, das Funkeln stärker. Die Wintersonne würde sich nur wenige Stunden über dem Horizont halten, bevor ihr Licht verblasste und sie sich schläfrig verabschiedete, um in einem Meer aus Rot und Orange zu versinken. Dann würde sich die Dämmerung in farbenfrohen Streifen über den Horizont erstrecken, bevor gegen achtzehn Uhr die Nacht wieder hereinbrach – eine lange, dunkle und kalte Winternacht im norwegischen Gebirge.

Aber – Ingrid holte tief Luft – bevor es so weit war, sollte im Himmelfjell viel passieren. Nicht nur die Unglückshäher hatten ihre Aufgaben zu erledigen. Die Stunden zwischen Sonnenaufgang und Sonnenuntergang hielten auch für Ingrid Berg und ihr Team vieles bereit: Weihnachten näherte sich mit großen Schritten, sie mussten die Ankunft der Weihnachtsgäste vorbereiten und die Gerichte testen, die im Restaurant serviert werden sollten. In wenigen Wochen würde sich zeigen, ob all das, wofür sie die letzten Monate gearbeitet hatten, wirklich gelingen konnte.

Ingrid machte auf dem Absatz kehrt und ging über das Heidekraut zurück zum Hotel, das das Gebirgsplateau dominierte. So vertraut ihr das große Gebäude auch war, beeindruckte sie das Himmelfjell Hotel dennoch immer wieder aufs Neue. Hoch und breit, solide und braun gebeizt war es, mit weißen Fensterrahmen und Schnitzereien im traditionellen Drachenstil. Seit Hunderten von Jahren war die Familie Berg am Fuße des Hochgebirges ansässig. 130 davon hatte sie ein Hotel betrieben. In 1200 Metern Höhe, dort, wo die Straße endete und der Aufstieg zum Himmelnuten begann, stand das Himmelfjell Hotel, seit im 19. Jahrhundert die ersten Touristen ihren Fuß ins Gebirge gesetzt hatten.

Über die Jahrzehnte hinweg war das Hotel gewachsen. Anbauten und Nebengebäude im Stil des Haupthauses waren hinzugekommen. Daher verfügten sie nun, neben den zwanzig Zimmern und Suiten im Hauptgebäude, zusätzlich über Wohnungen und Familienunterkünfte. Die Erweiterungen waren schön gelöst worden, denn an einem Ort wie diesem sollte der Baustil traditionell sein. Hier gab es keine dieser hässlichen Annexe, die man bei einigen Hotels im Hochgebirge sah. Nein, dies war das familienbetriebene Himmelfjell Hotel, und Mutter Borghild hatte dafür gesorgt, dass der Originalstil beibehalten wurde.

Der große Platz vor dem Hauptgebäude war mit Kieselsteinen bedeckt. Eine breite Treppe mit Rampen zu beiden Seiten führte zur Eingangstür hinauf, die von einem Vordach geschützt und von großen schmiedeeisernen Laternen flankiert wurde.

Viele Fenster waren dunkel und die Gardinen zugezogen. Noch waren nicht alle Gäste aufgestanden, zudem waren sie weit entfernt davon, ausgebucht zu sein. Im Erdgeschoss hingegen waren die Fenster erleuchtet. Dort wurde gearbeitet. Köchin Maja Seter stand vermutlich seit fünf Uhr in der Küche. »Morgenstund hat Gold im Mund«, lautete ihr Motto. Wenn die anderen gegen halb sieben in die Küche kamen, hielt Maja oftmals schon frisch gebackene Brötchen bereit. Da hatte sie bereits den Geschirrspüler ausgeräumt und neu bestückt, ein Salzfässchen umgestoßen, sich eine Prise Salz über die Schulter geworfen, um Unheil abzuwenden, den Tisch für die Kollegen gedeckt, die erste Kerze am Adventskranz entzündet und Kaffee gekocht. Und jetzt, da gegen neun die Sonne vollständig aufgegangen war, würde sie bereits mit den Vorbereitungen für das heutige Abendessen beschäftigt sein.

Es war richtig, hierher zurückzukehren, dachte Ingrid. Es fiel ihr schwer zu sagen, dass sie *froh* über ihre Entscheidung war, sofern sie denn eine Wahl gehabt hatte. Dafür brachte der Entschluss, die Hotelleitung zu übernehmen, zu viele Sorgen, zu viel Arbeit, zu viel Unsicherheit mit sich. Doch jedes Mal, wenn sie das Hotel betrachtete, wuchs etwas in ihr, der Keim von etwas, das vielleicht als Zufriedenheit bezeichnet werden konnte. Es hatte etwas damit zu tun rauszugehen, sich umzusehen und zurückzukehren. Ab und an fand sie auf ihren morgendlichen Touren zu einer inneren Ruhe, im Einklang mit der glitzernden, kalten Stille um sie herum.

Allerdings hielt diese Ruhe selten lange an. Und heute war sie von besonders kurzer Dauer. Denn bereits bevor Ingrid die Eingangstür erreicht hatte, durchbrach ein lauter Schrei die Stille.

*

»Maus! Maus!« Der alte Küchentisch knarrte unter Maja Seters ansehnlichem Gewicht. Die kräftigen Füße in soliden Hausschuhen, stand die Köchin auf der karierten Tischdecke. »Macht sie weg! Macht sie weg! Wir können in der Küche keine Maus gebrauchen!«

»Eine Maus? Wo ist sie?« Ingrid war zur Küche geeilt, kaum dass sie die Schreie vernommen hatte und stand jetzt in der Türöffnung, den Blick auf die zu Tode erschrockene Köchin gerichtet.

»Sie ist direkt vor mir langgelaufen, als ich den Backofen anschalten wollte!«, rief Maja aufgebracht. »Ja, sie hat mich mit großen, roten Augen angesehen … Und dann ist sie unterm Herd verschwunden! Sie war riesig! Ein richtiges Biest! Genau genommen könnte es auch eine Ratte gewesen sein.«

Die Köchin atmete schwer und hielt sich eine Hand vor die Brust. »Wir sollten ein paar von Gråpus Jungen holen«, fuhr sie fort, bevor Ingrid antworten konnte.

»Als wir noch eine Katze hatten, war es hier frei von Mäusen und anderen Ungeheuern.«

Ingrid war nicht ganz sicher, ob Katzen in der Küche sich besser mit den Vorschriften der Lebensmittelhygiene vereinbaren ließen, brachte jedoch nicht die Kraft auf, sich in diesem Moment einer Diskussion zu stellen.

»Ich finde die Maus süß. Ihr gefällt es hier.«

Erst jetzt bemerkte Ingrid Hussein. Der Sechsjährige saß auf der Bank beim Fenster und lächelte sie an, wobei er den Blick auf eine Lücke freigab, dort, wo sich eigentlich zwei Schneidezähne befinden sollten.

»Hast du die Maus gesehen, Hussein?«

»Ja, sie heißt Speedy, weil sie so schnell ist. Sie mag Brot. Und Käse.«

Ingrid sah ihn lange an.

»Du hast Speedy doch wohl nicht gefüttert, oder?«

»Nein, Tante Ingrid!« Hussein schaute schnell weg.

»Du darfst die Mäuse nicht füttern, weißt du. Maja will sie nicht in der Küche haben.«

Sie war kurz davor hinzuzufügen: *Wenn die Katze aus dem Haus ist, tanzt Maja auf dem Tisch*, schaffte es aber gerade so, sich zurückzuhalten.

»Nein, das will ich ganz gewiss nicht«, ertönte es vom Küchentisch. »Das ist lebensgefährlich! Habt ihr noch nie von der Mäusepest gehört? Wir brauchen Fallen! Oder Katzen! Oder Gift! Oder alles auf einmal! Sofort!«

»Was geht hier vor sich?«

In der Küchentür stand Aisha Noor mit einem verwirrten Ausdruck in ihrem hübschen Gesicht. Eigentlich war Aisha der Inbegriff von Ruhe und Ordnung. Die langen, glatten Haare waren mit einer Spange im Nacken zusammengefasst, sie trug eine schwarze Hose, eine Bluse und einen marineblauem Blazer. Aisha war neu in der Rolle der Hausverwalterin des Himmelfjell Hotels und die Erste, die Ingrid eingestellt hatte, nachdem sie den Direktorenposten übernommen hatte.

Aisha und ihr Sohn Hussein waren im Frühjahr nach Norwegen gekommen und rechtzeitig vor Schulbeginn im Herbst ins Hotel gezogen. Ingrid war froh darüber, dass sie Aisha und Hussein diese Möglichkeit hatte anbieten können. Mit Wohltätigkeit hatte das jedoch nichts zu tun. Die syrisch-jordanischstämmige Aisha hatte glänzende Referenzen von früheren Arbeitgebern vorzuweisen, sie hatte eine Ausbildung, sprach gut Englisch und verfügte über langjährige Erfahrung in der Hotelbranche. Nach nur wenigen Monaten im Land sprachen sowohl Aisha als auch Hussein zudem fließend Norwegisch. Husseins Vater, Mohammed, stammte aus Syrien, lebte zurzeit aber in Jordanien.

»Hussein, hast du wieder etwas angestellt? Und warum steht Frau Maja auf dem Tisch?«, erkundigte sich Aisha.

Bevor Maja es schaffte, erneut »Maus« zu rufen, war Hussein bei seiner Mutter und bohrte sein Gesicht in ihren Blazer. »Frau Maja will Speedy umbringen!«, schluchzte er. »Nur, weil er schnell ist und Käse mag!«

*

Als die Situation in der Küche wieder unter Kontrolle war – nachdem Aisha Hussein mit in ihr Büro genommen hatte, Maja Seter vom Tisch heruntergeklettert war, und die Maus auch nach mehreren Minuten keine Anzeichen gemacht hatte, sich erneut zu zeigen –, schenkte sich Ingrid eine große Tasse Kaffee ein. Jetzt musste sie sich auf die Suche nach Mutter Borghild machen.

Um diese Zeit würde Ingrids Großmutter, ihre allmorgendliche Inspektionsrunde beendet haben. Ingrid sah sie vor sich, wie sie mit dem Zeigefinger über Leisten und Geländer strich. Sie würden auch heute staubfrei sein, wie sie es jeden Tag in den fünfzig Jahren gewesen waren, in denen Borghild die Verantwortung getragen hatte, mit der möglichen Ausnahme einiger chaotischer Wochen in den neunziger Jahren. Borghild pflegte die Angestellten in der Küche zu begrüßen, während Ingrid ihrerseits draußen unterwegs war. Dann nahm sie eine

Tasse Kaffee mit in die Bibliothek, und Ingrid freute sich jeden Morgen darauf, sich zu ihr zu setzen.

Borghild war früh Witwe geworden, als Ingrids Großvater Christian im Alter von nur fünfzig Jahren an einem Herzinfarkt verstorben war. Da waren Borghild und Christian bereits fast dreißig Jahre verheiratet gewesen und hatten über zwanzig Jahre das Hotel gemeinsam geleitet. Anschließend hatte Borghild das Hotel mit ihrer Tochter Engeline und ihrem Schwiegersohn Marius weitergeführt – Ingrids Eltern.

Als Ingrid drei Jahre alt war, wurde die Familie jedoch erneut vom Unglück heimgesucht. Wenige Jahre nach Christians plötzlichem Tod verloren Engeline und Marius bei einem Autounfall ihr Leben, als sie auf dem Heimweg von einem Sommerfest von der Fahrbahn abkamen. Es gab keine Erklärung, kein anderes Fahrzeug war involviert. War es ein Augenblick der Unaufmerksamkeit? Ein Tier, das sich ihnen in den Weg gestellt hatte? Das wusste niemand. Im Alter von dreiundfünfzig Jahren blieb Borghild inmitten der Trauer erneut mit der Verantwortung allein zurück, nunmehr für den Hotelbetrieb und ihre dreijährige Enkelin.

So hatte Borghild das Hotel dreißig Jahre lang allein betrieben. Ingrids Bewunderung für die Großmutter war noch mehr gewachsen, nachdem sie eingesehen hatte, was für große Herausforderungen die Leitung eines Hotels mit sich brachte. Mutter Borghild hatte die Traditionen des Himmelfjell als Familienhotel bewahrt und gleichzeitig alles dafür getan, den Gästen all die Aktivitäten, zu denen das Terrain einlud, anbieten zu können, von Skifahren über Bergwanderungen und Gipfeltouren bis hin zum Wasserfallklettern. Mutter Borghild war ein Fels in der Brandung.

Sie hatten Höhen und Tiefen durchlebt. Konkurrenz von größeren Hotels, sinkende Besuchszahlen, Bedarf an Ausbauten und Ausbesserungen, bürokratische Hürden und wechselnde wirtschaftliche Konjunkturen. Für alles hatte Mutter Borghild die Verantwortung getragen. Bis jetzt – da Ingrid nach Hause gekommen war, um den Staffelstab zu übernehmen.

Seit Ingrids Rückkehr aus dem Ausland hielten sie und die Großmutter jeden Morgen ihre Tagesbesprechung in der Bibliothek ab. Sie nutzten diese Stunden, um praktische Fragen zu klären sowie den Umgang mit kleinen und großen Krisen zu diskutieren. Und in diese Kategorie fiel die Maus: Schädlinge im Hotel bedeuteten in der Tat eine Krise, auch wenn Ingrid sich in der Küche bemüht hatte, ruhig zu wirken. Die Lebensmittelaufsicht würde von Mäusekot in den Ecken *nicht* sonderlich begeistert sein.

Knarzend fiel die Tür hinter Ingrid zu, und obwohl der Eingangsbereich mit Fichtenzweigen und Kerzen schön weihnachtlich geschmückt war, seufzte Ingrid, als sie auf dem Weg zur Bibliothek die Rezeption passierte. Sie lächelte der neuen Mitarbeiterin zu, die hinter dem Empfangstresen stand, war gedanklich jedoch mit ihren Aufgaben beschäftigt. Sie musste Alfred bitten, die Türscharniere zu ölen. Oder vielleicht konnte sie das auch einfach selbst machen. Das, und dann die Bretter an der Kellerwand überprüfen, die möglicherweise morsch waren. Die Liste würde kein Ende nehmen. Es gab so viel zu beachten, so viel, was in einem Hotel schiefgehen konnte. Als sei die physische Instandhaltung nicht schon herausfordernd genug, musste man auch dafür sorgen, dass das Buchungssystem funktionierte, die Internetseite aktuell war und die Präsentation in den sozialen Medien bestenfalls stilvoll war. Man trug die Verantwortung für die Personalplanung, dass sich die Lebensmittelbestellungen sowohl im Umfang als auch preislich in einem angemessenen Rahmen befanden, dass die Hygieneregeln eingehalten wurden. Und dann war da noch all das, was man nicht beeinflussen konnte. Straßensperrungen. Stromausfall. Krankheit.

In ihren dunkelsten Stunden fürchtete sie das, dieses Unkontrollierbare. Dass etwas geschehen würde, das die Gäste dazu brachte, sie im Stich zu lassen, sodass sie das Handtuch werfen und das Hotel der Familie verkaufen musste, um die nicht unbedeutenden Schulden zu tilgen. Es gab Interessenten, die das Himmelfjell Hotel erwerben wollten, das wusste sie. Die Hotelketten, die sich in den letzten Jahren in den Tälern etabliert hatten und die norwegische Hotelbranche zusehends dominierten, hatten, nahezu ausnahmslos, Kontakt zu ihnen aufgenommen. Ihre Preisvorstellungen waren jedoch lächerlich niedrig gewesen.

Außerdem hatte Ingrid nicht vor, sich so leicht zu ergeben. Nachdem sie sich erst einmal entschlossen hatte, den Hotelbetrieb zu übernehmen, tat sie das mit voller Kraft. Doch der Einsatz war hoch und die Fallhöhe entsprechend.

Sie öffnete die Tür zur Bibliothek und fand ihre Großmutter in einem der großen Ohrensessel am Kamin.

»Es ist ein Mäusejahr, ja. Ich habe mit Bjørnar darüber gesprochen«, sagte Mutter Borghild und legte ein großes Buch auf den Tisch neben sich, eines der Werke über die Geschichte der Region, für die sie sich so sehr interessierte.

»Großmutter. Bjørnar ist ein ausgestopfter Bär«, entgegnete Ingrid. Sie setzte sich in den Sessel neben dem der Großmutter, legte eine Hand über ihre und schaute zu dem großen Bären hinauf, der mit offenem Maul und steifen Lippen neben dem Kamin stand. Groß, dunkel und stillschweigend starrte Bjørnar sie an.

»Ja, das weiß ich«, fuhr die Großmutter fort, während sie ihre Strickjacke zurechtzupfte. »Du glaubst wohl, ich bin völlig verkalkt?« Sie sah Ingrid scharf an.

»Abgesehen von mir ist Bjørnar schließlich am längsten im Hotel, wie du weißt. Allerdings hält er sich besser als ich. Zudem sagt er, er habe Schlimmeres gesehen. Im großen Mäusejahr 1961 zum Beispiel gab es so viele Mäuse im Hotel, dass die Katzen ihrer nicht Herr wurden. Es waren sogar welche hier in der Bibliothek und haben an seinem Fuß genagt. Sieh nur, du kannst den Abdruck dort im Fell sehen.«

Ingrid sah wieder zur Großmutter hinüber und entdeckte das Funkeln in ihren Augen. Oh, sie scherzte! Gott sei Dank! Ingrid musste lachen. Sie war so viele Jahre weg gewesen, dass sie beinahe den verschmitzten Sinn für Humor der Großmutter vergessen hatte. Nein, Mutter Borghild war wohl noch nicht völlig durcheinander. Dennoch glaubte Ingrid, dass die Großmutter in der Tat dann und wann ein paar Worte mit dem ausgestopften Bären wechselte. Ja, sie war nicht einmal sicher, ob dieser nicht auch antwortete.

»Und wie läuft es sonst mit den Vorbereitungen?«, erkundigte sich die Großmutter, während sie sich mit einer Hand über die weißen, hübsch hochgesteckten Haare strich. »Nicht mehr lang, bis deine Freunde kommen.«

Nun, Mutter Borghild hatte noch immer mindestens genauso viel Kontrolle über die Vorbereitungen wie sie selbst, dachte Ingrid. Jedoch betonte die Großmutter, dass sie selbst nunmehr im Begriff war, zurückzutreten, und dass Ingrid die neue Direktorin des Himmelfjell Hotels war, mit all der Verantwortung, die das mit sich brachte. Und das war *viel* Verantwortung. Nicht ohne Grund war Ingrid einmal davor davongelaufen. Den Berg hinunter, in die Stadt hinein und später andere Berge hinauf, und das weltweit.

Jetzt aber war die Zeit gekommen. Die Großmutter war über achtzig, und Ingrid brauchte einen Neustart.

Nach dem, was im Himalaya geschehen war, war der Druck groß gewesen, und Ingrid hatte sich einfach nur weggewünscht. Weg von Preben, weg von der Aufmerksamkeit, weg von all den Erinnerungen und – nicht zuletzt – so weit weg vom internationalen Bergsteigermilieu wie nur möglich. Ein wenig paradox, dass sie dann hierher zurückgekehrt war, ins Himmelfjell Hotel – mit der Aussicht auf den Himmelnuten, den sie in ihrer Jugend so oft bestiegen hatte und von dem sie jetzt, im Alter von vierunddreißig Jahren, nicht wusste, ob sie jemals wieder einen Fuß daraufsetzen würde.

Mutter Borghild hatte einmal zu ihr gesagt, das Wichtigste für einen Bergsteiger sei, gut im Vergessen zu sein. Wer Berge besteigen wolle, müsse die Angst vergessen können, all die Stürze und die verfrorenen Finger, die Streitereien und Hindernisse, um die man nicht umhinkommt.

Und genau so war es schließlich. Um weitermachen zu können, musste man lernen, den Schmerz zu vergessen. Man musste Freude am Bewältigen finden, das Schwierige wegschieben – wieder und wieder. Und das hatte sie getan. Bis etwas geschehen war, das sie unmöglich vergessen konnte.

Ingrid hob den Blick. Die Großmutter hatte eine Frage gestellt. Sie musste sich aufs Hier und Jetzt konzentrieren.

»Die Vorbereitungen ... Ja, die gehen ihren Gang. Heute Abend werden wir die gepökelte Lammrippe probieren. Sofern die Maus sie nicht aufgefressen hat. Schließlich wollen wir wissen, ob sie genau so ist, wie sie sein soll, bevor wir sie den Gästen servieren«, sagte Ingrid.

»Glaubst du, dass sie gut ankommt?«, wollte die Großmutter wissen.

»Das will ich wohl meinen! Die Leute wollen solide, traditionelle Gerichte, wenn sie hierherkommen. Ich erinnere mich, dass wir üblicherweise Bratklößchen serviert haben, als ich klein war«, sagte Ingrid. »Und dann gab es an Weihnachten Rippchen und Rinderfrikadellen. Und Würstchen.«

Mutter Borghild lächelte breit. »Würstchen hast du geliebt! Und die Rippchen waren beliebt, definitiv. In alten Zeiten war es Tradition, kurz vor Weihnachten Brühefest zu feiern.«

»Brühefest? Was ist das?«

»Nun, zu dieser Zeit haben wir die Rippchen vor dem Braten gekocht und die Fleischbrühe mit Brot serviert. Das war herrlich! Und dann gab es an einem der Weihnachtsfeiertage Rakfisk. Das könnte man vielleicht für deine Touristen ausprobieren? Für Rakfisk muss man allerdings ziemlich hart im Nehmen sein!«

Ingrid zog die Augenbrauen hoch. »Ich bin mir nicht ganz sicher, ob ich das Risiko eingehen will. Kann man nicht an einer Vergiftung sterben, wenn man da was falsch macht?«

Borghild lachte.

»Maja macht nichts falsch, das solltest du wissen. Außerdem klingt es so, als hättet ihr beide den Speiseplan im Griff.«

Borghild strich sich über den Bauch. Sie war seit jeher darauf bedacht gewesen, ihre Figur zu halten, und selbst jetzt in weit fortgeschrittenem Alter wies der Stoff über dem Tweedrock lediglich die schwache Andeutung eines Bauchansatzes auf.

»Das wird demnächst viel Probeessen für uns«, lächelte sie. »Dazu noch all die Kuchen von Maja. Nicht dass das für dich sonderlich gefährlich wäre, Ingrid. Das Fett setzt sich bei dir sowieso nicht fest. Du uferst an keiner Stelle aus. Aber wir anderen müssen ein bisschen aufpassen, weißt du.«

Instinktiv griff Ingrid sich an die Taille. Die Großmutter versuchte lediglich, ihr ein Kompliment zu machen, ahnte jedoch nicht, wie hart die wohlgemeinten Worte sie trafen. Denn das war das Einzige, worüber Ingrid nie mit der Großmutter gesprochen hatte. Sie musste den Blick abwenden. Nein, an Ingrid uferte nichts aus. Und das würde es sicher auch niemals tun.

*

Die Zeit vor dem Mittagessen hatte sie für Büroarbeiten eingeplant, doch es fiel ihr schwer, sich auf die lange To-do-Liste zu konzentrieren. Sie spürte, wie die Rastlosigkeit in ihr kribbelte, während ihr Blick ständig aus dem Fenster auf die schöne Landschaft fiel. Sollte ihr Leben künftig wirklich so aussehen? Was sie am Himmelfjell so schätzte, war – neben dem Hotel selbst und der Großmutter selbstverständlich – die Natur. Das herausfordernde Terrain, das Licht in den Bergen. Der Wechsel der Jahreszeiten, die frische Luft. Nun aber saß sie die meiste Zeit drinnen und starrte auf den Computerbildschirm.

Es lag auf der Hand, dass sie auch ihre Erfahrung als Bergsteigerin einbringen sollte. Sie war hinreichend bekannt, dass es für viele interessant sein dürfte, ihr zu begegnen und von ihrer Erfahrung zu lernen, sie vielleicht als Bergführerin für Touren in der näheren Umgebung zu haben oder Vorträge von ihr zu hören, wie ihr Freund und Berater Vegard Vang es vorgeschlagen hatte. Themenwochenenden. Inspiration für Leute aus der Wirtschaft. So etwas war eine Geldquelle!

Stimmt, aber wenn sie nur wüssten, wie es ihr ging, dachte sie. Wer würde sich von einer Bergsteigerin inspirieren lassen, die mittlerweile Höhenangst entwickelt hatte?

Sie hatte sich gerade zusammengerissen und sich im Mehrwertsteuerregister eingeloggt, als das Telefon klingelte. Es war Aisha.

»Ich habe oben auf dem Dachboden etwas entdeckt«, sagte sie. »Ich glaube, es könnte Schimmel sein.«

»O nein!«, brach es aus Ingrid heraus. »Mäuse, Schimmel. Was kommt als Nächstes?«

Sie stützte den Kopf auf die Hand. War es überhaupt möglich, das umzusetzen – das Projekt der Revitalisierung des Hotels, um es in eine neue Zeit zu führen? Oder hatte sie sich zu viel vorgenommen?

Sie bekam Lust, alles einfach hinter sich zu lassen. Der Großmutter zu sagen, dass es zu viel wurde, dass sie das Hotel verkaufen müssten.

Aber das konnte sie nicht. Sie konnte jetzt nicht aufgeben.

»Ich sehe mir das zusammen mit Alfred an«, ließ sie die Hausverwalterin wissen.

Gib noch nicht auf, sagte eine Stimme in ihrem Kopf. *Halte durch, finde Halt, mach noch einen Schritt.*

2. Dezember

Im Winter geht die Sonne über dem Himmelfjell spät auf, dachte Borghild Berg, sie nimmt sich die Zeit, die sie braucht. Ingrids Großmutter stand am Fenster und schaute über die Gebirgslandschaft – ein Anblick, dem sie niemals überdrüssig wurde, ohne den sie nicht leben konnte. Hier oben hatte sie immer gelebt, und hier würde sie sterben. Ein Pflegeheim unten im Tal wollte sie um jeden Preis vermeiden.

Das Panorama vor ihr war gefroren, und dennoch voller Leben. Die weiße Gestalt dort beim Hügel, war das ein Polarfuchs? Ja, es sah ganz so aus. Hätte er an diesem Dezembermorgen den Blick gen Südosten gehoben, hätte er den rötlichen Streifen ganz unten am Horizont des nächtlichen Himmels gesehen. Langsam, ganz langsam wuchs dieser Streifen zu einem breiten Band in allen Farben von Rot, Orange, Gelb, Grün, Blau und Indigo, verblassend zu grau-rosa und grau-blauen Farbtönen, wenn man den Kopf Richtung Norden oder Süden drehte. Weit oben in dem dunklen Blau leuchtete noch immer kräftig ein einzelner Stern. Auch dieser vom Polarfuchs unbemerkt. Hätte er jedoch hochgeschaut, hätte er gesehen, dass die Sternbilder bereits im Begriff waren zu verblassen, jetzt da sich sowohl der Große als auch der Kleine Bär für heute in ihren Himmelsbau zurückziehen würden.

Für einen Moment erweckte es den Anschein, als würde die Sonne in Erwägung ziehen sich umzuentscheiden: Der Himmel wurde immer heller, die Sonne selbst war jedoch nicht zu sehen.

Ein von morgendlicher Müdigkeit geplagter Mensch wäre vielleicht auf den Gedanken gekommen, dass auch die Sonne der Versuchung nicht hatte widerstehen können, sich wieder hinzulegen – noch *ein wenig* zu schlafen – unter der weichen Decke aus Nebelschwaden, die sich im darunterliegenden Tal versammelt hatten. Der Polarfuchs jedoch hatte keine Vorstellung von Bettdecken und war an diesem Morgen vermutlich auch keineswegs müde. Borghild sah ihn zielstrebig zum Bau im Geröll unter der Bergwand traben. Vielleicht hatte er heute Glück gehabt und seine komplette Morgenrunde gedreht, ohne dabei auf Rotfüchse oder Menschen zu treffen. Mit einer extra Portion Glück hatte er vielleicht sogar einen Lemming zum Frühstück gefunden. Es fiel nicht schwer, sich vorzustellen, dass der Fuchs an einem Morgen wie diesem recht zufrieden war.

Allerdings war nicht nur der Fuchs früh auf den Beinen. Als sich die orange Kugel endlich über den Horizont schob und die ersten Strahlen am Himmelnuten heraufkrochen, waren die Leute vom Himmelfjell Hotel bereits mehrere Stunden mit ihren Aufgaben zu Gange.

An den meisten Tagen absolvierte Borghild Berg ihre Runde durchs Hotel, sobald sie sich angezogen hatte, heute aber hatte sie eine Weile am Schreibtisch ihrer kleinen Wohnung gesessen und Tagebuch geführt.

Borghild betrachtete sich im Spiegel neben dem Kleiderschrank. Zupfte einen Fussel von der blau-weißen Strickjacke mit Zinnknöpfen und schob am Dutt im Nacken eine Haarsträhne an ihren Platz. Die Sachen saßen gut, und das Haar war noch immer voll, auch wenn es mittlerweile komplett weiß geworden war. Nicht schlecht für eine Zweiundachtzigjährige, dachte sie, bevor sie ob ihrer eigenen Eitelkeit schnaubte.

Wie immer blieb sie für einen Augenblick vor den beiden Bildern stehen, die an der Wand hingen. Dem Hochzeitsfoto von ihr und Christian in Schwarz-Weiß. Dem kleinen Ölgemälde daneben, das zwei Mädchen in Tracht vor einer frisch gesprossenen Birke zeigte. Sie hatte sie mitgenommen, als sie in die Kårstua gezogen war. In die Direktorenwohnung waren Christian und sie als Frischvermählte vor einer gefühlten Ewigkeit gezogen und bis zum vergangenen Herbst war sie ihr Zuhause gewesen. Sechzig Jahre lang hatte sie diese Bilder jeden Tag betrachtet, aber noch immer konnte sie nicht daran vorbeigehen, ohne einen Stich in der Brust zu verspüren – sowohl aus Liebe als auch aus Wehmut. Eine Trauer über das, was gewesen ist, und das, aus dem niemals etwas geworden war.

Das Foto wie auch das Gemälde stammten aus einer vollkommen anderen Zeit, als sie selbst auf der Schwelle zum Erwachsenenleben gestanden hatte, wie es bei Ingrid jetzt der Fall war. Gut, gut. Ingrid befand sich streng genommen schon längst im Erwachsenenleben, korrigierte sie sich selbst, schließlich war sie über dreißig! Als die Bilder entstanden, war Borghild selbst weitaus jünger gewesen. Heutzutage aber werden die Menschen später erwachsen. Es gab so viel zu erledigen, bevor sie zur Ruhe kommen konnten. Sie mussten eine lange Ausbildung absolvieren und noch länger reisen. Verschiedene Formen des Wohnens und Lebens wollten ausprobiert werden. Zu ihrer Zeit hatte es weniger Möglichkeiten und mehr Verpflichtungen gegeben. Vieles, dem man sich einfach hatte annehmen müssen, ob man wollte oder nicht.

Dennoch hatte sie sich damals frei gefühlt. So als hätte das Leben alles Mögliche zu bieten. Und viel hatte es ihr gegeben. Auf vieles hatte sie aber auch verzichten müssen.

Jetzt ging sie zum Schreibtisch zurück und setzte sich wieder hin, nahm den Füllhalter und schrieb noch ein paar Zeilen. Dann saß sie noch für einige Sekunden mit dem Füller in der Hand da, nachsinnend, bevor sie das Tagebuch entschlossen zuklappte. Zusammen mit dem Füllhalter legte sie es in die Schublade, stand auf und verschloss diese mit dem Schlüssel, der an einer langen Goldkette unter ihrer Bluse hing. Einige Dinge behielt man besser für sich.

Borghild streckte den Rücken durch. Dann ging sie nach unten, um einen neuen Tag anzupacken. Bevor sie in den Flur hinausging und die Tür hinter sich schloss, warf sie einen letzten Blick auf die beiden Bilder. Nur Ingrid und sie selbst hatten einen Schlüssel zu der Wohnung. In ihren eigenen vier Wänden machte sie selbst sauber. So hatte sie es auch gehalten, als sie in der Direktorenwohnung gelebt hatte. Sie hatte es als unpassend empfunden, dass die Zimmermädchen dort hineingingen und in ihren Sachen herumräumten, und daran hielt sie auch heute fest.

Unten an der Treppe traf sie den kleinen Hussein mit dem Rucksack auf dem Rücken. Seine Mutter Aisha war nach draußen gegangen, um das Auto aufzuwärmen, bevor sie ihn zur Schule fahren musste. Der Sechsjährige war derart dick in Kleidung eingepackt, dass er kugelrund war, was ihn jedoch nicht an dem Versuch hinderte, die Treppe an der Außenseite des Geländers hinaufzuklettern.

»Guten Morgen, Hussein. Was treibst du da?«

»Guten Morgen, Frau Borghild! Ich bouldere nur ein bisschen!«, rief der Sechsjährige, sprang herunter und gab mit einem breiten Lächeln die Sicht auf die fehlenden Vorderzähne frei. Das kleine Gesicht glänzte vor Kälteschutzcreme und war zwischen der weit über die Ohren gezogenen Mütze und den vielen Schals kaum zu sehen.

»Ach so!«, sagte Borghild. »Bist du jetzt bereit für die Schule?«

»Ja! Wir haben heute Skitag!«, strahlte Hussein.

»Was du nicht sagst«, entgegnete Borghild. »Ja, sie haben unten im Skistadion die Schneekanonen wohl eine Weile laufen lassen. Aber hast du denn Ski?«

»Nein, aber wir können welche leihen.«

»Das wird sicher ein Spaß! Allerdings könnte es sein, dass du zum Skifahren ein bisschen zu warm angezogen bist«, ergänzte Borghild. »Das wirst du merken, wenn ihr erst einmal in Gang seid.«

»Mama sagt, dass man in Norwegen nie zu warm angezogen sein kann«, lautete Husseins Antwort.

Borghild lächelte. Aisha hatte Unmengen an Geschichten über unvorsichtige Leute gehört, die sich in der unwirtlichen norwegischen Natur verletzt hatten oder erfroren waren, nicht zuletzt von Maja Seter. Die Köchin hatte immer eine gute unheilvolle Geschichte auf Lager, und Aisha hatte Todesangst bekommen, dass ihrem Sohn hier in diesem neuen, kalten und wilden Land etwas Schlimmes zustoßen würde.

Borghild verstand die Besorgnis. Sie erkannte in Hussein etwas von Ingrid wieder. Sie war auch so ein Kind gewesen, eines, das niemals ruhig dasaß, das immer kletterte: auf Möbel, Steine, Geländer, auf Bäume. Vor einigen Wochen war Aisha vom Lehrer angerufen worden: Während einer Schulexkursion war Hussein auf die große Statue im Dorf geklettert. Der Lehrer hatte keine Angst gehabt, dass Hussein sich verletzen würde, der Junge kam immer überall sicher wieder herunter, sondern davor, dass die anderen Kinder seinem Beispiel folgten und es auch ausprobierten.

Borghild begleitete Hussein zur Haustür und winkte Mutter und Sohn zum Abschied zu. Dann ging sie in die Küche, um sich ihren Kaffee zu holen.

*

Mit Hausmeister Alfred Haugs schweren Schritten hinter sich ging Ingrid entschlossen die Treppen hinauf. *Wer viel zu tun hat, schafft viel*, sagte eine Stimme in ihrem Inneren. Das waren Mutter Borghilds Worte. Alfred Haug schwieg. In der obersten Etage bogen sie auf den Flur ab, gelangten zur Treppe, die auf den Dachboden führte und nahmen die dunklen, unbehandelten Stufen in Angriff. Durch ein kleines Fenster ganz oben in der Wand drang ein wenig Licht.

Ingrid hatte es nicht geschafft, am Tag zuvor den Dachboden zu überprüfen und hatte nicht die geringste Lust, es jetzt zu tun. Alfred ging es offensichtlich genauso. Ingrid wusste, dass sie es sich nicht leisten konnte, die Augen vor dem Schimmel zu verschließen. Es war nur, dass sie es sich eigentlich auch nicht leisten konnte, etwas dagegen zu unternehmen, sollten sie tatsächlich welchen finden. Sie hatte Schimmel gegoogelt und war beim Gedanken an das, was sie gelesen hatte, erschaudert: »Hat er sich erst einmal in Ihrem Haus festgesetzt, hat dies enorme Konsequenzen. Er wächst explosiv und oft im Verborgenen. Man hat kaum eine Chance, ihn zu entdecken, bevor er nicht bereits viel Schaden angerichtet hat.«

Sie nahm die letzten Treppenstufen, drückte die schwere Dachbodentür auf und tastete mit der Hand nach dem Lichtschalter. Nackte Glühbirnen hingen von den schweren Holzbalken herunter und verbreiteten gelbes Licht. Die Ecken des großen Raums waren noch immer dunkel, weshalb sie die Konturen von Schachteln, Schränken und diversem anderen aussortierten, aber noch nicht entsorgten Mobiliar nur erahnen konnte. Die Luft war eiskalt. Ingrid hielt die Tür hinter sich auf, bis auch Alfred Haug die Treppe erklommen hatte. Er keuchte, nachdem er sich mit dem schweren Werkzeugkoffer vier Etagen nach oben gekämpft hatte. Er hatte geschnaubt, als Ingrid ihm mitgeteilt hatte, dass Aisha entlang der Bodenleisten einige merkwürdige Auswüchse entdeckt hatte, und gegen die komplette Expedition protestiert. Das aber musste er sich definitiv ansehen. Er war der Hausmeister; das fiel in seinen Zuständigkeitsbereich.

Ingrid hatte eine solide Taschenlampe dabei, damit sie trotz der sparsamen Deckenbeleuchtung etwas sehen konnten. Sie bewegte sich tiefer in den Raum hinein, leuchtete entlang der Bodenleisten in Türnähe, konnte jedoch nichts Außergewöhnliches entdecken. Auf halbem Weg notierte sie sich, dass in einer Ecke ein paar zusammengelegte Wolldecken lagen. War das nicht irgendwie merkwürdig? Wonach sie jedoch Ausschau hielt, war etwas ganz anderes. Sie ging weiter in den Raum hinein und erlaubte sich beinahe, erleichtert zu sein, weil sie an Wänden und Boden nichts entdeckte … bis – da spürte sie, wie ihr Herz in der Brust einen Satz machte. An der einen Wand lag auf den vergilbten Dielen ein bräunliches Pulver. Und was war das? Aus einem Loch zwischen Wand und Bodenleiste schien eine orangefarbene Substanz herauszuquellen.

»Alfred, sieh dir das an! Kann das echter Schimmel sein?«, fragte Ingrid.

»Was für eine Art von Schimmel soll es sonst sein?«, entgegnete Alfred Haug. »Eine Fälschung? *Made in China*?«

Ingrid seufzte. Sie wusste nicht, ob Alfred dumm war oder versuchte, sie aufzuziehen, in diesem Moment jedoch war sie kaum empfänglich für Humor.

»Schimmel ist ein Albtraum!«, brach es aus ihr heraus. Sie sah sich um. »Allerdings hatte ich nicht gedacht, dass das Hotel besonders anfällig dafür ist. Schließlich handelt es sich um einen soliden Bau.«

»Ja, genau«, sagte Alfred.

»Und es ist seltsam, dass er auf dem Dachboden auftaucht.«

»Ja.«

»Man sollte annehmen, dass es hier oben ziemlich trocken ist.«

»Ja.«

Sie drehte sich zu dem Hausmeister um und betrachtete den buschigen, grauen Kinnbart und die tief unter Hautfalten liegenden Augen. Wie alt mochte Alfred wohl sein? Unmöglich zu schätzen. Irgendwas zwischen fünfzig und hundert, dachte sie. Aber hatte er in den letzten Jahren die Instandhaltung schleifen lassen? Mutter Borghild war zwar eine geschäftige Frau, aber mit begrenzten Einnahmen aus dem Hotelbetrieb und einem kleinen Team waren dem, worüber sie den Überblick haben konnte, Grenzen gesetzt. Zudem war sie mittlerweile über achtzig. Vielleicht hatte der Verfall zu weit fortschreiten können.

Ingrid richtete die Taschenlampe erneut auf die Wand.

»Bist du in letzter Zeit hier oben auf dem Dachboden gewesen? Hast du das Feuchtigkeitsniveau überprüft?«

Alfred sah sie an, ohne zu antworten, ging jedoch zu der angeleuchteten Stelle. Mühselig begab er sich in die Hocke und tastete vorsichtig mit den Fingern nach dem vermeintlichen Schimmel. Er löste ein kleines Stück ab, um es genauer in Augenschein zu nehmen. Roch daran. Dann steckte er es in den Mund.

Ingrid traute kaum ihren Augen. Zwar hatte sie Alfred Haug schon immer als etwas seltsam wahrgenommen, dass er jedoch geisteskrank war, nein, das hatte sie nicht mitbekommen. Warum hatte Mutter Borghild ihn so viele Jahre als Hausmeister behalten – einen Kerl, der sich auf den Boden hockte und Schimmel aß?

Alfreds wettergegerbtes Gesicht erstrahlte in einem breiten Lächeln. Er streckte den rechten Arm aus, nahm ein weiteres Stück der orangefarbenen Masse und erhob sich schwerfällig, die linke Hand auf das Knie gestützt. Wie ein Irrer grinsend ging er auf Ingrid zu. Als er vor ihr stand, hielt er ihr das, was er in den Händen hatte, vors Gesicht. Sie blinzelte. Es war orange und sah trocken und porös aus.

»Nimm einen Happen!«, forderte Alfred sie auf. »Das ist gewiss eine ganz besondere Art von Schimmel!«

Sie machte einen Schritt rückwärts, er aber fuhr fort: »Magst du keine Käsebällchen?«

Alfreds polterndes Lachen erschallte, bis die Dachbodentür wieder zugefallen war und sie sich auf den Weg die Treppen hinunter zur Küche begaben.

*

Ingrid gönnte sich fünf Minuten Pause mit Hussein auf der Bank unter dem Küchenfenster. Die Köchin hatte sich nach dem Mittagessen für eine Weile in ihr Zimmer zurückgezogen. Aisha war wieder in ihrem Büro.

Nach dem Schulausflug waren Husseins Wangen noch immer rosig. Als Ingrid ihn fragte, wie es gelaufen sei, antwortete er begeistert.

»Ich glaube, ich war richtig gut auf den Ski«, sagte er. »Und das fand der Lehrer auch. Obwohl Mikkel gesagt hat, ich würde nur *watscheln*. Und dann hat er irgendwas von Moses in der Wüste gesungen, der auf Ski watschelt.«

Mikkel. Dabei musste es sich wohl um Mikkel Dalen handeln, den Sohn von Freddy Dalen, an den sie sich aus Schulzeiten erinnerte. Mikkel war somit – was war das? – der Urenkel, ja, das musste es sein, des berühmt-berüchtigten Hallgrim »Moschus« Dalen.

Hallgrim war eine Art Dorfkönig, Clanchef und Eigentümer der bedeutenden Firma Moschus Maschinen. Seine Familie dominierte das Dorf schon, seit Ingrid denken konnte. Ganz sicher auch davor. Sie hatte die Familie Dalen immer als unangenehm empfunden, besonders die Jungen. In der Schule hatten sie stets einen abfälligen Kommentar oder ein anzügliches Wort auf den Lippen. Hatte man ein neues Kleidungsstück oder einen neuen Ranzen bekommen, konnte man sicher sein, dass diese im Laufe des Schultages schlechtgemacht und möglicherweise beschmutzt wurden. Sie erinnerte sich an den Tag, als Freddy Dalen und einige seiner Kumpanen versucht hatten, auf dem Schulhof einen jüngeren Schüler an der Fahnenstange hinaufzuziehen. Er hatte eine neue Jeans von einer teuren Marke getragen und musste für diese Eitelkeit bestraft werden. Der Junge hatte sich mit Händen und Füßen gewehrt, doch die älteren Kinder hatten ihn übermannt und die Fahnenschnur durch die Gürtelschlaufen seiner Hose gezogen. Mit vor süßem Grauen leuchtenden Gesichtern hatten die anderen Kinder nur dagestanden und zugesehen. Plötzlich jedoch war ein blonder Junge über den Schulhof gelaufen gekommen. Es war Tor Seter, Ingrids Klassenkamerad. Er war viel jünger als Freddy, aber groß und stark für sein Alter, und war Freddy auf den Rücken gesprungen. *Lass ihn los!*, hatte Tor gebrüllt. *Das ist lebensgefährlich!*

Freddy ließ von dem Jungen ab und stürzte sich stattdessen auf Tor. *Halt dich da raus!*, schrie er und stieß Tor zu Boden. *Verfluchter Schafbauer!* Er setzte sich auf Tor und schnitt Grimassen. *Du stinkst nach Scheiße! Schafscheiße!* Tor war groß, aber Freddy Dalen war größer. Und er hatte eine ganze Bande im Schlepptau. Jetzt ließen sie von ihrem ersten Opfer ab, das mit intakter neuer Hose umgehend das Weite suchte, während sich die Rabauken darauf konzentrierten, Freddy den Rücken freizuhalten, der nun Faustschläge auf Tor niederprasseln ließ. Ein Lehrer war nicht zu sehen, aber mit einem Mal durchbrach eine zarte Stimme das Spektakel. *Freddy! Hör auf!* Es war Freddys kleiner Bruder Karl, der mit Tor und Ingrid in eine Klasse ging. Karl – das Moschuskalb, hatten sie ihn genannt, erinnerte sie sich – war klein und dünn, das komplette Gegenteil von seinen massigen Brüdern und Cousins. *Er ist nicht ganz normal,* sagten die Leute im Dorf. Er war viel allein unterwegs gewesen, aber Tor hatte sich seiner angenommen. Normalerweise war Karl still, jetzt aber schrillte seine Stimme über den Schulhof: *Tor ist mein Freund! Ich sage es Mama, wenn du ihm etwas tust!* Freddy lachte laut, stellte aber die Schläge ein. Er stand auf, wischte sich die Hände an der Hose ab, bevor er Karl eine zimperliche Rotznase nannte und den Schulhof, gefolgt von seinen Untertanen, verließ.

Es war, als *müssten* die Dalen-Jungs damals einfach unangenehm auffallen, und so war es offensichtlich noch immer. Oder sah sie am helllichten Tag Gespenster? Es hatte nicht den Anschein, dass Hussein das Necken als schlimm empfand. Trotzdem wollte sie die Sache im Blick behalten. Ingrid wusste nur zu gut, dass Mobber kleine Dörfer gut im Griff haben konnten, und da Hussein aus einem anderen Land stammte, gab es zusätzlich reichlich Anlass, aufmerksam zu sein.

Ingrid wusste, dass auch Mutter Borghild ein angestrengtes Verhältnis zur Familie Dalen hatte. Sie grüßte Hallgrim nicht einmal, wenn sie sich im Dorf begegneten, obwohl sie sich von Kindesbeinen an kennen mussten. Es sah Borghild überhaupt nicht ähnlich, unhöflich zu sein, also musste es dafür einen Grund geben. Waren sie schon zu Schulzeiten nicht miteinander klargekommen, oder steckte etwas anderes dahinter? Vor langer Zeit einmal hatte Ingrid die Großmutter danach gefragt, jedoch keine klare Antwort erhalten. Mutter Borghild hatte nur den Kopf geschüttelt und gesagt, es sei besser, sich von manchen Menschen einfach fernzuhalten. Hallgrim Dalen und seine Söhne hatten den Ruf, in Geschäftsangelegenheiten schlau zu sein. Manchmal vielleicht *ein bisschen* zu schlau. Und dass sie sich nicht scheuten, Menschen zu Verträgen zu drängen, die immer zum Vorteil der Familie Dalen ausfielen.

»Er hat gesagt, ich sei gut darin, Bären zu schießen«, sagte Hussein.

Ingrid sah ihn verwirrt an, bevor sie verstand, was er meinte.

»Das war seltsam«, fügte Hussein hinzu. »Der einzige Bär, dem ich bisher begegnet bin, ist Bjørnar, und der wurde erschossen, lange, bevor ich ihn kennengelernt habe.«

Ingrid hätte Hussein erklären können, dass »Bären schießen« eine Umschreibung dafür war, beim Skifahren hinzufallen, aber das würde er noch früh genug erfahren.

»Du, Hussein«, sagte sie. »Hat Speedy oben auf dem Dachboden Verwandte?«

Hussein warf ihr mit seinen großen, dunklen Augen rasch einen Blick zu, bevor er sich abwandte. Er antwortete nicht sofort, sondern konzentrierte sich auf die Schnitzereien auf der Lehne der Bank.

»Alfred und ich haben in einem Mauseloch nämlich Käsebällchen gefunden«, sagte Ingrid. »Und auf dem Boden Kekskrümel. Ich habe mich gefragt, ob du vielleicht weißt, wie die dort hingekommen sein könnten?«

»Die kleinen Verwandten hatten auch Hunger«, entgegnete Hussein. »Denen, die hungrig sind, muss man zu essen geben.«

Nachdem die Überraschung in Sachen »Schimmel« einigermaßen verdaut war, hatte Ingrid sowohl die Wolldecken in der Ecke als auch die Essensreste auf dem Boden in Augenschein genommen. Die Käsebällchen waren in ein kleines Loch gestopft worden, sodass es ausgesehen hatte, als würden sie aus der Wand wachsen. Das braune Pulver hatte sich bei näherer Betrachtung als Krümel erwiesen. Nicht als die befürchteten Schimmelsporen. Und zwischen den Decken hatte sie einen Comic und eine halbe Packung Schokoladenkekse gefunden.

»Ist das deine geheime Höhle, die wir dort oben gefunden haben, Hussein?«, fragte sie und nahm seine Hand. Er lächelte sie zögerlich an.

»Weißt du, das ist vollkommen in Ordnung«, sagte Ingrid. »Du kannst gern hoch auf den Dachboden gehen, wenn du Zeit für dich brauchst. Auch wenn es dort oben schrecklich kalt ist. Aber du musst mir versprechen, nicht mehr die Mäuse zu füttern.«

Hussein nickte zaghaft und nicht ganz überzeugend.

Ingrid fuhr fort: »Und das Nächste, was ich dir sagen muss, ist noch wichtiger. Ich habe dort oben nämlich auch eine Kerze und eine Schachtel Streichhölzer gefunden. Die darfst du NICHT verwenden! Wir werden dir eine Taschenlampe besorgen. Kerzen sind wirklich gefährlich, verstehst du. Stell dir vor, das ganze Hotel würde abbrennen!«

Erschrocken sah Hussein sie an: »Entschuldigung, Tante Ingrid! Ich will das Hotel nicht abbrennen!«

Ingrid sah, dass er kurz davor war zu weinen, und bereute den strengen Ton. Zudem erweichte es ihr Herz, wenn er sie Tante Ingrid nannte. Schließlich war sie nicht seine Tante, betrachtete es jedoch als eine Liebeserklärung. Sie legte einen Arm um Hussein, der sein Gesicht gegen ihre Schulter presste.

So saßen sie da, bis Maja in die Küche kam und mit ungeheurer Energie Gefäße und Lebensmittel hervorholte. Ab und an warf sie einen Blick auf den Boden unter dem Herd, so als bereite sie sich darauf vor, jeden Nager anzugreifen, der sich dort hervorwagen mochte.

»Wir hätten die Jungen von Monsine behalten sollen«, sagte Maja zu Ingrid. »Es ist, wie meine Großmutter gesagt hat: Hält man keine Katze, dann hält man Mäuse.«

*

Ingrid nahm ein Smørbukk-Karamell aus der Schale auf dem Schreibtisch und steckte es in den Mund, während der Computer mit einer kleinen Fanfare hochfuhr. Obwohl Ingrid dieses Geräusch täglich hörte, bereitete es ihr noch immer ein gewisses Unbehagen. Monatelang waren für sie Computer und Handy mit sozialen Medien, unerwünschter Aufmerksamkeit und schmerzlichen Erinnerungen verbunden gewesen. Die Erfahrung des vergangenen Jahres hatte ihr gezeigt, dass Menschen unbegrenzt Spekulationen und Gerüchte über Personen in die Welt setzen konnten, die sie nicht einmal kannten.

Promibergsteiger in Todesunglück verwickelt. Kritik an Kletterern nach Todeslawine. Warnungen ignoriert. Unklar, ob verunglückter Bergsteiger aus dem Lawinengebiet geborgen werden kann. Verlor engen Freund – und die Liebe. Spekulationen über Trennung. Die Medien waren indiskret gewesen, und die Kommentarfelder noch schlimmer. Allein der Gedanke daran löste bei Ingrid körperliche Reaktionen aus, sie spürte, wie ihr Puls stieg und die Übelkeit einsetzte. Sie hatte gelernt, welche Internetseiten sie meiden musste und hatte die Nutzung sozialer Medien auf ein Minimum reduziert, um nicht wieder und wieder in dieses schwarze Loch zu fallen.

Ein internetfreier Alltag war jedoch keine Option, und sie war gezwungen, Messenger und Snapchat zu verwenden, die bevorzugten Kommunikationskanäle ihres Freundes Vegard.

Vegard Vang war durch die dunkelste Zeit für sie da gewesen, und war es noch immer.

Vegard und Ingrid hatten sich vor vielen Jahren in einem Hotel in den Alpen kennengelernt und waren unmittelbar beste Freunde geworden. Vegard hatte damals für eine Eventagentur gearbeitet, die eine große Konferenz für Führungskräfte aus der Wirtschaft veranstaltete, auf der Ingrid einen Inspirationsvortrag halten sollte. Sie mochte solche Aufträge nicht besonders, weil diese Konferenzen oft voll von aufgeblasenen Wichtigtuern waren, allerdings war dieser richtig gut bezahlt gewesen, weshalb sie trotzdem zugesagt hatte.

Vegard hatte sich von den anderen Konferenzteilnehmern abgehoben. Dass seine legere Kleidung teuer und modern war, hatte sie erst später begriffen. Er hatte zerzauste dunkelblonde Haare, blaue Augen, eine Stupsnase und ein ansteckendes Lächeln. Außerdem hatte er etwas Lebhaftes und charmant Jungenhaftes an sich. Im Anschluss an die Konferenz verbrachten sie zusammen einen heiteren Abend an der Hotelbar. Anfangs hatte sie geglaubt, Vegard würde versuchen, sie zu verführen, in kürzester Zeit begriff sie jedoch, dass er niemals auf *diese* Weise an ihr interessiert sein würde.

Du bist die Schwester, von der ich nicht wusste, dass ich sie vermisse!, lachte Vegard, als sie sich nach der Konferenz mit einer Umarmung voneinander verabschiedeten. *Ich habe zwar bereits eine Schwester. Aber du bist besser!*

Da hatte auch sie lachen müssen. Und ja, wie gerne hätte sie Vegard zum Bruder gehabt. Sie war ohne Geschwister aufgewachsen, und so war es ein Glück, als Erwachsene einen Bruder zu finden. Seither sahen sie sich, sooft es nur möglich war. Vegard hatte gesagt, sie könne immer bei ihm abstürzen, wenn sie in Oslo war. Konnten sie sich nicht treffen, schickten sie sich Nachrichten oder telefonierten miteinander. Sie hatten einander sowohl in beruflichen Fragen als auch bei privaten Angelegenheiten unterstützt. Als Ingrid mit Preben Wexelsen zusammenkam, hatte sie schnell bemerkt, dass die beiden sich unsympathisch waren. Obwohl Preben schnell verstand, dass Ingrids Freund auf der romantischen Ebene keine Konkurrenz darstellte, war das Verhältnis zwischen den zwei Männern niemals herzlich geworden. Preben und Vegard hatten einander toleriert, mehr jedoch nicht. Für Ingrid war das schwer gewesen, weil ihr beide so viel bedeutet hatten. Allerdings war es die Freundschaft zu Vegard, die sich als am strapazierfähigsten erwiesen hatte.

Sie waren verschieden, sie und Vegard. Sie interessierte sich für Aktivitäten in der freien Natur, er für das urbane Leben. Wo sie praktische Wanderkleidung bevorzugte, folgte er in den sozialen Medien den neuesten Trends. Aber sie teilten etwas Tieferliegendes, etwas, das Vertraulichkeit, Wohlwollen und Vertrauen schuf. Nach und nach wusste Vegard alles über sie. Auch das Allerschwierigste hatte sie mit ihm geteilt. Das, was kein anderer wusste. Mit einem Freund wie Vegard an ihrer Seite hatte sie das Gefühl, alles schaffen zu können.

Und als Vegard einen Partner fand, war das etwas vollkommen anderes als damals, als Ingrid und Preben ein Paar wurden. Ingrid hatte David Wong sofort ins Herz geschlossen. Und das war in der Tat ein wenig überraschend, denn als Vegard erzählt hatte, dass er in einer Bar in Oslo einen wohlhabenden Investor mit norwegisch-chinesischen Wurzeln kennengelernt hatte und dass sie nunmehr ein Paar waren, war sie alles andere als sicher gewesen, ob das eine gute Idee war. Doch schon bei ihrer ersten Begegnung war Ingrid von der Beziehung überzeugt. Da lag etwas in Davids Haltung, seiner Stimme und der Wärme in seinen hübschen mandelförmigen Augen, wenn er Vegard ansah.

Obwohl sie David noch nicht häufig begegnet war – er wurde stets von seinen Geschäften in Anspruch genommen – hatte er im Hintergrund geholfen und viele gute Ratschläge gehabt, sowohl in praktischen als auch in finanziellen Dingen. Bei David schienen Lebensweisheit und Ökonomie miteinander zu verschmelzen. Vegard nannte ihn manchmal liebevoll »Kauz«. Während David Vegard als »mein Eichhörnchen« bezeichnete. Ein bisschen albern, aber ein treffender Kosename, fand Ingrid: Vegard war sozial und gescheit und gleichzeitig fleißig und gut im Planen.

Ohne den Zuspruch von ihren Freunden hätte Ingrid es nicht gewagt, sich auf das Hotel einzulassen. *Go for it!*, hatte Vegard in charakteristischer Weise gesagt. *Ich werde dir helfen!* Und geholfen hatte er wirklich. Inspirator, Stratege und Medienberater – Vegard Vang war nicht mit Gold aufzuwiegen. Ja, erst recht nicht, wenn man sein bescheidenes Gewicht in Betracht zog. Zusammen mit David hatte er sich sowohl Ingrids private Finanzen als auch die Bilanzen des Hotels der letzten Jahre angesehen und Ingrid und Mutter Borghild dabei geholfen, einen Plan für die Refinanzierung und den weiteren Betrieb zu erstellen. Das Paar hatte auch angeboten, selbst in das Hotel zu investieren, aus Furcht vor dem Gefühl, Almosen anzunehmen, hatte Ingrid jedoch dankend abgelehnt. Die beste Hilfe von Vegard und David, oder Vang & Wong, wie sie in geschäftlichen Belangen hießen, wäre so oder so nicht direkte finanzielle Hilfe gewesen, sondern Unterstützung dabei, das Hotel für die Zukunft lebensfähig zu machen. Ein Neuanfang!

Soziale Medien, für die sich Vegard so interessierte, spielten für den Erfolg eine zentrale Rolle. Sie brauchte sie für das Marketing des Hotels, und faktisch auch der Marke Ingrid Berg, wenn man sie als solche betrachten wollte. Vegard hatte ihr bei der Umsetzung geholfen, und das Interesse am Himmelfjell Hotel war beträchtlich gestiegen.

In diesem Augenblick leuchtete auf dem Display eine Nachricht auf. Wenn man von der Sonne spricht – es war Vegard. *Fantastische Neuigkeiten!*, schrieb er. *Ruf mich an!*

3. Dezember

»Aber was hältst *du* von Incentives?«, fragte Zimmermädchen, Rezeptionistin und Allroundmitarbeiterin Erle Pedersen den Hausmeister Alfred Haug, als Ingrid in die Küche kam.

Alfred antwortete nicht. Er hob die Hand, um Ingrid zu grüßen und nickte ihr anstatt eines Guten Morgens zu, bevor er weiter an der Brotscheibe mit Schafwurst kaute, die Augen unter seinen schweren Lidern auf Erle gerichtet.

»Nun, du weißt sicher, was zum Beispiel an extrinsischer und intrinsischer Motivation am wichtigsten ist? Darüber wird viel geforscht, allerdings nicht in der Hotelbranche«, fuhr Erle eifrig fort und strich sich mit der linken Hand die blonden Locken hinter die Ohren, während sie in der rechten mit dem Buttermesser gestikulierte, so als wäre es ein hypermodernes Präsentationswerkzeug.

»Ich werde in meiner Bachelorarbeit über Mitarbeiter einbeziehende Innovationen über verschiedene Formen von Incentives schreiben. Ein äußerer Anreiz kann zum Beispiel finanzielle Belohnung sein.«

Ein weiterer leerer Blick von Alfred.

»Ja, Lohn. Oder Bonus. Innere Anreize können das Erleben von Zufriedenheit oder Freude bei der ausgeübten Tätigkeit sein.«

Auch darauf hatte Alfred Haug keine Antwort. Vielleicht erlebte er in der Arbeit keine besondere Zufriedenheit oder Freude?, fragte sich Ingrid, die sich eine Tasse Kaffee eingeschenkt hatte, und nun an die Arbeitsplatte gelehnt das Gespräch verfolgte. Oder doch. Er hackte gern Holz, das wusste sie. Und genehmigte sich anschließend ein Bier. Das konnte Erle vielleicht in ihre Arbeit über innere und äußere Incentives aufnehmen.

Erle Pedersen, oder Perle, wie ihre Freunde sie nannten, war ein aufgehender Stern in der Arbeitsmarktforschung und Führungsphilosophie. In den sozialen Medien hatte sie bereits eine gewisse Schar an Followern, und sie arbeitete zielgerichtet daran, dass diese stetig wuchs. Während sie ihre Abschlussarbeit schrieb und darauf wartete, dass ihre Karriere Fahrt aufnahm, war sie mit einer recht flexiblen Stellenbeschreibung im Himmelfjell Hotel angestellt. Erle brachte Zimmer in Ordnung, nahm Bestellungen auf, tat das, was erledigt werden musste. Sie betrachtete das Ganze als Forschung. Im Vorstellungsgespräch hatte Perle gesagt, die Arbeit im Himmelfjell sei eine ideale Art und Weise, Feldforschung und Einkommen zu verbinden, wie sie nun aber hier zusammen mit dem wortkargen Hausmeister am Frühstückstisch saß, wurde Ingrid bewusst, dass sie sich darin vielleicht zu viel versprochen hatte.

»Aber du, Maja«, unternahm Perle, an die Köchin gewandt, einen weiteren Versuch. »Wie können wir deiner Meinung nach den innovativen Werkzeugkasten erweitern?«

»Den innovativen Werkzeugkasten?«, fragte Maja, indem sie die Kaffeetasse auf dem Teller abstellte. »Reicht nicht der Werkzeugkasten, den wir haben? Ist der zu klein geworden, Alfred?«

Der Hausmeister schnaubte. »Nein, Unsinn. Der Werkzeugkasten hat genau die richtige Größe, wie er sie immer hatte. Der reicht für mich, wie vor mir für meinen Vater. Verstehe nicht, was es für einen Sinn haben sollte, ihn zu erweitern.«

Perle versuchte sich daran, ein paar Sätze dahingehend zu formulieren, außerhalb der Schublade, oder des Kastens, zu denken, allerdings fielen die Versuche auf taube Ohren, und so konzentrierte sie sich lieber darauf, ihr Brot zu schmieren.

Ingrid bekam beinahe Mitleid mit Perle. Sie war so eifrig in ihrem Studium und ernsthaft daran interessiert, die Mechanismen hinter der Entwicklung der Tourismusbranche zu verstehen. Wenn sie jedoch glaubte, mit Alfred und Maja Innovationsprozesse diskutieren zu können, musste man wohl sagen, dass sie das Publikum verfehlt hatte. Und sein Publikum zu kennen, wollte gelernt sein, wenn man seine Ziele erreichen wollte. Vielleicht sollte Ingrid ein anderes Mal mit ihr darüber sprechen. Jetzt aber hatte sie eine gute Neuigkeit.

»Weißt du was, Perle«, begann sie. »Rate, wer am Wochenende hierherkommt!«

»Vegard?«, schlug Perle mit einem hoffnungsvollen Lächeln vor.

»Ja! Aber nicht allein. Er bringt Pia Pihlstrøm mit!«

»Wow! Ist das wahr?!«

Perle sah aus, als würde sie aus allen Wolken fallen. Ingrid lachte. Es war schön, die Neuigkeit mit jemandem zu teilen, der sie zu schätzen wusste. Der Besuch der bekannten Influencerin hatte seit dem Gespräch mit Vegard am Abend zuvor ihre Gedanken beherrscht.

»Ja, sie hat seine neuesten Beiträge gesehen und fand das Hotel so schön. Und so haben sie sich darauf geeinigt, dass sie ihn am Wochenende hierher begleiten solle. Vegard war so vergnügt – du weißt ja, dass er ein bisschen stolz darauf ist, sie zu kennen.«

»Selbstverständlich ist er das!«, rief Perle. »Pia Pihlstrøm! Sie hat eine halbe Million Follower auf Instagram, weißt du das?«

Ingrid grinste.

»Ich *wusste*, dass du begeistert sein würdest!«

Maja und Alfred blickten komplett verständnislos drein, und Maja fragte schließlich: »Pia Pihlstrøm, wer ist das eigentlich?«

Die Antwort lieferte Perle: »Also, zuerst war sie als Fotomodell bekannt, dann aber hat sie einen Blog angefangen, auf dem sie alles Mögliche mit ihren Followern teilt. Alles von Hautpflegeroutinen bis hin zu Tierschutz. Sie ist *richtig* beliebt.«

»Wenn du meinst«, entgegnete Maja. »Aber was *tut* sie? Produziert sie etwas? Wovon lebt sie?«

»Sie lebt von ihrem Blog und den sozialen Medien«, erklärte Perle. »Und verschiedenen Aufträgen und Werbeanzeigen. Aber sie teilt nicht alles. Ihr Privatleben ist irgendwie ein bisschen geheimnisvoll.«

»Äh?«

»Ja, sie erzählt zum Beispiel nichts von Liebesbeziehungen«, vertiefte Perle. »Hat Vegard etwas dazu gesagt, Ingrid?«

»Nein, es sind bestimmt Unmengen an Gerüchten im Umlauf«, antwortete Ingrid. »Aber wie du weißt, will sie diese Dinge nicht öffentlich machen.«

»Ich glaube, das macht die Leute nur noch neugieriger«, entgegnete Perle. »Alle lieben es, darüber zu spekulieren, was sie zu verbergen hat. Warum erzählt sie nie öffentlich von ihrem Liebesleben, wenn sie sonst alles teilt?«

»Vielleicht ist sie, na, so, lesbisch?«, warf Alfred ein.

»Nein«, kam es von Perle. »Das ist ja wohl nichts, was man heute noch verbergen müsste. Aber vielleicht ist sie asexuell? Oder polyamourös?«

»Oder heimlich verheiratet?«, lachte Ingrid.

Nun, wie auch immer. Sie wusste, dass es stimmte, was Perle sagte. Jedes Bild und jede Nachricht von Pia P wurden genau unter die Lupe genommen, und »alle« verfolgten, ob sie irgendeinen Hinweis auf ihr Privatleben gab. Nun, Ingrid nicht, aber schließlich hatte sie ja auch komplett den Anschluss verloren, wie Vegard zu sagen pflegte.

»Aber mit Ausnahme ihres Liebeslebens teilt sie das meiste«, fuhr Perle fort. »Sie postet viel von Reisen, Restaurants und so. Wenn sie also hierherkommt, ist das superwichtig! Da draußen gibt es Tausende von Menschen, die überall hin wollen, wo Pia P schon war.«

»Ja, es ist nicht verwunderlich, dass Vegard happy ist!«, sagte Ingrid. »Aber umso wichtiger ist selbstverständlich, dass alles gut läuft, wenn sie hier ist.«

Der Gedanke schien sie zu überwältigen. Pia Pihlstrøm war es gewohnt, auf gesponserten Touren die Welt erster Klasse zu bereisen – sie würde nicht sonderlich beeindruckt sein von einem heruntergekommenen Hotel mit Käseböllchen in den Ecken und Mäusen in der Küche. Vielleicht auch nicht von einem rustikalen Rippchen zum Abendessen.

Ingrid leerte die Kaffeetasse, nahm sich eine Banane aus der Obstschale und verließ die Küche, nachdem sie sich von den anderen verabschiedet hatte. Sie wusste, was nötig war, wenn die Panik drohte: Sie musste raus.

Es knirschte unter den Stiefeln, und die Luft war eiskalt. Ingrid zog den Schal übers Kinn und die Mütze gut über die Ohren. Draußen war es noch immer dunkel, doch die Dämmerung lag über dem Horizont, bereit, einen neuen Tag anzubrechen. Heute wollte sie den Sonnenaufgang vom Engelinehaugen aus betrachten und nahm daher den bekannten Weg am Rand der Großen Schlucht entlang. Mit der auf der einen Seite steil abfallenden Bergwand war er für untrainierte Wanderer gefährlich, für Ingrid hingegen war dies altbekanntes Terrain. Sie hätte den Pfad blind zurücklegen können. Bei allen erdenklichen Wetterlagen und in allen erdenklichen Stimmungen war sie hier gewandert. Die anderen hatten sie immer als ein wenig seltsam empfunden, wie sie so für sich alleine durch die Gegend lief, ihr aber verlieh das Ruhe und Trost.

Viel hatte sich in ihrem Leben verändert, die Landschaft am Himmelfjell jedoch blieb dieselbe. Sie war gewaltig, überwältigend, mit grauen Steinmassen, den steilen, scharfkantigen Gipfeln, und dem alles überragenden Himmelnuten. Die Gebirgslandschaft war aber auch voller Details und hatte Geheimnisse, die zu erkennen man ortskundig sein musste. Wo die Rentiere für gewöhnlich langliefen, wo man Schutz suchen konnte, wenn man von einem Unwetter überrascht wurde. Wo man sich sicher bewegen konnte, wo man aufpassen musste. Sie passierte den Trollstein, den Maja Seter zufolge ein greiser Troll geworfen hatte, als die Menschen sich in der Gegend niederließen und anfingen, dort zu bauen. Als Kind war Ingrid beim Gedanken daran immer ein freudiger Schauer über den Rücken gelaufen. Wie unheimlich, dass der Troll so zornig geworden war – und was für ein Glück, dass der Stein nicht das Hotel getroffen hatte! Sie hatte sich auch gewundert, wo der Troll seither abgeblieben war. Hatte er sich in ein anderes Gebirge zurückgezogen oder hatte er vergessen, sich zu verstecken, als die Sonne aufging, und war folglich selbst zu Stein geworden? Vielleicht lag er irgendwo zwischen den Bergen und wartete auf eine Chance, Rache zu nehmen?

Als sich Ingrid das Geröll zum Engelinehaugen hinaufbewegte, der nach ihrer Mutter benannt war, war der Himmel bereits heller geworden. Engelhügel hatte Ingrid ihn genannt, als sie klein war und sich vorgestellt, dass die Eltern von hier aus als Engel in das blaue Gewölbe über dem Himmelfjell aufgestiegen waren. Noch immer war es, als fühlte sie ihre Anwesenheit dort stärker als anderswo. Sie war so klein gewesen, als sie starben, dass sie sich nur als eine warme, sichere Nähe an sie erinnerte. Manchmal jedoch durchfuhr ein Duft oder ein Gedanke sie wie ein Blitz, wie eine Erinnerung an das, was sie einmal gewesen waren.

Ihr Puls stieg in dem anspruchsvollen Terrain, und langsam kam sie ins Schwitzen. Sie verwendete noch immer die moderne Sportuhr, eine Garmin Tactix, die Preben ihr geschenkt hatte. Auf dem Gipfel der Anhöhe hielt sie inne, streifte die Uhr ab und steckte sie in die Jackentasche. Mit den Armen in die Höhe gestreckt holte sie tief Luft. Sie genoss die Aussicht und die kalte Luft, die in die Lungen strömte. Ihre Sorgen, die Alltagsprobleme, die praktischen Herausforderungen im Hotel – alles wirkte so klein, wenn sie hier stand. Auf der einen Seite starrte sie direkt hinunter in die dunkle Schlucht. Auf der anderen Seite setzte sich die Geröllhalde bis hin zum Fuße des Himmelnuten fort, der sich nunmehr als Silhouette vor dem hellen Himmel abhob.

Sie schaute zu dem Berggipfel hinauf, der bald in goldenem Licht baden würde. Als Zwölfjährige hatte Ingrid den Himmelnuten zusammen mit einem erfahrenen Bergwanderer aus dem Ort zum ersten Mal bestiegen. Mutter Borghild zufolge war Ingrid die Jüngste, die den Gipfel jemals erklommen hatte. Es war eine anstrengende Tour, und Borghild selbst war vierzehn gewesen, als sie zum ersten Mal dort oben war. Ingrid war überrascht gewesen, als Mutter Borghild von ihrer eigenen Gipfelbesteigung berichtet hatte. Damals war die Großmutter Mitte sechzig gewesen, also uralt in den Augen einer Zwölfjährigen. Es war unvorstellbar gewesen, dass auch Borghild eines Tages ein kletterndes junges Mädchen gewesen war. Irgendwann jedoch hatte auch sie aufgehört zu klettern. Es gab viel, was Ingrid über das Leben der Großmutter nicht wusste. Sie fasste einen Vorsatz: Sie wollte Borghild mehr nach ihrer Vergangenheit fragen, jetzt, da sie die Möglichkeit hatte.

Dass die Großmutter die wilden und gefährlichen Freuden des Kletterns selbst kannte, hatte ganz sicher dazu beigetragen, dass sie Ingrid frei gewähren lassen hatte. Sie wusste, wie die Berge lockten und welche Belohnung sie geben konnten. Nach und nach war das Klettern Ingrids Leben geworden und sie hatte andere Gipfel erklommen, die wildesten und herausfordherndsten der Welt. Doch nach dem, was im vergangenen Sommer geschehen war, war sie nicht ein einziges Mal geklettert.

Ein sich aufdrängendes Geräusch unterbrach ihre Gedanken. Das Handy. Dumm von ihr, vergessen zu haben, es auf lautlos zu stellen, was sie für gewöhnlich immer tat, wenn sie draußen unterwegs war. Die Wanderungen waren ihre Form der Meditation, und sie mochte es nicht, dabei gestört zu werden. Als sie das Telefon aus der Jackentasche nahm, stellte sie fest, dass es erneut Vegard war. Da konnte sie ebenso gut rangehen.

»Hei, Vegard!«

»Guten Morgen, Fräulein! Was machst du gerade?«

»Ich bin draußen, wandern.«

»O sorry! Ich wollte nicht stören. Sollen wir besser später telefonieren?«

»Nein, alles okay. Ich mache gerade eine Pause. Betrachte die Aussicht auf den Himmelnuten und den Styggfossen.«

»Ah. Glaubst du, dass … Könntest du dir vorstellen, sie wieder zu klettern?«

In ihrem früheren Leben hatte sie nicht nur den Himmelnuten bestiegen, sie hatte es auch geliebt, im Winter beim Eisklettern den Styggfossen zu erkunden – eine Herausforderung, die noch immer Klettergruppen ins Hotel führte. Plötzlich kam ihr der Tag in Erinnerung, an dem sie Preben hier hinaufgebracht hatte, was für einen Spaß sie gehabt hatten! Der Styggfossen stellte auch für einen erfahrenen Kletterer wie ihn eine Herausforderung dar, aber sie hatten es geschafft und die verfrorenen Körper anschließend zusammen aufgewärmt …

Sie kehrte gedanklich zu dem Gespräch mit Vegard zurück.

»Ob ich wieder klettern werde? Nein. Damit habe ich abgeschlossen.«

Sie hörte, dass der Freund im Begriff war, Einwände vorzubringen, er die Worte jedoch zurückhielt. Vermutlich sah er ein, dass es zwecklos war, denn er wechselte das Thema.

»Es gibt ein paar Dinge, die ich gern mit dir besprechen will, bevor Pia und ich am Freitag kommen. Ich habe mich gefragt, wer noch an dem Abendessen teilnehmen sollte. Gibt es ein paar *Locals*, die dabei sein sollten? Was ist mit diesem Schafbauern?«

»Meinst du Tor Seter?«

Vegard mochte es, sie mit ihrem Jugendfreund Tor aufzuziehen. *Wie geht es dem süßen Bauern?* Tor war einer der wenigen Freunde aus der Schulzeit, zu denen sie noch Kontakt hatte, und Vegard war ihm ein- oder zweimal begegnet und war auf die Idee gekommen, dass Ingrid »zu ihrer Jugendliebe nach Hause« gereist war. Oder er tat so, als würde er das glauben.

»Warum in aller Welt sollte ich ihn zum Abendessen einladen?«

»Nun, schließlich ist er attraktiv. Und vielleicht könnte er eine exotische Abwechslung für Pia sein?«

Ingrid schnaubte.

Als sie das Gespräch beendet hatten, blieb sie stehen und sah zu, wie die Sonne ganz aufging, bevor sie kehrtmachte und sich auf den Heimweg begab. Sie würde es sich so gern vorstellen, eines Tages den Himmelnuten wieder zu besteigen – *vergessen, wieder und wieder versuchen.* Sie, die sie ihr ganzes Leben dem Klettern gewidmet hatte, die hierher zurückgekehrt war, um zu dem zurückzufinden, was ihr unterwegs abhandengekommen war. Sie hatte geglaubt, sie würden hier auf sie warten: die Ruhe, die benötigte Verankerung, die Wurzeln. Beim bloßen Gedanken an den steilen Weg, die Schlucht mit dem gefrorenen Wasserfall darunter, die Schneemassen, die sich lösen und sie unter sich begraben könnten, stieg jedoch die Panik in ihr auf.

Tief in ihrem Inneren gelang es ihr nicht zu glauben, dass sie das jemals überwinden würde.

4. Dezember

Manche Dinge sind so schön, dass sie sich nicht abbilden lassen, ohne dass ihre Essenz verloren geht. Das hatte Tor Seter wieder und wieder feststellen müssen. Die blasse Sonnenscheibe, die wie ein Silberknopf durch den Nebel leuchtete. Der Nadelwald, märchenhaft und dicht, mit von Schnee beschwerten Ästen. Die nackten Laubbäume, am Stamm unten braun und nach oben hin, wo der Frost sie bedeckte, allmählich heller, mit den oberen Ästen vollkommen in himmlische Glasur gehüllt.

Die Unmöglichkeit, diese Schönheit mit der Kameralinse einzufangen, war für Tor Seter eine Quelle ewiger Frustration, aber auch der Inspiration, es erneut zu versuchen.

Als Schafbauer hatte er nicht viel Freizeit, doch das Fotografieren war ein Hobby, das ihm stetig mehr ans Herz wuchs. Es war, als würde er die Natur um sich herum anders wahrnehmen, seit er angefangen hatte, sie abzubilden. Er bemerkte das sich verändernde Licht und den Fall der Schatten, sah überall Motive: im Gebirge, im Fluss und am Himmel, in Menschen und Tieren, im Zusammenspiel zwischen Mensch und Tier und der sie umgebenden Natur. Ja, mittlerweile betrachtete er auch seine Schafe als Fotomodelle – hatte im Sommer bei einer Ausstellung im Dorfgemeinschaftshaus sogar ein paar Bilder von ihnen an Touristen verkauft. Das hätte Sandra sehen sollen, die über *seine Fotografenallüren* nur geschnaubt hatte. Als die Ausstellung jedoch öffnete, hatte es sich für Sandra ausgeschnaubt, denn da war sie schon längst nach Oslo zurückgekehrt.

Jetzt saß Tor ganz still am Ufer des Dalselva und stellte die Kamera auf etwas ein, was er nie zuvor in natura gesehen hatte: einen Eisvogel. Dem Namen zum Trotz handelte es sich, wie er wusste, um eine wärmeliebende Art, weshalb er in Norwegen selten zu sehen war. Dass er sich mitten im Winter am Dalselva wohlfühlte, war schwer zu verstehen, allerdings war der Fluss noch nicht zugefroren, und irgendwas zu fressen musste der Vogel hier oben offensichtlich finden. Wie ein königsblauer Blitz war er kreuz und quer über die Wassermassen geflogen, nun aber saß er auf einem über den rauschenden Fluss herabhängenden Zweig, und Tor verhielt sich so still er nur konnte, während er die Kamera einstellte. Er drückte ein paarmal ab, das Ergebnis war jedoch nicht gut genug. Er zog einen Handschuh aus und drehte an einem Knopf. Er wollte es im Serienmodus versuchen, um die Bewegungen des Vogels einzufangen und vielleicht einen Treffer zu landen. Jetzt hatte er sich drüben beim alten Brückenkopf niedergelassen. Das könnte gut werden. Aber dann – *peng*!

Ein Knall hallte durch das Tal und in einem Hauch von Blau war der Vogel verschwunden. Verdammt! War das möglich? Gerade jetzt! Kurz darauf war noch mehr Lärm zu vernehmen.

Das musste Hallgrim »Moschus« Dalen oder einer seiner Söhne sein, die zur Jagd unterwegs waren.

Alle in Dalen waren mit der Jagd aufgewachsen, und man musste lange nach jemandem suchen, der prinzipiell dagegen war. Auch Tor war das nicht. Als Junge vom Dorf und Schafbauer war er es gewohnt, dass Tiere getötet werden mussten, dass Leben und Tod eng zusammenhingen. Nichts, um deswegen zu querulieren. So war es nun mal. Jedoch war bei Familie Dalen das Jagdfieber ungewöhnlich stark ausgeprägt. Auerhähne jagten sie bis zum 23. Dezember, Schneehühner den ganzen Winter hindurch. Sie schossen Hasen, Biber, Marder, Dachse, Hirsche, Elche, Rentiere und Rehe. Ja, kein Wesen auf vier Beinen, und kaum eins auf zwei, war sicher, wenn Moschus und seine Truppe zur Jagd unterwegs waren. Ob die Jagd erlaubt war oder nicht, nahmen sie dabei nicht so genau.

Hallgrim musste nunmehr um die achtzig sein, jedoch war er nach wie vor groß und stark und arbeitete noch immer mehrere Tage die Woche im Familienbetrieb Moschus Maschinen AS, in dem sie Traktoren und andere Maschinen verkauften und reparierten. Tor war unsicher, ob Hallgrims Spitzname Pate für die Firmenbezeichnung gestanden hatte oder umgekehrt. Auf jeden Fall war der Name nicht schwer zu verstehen, wenn man den großen, krumm gebeugten Kerl sah. Die Söhne Arthur, Bernt und Cato waren alle in den Betrieb eingestiegen, ebenso sein Enkel Karl, als Mechaniker und eine Art Hilfsjunge.

Hallgrim war der Urenkel des sagenumwobenen Alten-Hallgrim, der der Legende zufolge 112 Jahre alt geworden war und mit 110 mit bloßen Händen einen Bären erlegt haben soll. Was *diese* Sache betraf, hatte Tor seine eigene Meinung, dass Hallgrim jedoch ein Großjäger war, stand außer Frage.

Das riesige Holzhaus des Oberhaupts der Familie Dalen war auf einem Hügel auf der anderen Seite des Flusses zu erspähen. Es stand auf einem der schönsten Grundstücke des Dorfes und war vom Keller bis zum Dachboden mit Fellen und Geweihen von Tieren bestückt, die Hallgrim selbst oder jemand aus seiner Verwandtschaft erlegt hatte. Tor war oft dort gewesen – und nie, ohne sich ein bisschen vor der Dunkelheit zu fürchten –, als er mit Karl Dalen in eine Schulklasse gegangen war. Damals hatte er ab und an eine andere Seite von Hallgrim Dalen zu sehen bekommen. Moschus, dessen soziale Ader sich ansonsten auf dem Niveau eines Bulldozers bewegte, legte eine barsche Fürsorge für die Enkelkinder an den Tag, besonders für den dünnen und schwächlichen Karl.

Tor lauschte aufmerksam. Es war eine Weile still gewesen – vermutlich blieb es bei diesen beiden Schüssen. Vielleicht war ihm das Jagdglück heute nicht hold, oder womöglich hatte er gleich einen Treffer gelandet?

Von dem Eisvogel sah Tor indessen nichts mehr, obwohl er am Flussufer hocken blieb, bis ihm die Füße einschliefen. Nun, jetzt musste er sowieso zurück in den Stall. Der Herbst war schneefrei gewesen, weshalb die Schafe bis in den November hatten draußen bleiben können, jetzt aber war der Boden gefroren, sodass die Tiere für die nächsten Monate im Stall gefüttert und versorgt werden mussten.

Er schlenderte die wenigen hundert Meter zum Hof den Kiesweg entlang zurück. Am Tag zuvor hatte er mit Tante Maja über die Lieferungen fürs Himmelfjell gesprochen. Ein Stück vom besten Fleisch, das er hatte, hatte er bereits ins Hotel geschickt, und Maja meinte, es bestünde die Möglichkeit, mehr zu verkaufen. Sie wollte, dass er mit ein paar Kostproben zum Hotel kam. Lammsteak zum Beispiel, und was war mit den Würsten, die sie gemacht hatten? Ja, das würde er gern tun. Wenn sie im Himmelfjell zufrieden waren, konnte das der Beginn größerer Lieferungen an das Hotel werden. Die Götter wussten, dass er die Einnahmen brauchte. Es war nicht einfach, heutzutage einen Hof zu betreiben. Als Bauer war er sein eigener kleiner Betrieb, mit der Verantwortung für die Instandhaltung, die Versorgung der Tiere, die Finanzen und den Papierkram. Schnell kamen siebzig bis achtzig Arbeitsstunden pro Woche zusammen. Von Freizeit konnte da keine Rede sein. In den wenigen Stunden, die er sich gönnte, um draußen zu fotografieren, war er jedoch frei von Sorgen.

Erst als er den Hofplatz zu Hause erreicht hatte, sah Tor das parkende Auto. Ein Auto, das ihm – war es Nostalgie? – einen Stich versetzte. Die unverkennbare Form, die leuchtend blaue Farbe, so gepflegt, dass es fast wehtat, es zu sehen. Es gab nur eine Person im Ort, die noch einen Volvo Amazon fuhr. Selbst die Greise, die auf den Klassiker schworen, hatten den alten Traber mittlerweile durch neuere Modelle ersetzt, obwohl in den Scheunen des Dorfes noch immer der ein oder andere Amazon stand. Sie wurden poliert und durften an Feiertagen oder zu Paraden an die Luft.

Tor brauchte nicht nah genug heranzukommen, um das Nummernschild zu lesen, um zu wissen, dass die Person, die auf der Treppe zum Wohnhaus saß, das Moschuskalb war.

*

Karl war eine einfache Seele, in der Grundschule jedoch war er Tor ein treuer Kamerad gewesen. Zwischen vielen Freunden konnte man in einem kleinen Ort wie Dalen nicht wählen. Momentan begegneten sie sich eigentlich nur, wenn Tor wegen einer Reparatur an seinen Maschinen und des Kaufs irgendwelcher Teile in der Werkstatt war. Dort wechselten sie immer ein paar Worte, Karl und er, neben den Maschinen und der Kindheit hatten sie jedoch nicht viel gemeinsam.

Nachdem Tor Kaffee gekocht hatte, setzten sie sich an den alten Küchentisch.

Karl wand sich auf dem Sprossenstuhl und schaute aus dem Fenster.

»Blaumeise«, sagte er.

»Ja …«, bestätigte Tor und folgte seinem Blick.

Auf dem Futterhäuschen saß ganz richtig eine Blaumeise.

»Momentan gibt es viele Kohlmeisen und Blaumeisen«, sagte Tor.

Karl nickte. »Sie mögen Fett.«

»Ja«, entgegnete Tor. Dann saßen sie eine Weile still da.

»Vorhin habe ich unten am Fluss übrigens einen seltenen Vogel gesehen«, erzählte Tor. »Einen Eisvogel. Allerdings wurde er von einem Schuss verscheucht, bevor ich ein anständiges Foto von ihm machen konnte. Bist du zur Jagd gewesen?«

Karl schüttelte den Kopf.

»Weißt du, wer es war?«

Karl schüttelte noch eine Weile den Kopf, bevor er in ein sachtes Nicken überging. »Das war wohl Onkel Bernt«, sagte er. »Er wollte einen Hirsch schießen, der drüben auf der Südseite gesehen wurde.«

Erneut Stille.

»Wolltest du was Spezielles?«, fragte Tor. »Weswegen du vorbeigekommen bist?«

Karl schüttelte erneut den Kopf. »Nein …« Dann nickte er. »Nein, es war … Bist du momentan viel oben im Himmelfjell?«

Die Frage verschlug Tor ganz kurz die Sprache. »Nun, viel und viel. Es kommt vor, dass ich vorbeischaue. Warum?«

Karl wurde wieder still und schaute aus dem Fenster. Die Blaumeise war verschwunden. »Ich muss zurück in die Werkstatt«, sagte er plötzlich und stand auf. »Mikalsen braucht neue Frontscheinwerfer und auf der Motorhaube muss eine Delle bearbeitet werden.«

»Was aber wolltest du gerade sagen?«

Das Moschuskalb schüttelte nur wieder den Kopf. »Nein, nix. Muss jetzt zurück.«

Tor sah dem blauen Volvo nach, wie er auf die Hauptstraße bog; sein Blick folgte den ovalen Rückscheinwerfern, bis sie von der Dunkelheit verschlungen wurden. Es war nicht leicht, aus

Karl schlau zu werden. Hatte er jedoch etwas auf dem Herzen, würde er es früher oder später wohl preisgeben.

*

Es war ein langer Tag gewesen. Ingrid streifte die Schuhe ab und hängte die Jacke an die Garderobe. Öffnete den Küchenschrank und schob die Hand hinter die Tüten mit Mandeln und die Box mit Rosinen. Das Plastik knisterte, als sie die Tüte Smørbukk hervorzog. Sie wusste nicht, warum sie sie versteckte, aber vermutlich war das aus der Zeit mit Preben hängengeblieben, als Sahnekaramellbonbons ein »strafbares Vergnügen« waren. Er hätte so einiges zu sagen gehabt über Kohlenhydrate und gesättigte Fettsäuren. Aber Gott, wie gut die waren, wenn sie im Mund schmolzen. Sie wickelte das buttergelbe Quadrat aus dem Goldpapier und leckte daran. Mmmm. Den Geschmack, den sie als Kind nur jeden Samstagabend genießen durfte – *und Süßigkeiten essen wir nur zum Fest, weshalb einmal in der Woche am besten ist* –, den sie sich jetzt aber gönnen konnte, wann immer sie wollte. Erwachsen zu sein hatte trotz all der Mühen doch auch einige Vorteile.

Das Handy gab einen Ton von sich. *Denk dran, dich auszuruhen!*, stand in der Nachricht von Vegard. Scheinbar hatte er sich jetzt auch der Aufgabe angenommen, ihr Lifestylecoach zu sein, neben seiner Tätigkeit als Finanzberater und Social-Media-Manager. Aber Vegard kannte sie, und er hatte recht: Sie war nicht gut darin, Pausen zu machen. Pausen waren wichtig, so viel hatte sie begriffen. Also OKAY, vielleicht sollte sie auf ihn hören. Ausruhen. Wie machte man das?

Sie zögerte, bevor sie eine Flasche Weißwein aus dem Kühlschrank nahm. Doch, verflucht. Jetzt würde sie es sich mit einem Glas Weißwein auf dem Sofa bequem machen und Fernsehen schauen, und das sogar noch vor dem Abendessen! Sie war nie eine eifrige Fernsehzuschauerin gewesen, war immer zu beschäftigt gewesen und fand es seltsam, dass Menschen so viel Zeit darauf verwenden konnten. Das war ein armseliger Ersatz für das echte, reale Leben, hatte sie gedacht. In heißen Quellen auf dem Weg zum Kilimandscharo oder in einem Zelt in der Arktis, mit dem davor wütenden Sturm und den darüber glänzenden Nordlichtern, hatte sie keinen Bedarf an Unterhaltung gehabt. Das Dasein an sich war genug gewesen.

Jetzt aber sah sie das anders. Jetzt befand sie sich weder in der Arktis noch in Afrika. Sie war in ihrer Wohnung im Himmelfjell Hotel, inmitten der norwegischen Gebirgslandschaft und inmitten des norwegischen Winters. Es war ein langer Arbeitstag gewesen, und sie hatte sich eine kleine Pause verdient.

Ingrid saß auf dem Sofa und erhob das Glas mit dem Weißburgunder. Noch immer hatte sie den Karamellgeschmack im Mund, als sie jedoch tief Luft holte, vernahm sie den frischen Duft von Äpfeln, gemischt mit etwas, das an geröstetes Brot erinnerte. Sie sah ihren einstigen Tourkameraden, den Benediktinermönch Giovanni, vor sich, mit der Nase tief im Glas. »Toast mit einem Hauch von Holz«, hätte er gesagt, bevor er einen großen Schluck genommen und ihn lange in der Mundhöhle behalten hätte. »Cremige, mineralische Frucht – und was für eine ausgeglichene Frische, Ingrid!« Sie hätte ihn angelächelt und so getan, als würde sie im Wein das Gleiche erkennen, mit den Jahren jedoch hatte sie von dem herrlichen und großzügigen Essens- und Weinliebhaber ziemlich viel gelernt.

Giovanni und sie hatten sich vor vielen Jahren im Bergsteigerort Arco am Gardasee kennengelernt. Sie war überrascht gewesen, dass ein Mönch sich dem Bergsteigen widmete, er aber hatte gesagt, er lerne draußen in der Natur ebenso viel über Gott wie drinnen im Kloster.

Weiterhin erzählte er, dass er an den Orten, an die er zum Bergsteigen reiste, mit katholischen Hilfsorganisationen zusammenarbeitete. Versuchte, überall, wo er hinkam, eine Kraft für das Gute zu sein. Er war einer der wenigen ihr Bekannten, der so etwas sagen konnte, ohne pompös zu wirken. Giovanni hatte sich für so vieles interessiert, für Dinge, die ansonsten wie Gegensätze erschienen wären, die bei ihm jedoch natürliche Teile einer komplexen Persönlichkeit waren. Gott und Natur. Wein und Askese. Genuss des Lebens und Fürsorge für seine Mitmenschen. All das hatte er in sich vereint.

Und jetzt war er weg. Gott, wie sie ihn vermisste.

Ingrid nippte am Wein, griff nach der Fernbedienung und schaltete den Fernseher ein. Sie streckte die Beine aus und zog die Decke über sich. Ach, war das herrlich. Im Laufe der Jahre, die sie im Ausland verbracht hatte, hatte sich auch das Fernsehen verändert. Wo man früher das nehmen musste, was eine Handvoll an Kanälen darbot, hatte man nun eine breite Auswahl an Streaminganbietern. Vegard informierte sie ständig darüber, was sie einfach sehen *musste*. Vor einigen Jahren war es *Bloggerne*, jetzt eine Serie über Amateurköche. Zumindest war sie umhingekommen, *Paradise Hotel* zu sehen, obwohl es in Vegards Augen schelmisch gefunkelt hatte, als er andeutete, das Himmelfjell sei die perfekte Location dafür. Für gewöhnlich lachte sie über ihn. Wann sollte man all diese Serien verfolgen? Sie hatte die Zeit zumindest nicht. In diesem Augenblick jedoch, nach Stunden voller Menüplanungen, dem Beizen der Treppe und dem Aufstellen von Mausefallen könnte ein Moment der Entspannung genau das sein, was sie sich gönnen sollte. Leichte Unterhaltung war womöglich das, was es brauchte, um die Stimme in ihrem Hinterkopf verstummen zu lassen, die beständig drängelte, wie viel mehr sie noch zu erledigen hatte.

Sie nahm erneut einen Schluck Wein und zappte wahllos durch die Kanäle. In der TV2-App sah sie den Teaser für die Promiausgabe der Realityshow *Zu den Gipfeln*. Es trug schon eine gewisse Ironie in sich, dass sie genau damit entspannen sollte, dennoch entschied sie sich, mal reinzuschauen. Zuerst fand sie das Programm relativ langweilig. Eine Gruppe von Menschen in bunter Wanderkleidung mühte sich eine steile Geröllhalde hinauf. Die Kamera zoomte auf eine dunkelhaarige Frau, die mit tränenerstickter Stimme von ihrer Höhenangst erzählte. Nach einem Szenenwechsel war eine junge Rothaarige im Bild, die in einem scheinbar im Nachhinein aufgenommenen Monolog berichtete, wie überdrüssig sie es war, von der Höhenangst der anderen Teilnehmerin zu hören. Das Mannschaftsgefühl war offensichtlich brüchig. Ingrid wusste genau, wie es dazu kommen konnte – und wie gefährlich das sein konnte. Wenn es real war. *Diese* Expeditionsteilnehmer befanden sich jedoch nicht in einer realen Gefahr. Selbstverständlich waren sie von unsichtbaren Helfern und Mitarbeitern umgeben, die Sicherungsvorkehrungen waren mehrfach überprüft worden und der Hubschrauber niemals entfernt, sollte jemand in Panik geraten oder einen Unfall erleiden.

Nun hatte es das eine Team auf den Gipfel geschafft. Die Teilnehmer wedelten mit einer Fahne und produzierten Freudentränen, die von den Kameras gebührend eingefangen wurden. Aber –

Als sie ein wohlbekanntes Gesicht entdeckte, zuckte Ingrid derart zusammen, dass der Wein überschwappte. Sie stellte das Glas auf dem Tisch ab und wischte die Tropfen von der Decke, während die Erzählerstimme verkündete: »Hier erwartet die Teilnehmer eine Überraschung! Der Schiedsrichter des Gipfelwettbewerbs ist nämlich nicht irgendwer … Wenn die Teilnehmer den Gipfel des Skarabrentnuten erreichen, werden sie von Preben Wexelsen willkommen geheißen – einem internationalen Globetrotter, Expeditionsleiter und Abenteurer sowie einem wiederkehrenden Kandidaten auf der Liste der ›heißesten Männer Norwegens‹.«

Prebens Gesicht geriet in den Fokus.

Ingrid spürte, wie ihr Herz schneller schlug. Mit einem schiefen Lächeln auf seinem rauen Gesicht, dem ein Schimmer von einem Wolf innewohnte, schaute Preben in die Kamera. Es schien, als würden die grünen Augen unter den dunklen Brauen aus dem Fernsehbildschirm heraus direkt sie anstarren. Plötzlich war er da. Der Mann, den sie einmal geliebt hatte.

Das war nicht zu glauben. Nicht einmal fünf Minuten Entspannung sollten ihr in dieser seltenen Fernsehstunde vergönnt sein, bevor die Vergangenheit vor ihren Augen auftauchte. Wie hoch standen die Chancen dafür? Wie auch immer, dort stand er also, selbstsicher, mit verschränkten Armen, und empfing die Expeditionsteilnehmer, während diese keuchend den Gipfel erreichten.

Nicht nur die Jurys der Frauenzeitschriften betrachten ihn als einen der heißesten Männer Norwegens, dachte Ingrid. *Er selbst war ebenfalls der Ansicht.* Und Preben war nett anzuschauen, daran gab es keinen Zweifel. Zudem hatte er Charme. Charisma. Preben wusste immer, was er sagen oder tun musste, wie er die Menschen mitriss, sie dazu brachte, maximale Leistung zu erbringen. Er war draufgängerisch und inspirierend. Allerdings wusste sie auch, dass er nicht so unbesiegbar war, wie er es gern erscheinen ließ. Selbst Preben Wexelsen machte Fehler. Selbst Preben Wexelsen war ein Mensch. Ein Mensch mit Stärken – und Schwächen. Jedoch brauchte es viel, bevor er das einräumte.

Sein Wettbewerbsinstinkt war nötig, um zu erreichen, was er erreicht hatte, manchmal aber konnte er seine Urteilskraft überschatten und ihn dazu bringen, falsche Entscheidungen zu treffen. Er war fast kindisch eigensinnig, hatte Schwierigkeiten, auf andere zu hören und Rat anzunehmen.

Diese Eigensinnigkeit war es, die im Himalaya das Unglück über sie gebracht hatte. Das war die bittere Wahrheit. Das, und dass sie selbst so unfassbar von Preben geblendet gewesen war, dass sie nicht Einhalt geboten hatte, als er den Aufstieg wagen wollte, obwohl die Sherpas gewarnt hatten, dass die Wetter- und Schneeverhältnisse nicht gut waren. Dass die Lawinengefahr größer war als üblich. *Es kommt keine Lawine,* hatte er gesagt. Und sie und die anderen hatten ihm geglaubt, und sie waren von der Basis aufgebrochen. Ein oder zwei Tage zu warten hätte sie gerettet. Ein oder zwei Tage, an denen Preben auf andere gehört hätte und nicht so unerträglich selbstgefällig gewesen wäre – da hätte alles vermieden werden können. Aber sie zogen los. Das Unglück traf ein. Die Lawine kam wirklich.

Und jetzt präsentierte Preben sein Wolfslächeln also im Fernsehen, so als wäre nichts geschehen. Es war unbegreiflich, dass es ihm gelang, aus dem Bergsteigen Unterhaltung zu machen, nach allem, was sie erlebt hatten, nach dem Unglück, bei dem sie so viel verloren hatten. Die Tragödie und die Berichterstattung in den Medien danach hatten ihrer Karriere als Expeditionsleiterin Einhalt geboten und ihr die Freude am Bergsteigen genommen. Während Preben offensichtlich einfach weitermachte wie bisher.

Sie schaltete den Ton am Fernseher leiser. Das Luftholen war schwieriger geworden, sie hörte ihre Atemzüge, als seien es Windböen. Weinte sie? Sie wusste es nicht. Allerdings zitterten ihre Hände, als sie das Telefon nahm und Vegard anrief.

»Hei, Kleine!«, antwortete er nach dem zweiten Klingeln. »Was geht?«

Sie schaffte es nicht, im selben kecken Ton zu antworten.

»Vegard!«, schluchzte sie. »Preben. Er ist im Fernsehen. Jetzt. Ich …«

»Oh. Warte, ich gehe in ein anderes Zimmer.«

Sie hörte, wie er eine Tür schloss, bevor er fortfuhr.

»Okay. Du siehst Preben im Fernsehen?«

»Ja!«

»In dieser Expeditionsserie? *Zu den Gipfeln*, heißt sie nicht so?«

»Ja. Hast du es auch gesehen?«

»Nein, aber ich habe Rezensionen darüber gelesen. Hätte dich vielleicht warnen sollen. Geht es dir gut, Ingrid?«

»Nein. Oder, ich weiß nicht.«

Sie legte eine kleine Pause ein und versuchte, Kontrolle über ihre Stimme zu erlangen.

»Ich … Vegard, es macht mich richtig krank, ihn zu sehen. Er macht einfach weiter. *Norwegens heißester Mann, Globetrotter und Expeditionsleiter*, hat die Moderatorin gesagt. Haben mittlerweile alle das Unglück vergessen? Ich verstehe es einfach nicht.«

Ein fürchterlicher Verdacht kam in ihr auf.

»Ist es möglich, dass Preben nach dem Unglück für die Fernsehproduzenten noch interessanter geworden ist? Dass der Skandal ihn spannend und sexy macht?«

Vegard zögerte einen Moment, bevor er antwortete.

»Das glaube ich nicht. Und ich glaube auch nicht, dass sie das Unglück vergessen haben. Aber vermutlich denken sie, dass Unglücke passieren können und dass man Menschen dafür nicht bis in alle Ewigkeit Vorwürfe machen kann.«

»Anderthalb Jahre. Das ist keine Ewigkeit. Wir haben bei dem Unglück einen Freund verloren. Einen guten Freund! Und ich habe meine Karriere verloren, das Netzwerk, das Leben, das ich mir aufgebaut hatte.«

Sie hörte, wie Vegard tief Luft holte. Das hatten sie bereits besprochen. Vegard wusste auch, dass sie mehr als das verloren hatte. Sobald sie nach dem Unglück nach Norwegen zurückgekehrt war und Vegard wiedergetroffen hatte, hatte sie ihm den Verlust anvertraut, von dem weder Preben noch Mutter Borghild wussten. Aber er wusste auch, dass es ihr schwerfiel, darüber zu sprechen.

»Du hast deine Karriere nicht verloren, Ingrid. Auch nicht dein Leben. Du bist vierunddreißig Jahre alt! Das Leben hat gerade erst begonnen! Du hast deine Fertigkeiten, deine Erfahrungen, Unmengen an Jobangeboten – du hast mich und Mutter Borghild. Und nicht zuletzt hast du das Himmelfjell Hotel.«

»Ja. Aber es gibt überall so viele Hindernisse, Vegard. Auch im Hotel. Ständig tauchen neue auf. Ich bin erschöpft. Ich weiß nicht, wie viel ich noch verkrafte.«

»Aber ist das nicht wie mit dem Bergsteigen, Ingrid?«

»Dem Bergsteigen?«

Vegard fuhr fort: »Wenn du dich an einer schwierigen Wand befindest und auf ein Hindernis stößt, ist das Einzige, was du willst, es am nächsten Tag erneut zu versuchen, nicht wahr?«

»Doch. Beziehungsweise – so *war* es. Jetzt ist es nicht mehr so.«

Für eine Weile wurde es still.

»Hör zu, Ingrid«, ergriff Vegard erneut das Wort. »Ich muss jetzt gehen, aber wir hören uns bald wieder, okay?«

»Okay«, entgegnete sie. »Ich wollte dich nicht stören.«

»Du störst nie, meine Liebe!«

Sie wusste, dass das nicht stimmte. Vegard war nur zu nett, um ihr zu sagen, dass es nicht passte, mit ihr zu reden. Und dafür war sie dankbar.

Sie putzte sich die Nase, plötzlich peinlich berührt davon, sich derart selbst zu bemitleiden. Dafür gab es keinen Grund.

Schließlich war sie am Leben. Und sich völlig im Klaren darüber, dass sie viel hatte, was es zu schätzen galt.

Sie legte das Handy weg und hatte gerade einen weiteren Schluck von dem Wein genommen, als es an der Wohnungstür klopfte.

*

In der Türöffnung stand Mutter Borghild zusammen mit Tor Seter. Tor war nicht nur Ingrids alter Schulfreund, sondern auch der Neffe von Maja, der Köchin. Jetzt stand der große, blonde Bauer da und überragte Borghild um mehr als einen Kopf.

»Hei!« Ingrid erhob sich umgehend vom Sofa. »Was macht ihr hier?«

Sie stellte fest, wie unhöflich das klang. »Entschuldigung, ich meine, kommt rein.«

Beide betraten sie den Flur, und Tor schloss die Wohnungstür. Er hatte eine braune Papiertüte dabei.

Typisch, dass gerade jetzt jemand kommen musste. Ingrid scannte die Szenerie, wie sie sich den anderen darbieten musste: die Flasche auf der Arbeitsplatte in der Küche, das Weinglas auf dem Beistelltisch neben dem Sofa. Der nahezu lautlos laufende Fernseher, noch immer mit der verdammten Expeditionsreihe auf dem Bildschirm. Und sie selbst sah vermutlich aus wie ein Unwetter. Ihr Gesicht fühlte sich heiß an, und ihre Haare standen sicher in alle Richtungen ab. Automatisch schob sie die Locken hinter die Ohren, als könnte das den Eindruck aufgeräumter erscheinen lassen. Schnell sammelte sie die benutzten Papiertaschentücher vom Sofa auf.

Mutter Borghild sah Ingrid überrascht an und legte ihr eine Hand auf die Schulter.

»Geht es dir gut?«, erkundigte sie sich leise.

Ingrid nickte, woraufhin die Großmutter sich an den Gast wandte:

»Tor hat noch mehr gepökelte Lammrippe und ein paar andere Sachen vom Hof vorbeigebracht. Er möchte gern wissen, was wir, auch in Zukunft, gebrauchen können.«

Tor lächelte: »Also, nur wenn es passt. Sag einfach, wenn wir stören.«

Seine Stimme war tief, fest. So anders als Vegards heiterer Ton.

»Nein, nein«, entgegnete Ingrid schnell. »Ihr stört nicht. Ich habe nur hier gesessen … und mich entspannt. Kommt doch rein«, wiederholte sie und machte einen Schritt zur Seite.

Sie lokalisierte die Fernbedienung zwischen zwei Sofakissen und schaltete den Fernseher aus.

»Setzt euch. Ich habe gerade eine Flasche Wein aufgemacht, möchtet ihr ein Glas?«

»Das wäre schön, aber ich muss noch fahren«, sagte Tor.

Er wirkte fast gequält, ablehnen zu müssen. Er war nicht oft hier oben im Hotel und in der Privatwohnung war er noch nie gewesen, zumindest nicht, seit Ingrid hier lebte. Sie und Tor waren seit der Kindheit gute Freunde gewesen, obwohl die Phase als Liebespaar in der fünften Klasse ein kurzlebiges Projekt gewesen war. Sie hatte nach wenigen Wochen Schluss gemacht, aus Gründen, an die sie sich nicht mehr erinnern konnte, auch wusste sie nicht mehr, wie Tor reagiert hatte. Er war nicht gerade der Typ, der viel über Gefühle redete. Eigentlich war Tor vor allem praktisch veranlagt. So wie sie selbst. Die Freundschaft hielt an, bis sie zum Studium nach Oslo zog. Beziehungsweise bestand die Freundschaft auch heute noch, doch seit sie das Dorf verlassen hatte, hatten sie weniger Kontakt.

»Oh, tut mir leid«, sagte Ingrid. »Selbstverständlich kannst du nicht trinken, wenn du fährst. Daran hätte ich denken müssen. Willst du stattdessen einen Kaffee?«

»Ja, danke«, entgegnete Tor. »Kaffee ist nie verkehrt.«

Er tat, was sie gesagt hatte, und setzte sich aufs Sofa. Die braune Papiertüte stellte er neben sich auf den Boden, bevor er seine blaue Jacke auszog und sie über die Armlehne legte. Die großen Arbeiterhände öffneten und schlossen sich, bis er sie schließlich auf den Knien platzierte.

»*Ich* hingegen nehme gern ein Glas Wein«, sagte Mutter Borghild vergnügt und machte es sich in einem der Sessel bequem. Sie schlug das eine Bein elegant über das andere und wippte mit dem Fuß.

Während der Kaffee durchlief, schlich Ingrid sich ins Bad und spritzte sich kaltes Wasser ins Gesicht. Betrachtete sich im Spiegel. Sie sah nicht so schlimm aus, wie sie sich fühlte. Ein bisschen erschöpft vielleicht. Die Haare zerzaust. Ungeschminkt. Eine Andeutung von dunklen Ringen unter den Augen. Vielleicht sollte sie langsam etwas nehmen, um sie zu überdecken, einige der Cremes, die Vegard ständig anpries. Doch eigentlich mochte sie so etwas nicht, war immer der Ansicht gewesen, natürlich sei am schönsten.

Sie nahm eine Tasse Kaffee für Tor und ein Glas Wein für die Großmutter mit und setzte sich neben Tor aufs Sofa. Mutter Borghild erzählte eifrig von den Lieferungen von Tors Hof. Sie unterstützte ihn; es war offensichtlich, dass sie ihn als eine Art Protegé betrachtete. Streng genommen hätten Tor und Borghild mit der Hausverwalterin über die Lieferungen sprechen können, dachte Ingrid. Oder mit Maja. Aber wie auch immer, Tor war bei ihr willkommen. Genau genommen war es richtig schön, dass er hier war. Da konnte sie an etwas anderes denken als an diesen verfluchten Preben Wexelsen.

Das Fleisch vom Seter Hof war stets von guter Qualität, und konnten sie Tor gleichzeitig dabei helfen, dass der Hofbetrieb sich lohnte, dann gab es nichts Besseres. Sie wusste, dass er, wie so viele andere Bauern, viel arbeitete und sich dennoch abmühte, dass am Ende etwas dabei rumkam.

»Ja, ich habe mehr Lammrippe auf Lager, wie auch andere Dinge von Schaf und Lamm«, erklärte Tor. »Und Tante Maja hat mir bei der Herstellung von Dauerwurst nach traditioneller Art geholfen. Ich habe ein paar Kostproben mitgemacht! Hier.«

Er beugte sich zu der Tüte hinunter und zog einige Plastikbehälter heraus.

»Diese ist aus reinem Schaffleisch«, sagte er, während er von einem der Behälter den Deckel abnahm. »Und die andere ist aus Hirsch, Schwein und Schaf. Probier!«

Er hielt ihr die Behälter hin. Ingrid nahm zuerst ein Stück von der Schafwurst. Sie war salzig, ein bisschen säuerlich und schmeckte kräftig nach Fleisch. Die gemischte Variante war milder im Geschmack.

»Mm! Gut!«, sagte sie, nachdem sie fertig gekaut hatte. »Aber was bedeutet ›traditionelle Art‹?«

»Das bedeutet, dass das Hackfleisch mehrere Monate reifen darf, bevor die Würste gestopft werden«, erklärte Tor. »Auf diese Weise sinkt der pH-Wert langsam, und die Milchsäurebakterien können sich entwickeln. Sie liefern den guten Geschmack.«

»Sind irgendwelche Gewürze zugesetzt?«

»Nein, man kann Pfeffer und Knoblauch verwenden, oder Wein, wenn man möchte, meiner Meinung nach aber brauchen diese Würste das nicht. Der Geschmack ist von sich aus so gut. Wir verwenden auch keine anderen Zusatzstoffe.«

»Aber kann man sicher sein, dass sich das Fleisch hält, so ganz ohne Konservierungsmittel?«

»Ja, schließlich handelt es sich um alte Gelehrtheit. Salz und Milchsäurebakterien halten schlechte Bakterien fern, und die Reifung findet in luftdichten Behältern statt. Nachdem die Würste gestopft sind, werden sie getrocknet und kaltgeräuchert. Das Amt für Lebensmittelsicherheit hat die Methode anerkannt.«

»Ich bin froh, dass Schaffleisch wieder in Mode gekommen ist«, sagte Mutter Borghild. »Es ist so viel verloren gegangen, weil die Leute nur noch Lamm essen wollten.«

»Ja, zumindest macht es keinen Sinn, aus Lamm Rippchen oder Wurst zu machen«, sagte Tor. »Das Fleisch wird trocken, und der Geschmack lässt nach. Alte Damen schmecken am besten. Ich meine Mutterschafe!«

Ingrid musste lachen, während Tor kräftig errötete.

Mutter Borghild nahm einen Schluck aus dem Weinglas, wobei in ihren Augen ein Lachen funkelte.

»Wie läuft es mit dem Fotografieren, Tor?«, erkundigte sich Ingrid nach einem Moment der Stille.

»Es läuft gut«, gab Tor an. »Ich hoffe, bald wieder eine Ausstellung machen zu können. Im Sommer vielleicht.«

Tor erzählte von seinem Hobby, das in letzter Zeit immer wichtiger für ihn geworden war, und von dem Eisvogel und seiner morgendlichen Tour zum Dalselva. Als Mutter Borghild von den Schüssen hörte, die den seltenen Gast verschreckt hatten, war von ihr ein lautes Schnauben zu vernehmen.

»Ja, das ist typisch Hallgrim Dalen und seine Bande. Die machen, was sie wollen. Ohne jegliche Form von Umsicht, weder für Menschen noch für das Vieh.«

Während sie dort saßen und über Essen, Schafe und das Dorfleben sprachen, verschwand der letzte Rest Tageslicht. Ingrid stand auf, um eine Lampe einzuschalten, aber da erhob sich auch Tor.

»Nein, ich muss wohl nach Hause«, sagte er. »Draußen wird es jetzt pechschwarz.«

Er nahm die blaue Jacke, die über der Armlehne des Sofas gelegen hatte.

»Tante Maja zufolge ist heute übrigens Barbaratag. Da verschwindet die Sonne und kommt vorm Luciatag nicht wieder hervor. Sie weiß alles über diese besonderen Tage.«

»Ja, Maja weiß über so vieles viel«, kommentierte Mutter Borghild. »Wollen wir bei ihr in der Küche vorbeischauen, bevor du zur Abendfütterung nach Hause musst?«

An Ingrid gewandt flüsterte sie: »War das Preben Wexelsen im Fernsehen, als wir gekommen sind?«

Mit dem Blick auf Tor gerichtet nickte Ingrid nur stumm. Sie hatte nicht im Geringsten Lust vor Tor über Preben zu sprechen. Dieses Gespräch mussten sie auf später vertagen.

Auf dem Weg hinaus hielt Ingrid Tor zurück. Sie dachte an das, was Vegard am Telefon vorgeschlagen hatte. »Willst du am Freitag nicht zum Abendessen kommen, Tor? Dann kannst du direkt prüfen, ob die Lammrippe so geworden ist, wie sie sein soll.«

Er wirkte freudig überrascht, als er zusagte; in den blauen Augen war ein Funkeln zu sehen. Sie hatte fast vergessen, wie süß er war, wenn er lächelte.

5. Dezember

Ingrid betrachtete ihr Spiegelbild. Die grüne Seide schmiegte sich sanft an ihren Körper. Vegard hatte ihr bei ihrem letzten Besuch in Oslo dabei geholfen, das Abendkleid auszusuchen, in einer exklusiven Boutique der Sorte, die sie allein niemals betreten hätte. Als sie in dem Kleid aus der Kabine gekommen war, hatten Vegard und die Verkäuferin die Hände zusammengeschlagen. Und auch sie stellte fest, dass es ihr gut stand; es betonte ihre schlanke Figur und die straffen Arme, während der einfache, drapierte Ausschnitt und der luxuriöse Stoff für einen eleganten Eindruck sorgten. Allerdings würde sie sich nie daran gewöhnen, sich selbst in einem solchen Aufzug zu sehen. Hosen und Troyer, gute Schuhe, Wollpullover, Anoraks, das war ihre Kleidung. Kleidung, in der man arbeiten und sich bewegen konnte, nicht solche, die man in die Reinigung geben und bei der man darauf achten musste, nirgendwo mit den Pailletten hängenzubleiben.

Die Frau, die sie aus dem Spiegel heraus anstarrte, war groß und kantig und hatte blonde, lockige Haare, die über die Schultern herabfielen. Sie hatte starke Arme und lange Finger mit kurzen Nägeln. Die Beine, die unterhalb des Kleidersaums zu sehen waren, waren schlank, aber definiert. Sie stellte sich auf die Zehenspitzen, was die Beinmuskulatur noch sichtbarer werden ließ. In hochhackigen Schuhen wurden sowohl Ingrids Muskeln als auch ihre Größe noch deutlicher – weshalb sie diese weitestgehend mied. Außerdem war es schmerzhaft, in

High Heels zu laufen. Preben war froh darüber gewesen, dass sie flache Schuhe trug. Er wollte in der Beziehung gern der Größte sein. Vegard hingegen behauptete, Stöckelschuhe verliehen *Power* und seien ein Schönheitsbooster. *Keep your heels, head, and standards high*, hatte er Coco Chanel zitiert. Ingrid hatte ihn gebeten, selbst auf zwölf Zentimeter hohen Absätzen herumzustolzieren, wenn er das sexy fand.

Sie war nie ein Kleidermädchen gewesen. Die Schreckensvisionen flimmerten an ihr vorbei. Wie beim Schulball im letzten Jahr der Gesamtschule, als sie sich hatte überreden lassen, ein ärmelloses Kleid aus schimmerndem rosa Stoff zu tragen. Freddy Dalen, der bei ihrer Ankunft mit seiner Bande vor der Schule herumgehangen hatte, hatte gelacht und gesagt, sie sehe aus wie ein verwachsenes Bonbon. Das Kleid drohte ständig, über ihre fast flache Brustpartie herunterzurutschen, woraufhin sie sich dazu entschlossen hatte, sich in den Kunst- und Handwerksraum zu schleichen und es mit doppelseitigem Klebeband zu befestigen, was ihr anschließend für mehrere Tage roten Ausschlag eingebracht hatte.

Und dann war da der Cocktailabend in der Norwegischen Botschaft in Neu-Delhi, wo sie in einem sündhaft teuren neuen Rock aufgetaucht war und vergessen hatte, wie eng er war, als sie auf der Treppe zur Dachterrasse zwei Stufen auf einmal nahm. Es endete mit einem aufgerissenen Hinterteil, was sie mit einem von der Botschafterin – einer eleganten Frau Mitte sechzig – geliehenen Schal kaschieren musste, den sie sich um die Hüfte wickelte. Puhh. Was sollte man mit Kleidung, die dafür geschaffen war, die Entfaltung des Lebens zu behindern? Schicke Hosen und einfache, elegante Oberteile waren ihre bevorzugte Lösung, wenn sie gezwungen war, am gesellschaftlichen Leben teilzunehmen.

Jetzt aber waren neue Zeiten mit neuen Erwartungen angebrochen. Wenn das Himmelfjell Hotel sich in den sozialen Medien auszeichnen sollte, musste die Hoteldirektorin einen Beitrag dazu leisten, sagte Vegard. Hübsche Bilder von Speisen und der Einrichtung waren eine Selbstverständlichkeit, aber offensichtlich waren auch Fotos von Ingrid in einfachen, aber eleganten Kleidern ein Muss. (»*Bisher haben sie von mir nur Fotos in Wandersachen gesehen*«, hatte sie erwidert. »*Niemand kommt doch wohl ins Himmelfjell, um mich im Kleid zu sehen?*« »*Die Menschen sollen ins Himmelfjell kommen, um ihren Traum auszuleben*«, hatte Vegard entgegnet. »*Und dieser Traum kann sich sowohl um Bergsteigen, Natur, Essen, Ruhe und Frieden wie auch um Schönheit und Eleganz drehen. Du musst ihnen zeigen, dass man nicht wählen braucht – man kann alles auf einmal haben.*« Dann hatte er auf den Slogan verwiesen, den er für das Hotel entwickelt hatte: *HIMMELFJELL – WHERE THE SKY IS THE LIMIT.*)

Nun … sie hatte sich entschlossen, zu tun, was nötig war. Sie sollte wirklich versuchen, sich ein bisschen schicker zu kleiden, weshalb die Einkaufstouren mit Vegard in einer Handvoll Kleider in ihrem Schrank resultiert hatten. Jetzt musste sie nur herausfinden, welches sie zum Abendessen am Wochenende anziehen sollte, an dem sie Besuch von Vegard und Pia P bekommen sollte. Und von Tor Seter.

Selbstverständlich war es hoffnungslos, die Großmutter um Rat zu fragen. Mutter Borghilds Standardantwort lautete, dass Tracht am besten sei. Zum Nationalfeiertag am 17. Mai, zu Konfirmationen, runden Geburtstagen und Weihnachten sei die Nationaltracht das Prachtkleidungsstück. Ja, sie hatte Ingrid sogar wissen lassen, dass die Tracht eine stilvolle Wahl bei festlichen Arrangements sei, wenn sie ihr Debüt als Direktorin dieses traditionsreichen Hotels gab. Ingrid hatte sich anstrengen müssen, nicht zu schnauben. Sie wollte die Großmutter nicht verletzen. Aber es wäre doch töricht, im Hotel in ihrem Trachtenrock mit Brokatgürtel und Broschen herumzuspazieren. Zudem würde es wohl auch niemandem dabei helfen, »seinen Traum auszuleben«.

Sie öffnete den kleineren Schrank, in dem die Tracht in schützenden Stoffkleidersäcken hing. Einer für den bestickten Wollrock mit aufgenähtem Gürtel, einer für die Bluse und einer für den Schal und das Cape. Ein eigenes Schmuckkästchen für Broschen und Manschettenknöpfe, und dann waren da noch der Gürtel und die Trachtentasche mit dem großen Silberverschluss.

Wenn sie ihre Tracht anzog, fühlte sie sich verkleidet. Zu einer nationalromantischen Phantasie, der gerecht zu werden sie nicht die geringste Lust hatte. Schlimmer jedoch: Es fühlte sich an, als würde sie sich als ihre eigene Mutter verkleiden.

Denn Ingrid hatte Engelines Tracht geerbt, die Borghild zu Engelines Konfirmation bestickt hatte. Mutter Borghild wollte so gern, dass Ingrid sie trug, und Ingrid verstand den Grund durchaus gut: der große Verlust der Tochter, all die Liebe, die Mutter Borghild in das Kleidungsstück hineingelegt hatte, das Engeline viel zu wenige Jahre hatte tragen können. Also hatte Ingrid sich darauf eingelassen, die Tracht zu ihrer eigenen Konfirmation und bei einigen späteren Anlässen zu tragen. Engeline war ebenfalls groß gewesen, weshalb die Tracht Ingrid ohne viele Änderungen gepasst hatte. Meistens aber blieb sie im Schrank hängen. Sie roch nach Mottenkugeln und Trauer. Ingrid schloss die Schranktür.

Sie schälte sich aus dem grünen Kleid und legte es hinter sich auf den Stuhl. Betrachtete sich erneut im Spiegel, legte eine Hand auf den Bauch. Von anderen Frauen hatte sie oft zu hören bekommen, dass er beneidenswert flach war, mit entschuldigenden Gesten in Richtung ihrer eigenen, rundlicheren Körper. Vor einigen Jahren jedoch – wann genau war das eigentlich geschehen? – hatte sie offensichtlich ein Alter erreicht, in dem der flache Bauch zu einem Grund von Mitleid geworden war, während die runden Bäuche und geschwollenen Brüste anderer Frauen zu etwas geworden waren, das diese mit Stolz trugen. Ingrid hatte sich darum nie gekümmert. Bis sie es plötzlich doch getan hatte.

Sie ging zu dem großen Kleiderschrank und nahm versuchsweise ein blaues, figurbetontes Kleid heraus, das ebenfalls Vegard für sie ausgewählt hatte. Hielt es vor sich. Begegnete ihrem eigenen Blick im Spiegel.

Es ist nicht schade um dich, sagte sie zu sich selbst. *Du hattest ein glänzendes Leben. Und glänzend wird es wieder werden. Vielleicht. Zumindest kann es ganz gut werden.*

Und der Beginn des neuen Lebens war diese, ihre erste Wintersaison als Direktorin des Himmelfjell Hotels. Die Ermunterung von Vegard und David half Ingrid, zumindest in optimistischen Stunden, zu glauben, dass das Wunder in der Tat geschehen könnte. Dass sich das Familienhotel auch in den kommenden Jahren behaupten und nicht von den Konkurrenten geschluckt würde, die ständig mit einem Übernahmeangebot parat standen – besonders in Phasen, in denen der Markt schwierig war. Und schwierig war es, solange Ingrid sich erinnern konnte. Vielleicht immer? Als sie von zu Hause ausgezogen war, war sie nicht reif genug gewesen, um sich im Hotelbetrieb zu engagieren; in der sicheren Überzeugung, die Großmutter könne sowohl die praktische Arbeit als auch die finanzielle Situation des Hotels stemmen, war sie in die Welt hinausgezogen. Mutter Borghild war das doch immer gelungen? Erst jetzt, als sie selbst mit beiden Beinen solide in dem

Ganzen verankert war, sah sie ein, wie schwer das gewesen sein musste. Vor wie viel die Großmutter sie verschont hatte, obwohl sie einander nahestanden.

Ingrid zog das blaue Kleid über den Kopf und den seitlichen Reißverschluss nach oben. Es saß schön, aber entsprach es dem Anlass? Vielleicht zu kurz für eine Abendgesellschaft? Zu eng? Das war wohl eher ein Cocktailkleid? Vegard hatte versucht, Ratschläge und Tipps zu geben, welches Kleid, wann am besten passte, dennoch fühlte sie sich unsicher. Allein der Gedanke, dass Pia Pihlstrøm hier sein würde und sowohl sie als auch das Hotel bewerten sollte, ließ Ingrid vor Schreck erstarren. Aber Vegard hatte recht: Es wäre gute Reklame für das Himmelfjell, wenn es Pia P hier gefallen würde.

Pia sollte das schönste Zimmer bekommen. Es befand sich in der oberen Etage, jedoch war Treppensteigen gutes Training für Oberschenkel und Po – vielleicht konnte man das so verkaufen? Ingrid war heute in dem Zimmer gewesen, um zu überprüfen, dass alles staubfrei war und die Bettwäsche nicht auch nur eine einzige Falte hatte. Im Bad stand eine Auswahl an Produkten, von denen Vegard sie überzeugt hatte, das Hotel müsse sie zum Kauf anbieten: Himmelfjell Birkenseife und Hautcremes mit Heidekrautextrakt. Wein, Snacks und Blumen würden sie morgen hineinstellen.

Das Menü am Abend sollte das gleiche sein wie an Heiligabend: Lammrippe mit groben Weihnachtswürstchen und Steckrübenstampf. Was die Getränke betraf, waren sie geteilter Meinung, weshalb es eine breite Auswahl geben würde. Die traditionelle Alternative, Bier und Aquavit, war selbstverständlich vorhanden. Mutter Borghild schnaubte beim Gedanken an Wein zur Lammrippe, Ingrid hingegen mochte es, die deftige Kost mit einem guten Amarone auszugleichen. Maja

Seter setzte auf das alkoholfreie Malzbier, das sie der Tradition entsprechend im Hotel brauten, alternativ ein Glas schwarzer Johannisbeersaft. Welchem Getränk Pia P wohl den Vorzug geben würde? Champagner, vielleicht? Auch davon gab es im Lager zum Glück genügend.

Ingrid hoffte, hoffte, hoffte, dass jetzt alles seinen Gang gehen würde. Dass es ihr so gelingen würde, neue Gäste ins Hotel zu locken. Tief im Inneren wusste sie, dass die Kleider mit der Sache wenig zu tun hatten. Um sie zu sehen, kamen die Leute nicht hierher. Traditionell waren es Wanderer und Bergsteiger, die ins Himmelfjell kamen, und wenn die etwas mit Ingrid verbanden, dann war es ihre Karriere als Bergsteigerin. Sie würden sicher mit ihr über Expeditionen und Routentipps reden wollen, vielleicht in der Hoffnung, an einer von ihr selbst geleiteten Tour teilzunehmen.

So viele Hoffnungen. So viel, das schiefgehen konnte.

Sie betrachtete ihr Spiegelbild und zog den Reißverschluss wieder auf. Hängte das blaue Kleid wieder auf den Bügel und platzierte sowohl dieses als auch das blassgrüne Exemplar außen an der Schranktür. Für morgen sollte sie sich für das grüne entscheiden, schließlich war die Hoffnung trotz allem hellgrün.

*

Es war früh am Abend, das Essen war verzehrt, und Perle und Ingrid trugen Kartons voller Weihnachtsschmuck vom Dachboden (auf dem weder Schimmel noch Käsebällchen zu sehen waren) nach unten. Sie stellten sie im Foyer ab. Ingrid öffnete einen und breitete über dem Tisch, den Alfred zuvor aus dem Keller geholt hatte, eine weiche, weiße Decke aus.

»Das soll der Schnee sein!«

Sie schob den Tisch an die Wand und hob die Behälter mit

Nadelzweigen darauf, die zu diesem Anlass hereingeholt worden waren.

»Und das ist der Wald!«

Borghild Berg, die sich auf dem Weg in die Bibliothek befand, hielt auf dem Treppenabsatz inne und griff sich an die Brust. Sie war so wohlbekannt, die Szenerie, die im Foyer Form annahm. Sie blieb stehen und betrachtete Ingrid und Perle. Die beiden wühlten sich durch die Kartons, während Ingrid Perle instruierte, wie der Märchenwald aufgestellt werden sollte. Auf der Decke platzierten sie kleine Weihnachtswichtel und Skiläufer. Borghild kannte jede einzelne der Figuren. Hasen und Rentiere würden ebenso ihren Platz finden. Eine komplette Schar von Waldbewohnern in Miniatur würde zwischen den Bäumen wimmeln.

Das Aufstellen des Winterwaldes war zu einer liebevollen Tradition geworden, wobei Borghild sich noch gut an die zarten Anfänge erinnerte. Es war das letzte Weihnachten mit Engeline und Marius. Damals hatten sie das Hotel an Weihnachten nicht geöffnet, damit das Team frei hatte, sodass an Heiligabend Borghild, Engeline, Marius und die kleine Ingrid unter sich waren. Wenn man bedachte, dass seither nunmehr dreißig Jahre vergangen waren!

Wie die meisten Dreijährigen war Ingrid eifrig bei der Sache gewesen. Sie lief den ganzen Tag die Treppen hinauf und hinunter, in die Zimmer hinein und wieder hinaus und freute sich auf das Öffnen der Geschenke. Um sie zu beruhigen, hatte ihr Vater eine Schachtel mit Weihnachtswichteln geholt, die er in einer Geschenkboutique in Oslo gekauft hatte. Ingrid war so begeistert, dass sie jedem Wichtel einen Namen gab (Wichteloma, Mama, Papa, Teodor, Bjarne und Kacka) und sie zwischen ein paar Nadelzweigen platzierte, die zur Dekoration von draußen hereingeholt worden waren. Das war der Wald, in dem sie wohnten, erklärte sie, und beschrieb ihr Leben dort mit viel Einfühlungsvermögen. Und dann fragte sie, wo die Rentiere der Wichtel waren. Marius hatte gesagt, sie würden vielleicht nächstes Weihnachten dazukommen.

Am nächsten Weihnachtsfest jedoch waren Engeline und Marius nicht mehr am Leben, weshalb es eine gebrochene Borghild war, die für die kleine Ingrid und die Wichtel Rentiere kaufte. Im Laufe der Jahre hatten sie Gesellschaft von vielen weiteren Figuren bekommen, sowohl von Tieren als auch Personen, Schlitten und Häusern. Borghild hatte es zu einer Tradition gemacht, die Sammlung jedes Jahr um ein oder mehrere Dinge zu erweitern. Es war zu ihrem kleinen Ritual geworden, ihrem und Ingrids, und das Foyer war der richtige Ort, um sie zu präsentieren.

Ein paar Gäste blieben stehen und bewunderten die kleine Ausstellung. Borghild sah, wie Ingrid mit ihnen sprach, während sie Wichtel aufstellte und Schlitten geraderückte. Es war gut, die Glut in den Wangen der Enkeltochter zu sehen, wenn es dieser zwischenzeitlich gelang, die Sorgen zu vergessen; Borghild erkannte in Ingrid jetzt etwas von dem gleichen Eifer wieder, den sie in der Kindheit an den Tag gelegt hatte. Es war eine lange Zeit der Dunkelheit gewesen, viele schwere Tage, die Lichtschimmer gaben ihr jedoch Hoffnung.

Zum ersten Mal seit vielen Jahren spürte Borghild, dass sie sich auf Weihnachten freute.

6. Dezember

Es hätte anders sein können, sagte Ingrid zu sich selbst. Sie wand sich aus den Arbeitssachen, die voller Farbflecken waren und legte sie in den Wäschekorb. Sie hätte den Job in Thailand annehmen können, der ihr im vergangenen Jahr angeboten worden war. (*Ja, genau! Wer hat gesagt, dass deine Karriere vorüber ist?*, vernahm sie Vegards Stimme in ihrem Kopf.) Die Firma Thai Climbing organisierte sowohl Bergtouren an Orte wie den Doi Inthanon als auch Felskletterkurse in Krabi. Dort hätte sie in einem Bungalow am Strand wohnen können, am Tag abenteuerlustige Touristen anleiten und an den Abenden entspannen können, wenn die Busse abgefahren und die Tauchboote wieder am Kai vertäut waren. Während sie im Sonnenuntergang zum Meer hinunter gegangen wäre, hätte sie den warmen Sand zwischen den Zehen spüren können. Sie hätte sich ins Wasser legen können, flach auf den Rücken, und in den Himmel hinaufschauen. 28 Grad im Wasser, 28 Grad in der Luft. Perfekt. Zurück an Land hätte sie einen Kokosdrink nehmen und sich auf einen langen Abend auf der Terrasse vor dem Bungalow freuen können, lediglich begleitet vom Rauschen der Wellen.

Sie zog sich eine saubere Hose und ein frisches Oberteil an und schaute aus dem Fenster auf den Parkplatz. Oder sie hätte das Angebot aus New York akzeptieren können, dachte sie, vom Zentrum für den Erhalt der Natur, das einer ihrer Sponsoren betrieb. Sich das vorzustellen, war nicht schwer: Wie sie vor der Arbeit eine Joggingrunde um *The Pond* im Central Park beendete und fasziniert von dieser enormen grünen Lunge inmitten der Großstadt, mit luxuriösen Hochhäusern an allen Ecken, den Blick hob. Wie vorausschauend, dachte sie, dass die Stadtplaner diesen Bereich inmitten des Gebietes, das für Wohnungen weltweit nunmehr die höchsten Quadratmeterpreise haben musste, als Naturareal vorgesehen hatten. Sie stellte sich ein graues Eichhörnchen vor, das einen Baumstamm hinaufflitzte, einen auf Rollschuhen vorbeifahrenden Mann, einen Saxophonisten, der auf einem der Wege aufspielte. Das Bild verschwand, und sie sah nur noch den grauen Parkplatz vom Himmelfjell, mit von Reif bedeckten Büschen und Heidekraut drumherum. Die Bäume in ihrer Phantasie waren grün gewesen. Es war am leichtesten, sich New York im Sommer vorzustellen.

Aber es ist kein Sommer, sagte sie zu sich selbst, als sie die Tür hinter sich schloss und zur Treppe ging. *Und ich bin nicht in New York. Nicht in London, Paris, und auch nicht in Sydney, was das betrifft.* Aber sie hätte an einem dieser Orte sein *können* – wenn sie es gewollt hätte. Denn obwohl sie das Gefühl gehabt hatte, dass alles zu Ende sei, und sicher gewesen war, dass ihre Karriere nach dem Unglück zerstört war, war es nicht ganz so. Genau genommen: Nachdem sie vom Himalaya heimgekehrt war, hatten ihr viele Möglichkeiten offengestanden. Das war es, woran Vegard sie ständig erinnerte. Aus ihrer Zeit im Bergsteiger- und Expeditionsmilieu hatte sie vielerorts Freunde und Kontakte. Ihr Engagement für das Klima und die Umwelt hatte ihr Bekannte in Umweltorganisationen eingebracht, zudem war nicht unter den Tisch zu kehren, dass die Jahre im Rampenlicht zusammen mit Preben ebenfalls dazu beigetragen hatten, dass sie viele Anfragen erhielt.

Für was aber hatte sie sich entschieden? Sie hatte keines der Angebote angenommen, die ihr ein angenehmeres Leben in einem besseren Klima hätten bescheren können. Nein, sie war von dem Berg, der ihr Leben zerstört hatte, auf einen anderen Berg geflohen. Hierher nach Hause, zum Himmelfjell. Wo die Großmutter und das Hotel warteten und dies so viele Jahre getan hatten. In gewisser Hinsicht fühlte es sich so an, als hätte das Schicksal sie endlich eingeholt.

Sie ging auf die Treppe hinaus und überblickte den Platz. Sie müssten jetzt bald hier sein.

*

Der Kies knirschte als der schwarze Audi mit Allradantrieb angefahren kam, elegant wendete und schließlich stehen blieb. Die Tür auf der Fahrerseite ging auf und heraus sprang Vegard Vangs sportliche Gestalt mit offener Daunenjacke und Wildlederschuhen an den Füßen. Das mittelblonde Haar war der Mode entsprechend zerzaust und dafür, dass es Anfang Dezember war, war er verdächtig braun. Mit einem breiten Lächeln winkte er Ingrid zu, bevor er um das Auto herumging und die Tür auf der Beifahrerseite öffnete.

Das Erste, was Ingrid von Pia Pihlstrøm sah, war ein Paar cognacfarbene, elegante Lederstiefeletten mit hohen Absätzen. (*Ich hoffe, sie hat bessere Wanderstiefel dabei*, dachte Ingrid. *Mit diesem Schuhwerk kommt sie hier im Terrain nicht weit.*) Die Stiefeletten setzten sich in zwei langen Beinen fort, die in einen weiten, weißen Mantel mündeten. Testend wurden die Füße auf den gefrorenen Boden gestellt, und Vegard streckte eine Hand aus. Eine große Gestalt glitt aus dem Auto, und da war sie, Pia Pihlstrøm in all ihrer Pracht.

Sie war schön. Das Gesicht glich einer Skulptur, die Brauen zwei markante Bögen über großen Augen, eine überraschend kräftige Nase und ein gerader Mund. Sie trug keine Kopfbedeckung, sodass sich ihre honigblonden Locken bis zur Taille des weißen Mantels ausbreiten konnten.

Vegard schloss die Autotür hinter Pia und sprang dann über den Hof und die Treppe hinauf zu Ingrid.

»Hei!«, sagte er und zog sie in seine Arme. Ingrid erwiderte die feste Umarmung, spürte die Wärme seiner glatten Wange und vernahm den Duft seines frischen Parfüms. Normalerweise mochte sie Umarmungen nicht besonders, das wurde schnell zu nah, eine Invasion der Intimsphäre, weshalb sie meist einen höflichen Händedruck bevorzugte. Mit Vegard aber war das anders.

»Es tut so gut, dich zu sehen!«, lächelte sie. »Willkommen!«

»Danke!«, strahlte er. Dann lief er zum Auto zurück und öffnete den Kofferraum, während Pia wartend danebenstand. *Aber – was war das?*, dachte Ingrid, als sie ihren Blick wieder auf die Influencerin heftete. Der elegante, weiße Mantel wies eine deutliche Rundung auf, ein kleiner Berggipfel auf Pia Ps Taille. Das konnte doch nicht …? Doch. Da hatte wohl jemand vergessen, ihr etwas zu erzählen. Zwar war der weibliche Körper nicht Vegards Hauptinteressengebiet – aber dass Pia Pihlstrøm schwanger war, konnte ihm doch wohl wirklich nicht entgangen sein?

*

»Natürlich wusste ich es! Schließlich bin auch ich nicht blind«, brach es aus Vegard heraus, als sie ihn einen Moment für sich hatte. Sie saßen in ihrer Wohnung auf dem Sofa, und sie schaute ihn vorwurfsvoll an.

»Du bist nicht der Meinung, dass du das hättest erwähnen können? Sie muss doch im sechsten, siebenten Monat sein!«

»Ich hatte versprochen, nichts zu sagen«, entgegnete Vegard.

Er nahm einen Schluck aus dem Wasserglas, das Ingrid ihm hingestellt hatte und fuhr sich mit der Hand durch die Haare, die daraufhin noch zerzauster waren.

»Es tut mir leid«, sagte er. »Ich weiß es seit einer Weile, habe jedoch versprochen, es niemandem zu erzählen. Und ich habe nicht daran gedacht, dass … dass … dass du es als eine unangenehme Überraschung empfinden könntest. Das war gedankenlos von mir.«

Alfred hatte das Gepäck in die Zimmer hinaufgetragen, und Ingrid, Pia und Vegard hatten ausgemacht, sich später am Nachmittag unten in der Bar zu treffen, wenn Pia sich ein wenig ausgeruht hatte. Nachdem er Mutter Borghild und das Team herzlich begrüßt hatte, war Vegard mit zu Ingrid gekommen.

Ingrid hatte sich ins Zeug legen und dafür sorgen müssen, dass Pia ein Zimmer in der ersten Etage anstatt des ursprünglich in der dritten für sie vorbereiteten bekam. Mit diesem Bauch konnte sie Pia nicht all die Treppen hinauflaufen lassen. Perle hatte im Eiltempo das Zimmer zurechtgemacht, während Ingrid Pia und die anderen im Foyer aufgehalten hatte – Perle hatte sich des Sonderauftrags gern angenommen, und als sie den prominenten Gast sah, hatte es ihr fast die Sprache verschlagen. Ingrid hatte sich gezwungen gesehen, sie zur Seite zu nehmen und sie daran zu erinnern, dass sie als Hotelangestellte niemals, niemals, *niemals* etwas über Gäste des Hauses in den sozialen Medien posten durfte. Als sie den enttäuschten Blick sah, verstand sie, dass dies eine höchst notwendige Erinnerung gewesen war. Was über den Aufenthalt von Pia P im Himmelfjell Hotel gepostet wurde, das sollte allein Pia selbst veröffentlichen.

»Es ist nicht *unangenehm*«, sagte Ingrid zu Vegard.

Sie war nicht ganz sicher, ob das der Wahrheit entsprach, aber was sie *fühlte* – das war irrelevant.

»Ich dachte mehr an das Praktische. In welchem Monat ist sie?«, fuhr sie fort.

»Ganz ruhig, es ist noch lange hin bis zur Geburt«, entgegnete Vegard. Ingrid schnaubte.

»Seit wann bist *du* Experte in diesen Dingen?«

»Nun, ich habe mich diesbezüglich in der Tat ein wenig belesen, wegen Pia. Sie hat nicht so viele, an die sie sich wenden kann. Sie hat niemandem erzählt, dass sie ein Kind erwartet. Es ist ein wenig … kompliziert.«

»Was? Sie hat es niemandem erzählt?«

Ingrid sah ihren Freund fragend an.

»Aber wie in aller Welt hat sie es geschafft, es zu verbergen?«

»Nun, wenn du den Großteil deines Lebens in den sozialen Medien verbringst und sonst nicht so viel draußen unterwegs bist, ist das nicht so schwer. Sie ist eine geschickte Fotografin, und kann die Schwangerschaft gut verbergen.«

»Aber sie hat doch wohl irgendwelche Freunde? Neben dir, meine ich? Einen Bekanntenkreis? Und … irgendwo muss es doch wohl auch einen Vater zu diesem Kind geben?«

Vegard sah sie mit seinen lebhaften Augen an. »Nun, das tut es vielleicht. Wer es jedoch ist, das ist ein gut gehütetes Geheimnis.«

»Sie hat es also nicht einmal dir erzählt?«

Er ließ den Blick durch das Wohnzimmer und über ihre Kleider schweifen, die noch immer an der Schranktür hingen.

»Nein, nicht einmal mir.«

*

»Oh, wie schön es hier ist!«, brach es aus Pia Pihlstrøm heraus, als sie in den Speisesaal kamen.

Und es *war* schön. Auf beiden Seiten des Raumes leuchteten in Kandelabern langstielige Kerzen; auf den langen Tischen waren auf weißen Leinendecken die schönsten Gläser und das beste Geschirr des Hauses platziert. Die Servietten waren ebenfalls aus Leinen, die Serviettenringe aus Silber und von Maja Seter frisch poliert – sie glitzerten im Schein der Kerzen. Die Sonne war längst untergegangen; vor dem durch die großen Fenster sichtbaren dunkelblauen Himmel hoben sich die Berge markant ab.

Die Möbel waren solide und handgefertigt; die Lehnen der hohen Stühle mit Schnitzereien im nationalromantischen Stil waren seit Ende des 19. Jahrhunderts in Gebrauch. Plötzlich überkam Ingrid ein gewisser Stolz darüber, dass auf die Möbel so gut geachtet worden war.

Tagsüber war Alfred im Wald gewesen, um Fichtenzweige zur Dekoration zu holen, deren frischer Duft sich jetzt mit den verlockenden Gerüchen aus der Küche vermischte. Im Kamin knisterte ein Feuer aus Birkenscheiten.

Einige Hotelgäste hatten sich bereits im Speisesaal eingefunden; über der gedämpften Hintergrundmusik war Geplauder und das Klirren von Glas und Besteck zu vernehmen. Ihre eigene kleine Gruppe bewegte sich auf den reservierten Tisch ganz hinten im Saal zu und nahm nach Anweisung von Mutter Borghild Platz. Neben Ingrid waren es sieben Personen: Vegard, Pia, Mutter Borghild, Aisha, Hussein, Alfred und Tor Seter. Tor war eine halbe Stunde vor dem Abendessen gekommen und hatte an der Bar mit den anderen etwas getrunken, bevor sie sich zu Tisch begaben. Obwohl sie ihn in letzter Sekunde und aufgrund von Vegards Drängelei eingeladen hatte, fühlte es sich jetzt sehr gut an, ihn hier zu haben.

Maja und Perle waren mit der Essenszubereitung und dem Servieren beschäftigt; Ingrids Vorschlag, dass sie sich später hinzugesellen sollten, hatte Maja schroff zurückgewiesen.

Ein gewisser professioneller Abstand müsse gewahrt bleiben, meinte Maja, und ließ durchscheinen, dass sie es nicht als passend empfand, dass der Hausmeister an dem Abendessen teilnehmen sollte. Ingrid aber wollte den Tisch gern füllen. Das machte es als Testessen glaubwürdiger. Bis Weihnachten sollten weitere Gäste kommen, die Mannschaft würde wachsen und sie würden jeden Abend mehrere so volle Tische haben! Da musste vieles klappen.

Ingrid stellte sich, den Rücken zur Wand gerichtet, ans Tischende und nachdem die anderen Platz genommen hatten, schlug sie gegen das Glas. Sieben Augenpaare richteten sich auf sie. Vegards lebhafte und Pia Ps graublaue Augen mit langen Wimpern unter wohlgeformten Brauen. Mutter Borghilds scharfer und wohlbekannter Blick zwischen den Lachfältchen, Aishas und Husseins warme braune Augen. Alfreds unbestimmbarer Ausdruck unter buschigen Brauen, und Tor Seters hellblauer Optimismus. Sein Blick hatte sich nicht verändert, seit Ingrid und Tor vor sechsundzwanzig Jahren in Dalen in dieselbe Klasse eingeschult worden waren.

Ingrid räusperte sich: »Ihr Lieben, dies ist ein großer Anlass, obwohl wir eine kleine Gruppe sind«, begann sie. »Wir haben in diesem Saal bereits viele Abendessen gehabt, dies jedoch ist meine erste Abendgesellschaft als Direktorin. Wie ihr wisst, bin ich hier nach dem Tod meiner Eltern unter den schützenden Fittichen von Mutter Borghild aufgewachsen.«

Sie spürte, wie ihre Stimme zitterte und richtete ihren Blick auf die Großmutter, die sie aufmunternd anlächelte.

»Mutter Borghild hat das Hotel seit den sechziger Jahren geleitet. Erst zusammen mit ihren Eltern, dann, bis zu seinem Tod, gemeinsam mit meinem Großvater. Fünfzig Jahre lang ist sie also Direktorin des Himmelfjell Hotels gewesen. Daher möchte ich zu Anfang gern einen Toast auf Mutter Borghild ausbringen.«

Ingrid hob ihr Sektglas, woraufhin die anderen ebenfalls ihre Gläser erhoben – gefüllt mit Wein, Cider, Johannisbeersaft und alkoholfreiem Mojito.

»*Skål!*«, rief Hussein und reckte sein Saftglas in die Höhe. Alle lachten und stießen mit ihm und Borghild an.

»Und *Skål* auf die neue Direktorin«, sagte Borghild, indem sie ihr Glas erneut erhob.

Während die anderen ihr zuprosteten, stellte Ingrid ihr Glas ab. Sie räusperte sich und schluckte ein paar Tränen hinunter, bevor sie mit ihrer Begrüßungsrede fortfuhr.

»Jetzt bin ich – *endlich*, kann man wohl vielleicht sagen – ins Himmelfjell heimgekehrt, um die Verantwortung für den Hotelbetrieb zu übernehmen. Wir werden sowohl die Traditionen vergangener Zeiten fortführen als auch einige neue einführen. In diesem Jahr werden wir zum ersten Mal zwischen Weihnachten und Neujahr geöffnet haben, mit einem Programm, das von Bierverkostung und Skikurs bis zum Tanz um den Weihnachtsbaum alles beinhaltet. Ich freue mich darauf – und weiß, dass dies ohne die gute Hilfe von euch nie möglich gewesen wäre. Ich bin so froh, dass jeder Einzelne von euch heute Abend kommen konnte, und ein besonderes Willkommen an dich, Pia, die du heute zum ersten Mal hier bist.«

Die Influencerin nickte und lächelte.

Ingrid fuhr fort: »Ein paar Informationen zu dem Essen, das wir heute Abend verzehren werden. Als Vorspeise haben wir geräucherte Forelle mit Apfelsalat. Das Hauptgericht des Tages hat Tor geliefert, Lammrippe, die von seiner Tante Maja und ihren tüchtigen Helfern in der Küche zubereitet wurde. Ich hoffe und glaube, das wird schmecken. Herzlich willkommen, liebe Freunde.«

»Danke!« und »*Skål!*« war ein weiteres Mal von den anderen

zu vernehmen, woraufhin sie tranken, einander in die Augen sahen und sich freuten, dass das Fest begonnen hatte.

Nachdem sie die Vorspeise beendet hatten, stand Mutter Borghild auf und beugte sich zu Ingrid hinunter.

»Das läuft doch glänzend«, flüsterte sie ihr ins Ohr.

Ingrid nickte zufrieden. Sie hatte Pia F zwischen sich und Vegard platziert, Alfred hingegen am weitesten entfernt, da er in der edlen Kunst der Konversation nicht der Geübteste war. Sie hatte den Versuch eines Gesprächs der armen Perle über Incentives noch frisch in Erinnerung. Mit Pia zu reden war leicht, sie war freundlich und an allem interessiert, was mit dem Hotel zu tun hatte. Da war es auch in Ordnung, dass sie ständig ihr Handy in der Hand hatte, um Fotos von Drinks und Dekoration zu machen. Schließlich war das ihr Job – und der Grund dafür, warum Vegard sie eingeladen hatte. Pia trug einen reizenden Hosenanzug aus grünem Samt, ihre Wangen waren mit Rouge bedeckt, während sie die blonden Locken zu einem lockeren Zopf geflochten hatte. Sie war wirklich ganz außergewöhnlich hübsch, dachte Ingrid. Und sie wirkte scharfsinnig, intelligent. Ingrid schämte sich beinahe dafür, davon überrascht zu sein.

Pia vis-à-vis saß Tor. Tor war attraktiv und freundlich, ein wenig zurückhaltend vielleicht, wenn er neuen Menschen begegnete, jetzt aber redete er locker mit Pia und dem neben ihm sitzenden Hussein über Tiere und das Fotografieren.

Maja und Perle kamen mit Lammrippe und Würstchen, Mandelkartoffeln und Steckrübenstampf herein, was bei den Gästen ein glückliches Seufzen auslöste. Ingrid sah, dass Tor das Fleisch besonders genau unter die Lupe nahm, obwohl sie vorab selbstverständlich überprüft hatten, dass alles in Ordnung war. Sie nahm einen Happen, schaute ihn an und nickte zufrieden, als sich der herrliche, salzige Geschmack im Mund ausbreitete. Das war Lammrippe von der besten Sorte und somit vielversprechend für das Gelingen der Weihnachtsessen.

Aisha saß zwischen Hussein und Alfred, mit Mutter Borghild schräg gegenüber. Die Hausverwalterin wirkte an diesem Tag still. Hatte es etwas mit dem Essen zu tun? Bei den Gesprächen im Vorfeld ihrer Anstellung hatte Ingrid vorsichtig das Thema Essen angesprochen und dabei auch, wie Aisha als Muslima zum Thema Weihnachten und anderen Traditionen stand. Aisha hatte mit einem breiten Lächeln geantwortet. *Wir selbst feiern kein Weihnachten, aber sowohl meine als auch die Familie von Mohammed arbeiten seit mehreren Jahrzehnten im Tourismus*, hatte sie gesagt. *Daher sind wir es gewohnt, die Feiertage zu bedienen! Ja, im Hotel in Akaba haben wir sogar Pfefferkuchenhäuser – die größten der Stadt, selbstverständlich!*

Vielleicht beschäftigte sie etwas anderes. Aishas Mann, Husseins Vater, war noch immer in Jordanien. Wer wusste, wie es ihm und dem Rest der Familie ging, von denen sich einige auch in Syrien aufhielten. Aisha sprach nicht viel darüber; vermutlich war dies auch eine Form des Selbstschutzes. Es war lange her, dass sie eine Kernfamilie gewesen waren; als Ingrid Aisha und Hussein kennenlernte, hatte Aisha als Leiterin einer Cateringfirma in Kathmandu gearbeitet. Sie und ihr Ehemann hatten das Ziel, irgendwann wieder zusammenzuwohnen, hatte Aisha Ingrid erzählt, bisher aber war alles noch immer ungeklärt. Das muss schwer sein, dachte Ingrid, mit einer solchen Unsicherheit zu leben, besonders, wenn man ein Kind hat.

Aisha nahm die Serviette von ihrem Schoss und wischte Steckrübenstampf von Husseins Kinn. Sie trug ein hübsches Kleid, schwarz und langärmelig, mit Stickereien in Rot und

Weiß. Mutter Borghild hatte innegehalten und es bewundert, als sie sich draußen in der Bar getroffen hatten. Die traditionellen arabischen Muster ähnelten gewissermaßen den Trachtenstickereien, denen sie selbst sich widmete, und Borghild erkannte gutes Handwerk, wenn sie es sah.

Als Perle und Maja mit der zweiten Runde Lammrippe auftauchten, richtete Ingrid ihre Aufmerksamkeit auf Pia.

»Möchtest du noch etwas?«

»Ja, danke, es ist herrlich«, sagte Pia. »Ich sollte vielleicht nicht so viel nehmen, aber jetzt muss ich schließlich für zwei essen.«

Das war in der Tat das erste Mal, dass Pia auf die Schwangerschaft hindeutete, und Ingrid hatte nicht direkt nachfragen wollen. Sie fragte sich, ob das der Anlass war, um mehr zu erfahren, aber Pia konzentrierte sich schon wieder auf ihren Teller und aß mit gesundem Appetit.

»Weißt du, dass ich faktisch noch nie zuvor Lammrippe gegessen habe!«

»Hast du nicht? Du bist vermutlich mit Rippchen vom Schwein zu Weihnachten aufgewachsen?«

»Nun, es war unterschiedlich. Meine Familie war sozusagen nicht sonderlich an Weihnachtstraditionen interessiert.«

Ingrid merkte, dass Pia keine große Lust hatte, weiter über ihre Familie zu reden, und lenkte das Gespräch stattdessen auf das Himmelfjell. Vielleicht war es für Pia inspirierend, von der Geschichte des Ortes und all den bekannten Personen zu hören, die im Laufe der Zeit hier Ski gelaufen oder die Berge hinaufgeklettert waren.

»Ich hoffe, dass ich dir morgen ein paar schöne Fotomotive zeigen kann«, sagte Ingrid. »Schließlich müssen wir versuchen, ein bisschen Weihnachtsstimmung herbeizumogeln, auch wenn der Schnee auf sich warten lässt.«

»Vor Weihnachten *muss* es schneien«, klinkte Vegard sich in das Gespräch ein. »Ansonsten wird es schwierig mit Skikursen und Schlittenfahrten, und dass ihr die arrangiert, haben wir auf allen Kanälen verbreitet.«

Nachdem sich die Gäste durch zwei oder gar drei Portionen des Hauptgangs gespeist hatten, senkte sich über dem Tisch eine selige Stimmung herab.

»Nun … hat noch jemand Platz für Reiscreme mit roter Soße?«, fragte eine lächelnde Maja Seter, die aus der Küche gekommen und zusammen mit Perle die Teller abgeräumt hatte.

»Du hast auf jeden Fall einen Extramagen für Dessert, Tor«, sagte sie und zog ihrem Neffen sanft an den Haaren. Tor errötete und schaute beschämt zu Ingrid und den Gästen von außerhalb.

»Hast du einen Extramagen?«, erkundigte Hussein sich enthusiastisch.

»Cool! Weißt du, dass Kamele *drei* Mägen haben? Die können also viel Dessert essen!«

Tor lächelte verschmitzt. »Meine Schafe haben sogar vier Mägen. Sie sind also die Gewinner! Allerdings will ich Tante Majas Reiscreme nicht mit ihnen teilen. Die ist so gut, dass wir sie für uns behalten müssen, Hussein.«

Er knuffte dem Jungen mit dem Ellenbogen in die Seite.

Alle lachten. Alfred zog ein Taschentuch heraus, wischte sich über die Stirn und beugte sich anschließend über das Dessertschälchen. Ingrid fragte sich, ob es ihm in dem ungewohnten Anzug – dessen Schnitt vermutlich in den siebziger Jahren modern gewesen war – und nach ein paar Gläsern Aquavit intus zu warm war. Alfred nahm den Dessertlöffel, bereit, sich dem Nachtisch mit ebenso großem Ernst zu widmen wie jeder seiner Arbeitsaufgaben, hob jedoch plötzlich erneut die Hand zur Stirn und starrte sie anschließend verwundert an, bevor er den Blick hob.

»Es tropft!«, rief er. »Es tropft von der Decke!«

*

Niemals zuvor war ein Aufbruch vom Abendessen wohl so abrupt erfolgt. Besteck klirrte und Stühle scharrten.

Ingrid war zeitgleich mit Alfred auf den Beinen, blieb stehen und starrte an die Deckenverkleidung. Ja, in der Tat. Dort oben war ein nasser Fleck im Holz und ein Tropfen, der wuchs und schließlich mit einem *Platsch* in Alfreds Bierglas landete! Und *platsch*! Noch ein Tropfen.

Die anderen Gäste drehten sich nunmehr fragend zu ihrem Tisch um, woraufhin Borghild zu ihnen ging, um sie zu beruhigen, während Ingrid und Alfred sich in die darüberliegende Etage begaben, von wo das Leck kommen musste. Alfred keuchte die Treppen hinauf. Sie hielten einen Augenblick lang inne, bevor Alfred im Flur voranging und vor Pia Ps Zimmer stehen blieb.

»Es muss von hier kommen«, sagte er.

»Glaubst du, es kommt aus Pias Bad?«, fragte Ingrid. »Kann sie vergessen haben, das Wasser an der Badewanne abzustellen?«

Alfred griff nach der Klinke, aber die Tür war verschlossen. Ingrid überlegte einen Moment, ihn zu bitten, sie einzuschlagen, Alfred aber kam ihr zuvor und zog den Generalschlüssel aus der Hosentasche. Er schloss auf, beide gingen sie ins Zimmer und blieben auf der Schwelle von Pias Bad stehen. Dort drinnen war nicht so leicht zu verstehen, was geschehen war. Wo Ingrid erwartet hatte, Wasser aus einer überfüllten Badewanne strömen zu sehen, war diese leer und die Hähne geschlossen. Der Boden hingegen war von mehreren Zentimeter Wasser bedeckt. Ein Teil des Wassers lief in den Flur hinaus.

Ingrid hörte, dass jemand hereinkam und drehte sich um. Mit erschrockenem Gesichtsausdruck stand Pia hinter ihr und betrachtete das Unheil.

»Ich … ich habe ein Bad genommen, kurz bevor ich nach unten gekommen bin«, sagte sie. »Aber ich habe nicht bemerkt, dass etwas nicht stimmte.«

Alfred zog Schuhe und Strümpfe aus und ging resolut ins Bad hinein.

»Hier läuft es nicht richtig ab«, sagte er und hebelte mit einem kleinen Schraubenzieher, den er aus der Jackentasche zog, den Abfluss auf. Schicke Kleidung zu tragen, hinderte Alfred Haug augenscheinlich nicht daran, die richtige Ausrüstung dabeizuhaben. »Es sieht fast so aus, als würde das Wasser wieder hochkommen. Das Abflussrohr der Badewanne muss ein Leck haben oder eines der abzweigenden Rohre hat sich gelockert.«

Ingrid folgte Alfred ins Bad und hockte sich neben ihn. Vorsichtig schob er die rechte Hand in den Abfluss und bekam einen Klumpen zu fassen, den er mit einer Grimasse nach oben zog. Es sah aus wie Haare und nasses Papier. Nicht verwunderlich, dass das Wasser nicht richtig abgelaufen war. Jetzt rann es langsam in den Abguss, allerdings würde es lange dauern, bis alles weg war. Zudem hatte sich das Wasser offensichtlich unter dem Badezimmerboden gesammelt und war durch die Balkenschicht in den darunterliegenden Speisesaal getropft. Ingrid fror innerlich bei dem Gedanken daran, was das an möglichen Schäden und Ausgaben nach sich ziehen mochte. Wie viel konnte sich hier in kurzer Zeit eigentlich verändern? Es fühlte sich an wie Hohn, dass sie vor nur fünf Minuten dagesessen und sich darüber gefreut hatte, wie gut alles lief.

Plötzlich bemerkte sie, dass sie nasse Füße hatte. Die Ballerinas aus Wildleder waren dunkel vor Nässe und würden nie wieder schön werden. Wie ein Scheuerlappen war auch das hellgrüne Seidenkleid am Rand nass geworden. Jetzt war es sicher ruiniert. Auch mit der hellgrünen Hoffnung stand es nicht sonderlich gut.

7. Dezember

Man kann immer erkennen, wer was macht, dachte Ingrid, als sie am Morgen darauf zusammen mit Alfred im Foyer stand und die Handwerker in Empfang nahm. Die Tischler waren ganz bestimmt die beiden blonden Kerle, der eine etwas größer und muskulöser als der andere, wie zwei Brüder aus einem Zeichentrickfilm. Der Rohrleger war definitiv der ältere Mann in der blauen Latzhose, während der junge dünne, der im Haus eine Mütze trug, der Elektriker sein musste.

Sie hatten wirklich Glück gehabt, dass die Handwerker so kurzfristig hatten anrücken können, noch dazu an einem Samstag. Es war wichtig, den Trocknungsprozess umgehend einzuleiten, hatte Alfred gesagt. Nach nur einem oder zwei Tagen Feuchtigkeit konnten sich Schimmelpilze bilden, und Schimmelpilze stellten ein reales Problem dar, waren gesundheitsschädlich und zerstörerisch (*im Gegensatz zu Käsebällchen*, hatte Alfred hingewiesen). Sie waren gezwungen, den Boden in Pias Bad aufzubrechen, um nachzusehen, ob beziehungsweise wie viel Wasser sich darunter gesammelt hatte und eventuell Entfeuchter einzusetzen.

Der Abend hatte sich von einem Traum zu einem Albtraum entwickelt. Als das Wasser anfing zu tropfen und die Gesellschaft sich auflöste, war die Reiscreme zur Hälfte aufgegessen stehen geblieben. Sie hatten den Tisch zur Seite geschoben und ein paar Eimer auf dem Boden verteilt und Handtücher drumherum gelegt. Alles so diskret wie möglich, um den restlichen Gästen im Saal nicht die Stimmung zu verderben. Glücklicherweise war über die Nacht nur wenig Wasser dazugekommen. Alles deutete darauf hin, dass ein Abflussrohr kaputt war. Vielleicht war es die Belastung, als Pia den Stöpsel aus der Badewanne gezogen hatte, die es hatte bersten lassen. Ingrid hoffte nur, dass sie nicht die alte Decke des Speisesaals abreißen mussten.

Als am gestrigen Abend das schlimmste Chaos überstanden war, hatte Ingrid eine weinende Pia trösten müssen. Pia hatte ein neues Zimmer bekommen – die arme Perle hatte zum dritten Mal einen Raum für sie herrichten müssen, dieses Mal ein Stück weiter hinten auf demselben Flur. Pia wiederholte, dass sie ein Bad genommen hatte, sich aber ganz sicher war, das Wasser abgestellt und den Stöpsel herausgezogen zu haben, bevor sie sich fertig gemacht und in die Bar gekommen war. Daher gab es keinen Grund zu der Annahme, dass Pia irgendetwas falsch gemacht hatte. Das Geschehene war offensichtlich einfach Pech. Oder besser gesagt war es wohl dem generellen Wartungsrückstand des Hotels geschuldet, und Ingrid überkam das quälende Gefühl, dass dieser sich wieder und wieder zeigen könnte.

Vegard kam die Treppe herunter, und sie überließ die Handwerker Alfred.

»Ich war bei Pia«, sagte Vegard, nachdem er Ingrid mit einer Umarmung begrüßt hatte. »Sie ist völlig verzweifelt und will nur noch nach Hause fahren.«

»O nein! Hilfe!«, entgegnete Ingrid. »Ihr Aufenthalt darf nicht so enden. Können wir nicht irgendetwas tun?«

»Schau anschließend bei ihr oben vorbei«, schlug Vegard vor.

Ingrid seufzte. Und dabei hatten sie auf gute Rezensionen in den sozialen Medien und Nachahmer gehofft. Nunmehr mussten sie wohl einfach froh sein, wenn Pias Besuch im

Himmelfjell mit keinem einzigen Wort erwähnt wurde. Eine Buchungsflut von Pia-Pihlstrøm-Fans würde es auf jeden Fall nicht geben.

Ihr Handy klingelte. *Tor Seter* stand auf dem Display. Tor hatte eigentlich das Angebot erhalten, im Hotel zu übernachten, um nach dem Essen nicht ins Dorf hinunterfahren zu müssen, war jedoch von seinem Kameraden und Helfer Roger abgeholt worden, als die Gesellschaft viel zu früh ein Ende fand.

Ingrid warf Vegard einen entschuldigenden Blick zu und ging Richtung Haustür, bevor sie abnahm.

»Hei, Tor«, sagte sie, als sie mit dem Handy am Ohr auf die Treppe hinausging.

»Hei, du!«, entgegnete am anderen Ende der Leitung eine tiefe Stimme. »Ich wollte nur hören, wie es bei euch da oben läuft. Ob es etwas gibt, womit ich behilflich sein kann.«

»Oh, das ist nett von dir, aber die Handwerker haben bereits mit der Arbeit begonnen. Es tut mir wirklich leid, dass es gestern so dumm gelaufen ist.«

»Denk nicht daran«, sagte Tor. »Das Essen war doch gut und die Gesellschaft nett.«

Sie lächelte. »Ja schon, nur fand das Ganze ein etwas zu jähes Ende.«

Nach dem Gespräch mit Tor ging Ingrid hinauf und klopfte vorsichtig an Pias Zimmertür.

»Komm rein«, ertönte es schwach, woraufhin Ingrid nach der Klinke griff und feststellte, dass die Tür nicht verschlossen war. Im Zimmer war es dunkel.

»Tut mir leid, es riecht sicher stickig. Mach einfach das Fenster auf, wenn du möchtest«, sagte Pia, die noch im Bett lag. Ingrid tat, worum sie gebeten wurde, öffnete das Fenster und zog die Gardinen zur Seite, damit das Licht hereinströmen konnte.

Wie Pia dort im Bett lag, sah sie bedeutend weniger glamourös aus, als es am Tag zuvor der Fall gewesen war. Die Haare waren zerzaust, die Augen geschwollen und die Haut blass.

»Wie geht es dir? Fühlst du dich nicht wohl?«, erkundigte sich Ingrid.

»Nein, jetzt ist es okay, aber ich war so erschöpft«, antwortete Pia. »Ich wollte runterkommen, aber ich wurde müde, und dann spannt auch der Bauch so. Ich weiß nicht recht, wie ich das erklären soll. Auf jeden Fall war es anstrengend, mich zu bewegen. Deshalb habe ich mich ein bisschen hingelegt, nachdem Vegard hier war, und dann bin ich wieder eingeschlafen. Jetzt habe ich das Gefühl, völlig neben mir zu stehen. Und dann denke ich an das mit der Badewanne gestern.«

»Das war nicht dein Fehler«, versicherte Ingrid und versuchte zu verbergen, wie besorgt sie war, weil Pia sich unwohl fühlte. Sie wollte auf keinen Fall, dass die Starbloggerin hier krank wurde, zusätzlich zu den anderen Problemen. Dann würde es so wirken, als läge über dem ganzen Hotel ein Fluch.

»Ich werde dir etwas zu essen bringen«, sagte sie. »Und vielleicht eine Tasse Tee? Oder worauf hast du Lust?«

Pia lächelte schwach. »Eine Tasse Tee und ein bisschen Toastbrot wären schön. Tausend Dank. Ich komme später runter, damit ich mit Vegard besprechen kann, wie wir weiter verfahren.«

Als Ingrid Vegard wiederfand, saß er zusammen mit Mutter Borghild unten in der Bibliothek. Sie war ganz sicher im Begriff, ihn über die Geschichte des Hotels und des Dorfes zu belehren. Ingrid sah die alten Bücher, die auf dem Tisch zwischen ihnen aufgeschlagen waren. Dort stand auch eine Schüssel mit getrockneten Datteln und Feigen. Die Lieblingssnacks der Großmutter.

»Tut mir leid, dass ich keine bessere Hilfe bin, Ingrid«, sagte Vegard, als sie sich zu ihnen gesellte. »Aber du weißt, dass ich in solch praktischen Dingen hoffnungslos bin.«

»Ja, ich glaube, es ist das Beste, wenn du dich von den Reparaturarbeiten fernhältst«, lachte sie. »Ansonsten machen wir Schlimmes wohl nur noch schlimmer. Aber du kannst mir bei anderen Dingen helfen. Vielleicht hast du Lust auf einen Spaziergang, dann können wir reden?«

»Gerne«, lautete es von Vegard. »Da muss ich nur nach oben und meine Jacke holen.«

»Wir sehen uns bald zum Mittagessen, Großmutter«, sagte Ingrid und küsste Borghild auf die Wange.

Diese nickte, lächelte und legte sich eines der Bücher auf den Schoß. Sie tat so, als hätte sie sich wieder ins Lesen vertieft, bevor die beiden den Raum verlassen hatten, aber Ingrid spürte ihren Blick im Rücken.

Draußen hatte die Sonne bereits ihren Höchststand erreicht, was zu dieser Jahreszeit nicht besonders hoch war. Die Luft war eisig und klar.

»Wie schön es hier ist«, sagte Vegard mit dem Blick auf die Berge gerichtet. »Ich wünschte, David wäre mitgekommen.«

Sein Freund war noch nie hier oben im Himmelfjell gewesen, obwohl Vegard das Hotel mehrfach besucht hatte. David arbeitete immer lange und nahm selten frei.

»Es wäre superschön, wenn er herkommen würde«, sagte Ingrid. »Aber ich verstehe, dass er beschäftigt ist. Im Gegenzug darf ich dich für mich allein haben.«

Sie klopfte Vegard auf den Oberarm und sie spazierten durch

das Heidekraut, während sie ihm von den vielen praktischen Herausforderungen im Hotel berichtete. Dem Leck, selbstverständlich, aber auch von anderen Problemen. Zum Beispiel hatte kürzlich eine größere Reisegruppe ihren Aufenthalt ohne Erklärung storniert. So etwas passierte in Hotels ständig, jedoch hatte sie mit einer höheren Auslastung kalkuliert, als es aktuell der Fall war.

»Wir müssen die Einnahmen steigern«, ließ sie Vegard wissen, was dieser mit einem Murmeln bestätigte.

Er wusste ebenso gut wie Ingrid, dass seit längerem schwere Zeiten herrschten, mit weniger Gästen und reduziertem Betrieb. Dominiert wurde das Bild von Ausgaben. Ausgaben und noch mehr Ausgaben: für Gehälter und Einkäufe, Renovierung, Lebensmittel, Transport und Steuern und mochten die Götter wissen was noch …

»Du, Vegard. Ich zweifle schlicht und einfach sehr daran, ob das gut gehen wird.«

»Nein, nein, nein! So darfst du nicht denken«, protestierte Vegard. »Die Werbung wirkt bereits, und die Gästezahl wird ganz bald steigen, da bin ich sicher. Dann werden sich deine Zahlen von rot in schwarz verwandeln.«

Ingrid nickte. In diesem Jahr wird das nicht geschehen, und wohl auch kaum im nächsten. Es würde lange dauern, bis alle Investitionen abbezahlt und die Löhne gedeckt waren. Wenn sich dazu ständig unvorhergesehene Ausgaben hinzugesellen sollten, würde es vielleicht nie geschehen.

»Ich erwarte nicht, dass du das für mich löst. Aber es ist schön, die Sorgen mit jemandem teilen zu können. Ich möchte nicht Mutter Borghild mit all dem behelligen, was mich beunruhigt.«

»Nein, das verstehe ich«, antwortete Vegard. »Und der Grund dafür, warum du hier übernommen hast, ist doch wohl gerade der, sie von Sorgen zu befreien! Aber denk daran, dass auch sie es ist, die das Hotel am besten kennt. Du solltest nicht ausschließen, dass sie auch in Zukunft viel beizutragen hat.«

Ein Klicken ertönte; Vegard nahm das Handy aus der Tasche und lächelte breit.

»Antwort von Hanna«, sagte er. »Sie und PX werden versuchen, später herzukommen. Allerdings sind sie nicht sicher, ob sie es vor Weihnachten schaffen.«

»Hanna? Wie von Hanna and The Hearts?«

»Genau die!«, bestätigte Vegard.

»Ja, das wäre was!«

Die Künstlerin Hanna und ihr Fotografenfreund Per Xandersen, bekannt als PX, gehörten derzeit zu den am hellsten leuchtenden Sternen am norwegischen Promihimmel. Sie wusste, dass Vegard viele Anfragen bei Leuten laufen hatte, von denen er gern wollte, dass sie das Hotel besuchten, und dass meist nichts daraus wurde. Aber sie wusste zu schätzen, dass er es versuchte.

Als sie ins Hotel zurückkehrten, steuerten sie auf die Küche zu, wo Ingrid eine einfache Mahlzeit bestehend aus Vollkornbrot, Käse und Salat zubereitete. Alfred setzte sie über die Gespräche in Kenntnis, die er mit den Handwerkern geführt hatte. Es hatte nicht den Anschein, dass der Schadensumfang so groß war, wie sie befürchtet hatten, erklärte er zwischen zwei Bissen. Allerdings hatten sie den Boden geöffnet, sich bis zur Balkenschicht vorgearbeitet, Entfeuchter eingesetzt und würden wiederkommen, um den Rest zu reparieren.

»Das wird kosten«, sagte er grimmig.

Ingrid nickte nur. Sie war sich schmerzlich bewusst, dass selbst ein solch »kleiner« Schaden auf Zehntausende von Kronen hinauslaufen würde. Kronen, die sie nicht hatte.

Sie hatten zwei neue Küchenhilfen im Team, die sich am Wochenende um das Essen für die Gäste kümmerten. Um den Küchentisch herum saßen heute nur Ingrid, Vegard, Perle, Borghild und Alfred. Pia war auf ihrem Zimmer. Maja und Aisha hatten frei, und so hatte Aisha Hussein mit nach Lillehammer genommen. Beim Norwegischunterricht in der Stadt hatte sie eine Freundin gefunden, eine Syrerin, die jetzt in einem der größeren Hotels dort arbeitete. Jetzt sollten Aisha und Hussein in dem Hotel übernachten und am Sonntagabend zurückkommen. Während sie in der Stadt waren, wollte Aisha Kleidung und Winterausrüstung für Hussein kaufen. *In Norwegen kann man nie zu warm angezogen sein*, hatte Hussein mit einem Grinsen zu Borghild gesagt und dabei den Blick auf die beiden fehlenden Schneidezähne preisgegeben. Ingrid wiederum hatte er anvertraut, dass sie ein Geschäft kannten, in dem man *viel* bessere Datteln für Mutter Borghild kaufen konnte als die trockenen, die es im Supermarkt in Dalen gab.

Vorsichtig wurde die Tür geöffnet, und Pia P kam herein. Sie hatte sich die Haare gekämmt und trug ein einfaches Kleid aus grauer Wolle.

»Meine Liebe!« Vegard war sofort auf den Beinen, als er sie sah. »Wie geht es dir?«

Pia lächelte etwas matt. »Besser. Jetzt ertrage ich zumindest den Gedanken, ein bisschen was zu essen.«

Vegard bot Pia seinen Stuhl an. Während sie sich darauf sinken ließ, schob er ihn an den Tisch und nahm selbst neben Ingrid auf der Bank Platz. Mutter Borghild lächelte anerkennend, während Alfred ihn verwundert ansah. Vermutlich war ihm das Gebaren fremd, dachte Ingrid. Sowohl in Dalen als auch im Himmelfjell hatten Frauen sich im Großen und Ganzen wohl damit abfinden müssen, ohne Hilfe auf einem Stuhl Platz zu nehmen.

»*Hello!*«, ertönte es plötzlich draußen auf dem Flur. »*Hello?*«

Die Klingel am Empfangstresen schellte. Ingrid war im Begriff, sich zu erheben, als die Küchentür unter lautem Getöse aufging. Eine schlanke, sonnengebräunte Frau in einem grünen Wollmantel, Schnürstiefeln und etwas, das wie eine Bärenfellmütze über dem blonden Haar aussah, segelte in den Raum.

»*Hello darling!*«, sagte sie und schlug begeistert die Hände zusammen, als sie Pias Bauch sah.

»*Sind Sie verheiratet?*«

Pia sah die Frau verblüfft an und schüttelte lediglich zaghaft den Kopf.

Die Frau nickte und lächelte: »Ist das nicht großartig! Heutzutage braucht man nicht verheiratet zu sein.«

Sie winkte einen silberhaarigen Mann in zweireihigem, dunkelblauem Wollmantel herein, der hinter ihr in der Türöffnung aufgetaucht war. »Sieh sie dir an, John. Ist sie nicht reizend?«

»Das ist sie in der Tat«, sagte der Mann mit leicht nach oben gezogenen Augenbrauen.

Wieder an Pia gewandt fuhr die Frau fort: »Nun, wenn Sie sich entscheiden sollten zu heiraten, ist auch das zu empfehlen. John und ich sind seit dreißig Jahren verheiratet, ich weiß also, wovon ich rede!«

Ein breites Lächeln schmückte ihr Gesicht. »Herrlich, hier zu sein! Wer kann uns einchecken?«

*

»Wir sind Herr und Frau Wilkins«, erklärte die Frau in einem Tonfall, als würde sie bekanntgeben, dass sie aus königlichem Hause seien. »Doktor und Frau John Wilkins.«

»Wilkins?«, wiederholte Ingrid, während sie hinter dem Tresen stehend das Reservierungssystem durchsuchte. »Willkommen. Aber wir haben Sie erst in zwei Wochen erwartet ... am 21. Dezember?«

»Ich weiß!«, rief die Frau begeistert. »Aber wir haben gehört, dass hier geöffnet ist, und diese Kettenhotels sind so fürchterlich langweilig, weshalb wir dachten, wir könnten eher kommen. Ist das nicht großartig? Wir haben in Lillehammer ein Auto gekauft.«

»Sie haben ein Auto gekauft? Für den Urlaub? Das muss doch ...«

Den Rest des Satzes schluckte Ingrid runter. Es war sinnlos zu kommentieren, wie teuer das gewesen sein musste. Nichts deutete darauf hin, dass sich diese Menschen sonderlich um Kosten scherten.

»Ja, war das nicht eine glänzende Idee?! Dann können wir es wieder verkaufen, wenn wir abreisen. Oder es hierlassen, bis wir zurückkommen. John hat den ganzen Papierkram in Rekordzeit geregelt. Sie wissen schon, da kommen wir umhin, ein Taxi zu nehmen oder einen dieser enttäuschenden Wagen, die die Autovermietungen vorhalten.«

Die Frau nahm die Bärenfellmütze ab und fuhr sich mit der Hand durch die Haare.

»Das war eine reizende Fahrt! So viele Bäume! Und dann die hübschen, alten Häuser. Keine besonders guten Straßen. Ich hätte in der Tat erwartet, dass sie hier etwas Besseres zu bieten hätten. Aber so ist das hier in Europa. Das war der Grund, warum wir ein ordentliches Auto haben wollten. Wir haben übrigens direkt vor dem Haus geparkt. Sie könnten vielleicht den Kofferträger nach dem Gepäck schicken?«

»Den Kofferträger?« Ingrid hob den Blick. »Ja, selbstverständlich.«

Während sie in die Küche zurückging, um Alfred zu bitten, das Gepäck zu holen, nahmen in Ingrids Kopf blitzschnell auftauchende Pläne Form an. Sie mussten das beste Zimmer in der obersten Etage zurechtmachen. Diese Gäste wirkten, trotz ihres Alters, hinreichend energisch, um die Treppen zu bewältigen. Vielleicht konnte Perle auch beim Essen helfen, sodass sie Maja nicht ihr freies Wochenende verderben mussten.

In der Zwischenzeit würden sie die Neuankömmlinge in der Bibliothek platzieren und sie mit Getränken versorgen. Ingrid fragte sich, was für Erwartungen sie an den Standard und das Serviceniveau haben mochten, fest stand jedoch, dass sie ihr Bestes geben würden.

»Ein neuer Range Rover«, raunte Alfred Ingrid zu, als er mit zwei enormen Koffern, die aussahen, als würde jeder von ihnen mindestens dreißig Kilo wiegen, vom Parkplatz hereinkam. »Kostet eine Million.«

»Man sollte annehmen, sie können sich ein gutes Trinkgeld leisten!«, sagte Ingrid leise, während sie mit dem Kopf Richtung Treppe wies, die Alfred die Koffer hinaufschleppen sollte.

»Dritte Etage!«, zwinkerte sie.

Alfred schnaubte nur.

»Haben Sie für die Registrierung eine Kreditkarte verfügbar?«, fragte Ingrid.

»Ja, natürlich! Jo-ohn, komm und zahle!«, rief Frau Wilkens noch immer in voller Lautstärke. Ingrid bezweifelte, dass sie über eine andere verfügte.

Und John Wilkens, der bisher kaum ein Wort gesagt hatte, zog seine schwarze American Express aus der Innentasche und reichte sie Ingrid mit einem beinahe unhörbaren Seufzen.

*

»Du, Ingrid, wollen wir nicht bald den Weihnachtsbaum aufstellen?«, fragte Perle am späteren Nachmittag, als Ingrid und sie sich in der Küche über den Weg liefen. »Das würde sich auf den Bildern sehr gut machen, wenn er fertig geschmückt im Speisesaal stehen würde.«

»Ich dachte, wir sollten mit dem Weihnachtsbaum bis zum letzten Wochenende im Advent warten«, entgegnete Ingrid. »Dann können die Gäste am Weihnachtsbaumschlagen teilnehmen! Das wird doch sicher lustig? Und der Tradition – und Maja Seter – zufolge, sollte man den Baum eigentlich nicht vor dem 23. Dezember schmücken.«

»Das sagen Mama und Papa auch«, gestand Perle. »Allerdings ist es mir gelungen, sie dazu zu bringen, dass wir es vorziehen. Das ist doch so gemütlich mit geschmücktem Baum. Dazu Lichter in den Sträuchern vor dem Haus. Da komme ich so richtig in Weihnachtsstimmung. Können wir draußen im Eingangsbereich mehr Lichter aufstellen?«

»Das können wir wohl ohne weiteres tun«, entgegnete Ingrid. Sie schenkte zwei Tassen Kaffee ein und bot Perle ein Plätzchen aus einer von Majas vielen Keksdosen an. Samstagabend in den Bergen, dachte Ingrid. Sie hatte angenommen, Perle würde lieber frei haben, um Zeit mit Leuten in ihrem Alter zu verbringen, doch sie hatte ohne zu zögern zugestimmt zu arbeiten.

Perle nahm einen Bissen von dem Plätzchen und betrachtete Ingrid, während sie kaute. Dann sagte sie: »Du, ich habe mich gefragt, ob ich alte Gästebücher und Zeitungsausschnitte für eine Hausarbeit verwenden könnte, an der ich momentan sitze. Sie soll sich um die Gästebewertung von Übernachtungseinrichtungen drehen und darum, wie diese mit Anzeigen kombiniert und als Teil des Marketings verwendet werden können. Ich habe gesehen, dass es in der Bibliothek alte Zeitungsausschnitte gibt, und in diesen Büchern auch Unmengen an Grüßen von Gästen. Es wäre großartig, das mit der heutigen Werbung, *Tripadvisor* und so etwas zu vergleichen.«

»Was für eine gute Idee!«, sagte Ingrid. »Selbstverständlich kannst du das alte Material verwenden. Mutter Borghild oder ich können dir dabei helfen, es herauszusuchen.«

»Cool!«, freute sich Perle. »Vielleicht können wir einiges davon auch in den sozialen Medien verwenden, falls wir etwas Lustiges finden.«

8. Dezember

Mutter Borghild nahm einen Schluck aus der Kaffeetasse und stellte sie mit einem leichten Klirren auf dem Unterteller ab. Sie blieb sitzen und starrte in die Luft. Wie gewöhnlich beobachtete Bjørnar sie aus seiner Ecke neben dem Kamin.

Ingrid betrachtete die ordentlich hochgesteckten Haare und bemerkte die Müdigkeit in Mutter Borghilds Körper, die sie trotz der aufrechten Haltung nicht ganz zu verbergen vermochte. Die Großmutter wirkte plötzlich gebrechlich, dachte Ingrid. Zwar *war* sie zweiundachtzig, doch hatte Ingrid sie unfassbarerweise nie zuvor als alt betrachtet.

Was hatte sich verändert? Erschöpften sie all die Arbeit und die Probleme im Hotel? Ingrid verspürte eine Zärtlichkeit für die Großmutter sowie einen Anflug von schlechtem Gewissen, dass sie nicht früher zurückgekommen war. Mutter Borghild hatte sich immer um sie gekümmert. Vielleicht hätte sie vor langer Zeit einsehen sollen, dass es nunmehr notwendig war, sich um *die Großmutter* zu kümmern.

Sie hatten sich in dieser morgendlichen Stunde in die Bibliothek gesetzt, um die Pläne für die kommenden Tage zu besprechen. Aber Mutter Borghild wirkte so nachdenklich. Ingrid streckte eine Hand aus und griff die der Großmutter. Ihre Hände sind immer so klein und zierlich gewesen, jetzt aber waren die Gelenke deutlicher hervorgetreten als früher. Der Ehering, den sie viele Jahrzehnte lang nach dem Tod von Großvater Christian getragen hatte, war kürzlich abgenommen und an einer langen Goldkette befestigt worden, die Mutter Borghild um den Hals trug. Ebenfalls daran angebracht war ein kleiner Schlüssel.

Ingrid schloss die Augen und drückte die warmen, rauen Finger der Großmutter. Sie vermisste die vertrauten Stunden, die sie hatten, als sie jünger war. Sie redeten noch immer viel miteinander, jetzt ging es dabei aber vor allem um praktische Dinge. Es war schwer zu sagen, was geschehen war, doch Ingrid konnte sich der Großmutter nicht mehr so weit öffnen wie früher. Ihr Leben hatte sich verändert, während sie im Ausland gewohnt hatte, sie selbst hatte sich verändert. Sie war nicht mehr das Mädchen, das mit der Großmutter zusammengesessen, Kakao getrunken und drauflosgeredet hatte, über die Schule, das Klettern und die blöden Jungs in der Klasse. In der Zwischenzeit hatte sie so dramatische Dinge erlebt; wie könnte die Großmutter das verstehen, die selbst ein abgeschirmtes Leben hier im Himmelfjell geführt hatte?

Ingrid wollte sich gerade erkundigen, ob Mutter Borghild heute etwas besonders bedrückte, als sie von der Türöffnung hinter sich eine heitere Stimme vernahm.

»*Good morning!*«

Ingrid zog ihre Hand zurück und ließ sie auf ihren Schoß sinken.

Es war Frau Wilkens. Vom Frühstücksbuffet im Speisesaal hatte sie eine Tasse Kaffee mitgenommen und bewegte sich jetzt mit zielstrebigen Schritten auf die Sofagruppe zu.

Bekleidet war sie mit Jeans und einem grünen Wollpullover. Die blonden, lockigen Haare hatte sie im Nacken zu einem Zopf zusammengebunden, was sie jünger aussehen ließ als am Tag zuvor bei ihrer Ankunft mit Bärenfellmütze und komplett durchgestylt. Wie alt sie wohl sein mochte? Ihre Haut war frisch, und sie hatte wenig Falten, aber für so etwas gab es

Hilfsmittel. Und ob die Haarfarbe echt war, war schwer auszumachen.

»Herrlich, die Möglichkeit zu bekommen, ein wenig mit Ihnen zu plaudern«, sagte Frau Wilkens und ließ sich, ohne irgendeine Form der Einladung, in einem der großen Ledersessel neben ihnen nieder.

»Guten Morgen, Frau Wilkens«, entgegnete Ingrid.

Freya Wilkens stellte ihre Kaffeetasse auf den Tisch. »Ich habe mich im Hotel umgesehen. Dieses herrliche Gebäude, der Geruch von Holz und Teer. Diese Berge um uns herum. Das ist alles so authentisch. Ich spüre, dass ich meine Wurzeln hier habe, obwohl ich nie zuvor hier gewesen bin. Es liegt mir im Blut.«

Borghild nickte nachdenklich, sagte aber nichts, sodass Ingrid den Faden aufgreifen musste.

»Also haben Sie Wurzeln in Norwegen?«

»Ja, meine Eltern stammen aus Norwegen.«

Es sah aus, als wolle Freya mehr sagen, bevor sie sich umentschied und stattdessen einen Schluck aus der Kaffeetasse nahm. »Aber, worüber reden Sie?«

Nichts, dachte Ingrid. *Weil wir unterbrochen wurden, bevor wir in Gang gekommen sind.* Es waren wirklich nicht viele Minuten gewesen, die sie und die Großmutter in Ruhe gehabt hatten. Ingrid notierte sich, dass sie die privaten Gespräche fortan in eine ihrer beider Wohnungen verlegen mussten. Schließlich konnte man Gäste nicht aus den Gemeinschaftsbereichen verjagen. Jetzt blieb ihnen nichts anderes übrig, als Freya Wilkens in das Gespräch einzubeziehen.

So kurzgefasst wie möglich erzählte Ingrid von der Überschwemmung am Freitagabend und all der zusätzlichen Arbeit, die das nach sich zog. Kein Lieblingsthema, aber mit Handwerkern, die kamen und gingen, konnte sie es auch nicht verheimlichen. Zudem wirkte Frau Wilkens wie eine Person, die erfuhr, was sie wissen wollte, wenn sie sich das vornahm.

»Das war wirklich Pech!« Freya Wilkens lehnte sich nach vorn.

Ihre Augen funkelten im Morgenlicht. Ingrid hatte sie bisher nicht bemerkt, jetzt aber sah sie, dass sie ein besonderes Farbspiel aufwiesen. Tief Grau, mit goldenen Flecken, wie polierter Granit.

Mutter Borghild schien es auch zu bemerken. Ohne ein Wort zu sagen, starrte sie Freya an. Was war das für ein seltsames Benehmen?, dachte Ingrid. Normalerweise war die Großmutter nie unhöflich.

Freya Wilkens sah Ingrid noch immer neugierig an.

»Wie kann das passiert sein? Das mit dem Leck?«

»Nun, das war sehr speziell«, antwortete Ingrid. »Wir glauben, dass ein Wasserrohr geplatzt ist, als einer der Gäste den Stöpsel aus der Badewanne gezogen hat. Für gewöhnlich passiert so etwas nicht. Das war einfach Pech.«

»Ja, das muss man wohl sagen«, bestätigte Freya Wilkens.

Mutter Borghild erhob sich.

»Ich muss mit Maja reden«, ließ sie die anderen beiden wissen. »Sie wollte gern etwas wegen der Speisekarten für die kommenden Wochen besprechen. Ihr müsst mich entschuldigen.«

»Oh, ich hoffe, ich habe nicht gestört!«, rief Freya verdutzt.

Ingrid blieb die Antwort schuldig. Es war offensichtlich, dass die Großmutter nur einen Vorwand erfunden hatte, um den Raum zu verlassen. Sie blieben eine Weile sitzen, ohne etwas zu sagen, während Bjørnar sie aus seiner Ecke neben dem Kamin mit unergründlichem Blick musterte.

*

Borghild Berg blieb auf dem Treppenabsatz stehen und stützte sich gegen das Geländer. Die Treppe wirkte heute so steil, obwohl sie die Stufen sonst problemlos meisterte. Ihr Atem ging schwerer, und das Herz schlug härter als üblich.

Sie wusste, dass es unhöflich gewesen war, das Gespräch in der Bibliothek so plötzlich zu verlassen, aber sie hatte weggemusst, um in Ruhe nachzudenken.

Konnte es wirklich so zusammenhängen, wie sie vermutete?

Allein der Gedanke ließ sie schwindelig werden.

Sie wurde das heftige Gefühl nicht los, dass sie sich dem stellen musste, was sie ihr ganzes Leben lang zu vermeiden versucht hatte. Was sie für sich selbst als beendet, als ein zu den Akten gelegtes Kapitel betrachtet hatte. Der gefallene Schnee – nicht von gestern, sondern vor sechzig Jahren.

Aber es war nicht beendet. Selbstverständlich war es das nicht.

Sie war naiv gewesen zu glauben, dass die Fehltritte der Vergangenheit eben dort bleiben würden – in der Vergangenheit.

*

Dalen, Frühjahr 1962

Über Dalen ertönten die Glocken. Vom Turm der alten, braun gebeizten Kreuzkirche breitete sich der tiefe Klang über Felder und Wiesen, Höfe und Wald aus. Kommt-kommt, kommt-kommt, kommt-kommt!

Und die Menschen strömten herbei. Von dem großen Hof oben am Hang und von der Tankstelle an der Hauptstraße, aus den Nachbardörfern kamen sie und sogar oben vom Himmelfjell. In ihren feinsten Kleidern kamen die Menschen, gefahren und zu Fuß, einige mit dem Fahrrad, an den Birken entlang, die in ihrer Frühlingsblüte die Allee säumten. Durch das große Tor, über den Friedhof, den Kiesweg hinauf, durch die weit geöffneten Kirchentüren. Denn heute sollte in Dalen Hochzeit gefeiert werden.

Für eine Weile verstummten die Glocken. In der Sakristei ging der Pfarrer, im Talar gekleidet, in Gedanken die Predigt des Tages durch. In der Tür stand der Kirchendiener und verteilte die in Schnörkelschrift verfassten Programme. Während sich die schmalen, alten, leise knarzenden Holzbänke mit Menschen in Trachten, Kleidern und Anzügen füllten, erklang gedämpftes Plaudern. Ganz vorn beim Altar standen der Bräutigam und sein Trauzeuge und schwitzten. Die neuen Anzüge kratzten, zudem war es ungewöhnlich warm für einen so frühen Zeitpunkt des Jahres.

Dann erklangen die Glocken zum zweiten Mal. Durch die alten, kleinen Fenster fielen schmale Streifen mehrfarbigen Sonnenlichts auf den Holzfußboden. Oben auf der Galerie summte leicht benommen eine soeben erwachte Fliege; zerstreut wedelte der Organist sie weg, während er durch die Noten blätterte.

Die Trauzeugin der Braut kam durch die offene Tür herein und ging linker Hand an den Bankreihen vorbei. Die junge, dunkelhaarige Frau wirkte andächtig, grüßte mit ernster Miene auf den Bänken sitzende Freunde und Angehörige. Als sie auf einem der Stühle im Altarraum Platz nahm, ließ das Sonnenlicht das Silber ihrer Tracht funkeln und sandte kleine Lichtschimmer in den Kirchenraum.

Der Kirchendiener schloss von außen die Türen und stellte sich auf die Treppe des Gotteshauses, bereit, sie bald wieder zu öffnen. Einige Minuten später verhallte das Läuten der Glocken. Eine erwartungsvolle Stille legte sich über die Anwesenden. Jetzt sollten sich die Türen bald öffnen und die

Braut, umgeben von Sonnenlicht und Orgelklängen, hereinkommen.

Aber nichts geschah. Anfangs war die Stille ohrenbetäubend, nach und nach jedoch drehten sich die Anwesenden zur Tür und zueinander um, tauschten Blicke aus und tuschelten. Die Bänke knirschten vor Unruhe. Es verging eine Minute, zwei. Dann wurde die Tür geöffnet, aber nur einen Spalt breit. Der Kirchendiener schlich sich hinein und gab dem Trauzeugen ein Zeichen, der wiederum den Bräutigam auf die Schulter klopfte, bevor er den Mittelgang entlangschritt. Jetzt war das Tuscheln in den Bankreihen in unruhiges Geschwätz übergegangen.

»Was ist los?«, fragte der Trauzeuge, als er ins Waffenhaus hinunterkam. »Warum schickst du die Braut nicht rein?«

»Ich habe keine Braut, die ich hineinschicken kann«, entgegnete der Kirchendiener. »Sie ist nicht hier.«

9. Dezember

»Das mit der Klasse ist gar nicht so leicht zu sagen, finde ich. Ob die meine Freunde sind oder nicht. Ich bin doch vorher noch nie in die Schule gegangen. Und hier gewohnt habe ich vorher auch nicht.«

Überrumpelt schaute Ingrid Hussein an. Sie hatte ihn bei der Rückkehr von ihrer Morgenrunde auf dem Hof getroffen, wo er am Auto stehend auf seine Mutter wartete, die soeben aus dem Hotel kam. Ingrid hatte ein paar alltägliche Fragen gestellt – *Wie läuft es in der Schule? Hast du ein paar Freunde gefunden?* – und hatte Antworten erhalten, die von größerem Ernst geprägt waren, als sie erwartet hatte.

Ingrid legte ihm eine Hand auf die Schulter beziehungsweise ungefähr dorthin, wo sie unter all den Schichten von Jacken und Schals seine Schulter vermutete, und sah den Jungen mit ernstem Blick an.

»Sind sie nicht nett zu dir?«

Hussein sah sie leicht beschämt an.

»Ich weiß nicht ganz«, sagte er. »Vielleicht sind sie so, wie Freunde hier sind.«

Lange nachdem Hussein und Aisha nach Dalen aufgebrochen waren, stand Ingrid noch immer nachdenklich auf dem Hof. Sie musste herausfinden, wie es Hussein wirklich ging. Sie riss sich von den Gedanken los und ging durch den Hintereingang in die Küche, wo Maja voll auf mit Backen beschäftigt war. Es duftete wundervoll, und Ingrid versorgte sich mit einem der frischen Brötchen, die auf einem Rost lagen.

Im Hintergrund hatte die Köchin das Radio mit dem üblichen Morgengeplauder zwischen Musik und Nachrichten laufen. *Ja, das waren Hanna and The Hearts mit* »Let It Snow«, verkündete eine Frauenstimme. *Was aber sagen die Meteorologen, wie wird sich das Wetter entwickeln, Halvor? Gibt es ein wenig Schnee? Nun, Kristine,* antwortete der Mann, *nun ist es ja so, dass der Winter in unserer Region noch nicht richtig Fuß gefasst hat. Einige vermissen den Schnee durchaus, während andere es herrlich finden, dass die Straßen frei sind. Mit den jetzt kommenden Niederschlägen erhöht sich aber auch die Gefahr für sogenannten unterkühlten Regen, also Regen, der auf dem Boden zu Eis gefriert. Daher müssen wir den Hörern, die vorhaben, sich in den nächsten Tagen im Straßenverkehr zu bewegen, durchaus sagen, noch einmal zusätzlich auf den Wetterbericht zu schauen und vorsichtig zu fahren.*

Mit strengem Blick beäugte die Köchin Ingrid und das Brötchen in ihrer Hand.

»Ingrid! Davon bekommst du Bauchschmerzen! Die sind noch nicht fertig. Ich friere halb gebackene Brötchen ein, damit wir etwas in der Hinterhand haben. Wir wissen nicht, wie viele Gäste wir plötzlich bekommen werden!«

Ingrid lachte und legte das Gebäck wieder zurück. »Nein, da sagst du was. Jetzt werden aber für mehrere Tage zum Glück keine neuen Gäste kommen. Soweit ich weiß. Aber hast du nicht irgendwo ein paar fertige Brötchen?«

Maja nickte in Richtung eines Rostes auf der anderen Seite der Bank, auf dem ein einladender Berg goldfarbenen Gebäcks lag. Ingrid nahm eines der Brötchen, brach ein Stück ab und schmierte eine ordentliche Portion Butter darauf, die alsbald schmolz und sich in den Teig verkroch. Mmmm! Herrlich.

»Frau Wilkens hat gefragt, ob sie mit mir zusammen Waffeln und Lefse backen kann«, sagte Maja.

»Was?«, wunderte sich Ingrid. »Sie will mit dir backen? Das ist durchaus eine spezielle Anfrage eines Gastes.«

»Nun ja, sie interessiert sich offensichtlich für so was. Alles, was traditionell ist, und alles, was norwegisch ist. Trachten und Kunsthandwerk, *Lutefisk and Lefse.* Alte norwegische Bräuche. Sie hat norwegische Vorfahren, weißt du, deshalb sind sie hier. Nachdem Doktor Wilkins in Pension gegangen ist, sind sie zu einer großen Tour aufgebrochen – unter ihrer Regie –, um ihre europäischen Wurzeln zu finden.«

»Ja, ich sehe sie deutlich vor mir in Kalifornien bei den Zusammenkünften der *Daughters of Norway*«, lächelte Ingrid.

»Ja, sie ist sogar die Leiterin der Hulda-Garborg-Loge«, sagte Maja und verdrehte die Augen. »Aber ich kann gern mit ihr backen. Das muss vor Weihnachten sowieso gemacht werden. Hauptsache nur, sie besteht nicht auf irgendeinem norwegisch-amerikanischen Rezept, das über Generationen vererbt wurde. Das habe ich schon einmal mitgemacht.«

»Ich habe das Gefühl, dass deine Rezepte so oder so zur Anwendung kommen werden, Maja«, sagte Ingrid.

»Ja, das ist gewiss«, stellte Maja fest.

*

Aus Borghild Bergs Tagebuch

Ich bin nicht ganz sicher, ob es sich so verhält, wie ich glaube. Vorläufig ist es nur ein Bauchgefühl. Aber was, wenn ich recht habe? Was soll ich tun? Ich kann nicht mehr darin graben, bevor ich mich entschieden habe. In der Zwischenzeit muss ich Abstand halten.

Das sind schwierige Tage. Ich mache mir Sorgen um Ingrid. Um das Hotel. Was, wenn es nicht funktioniert? In den letzten Jahren ist es mehrfach beinahe so weit gewesen. Wäre Ingrid jetzt nicht nach Hause gekommen, hätte ich verkaufen müssen. Ingrid weiß viel über das Hotel und unsere Herausforderungen, wie anstrengend es in der Tat jedoch gewesen ist, das Haus in all diesen Jahren geöffnet zu halten, versteht sie vermutlich nicht. Oder vielleicht hat sie begonnen zu verstehen.

Ach, kleine Ingrid. Ich befürchte, es war Pflicht und nicht Lust, die sie dazu bewegt hat, ins Himmelfjell zurückzukehren. Sie war so erschüttert nach dem Unglück. Das lebhafte Mädchen, das einfach nur raus und klettern wollte, war kaum wiederzuerkennen. Auch nicht gerade verwunderlich. Es hat mehrere Wochen gedauert, bevor sie in der Lage war, über das Geschehene zu sprechen. Sie ist sehr schnell hierhergekommen, nachdem man sie dort unten aus dem Krankenhaus entlassen hatte. Gern wäre ich hingefahren und hätte sie besucht, aber das konnte ich doch nicht. Die Reise war zu weit, und jemand musste dafür sorgen, dass sich die Räder im Himmelfjell weiterdrehen.

Dann kam sie nach Hause. Dünn, erschöpft, still. Als sie wieder zu sprechen begann, sagte sie, dass sie den Hotelbetrieb übernehmen würde. Und ich habe zugestimmt. Wenn auch schweren Herzens. Ich, die ich mich so danach gesehnt hatte, dass sie kommen würde. Jetzt wünschte ich beinahe, dass sie besser dort draußen geblieben wäre. Das wäre vielleicht besser, als hier von Pflichtgefühl getrieben zu werden.

Und dann die Trennung von diesem Preben Wexelsen. Sie versucht so zu tun, als würde sie es jetzt leichter nehmen, aber ich sehe, dass der Kummer noch immer an ihr nagt. Sie hatte geweint an dem Tag, als wir hereingekommen sind und er im Fernsehen war. Ich habe es die ganze Zeit im Gefühl gehabt, dass er nicht der richtige Mann für sie war, und dass auch das Promileben nicht das war, das Ingrid führen sollte. Aber was hätte ich tun können? Es gibt sowieso keinen Zweifel daran, dass der Verlust sie bedrückt.

Das Schlimmste von allem ist, dass sie nicht mehr klettert. Das ist wirklich wider die Natur. Ingrid, die zum Klettern geboren ist! Aber sie hat Angst. Angst vor Höhe, Angst vor Lawinen, Angst davor, die Kontrolle zu verlieren.

Ich wünschte, ich wüsste, was ich tun könnte.

Ich selbst bin alt und bald von der Tanzfläche verschwunden, aber mein größter Wunsch ist es, dass der Hotelbetrieb nach mir weitergehen kann. Und dafür braucht das Himmelfjell Hotel eine Direktorin mit Unternehmungsgeist und Kraft. Nun liegt dieser Schatten auf Ingrid.

Ob da vielleicht noch mehr ist? Etwas, das sie nicht erzählt hat?

Gut, gut. Ich habe schließlich auch meine Geheimnisse. Einige von ihnen habe ich mein gesamtes Erwachsenenleben für mich behalten. Vielleicht war es falsch, so lange zu schweigen. Doch ich hatte keine Wahl. Ich musste Wort halten, ich musste Charlie beschützen.

Charlie … Selbst nach so vielen Jahren tut es noch weh.

Ich musste auch mich selbst und Christian beschützen. Uns eine Zukunft erschaffen, die anderen vor der schmerzlichen Wahrheit schützen. Aber vielleicht habe ich jemanden beschützt, der es nicht verdient hatte, beschützt zu werden. Vielleicht habe ich Schlimmes nur schlimmer gemacht.

All das sollte verborgen und vergessen sein. Ich hatte keinerlei Absicht, es wieder ans Licht zu bringen. Aber dann geschieht es von allein – die Vergangenheit kehrt zurück.

*

Die Straße war glatt und Tor Seter verärgert. Das war untypisch für ihn. Eigentlich war er ein ausgeglichener Mensch. Er war nach dem Motto erzogen worden »Verliere und gewinne im selben Sinne«, und weitestgehend vermied er die hohen Gipfel wie auch die tiefen Täler – wenn auch nicht im wortwörtlichen Sinne, so doch auf emotionaler Ebene. Er konnte sich für Frühlingstage und gute Fotomotive begeistern, empfand Freude bei der Geburt eines Lamms und guter Musik und spürte, wie beim Schauen eines spannenden Fußballspiels der Puls stieg. Gewaltige Gefühlsausbrüche hingegen waren nicht sein Ding. Und er war dazu erzogen worden, nicht zu fluchen.

»Satan!«, entfuhr es ihm dennoch, als der Wagen die Bodenhaftung verlor und mehrere Meter unkontrolliert über die Straße schlitterte.

Nicht einmal als Sandra das allerletzte Mal nach Oslo aufgebrochen war, hatte er eine Szene gemacht. Wenn sie fahren wollte, dann musste sie das wohl tun. Das Schlimmste war, dass er kein Problem gehabt hatte, sie zu verstehen, als sie sich entschied, sowohl ihn als auch das Dorf zu verlassen. Als sie zusammengekommen waren, hatte Tor noch geglaubt, die Liebe zwischen ihnen könne all das andere aufwiegen, all das, worauf sie verzichtet hatte, als sie aus der Großstadt weggezogen war. Er hatte sich vorgestellt, dass sie sich zusammen ihr eigenes Glück erschaffen würden, sie beide, und später vielleicht auch ergänzt durch ein paar Kinder. Dass dieses Leben, in der Natur und auf dem Hof, all das aufwiegen könne, was ihr entging. Aber das konnte es nicht, hatte sie das letzte Mal gesagt. Sie war Dalen überdrüssig, seiner mürrischen Eltern im Nachbarhaus und all des Schafmists. Nicht zuletzt war sie ihm überdrüssig. Kinder hatten sie auch keine bekommen. Und er hatte ihr nie Blumen gekauft.

Blumen? Sollte man Blumen kaufen? Er wusste, dass er sie

in vielen Bereichen enttäuscht hatte, das jedoch war die einzige Klage, die überraschend für ihn gewesen war. Tor hatte noch nie in seinem Leben Blumen gekauft. Für niemanden. Den Hof und das Haus in Ordnung halten, sich um die Tiere kümmern, ein guter Mann sein, sie lieben. Filme schauen, die sie mochte, und sogar ab und an mit in die Stadt fahren und im Restaurant essen, obwohl sie sich so etwas eigentlich nicht leisten konnten. All das hatte er getan. Aber Blumen kaufen? Wenn man inmitten einer Blumenwiese wohnte? So etwas taten die Menschen doch nur im Film. Oder? Vielleicht hatte er das missverstanden. Das mit den Blumen würde er ausprobieren, wenn er das nächste Mal eine Freundin hatte. Sofern das irgendwann geschehen sollte.

Es hatte wehgetan, Sandra gehen zu lassen, aber er hatte es ihr nicht gezeigt. Es hätte sowieso nichts genützt, wenn er ein Drama veranstaltet hätte. Vielmehr hätte es alles nur schlimmer gemacht. Also hatte er die Tränen und Fragen in sich hineingefressen, ihre Koffer auf die Ladefläche des Pickups gepackt und sie zum Bahnhof gefahren. Anschließend war er lange im Auto sitzen geblieben.

So war Tor, und so waren die Männer, die er kannte. Sein Vater, seine Onkel, der Großvater. Stoisch. Wenn Herausforderungen ihren Weg kreuzten, nahmen sie sich ihrer an. Sie packten den Spaten, die Säge, die Mistgabel oder, wenn der Dalselva über die Ufer trat, die Sandsäcke. Sie kauften keine Blumen, sondern taten, was getan werden musste, ohne großes Gebaren und ohne große Worte. So hatte zumindest Tor es aufgefasst. Lange.

Dann hatte sich gezeigt, dass auch diese Kerle Seiten haben konnten, die nicht ganz so waren, wie Tor geglaubt hatte. Der Vater zum Beispiel hatte sowohl für sich selbst als auch für die Familie für Probleme gesorgt. Hinter der beherrschten

Fassade hatte er sich ins Spiel, in schlechte Investitionen und Geldnöte verstrickt. Er war zu stolz gewesen, jemandem von den Problemen zu erzählen, bis ihnen die Schulden fast über den Kopf gewachsen waren. Hallgrim Dalen und seine Truppe waren auch involviert gewesen, mit Krediten zu Wucherzinsen, getarnt als freundschaftliche Hilfe und Beratung. Sie weigerten sich nicht, sich am Unglück anderer zu bereichern.

Tor zog es vor, nicht zu viel an diese Sache zu denken. Aber falsch waren sie gewesen. Verräterisch. Etwa so wie diese verdammten scheiß Straßenverhältnisse.

Wenig machte ihn so wütend wie unterkühlter Regen, dieses unvorhersehbare Phänomen, bei dem kalte Straßen für den Niederschlag unmittelbar wie Schnellfroster wirkten. Innerhalb von Sekunden verwandelte sich die Straße von trocken in Schlittschuhbahn, und selbst solide Autos mit den besten Spikereifen rutschten herum wie Bambi auf dem Eis. Das Unwetter war angekündigt worden, und kein vernünftiger Mensch würde jetzt wohl daran denken zu fahren, wenn er nicht gezwungen wäre. Aber wenn sie vom Himmelfjell anriefen, musste er doch reagieren.

»Es ist für Aisha nicht sicher zu fahren«, hatte Borghild Berg gesagt. »Und Alfred hat heute frei. Könntest du Hussein von der Schule abholen und ihn hier hochfahren? Ich wäre dir sehr dankbar.«

Das war eine ungewöhnliche Anfrage, jedoch wäre es Tor nicht in den Sinn gekommen, diese Bitte von Mutter Borghild abzulehnen. Er verfügte über mehr Erfahrung mit dem Wetter und den Straßen hier in dem Gebiet als die meisten anderen. Er wusste, dass er das schaffte. Trotzdem *hasste* er es.

Er hatte den Skoda des Vaters genommen – der roch weniger nach Schaf als der Pick-up. Bereits auf dem Weg ins Dorfzentrum hatte er gemerkt, wie glatt die Straße geworden war. Und auf den wenigen hundert Metern zur Schule wurde das Ganze nur schlimmer. Vorsichtig fuhr er bis auf den Schulhof und fand Hussein allein unter dem Halbdach beim Haupteingang stehen. Die meisten anderen Kinder wohnten unten in Dalen und legten ihren Schulweg eigenständig zurück. Mit einem breiten Lächeln lief Hussein auf Tor zu und setzte sich auf den Beifahrersitz.

»Die Lehrerin hat gesagt, dass du mich heute nach Hause fährst! Cool!«

Da musste auch Tor lächeln. Er bekam nicht allzu oft zu hören, dass etwas, das er tat, *cool* war.

»Was habt ihr heute in der Schule gemacht?«, fragte er, während sie vom Schulhof herunterfuhren.

»Wir haben etwas über alte Weihnachtstraditionen gelernt«, antwortete Hussein. »Und Volksglauben und den Kalenderstab und so. Vieles davon ist ein bisschen unheimlich. Hast du von den Unterirdischen gehört?«

»O ja!«, sagte Tor. »Vergiss nicht, dass Maja meine Tante ist!«

»Ah, ja«, kam es von Hussein. »Sie weiß eine Menge über so unheimliche Dinge aus alten Zeiten. Aber ich glaube nicht, dass ich Mama von den Unterirdischen erzählen werde. Dann bekommt sie nur noch mehr Angst.«

»Sie müssen nicht unheimlich sein, sie können auch nett sein«, ließ Tor ihn wissen. »Aber du kannst Mama lieber von Anna Pissihose erzählen, wenn du willst.«

»Wem?«

»So nennt Tante Maja den heutigen Tag«, erklärte Tor. »Am neunten Dezember regnet es oft viel, und zumindest heute stimmt das auch. Und wegen all des Wassers eignet sich der Tag besonders gut für das Wäschewaschen und das Bierbrauen.«

»Regen, Frost, Schneeregen, Hagel, Schnee«, zählte Hussein auf. »All das ist Wasser.«

»Stimmt«, sagte Tor.

»Und solcher Regen, der alles in Eis einpackt«, ergänzte Hussein.

»Ja«, bestätigte Tor.

»Ist es schwierig zu fahren?«, wollte Hussein wissen.

»Es wäre leichter, wenn es nicht frieren würde und so verd…« Tor räusperte sich: »Wenn es nicht frieren und so enorm glatt werden würde.«

Hussein lachte.

»Ich habe gehört, dass du verdammt gesagt hast«, schmunzelte er vergnügt. »Aber ich werde es niemandem erzählen.«

»Nein, das ist wohl das Beste«, murmelte Tor.

*

Oben im Hotel hatten Vegard und Ingrid den ganzen Tag über getrennt voneinander gearbeitet. Ingrid versuchte noch immer, sich einen Überblick über die finanziellen Konsequenzen der Überschwemmung vom Freitag zu verschaffen. Sie hatte gerade ein langes Telefonat mit der Versicherungsgesellschaft beendet und studierte die Kostenvoranschläge der Handwerker, als es an der Bürotür klopfte und Vegard seinen Kopf hineinsteckte.

»Hei, Ingrid!«, sagte er. »Wollen wir nichts zu Mittag essen?«

Sie schaute auf die Uhr, es war bereits zwei. Die Zeit verging wohl auch schnell, wenn man keinen Spaß hatte.

»Ja, lass uns runtergehen und nachsehen, was sich in der Küche findet. Maja hat sicher irgendwelche Reste. Weißt du, ob Pia gegessen hat?«

»Ja, sie hat gegessen …«

Er zog sein Handy aus der Tasche und öffnete Instagram.

»… Frikadelle vom Wild auf selbst gebackenem Vollkornbrot mit eingelegten Zwiebeln.«

Mit einem Grinsen zeigte er Ingrid das Bild, das bereits mehrere hundert Likes erhalten hatte.

»Hehe! Da wollen wir mal sehen, ob Maja auch noch welche für uns übrig hat.«

Das hatte sie. Und sie waren gut. Selbst ohne andere Likes als jene, die sie von ihren Mägen bekamen.

Als sie anschließend ins Foyer kamen, trafen sie dort auf Tor Seter, der soeben mit Hussein zusammen zur Tür hereingekommen war. Hussein winkte und lief die Treppe hinauf, während Tor stehen blieb. Für einen Moment meinte Ingrid, er würde etwas verloren aussehen.

»Hei, Tor!«, sagte sie und ging auf ihn zu.

Er nickte: »Hei!«

Vegard klopfte Tor auf den Oberarm und sagte, er müsse nach oben und arbeiten.

Ingrid überkam das Gefühl, er wolle darauf achten, dass sie und Tor allein waren. *Du verflixter Ehestifter*, sagte sie im Stillen zu sich selbst, an Tor gewandt äußerte sie hingegen: »Danke, dass du Hussein hergefahren hast. Aisha wird so ängstlich, wenn die Straßenverhältnisse sind wie heute, und das kann ich gut verstehen.«

»Kein Problem«, entgegnete Tor. »Schön, wenn ich helfen konnte.«

Er fuhr sich mit der Hand durch die blonde Mähne, was die Haare nur noch mehr zerzauste. Er war schon süß.

»Hast du Hunger? Durst? Möchtest du einen Kaffee?«, fragte Ingrid. »Du könntest mit in die Bibliothek kommen und eine Tasse trinken.«

»Ja, das … das wäre gut. Danke«, sagte Tor.

Als sie schließlich in die Bibliothek kam, platzierte sie zwei dampfende Tassen auf dem Tisch und setzte sich neben Tor aufs Sofa. Aus der Tasche ihrer Strickjacke zog sie eine Tüte.

»Magst du Smørbukk?«

»Es gibt nichts Besseres«, ließ Tor Seter sie wissen.

Ein sympathischer Kerl, Tor. Der Meinung war sie schon immer gewesen.

Sie vergaß beinahe, wie viel sie zu tun hatte, so nett war es, mit ihm zu reden. Sie sprachen über die Straßenverhältnisse, die neuen Gäste, über Hussein, das Hotel. Wenn sie so dasaßen, war es, als sei sie nicht jahrelang aus dem Dorf weg gewesen. Es war anders, wenn sie nur zu zweit waren, nur sie beide.

Tor erzählte bereitwillig vom Hof und den Schafen, wurde jedoch wortkarg, wenn sie sich Themen wie Partnerschaft und Familie näherten. Tor war jung gewesen, Mitte zwanzig, als er geheiratet hatte, und Ingrid hatte Mitleid mit ihm, wegen der Scheidung. Sandra hatte sie genau genommen nie gekannt, aber die Großmutter und Maja hatten berichtet, was geschehen war. Maja war aufgebracht gewesen, dass ihr Neffe in dieser Weise im Stich gelassen worden war.

Tor selbst sah nicht so aus, als hätte er das Bedürfnis, darüber zu reden. Und Ingrid würde ihn nicht drängen. Schließlich wusste sie selbst nur allzu gut, dass Trennungen und Liebeskummer nichts waren, worüber man mit allen und jedem reden wollte. Aber Tor war attraktiv und gepflegt und hatte einen eigenen Hof, sodass es irgendwo doch wohl auch eine Frau für ihn geben musste? Sie wusste durchaus, dass früher viele der Mädchen im Dorf Interesse an ihm gezeigt hatten.

Ingrid ihrerseits war nie auch nur in der Nähe davon gewesen, zu heiraten oder Wurzeln zu schlagen. Die Beziehung zu Preben war die ernsteste, die sie geführt hatte, aber die basierte – so dachte sie zumindest im Nachhinein – auf physischer Anziehung und gemeinsamer Abenteuerlust. Preben war zuvor bereits einmal verheiratet gewesen und hatte nie eine Andeutung gemacht, den Wunsch zu haben, es erneut zu versuchen. Dafür war die Scheidung von Silvia wohl zu öffentlich und zu schmerzhaft gewesen. Und als zwischen ihm und Ingrid Schluss war, wurde auch diese Trennung zum Allgemeingut. Obwohl Ingrid das Gefühl hatte, der größte Schlag in diesem Zusammenhang hatte sie und nicht ihn getroffen, wusste sie streng genommen nicht, wie es Preben danach ergangen war. Schließlich hatte sie nicht mehr mit ihm sprechen wollen.

Als die Kaffeetassen geleert waren, begann Tor, sich in der Bibliothek umzusehen. Ingrid folgte seinem Blick. Große, eigens angefertigte Regale bedeckten eine ganze Wand. Regalmeter um Regalmeter mit Belletristik und historischen Werken.

»Ich hatte fast vergessen, wie viele Bücher ihr hier habt«, sagte er. »Ist jemals etwas über das Hotel geschrieben worden? Jubiläumsbücher zum Beispiel? In letzter Zeit interessiere ich mich immer mehr für solche Dinge. Bald bin ich einer dieser alten Greise, die Archive durchforsten und Dorfchroniken schreiben.«

»Ich wüsste nicht, dass etwas über das Hotel geschrieben wurde, mit Ausnahme einiger alter Zeitungsartikel«, entgegnete Ingrid. »Keine Jubiläumsbücher.«

Sie dachte nach. »Das hundertjährige Jubiläum war um die Zeit herum, als Mama und Papa starben. Da hatte Mutter Borghild vermutlich anderes zu tun.«

Tor wurde ernst. »Ich wollte nicht …«

»Nein, selbstverständlich nicht!«, sagte Ingrid. »Es ist vollkommen in Ordnung, dass du fragst. Ich finde das auch interessant. Schließlich haben wir Unmengen an historischem Material, die Gästebücher zum Beispiel.«

Sie stand auf und ging zum Regal. »Das erinnert mich daran, dass Perle danach gefragt hatte, für eine Hausarbeit, die sie schreiben muss. Zeitungsausschnitte und so was will sie bestimmt auch haben. Es ist ein bisschen durcheinander hier, aber ich will sehen, was ich für sie finden kann.«

Sie öffnete das unterste Schubfach. Solides Holz, lautlose Scharniere.

Auf dem großen Stapel alter Gästebücher lagen auch ein paar vergilbte Papierordner. Ingrid wusste, dass im Archiv noch mehr waren, aber einige waren scheinbar auch hier gelandet.

»Vielleicht könnte Perle ihre Hausarbeit mit einem Aufräumprojekt kombinieren«, sagte sie über die Schulter zu Tor. »Das könnte auch der Grundstein für ein Geschichtsbuch werden.«

Sie nahm einige der Gästebücher und zwei Ordner mit zum Tisch und öffnete aus reiner Neugierde den oberen. Er beinhaltete alte Zeitungsausschnitte. Sie nahm die oben liegende Titelseite einer Zeitung heraus.

Tor machte einen langen Hals, um auch etwas zu sehen. »Das ist doch das alte Logo der *Tidende*.«

»Ja, seltsam, es wiederzusehen. Ich erinnere mich daran aus der Zeit, als wir klein waren.«

DALEN TIDENDE stand in gotischen Lettern unter einem Logo mit Sonne und Berggipfeln.

64. Jahrgang. Montag, 5. März 1962. Einzelpreis 75 Øre. Oben rechts war eine Anzeige mit einem Foto der »Volkswagen-Familie de luxe« platziert: Vater, Mutter, drei Kinder und ein Hund, mit einer ganzen Fuhre Reisetaschen, die vorn in den Kofferraum eines VW Käfer sollten. »Alles in einem Volkswagen«.

Die Überschrift des Artikels darunter stand jedoch in starkem Kontrast zum Familienidyll der Werbung:

JUNGES MÄDCHEN VERSCHWUNDEN

»Was ist das?«, fragte Tor.

Ingrid las weiter. Unter einem Foto der Dalener Hauptstraße mit Häusern zu beiden Seiten stand:

> Der Polizeichef von Dalen und Innviken gibt bekannt, dass nach einer jungen Frau gesucht wird, die seit zwei Tagen spurlos verschwunden ist. Siehe Seite 5.

Eine Seite 5 konnte sie jedoch nicht finden, weil der Rest der Zeitung fehlte. Ingrid blätterte durch den Stapel, allerdings sah es so aus, als stammten die übrigen Ausschnitte aus anderen Jahrgängen und handelten von ganz anderen Sachen.

»Ich erinnere mich vage daran«, sagte Ingrid. »Dass es irgendwann in den Sechzigern einen mysteriösen Vermisstenfall in Dalen gegeben haben soll. Aber viel weiß ich darüber nicht. Du vielleicht?«

»Nein«, entgegnete Tor. »Man sollte annehmen, Tante Maja hätte es bis ins Detail erzählt, wenn etwas Spannendes geschehen wäre. Allerdings war sie zu dieser Zeit kaum geboren. Und es kann doch sein, dass das Mädchen am Tag darauf wieder aufgetaucht ist und keine große Sache daraus wurde.«

»Ja, vielleicht«, sagte Ingrid. »Allerdings würde ich gern wissen, wie es ausgegangen ist.«

»Aber glaubst du, dass es etwas mit dem Hotel zu tun hat?«, fragte Tor.

»Ich weiß nicht. Aber sonst wäre es doch seltsam, dass jemand diese Titelseite aufgehoben hat. Oder nicht? Ich werde Mutter Borghild fragen!«

»Ja, mach das. Und ich kann mich bei der *Dalen Tidende* umhören, ob sie die alten Zeitungen noch unten in den Redaktionsräumen haben«, schlug Tor vor. »Oder vielleicht gibt es irgendwelche Bibliotheken oder Archive, die so etwas aufbewahren? Es ist, wie ich gesagt habe: Ich werde so ein Dorfgeschichtsgreis. Oder vielleicht Detektiv? Ich freue mich schon!«

Seine blauen Augen leuchteten voller Eifer. Ingrid sah einen Schimmer des Jungen, den sie in ihrer Kindheit gekannt hatte – abenteuerlustig und optimistisch. Er war noch immer da.

*

Als Tor gefahren war, setzte sich Ingrid wieder an den Schreibtisch. Es war eine Sisyphusarbeit. Hinter jedem Kostenvoranschlag der Handwerker, den sie durchging, und hinter jedem Formular, das sie ausfüllte, warteten ein neuer Kostenvoranschlag und ein neues Formular, wie ein ewiger Anstieg.

Als sie jedoch so weit gekommen war, wie es ihr für heute möglich war, klappte sie den Laptop zu und rieb sich die Hände. Jetzt wartete eine erfreulichere Pflicht: Sie war einbestellt worden, um Majas Krumkaker zu probieren.

Sie lief in die Küche hinunter, wo Maja und Hussein sich bereits eingefunden hatten. Maja hatte Kaffee gekocht und Tassen und Teller bereitgestellt. Das musste wohl zu den allerbesten Aufgaben einer Hoteldirektorin gehören, dachte Ingrid, als sie sich zu ihnen auf die Holzbank gesellte. Von Mutter Borghild hatten sie seit dem Frühstück nichts gesehen. Ingrid wollte sie nicht bedrängen; sie konnte am nächsten Morgen mit ihr sprechen.

Die Waffelhörnchen waren genauso, wie sie sein sollten: goldfarben, leicht und knusprig, mit dem Geschmack von Butter, Sahne und Vanille. Herrlich, dass etwas so einfach sein konnte, dachte Ingrid. Einfach hier in der warmen Küche mit lieben Menschen zusammenzusitzen, etwas Gutes zu essen und sich zu freuen, dass sie bald ins Bett gehen konnte.

Sie hörte, wie draußen ein Auto parkte; sicher war es das Wilkins-Paar, das von einem seiner Ausflüge zurückkehrte.

Hussein nahm ein weiteres Gebäckstück.

»Tante Ingrid«, begann er. »Ich habe über etwas nachgedacht. Kann es sein, dass Frau Wilkins so eine Unterirdische ist? Oder vielleicht ein Waldgeist?«

Ingrid lachte laut auf, woraufhin Hussein sie tadelnd anschaute.

»Wir haben in der Schule etwas über sie gelernt«, sagte er. »Sie wohnen im Wald, und dann versuchen sie, wie normale Menschen zu sein, obwohl sie gar keine sind. Und sie haben Haare, die aussehen wie Gold. Die hat Frau Wilkins auch, obwohl sie alt ist.«

»Sie ist doch wohl nicht alt!«, empörte sich Maja. »In meinem Alter, möchte ich annehmen. Obwohl sie sich die Haare färbt.«

Ingrid lachte erneut, während Hussein leicht verdutzt dreinblickte.

»Entschuldigung, Frau Maja. Ich habe es nicht so gemeint. Aber Frau Wilkins, die hat doch auch grüne Sachen. Und sie ist gleichzeitig nett und seltsam.«

»Ich glaube, sie trägt viel Grün, weil sie Naturfarben mag. Aber warum findest du sie seltsam?«, erkundigte sich Ingrid.

»Sie lächelt so viel und fragt Sachen.«

»Wonach fragt sie?«

Der Sechsjährige nahm ein Stück von dem Gebäck, während er nachdachte.

»Alles Mögliche. Woher ich komme, wer im Hotel arbeitet, und über die Leute unten in Dalen. Aber sie hat keinen Schweif. Glaube ich.«

»Stimmt«, bestätigte Maja. »Ich habe ein merkwürdiges Gefühl, was sie betrifft. Es ist, als hätte sie etwas zu verbergen. Ganz normal ist sie auf jeden Fall nicht, das ist gewiss.«

10. Dezember

Der Tag war trübe, die Stimmung war trübe. Und dabei hatte sie gestern so gute Laune gehabt, nach der Gebäckverkostung und dem netten Nachmittag mit Tor. Sie war die dunklen Wolken leid, die nach Phasen der Energie und des Sonnenscheins immer wieder über ihr aufzogen. Was war aus der guten alten tatkräftigen Ingrid Berg geworden?

Sie hatte vorgehabt, am Abend zuvor früh ins Bett zu gehen, war jedoch aufgeblieben und hatte über Renovierungen, Rechnungen und ausbleibende Buchungen nachgedacht und Smørbukk-Karamell gegessen, bis ihr Magen protestiert und ihr Mund sich vor Fett und Zucker regelrecht glasiert angefühlt hatte.

Als sie aufgewacht war, hatte sie sich schlapp gefühlt. Drei Tassen starken Morgenkaffees hatten ein wenig geholfen, jedoch nicht so viel, wie nötig gewesen wäre. Mutter Borghild war scheinbar auch nicht ganz in Form und hatte gefragt, ob sie ihre heutige Besprechung auf einen späteren Zeitpunkt verlegen könnten. Daher hatte sich Ingrid nach dem Frühstück stattdessen in den Keller aufgemacht, um ein paar Wände zu inspizieren, die gestrichen werden sollten. Sie hatte sich notiert, dass nicht nur die Farbe abblätterte, sondern an einigen Stellen auch das Holz aufgequollen war. War die Drainage nicht in Ordnung? War von außen Wasser eingedrungen? Als sie das Taschenmesser ins Holz gestochen hatte, hatte dieses nachgegeben. Morsch? O nein. Noch mehr solcher Baustellen ertrug sie nicht.

Das Telefon piepte. Es war Vegard. *Kannst du in Pias Zimmer kommen?*

Komme!

Was war jetzt? Pia und Vegard waren doch wohl nicht bereit, schon wieder abzureisen, hoffte sie. Er war ein notorischer Trödler und brauchte immer eine Ewigkeit zum Packen. Ingrid hatte sich immer gefragt, wie das überhaupt möglich war. Schließlich ging es doch nur darum, alles, was man dabeihatte, in den Koffer zu werfen. Nichtsdestotrotz packte Vegard für ein Wochenende mehr Kleidung ein, als sie selbst es für eine Woche tun würde, zudem hatte er so viele Pflegeprodukte für Haut und Haar, dass die Regale im Bad meist nicht für alles Platz boten.

Vorbereitet auf eine weitere Katastrophe klopfte Ingrid an die Tür von Pias Zimmer und fand darin Vegard und Pia an dem kleinen Bestelltisch vor dem Fenster sitzend. Vegard hatte offensichtlich Frühstück mitgebracht, wobei Pia nicht viel gegessen haben konnte. Das Saftglas war leer, aber von dem Brötchen auf dem Teller fehlten nur ein paar wenige Happen. Pia sah blass aus, obwohl sie frisch geduscht und frisch geschminkt wirkte und die Haare ebenso reizend trug wie bei ihrer Ankunft.

»Alles in Ordnung?«, erkundigte sich Ingrid. »Oder stimmt was nicht?«

»Nein, eigentlich nicht, aber ich fühle mich ein bisschen seltsam«, ließ Pia sie wissen.

»Unwohl und schwindelig. Ich glaube schlicht und einfach nicht, dass ich die Kraft aufbringe, bis nach Oslo zu fahren, wenn ich mich so fühle.«

Sie klang beinahe weinerlich und schloss für einen Moment die Augen, bevor sie Ingrid wieder ansah.

»Ich brauche bestimmt nur Ruhe. Ist es für dich in Ordnung,

wenn ich bis morgen bleibe? Oder vielleicht bis übermorgen? Ich werde selbstverständlich dafür bezahlen.«

Ingrid schaute Vegard an. Er hatte einen Sei-so-gut-Blick aufgesetzt, der im Grunde vollkommen unnötig war. Zu bezahlenden Gästen sagte Ingrid nicht nein, zu Vegards Freunden sagte sie niemals nein und zu bekannten Influencerinnen erst recht nicht. Und Pia P vereinte all das in einer Person.

»Selbstverständlich kannst du bis morgen bleiben«, lautete Ingrids Antwort. »Du kannst so lange bleiben, wie du möchtest! Sei herzlich willkommen. Aber sag Bescheid, wenn wir dir mit irgendetwas behilflich sein können.«

Pia nickte. »Ja, das werde ich tun.«

»Du … brauchst keinen Arzt oder so?«

Energisch schüttelte Pia den Kopf, hielt jedoch schnell damit inne. »Nein, *so* schlecht geht es mir nicht. Keine Angst! Ich fühle mich einfach nur nicht ganz bereit, um zu reisen. Es ist vermutlich besser, hier zu bleiben und Kraft zu sammeln. Ich glaube, ich werde nachher versuchen, rauszugehen und etwas Luft zu schnappen.«

»Ruh dich nur aus«, sagte Ingrid. »Ich hoffe, dass es dir bald wieder besser geht. Es ist eine gute Idee, später einen kleinen Spaziergang zu machen, wenn du die Kraft dazu hast. Auch das Schlimmste bringt etwas Gutes mit sich. Schließlich hatten wir uns darauf gefreut, dir das Himmelfjell in seiner schönsten Form zu zeigen, und jetzt bekommen wir vielleicht die Chance dazu.«

Pia lächelte schwach.

»Was ist mit dir Vegard?«, fragte Ingrid. »Bleibst du auch ein bisschen länger? Und leistest Pia Gesellschaft?«

Vegards Arbeit fand weitestgehend am Bildschirm statt, weshalb sie wusste, dass er nicht des Jobs wegen zurück in die Hauptstadt musste.

Er nickte und lächelte.

»Ich kann ebenso gut noch ein paar Tage von hier aus arbeiten«, sagte er. »Wenn du Platz für uns hast.«

»Selbstverständlich habe ich Platz«, versicherte Ingrid. »Du weißt doch, dass ich mich einfach freue, euch hier zu haben.«

»Dann gebe ich umgehend David Bescheid.«

In ihrer trüben Stimmung hielt ein Anflug von Sonne Einzug. Vegard würde noch ein bisschen hierbleiben. Das lieferte ausreichend Energie, den Gedanken zu ertragen, sich auf die Suche nach Alfred zu begeben, um sich mit ihm zusammen die Wand im Keller anzusehen.

*

»Das ist doch voll *irre* spannend!«, jauchzte Vegard begeistert, als sie ihm den Zeitungsausschnitt mit der Nachricht über das 1962 verschwundene Mädchen zeigte. Sie hatten sich zu einer Tasse Kaffee in der Bibliothek getroffen.

Sie hielt ihn an, leiser zu sprechen, doch er schenkte ihr keine Beachtung.

»*Wow!* Wir sollten einen Podcast machen«, fuhr er fort. »Das ist jetzt das ganz große Ding. *True crime.*«

»Jetzt hör schon auf«, schnaubte Ingrid. »Hier werden keine Podcasts gemacht. Zumindest nicht, bevor wir nicht wissen, was sich hinter dem Ganzen verbirgt. Wir wissen nicht einmal, ob sich etwas Kriminelles zugetragen hat.«

»Das macht es doch nicht weniger spannend.«

»Nein, womöglich nicht. Aber ich werde Mutter Borghild danach fragen. Und Tor wird versuchen, mir dabei zu helfen, weitere Zeitungen ausfindig zu machen.«

»Der treue Tor«, kommentierte Vegard. »Er ist in dich verliebt, das ist dir bekannt?«

Ingrid schnaubte erneut. »Herrgott, jetzt solltest du aber wirklich aufhören, Vegard. Tor und ich waren ein Paar, als ich etwa elf war. Ich glaube durchaus, dass er darüber hinweg ist.«

»Glaubst du das? Und was ist mit dir? Bist du darüber hinweg? Er ist doch ganz süß. Wäre David nicht, hätte ich vielleicht in Erwägung gezogen, selbst mein Glück bei ihm zu versuchen. Schafe und all das.«

Vegard hatte seine kokketteste Tonlage angeschlagen.

»Spinner!«, lachte Ingrid.

*

Mit einem Stapel Versicherungsunterlagen, die sie zusammen mit der Großmutter durchgehen wollte, saß Ingrid auf dem Sofa in Borghilds Wohnung. Zuerst aber hatte sie nach dem Fall des mysteriösen Verschwindens fragen müssen. Den Rücken ihr zugewandt, schaute Borghild aus dem Fenster.

»Ja, eine junge Frau ist verschwunden«, sagte sie. »Sie war gerade mal neunzehn Jahre alt. Verschwand an ihrem Hochzeitstag. Der Bräutigam stand wartend vor dem Altar, aber sie ist nie aufgetaucht.«

»Und keiner weiß, was mit ihr geschehen ist?«

»Zumindest keiner, der davon berichten möchte.«

»Das Mysterium wurde also nie gelöst?«

Die Großmutter drehte sich zu Ingrid um.

»Nein, es wurde nie gelöst.«

»Aber wer war sie? Kanntest du sie?«

»Ja, ich kannte sie. Schließlich stammte sie hier aus dem Dorf.«

»Aber, oh. Das muss … Was glaubst du, ist geschehen?«

Mutter Borghild setzte sich aufs Sofa neben Ingrid und legte eine Hand über ihre.

»Einige glauben, sie ist abgehauen, andere glauben, sie ist in den Wasserfall gegangen. Oder hatte einen Unfall. Warum fragst du das jetzt, meine Liebe? Das ist sehr lange her.«

»Weil ich unten im Schubfach mit den Gästebüchern einige Zeitungsausschnitte gefunden habe. Jemand hat die Titelseite der Zeitung aufbewahrt, auf der steht, dass sie vermisst wird. Warst du das?«

»Das kann sein. Ich … erinnere mich nicht recht. Wie gesagt, es ist lange her.«

»Du weißt also nicht, ob wir irgendwo noch den Rest der Zeitung haben?«

»Nein, ich weiß nicht … ich erinnere mich nicht daran, was vor vielen Jahrzehnten gesammelt wurde.«

»Nein, ich verstehe«, sagte Ingrid. »Tor wird mir dabei helfen, das Ganze ein wenig zu untersuchen. Wusstest du, dass er sich für Lokalgeschichte interessiert?«

»Nein, das wusste ich nicht«, entgegnete die Großmutter. »Dein Großvater tat das in den letzten Jahren auch. Er hat immer davon gesprochen, die Geschichte des Himmelfjells zu schreiben. Aber er hat es nicht geschafft, bevor er gestorben ist.«

»Denkst du oft an Großvater?«, fragte Ingrid.

Mutter Borghild sah sie an, sichtlich überrascht. Für gewöhnlich sprachen sie nicht viel über Großvater Christian.

»Selbstverständlich tue ich das«, lautete Borghilds Antwort. »Allerdings habe ich schon länger ohne ihn gelebt als mit ihm.«

»Warum hast du eigentlich nie wieder geheiratet, nachdem Großvater gestorben ist?«, wollte Ingrid wissen.

Borghild hatte nach dem Tod ihres Mannes nicht einmal einen Liebhaber oder »Freund« gehabt – zumindest nicht, soweit Ingrid wusste.

»Das hätte die Dinge hier oben doch vielleicht einfacher gemacht, wenn du einen Mann als Stütze und Partner bei der Arbeit gehabt hättest?«

Mutter Borghild schüttelte den Kopf.

»Nein, das wäre nur ein verkomplizierendes Element gewesen. Für mich ist das Leben leichter ohne einen Mann, der sich in alles Mögliche einmischt.«

Ingrid war unsicher, ob das als Scherz gemeint war. Schließlich hatte die Großmutter Romanzen haben können, ohne dass Ingrid davon Kenntnis hätte. Doch sie spürte, dass sie mit ihrer Fragerei bereits ein Stück zu weit gegangen war. Vielleicht wollte man seinem Enkelkind nicht alles erzählen.

Manchmal mussten Liebe und Romantik beiseitegeschoben werden, wenn das Leben etwas anderes von einem verlangte. Und von Borghild hatte das Leben überaus viel verlangt.

»Aber was ist mit dir?«, ertönte die lebhafte Stimme der Großmutter. »Du bist es doch wohl, die einen Mann braucht – nicht ich?«

»Ich?!«

Auch Ingrid konnte sich nicht vorstellen, jetzt das Leben und die Arbeit mit einem Mann zu teilen.

»Ach, nein, du! Auf mich selbst und das Hotel achtzugeben, ist mehr als genug, da brauche ich nicht auch noch eine Beziehung, die es zu pflegen gilt.«

Sie hielt kurz inne, bevor sie fortfuhr. »Genau genommen habe ich mir das wohl auch nie so vorgestellt. Ich sehne mich nicht nach Zweisamkeit, wie so viele davon zu träumen scheinen. Das mit Preben war gleichsam … etwas anderes.«

Das Leben als Bergführerin und Expeditionsleiterin war immer von Einsamkeit geprägt gewesen. Zwar war sie stets von einem Team umgeben, jedoch hatte sie das Sagen gehabt, sie hatte die Entscheidungen getroffen. Wohin es gehen sollte, wer mitkommen durfte, wann sie eine Besteigung versuchen sollten und wann sie aussetzen mussten. Sie hatte die Meinungen der anderen gehört, nichtsdestotrotz hatte sie stark sein müssen. Nicht nur stark – sie wusste, dass viele der Ansicht waren, sie sei zudem kalt. Aber das war notwendig. Sowohl als Leiterin als auch als Bergsteigerin musste man fokussiert und diszipliniert sein. Um andere führen zu können, musste man Kontrolle über sich selbst haben.

So war es zumindest, bis sie Preben Wexelsen begegnete. Irgendwann in der Beziehung hatte sie den Fokus verloren und definitiv die Führungskompetenz. Sie hatte ihre Gefühle für ihn sich ihrer Urteilskraft in den Weg stellen lassen.

Als sie sich kennenlernten, wusste sie sofort, dass er jemand war, der die Regie übernahm. Ja, vielleicht bereits, als sie sich zum ersten Mal im selben Raum befanden. Es geschah auf einem Kongress, auf dem sie beide Vorträge über ihre Expeditionserfahrungen halten sollten. *The Nordic Summit. The Elevating Experience.* Sie stand in einem proppenvollen Raum mit Bergsteigern und Tourveranstaltern, wobei die Gespräche und das Gelächter um sie herum umgehend verebbten, als Preben hereinkam. Sie kannte ihn aus Zeitungen und Fernsehsendungen, aber in Wirklichkeit war er noch attraktiver. Groß, gut aussehend, stark. Er hatte dunkle, nach hinten gekämmte Haare, deutlich ausgeprägte Gesichtszüge mit einem markanten Jochbein und einer kräftigen Kieferpartie. Er schaute sich um, und als ihre Blicke sich begegneten, spürte Ingrid das wie einen elektrischen Stoß. Einen Blitzeinschlag. So etwas hatte sie nie zuvor erlebt.

Später hatte sie gedacht, dass in diesem Augenblick ihr Schicksal besiegelt worden war. Hätte sie gewusst, wie es sich entwickeln würde, hätte sie den Konferenzraum sofort verlassen und niemals zurückgeschaut.

Aber das wusste sie nicht. Und sie verließ den Konferenzraum nicht. Ganz im Gegenteil blieb sie stehen und sah Preben auch dann noch an, als der Blickkontakt unterbrochen wurde und er sich umdrehte, um einen der Veranstalter zu begrüßen. Sie verspürte den unmittelbaren Drang, zu ihm zu gehen, hielt sich jedoch so lange wie möglich zurück. Alles an ihm hatte sie angesprochen. Die aufrechte Gestalt, die selbstsichere Haltung. Der scharfe Blick – später fand sie heraus, dass seine Augen grün waren. Und dass der Mund das einzige Weiche an ihm war.

Von nun an sind wir zu zweit, hatte er gesagt, als er sie am Morgen danach geküsst und ihr Zimmer verlassen hatte. Und so wurde es.

Preben verfügte über eine natürliche Autorität, die es einfach machte, ihm zu vertrauen und ihm das letzte Wort zu überlassen. Wenn sie den Kilimandscharo von Süden und er von Norden her besteigen wollte, endeten ihre Diskussionen in einer Besteigung von Norden. Und je mehr sich ihre Zusammenarbeit und ihre Beziehung entwickelten, desto natürlicher wurde es für sie nachzugeben, ihm die Führung zu überlassen. Sie fing an, das Bauchgefühl zu unterdrücken, wenn sie uneins waren, dachte, dass er es sicher besser wüsste. Eine Expedition konnte so oder so nicht zwei Leiter haben, und er war erfahrener als sie. Für eine Weile fühlte sich diese Herangehensweise richtig an. Letztendlich aber erwies sie sich als katastrophal.

Wenn sie daraus etwas gelernt hatte, dann, dass sie auf eigene Faust klarkommen musste. Die Entscheidung, das Bergsteigen aufzugeben, hing mit dieser Einsicht zusammen. Auch wenn es genau genommen keine Entscheidung gewesen war.

Vegard, dem wohl weltgrößten Fan von Disney-Filmen, zufolge, glich Ingrid, wie sie hier oben in ihrem Hotel saß, Elsa aus *Die Eiskönigin*. Eine Eiskönigin im Himmelfjell. Aber sie war keine Königin. Sie hatte keine magischen Kräfte. Sie hatte lediglich aus teuer erkaufter Erfahrung gelernt, dass man auf niemand anderen als sich selbst vertrauen konnte.

*

Frühjahr 1962

»Sie ist nicht hier? Was meinst du damit, dass sie nicht hier ist?«, fragte der Trauzeuge des Bräutigams, der gleichzeitig der ältere Bruder der Braut war. Seine breiten Schultern krümmten sich, so als würde er sich zum Angriff vorbereiten.

Kirchendiener Pedersen trat einen Schritt zurück, zog an seinem Jackenaufschlag und betrachtete erschrocken den vor ihm stehenden jungen Mann. Das war keiner, mit dem man sich anlegen wollte, jedoch konnte der Kirchendiener nichts anderes tun, als ihm mitzuteilen, wie es sich verhielt.

»Sie ist nicht gekommen«, sagte er.

Er bemerkte, dass er in der schwitzigen Hand einen Stoß Gesangshefte zusammenpresste und legte sie in ein Regal des Waffenhauses, in dem sie standen. Er richtete den Blick auf den großen Kerl, der sich vor ihm auftürmte.

»Fahrer Hansdalen ist mit leerem Wagen gekommen«, stotterte er. »Er hat lange vor eurem Haus gewartet, aber sie ist nicht herausgekommen. Er hat geklopft, aber nichts tat sich, und das Haus wirkte leer. Also ist er hierhergefahren, um nachzusehen, ob er etwas falsch verstanden hatte und sie anderweitig zur Kirche gelangt ist. Aber sie ist nicht hier.«

»Sie ist nicht hier. Sie. Ist. Nicht. Hier.«

Das Gesicht des Bruders der Braut war rot angelaufen, und er schnaubte.

»Was zur Hölle ist ihr jetzt wieder eingefallen?«

Pedersen hatte keine Antwort auf die Frage und begnügte sich damit, vor Angst zu zittern.

Der Bruder der Braut ignorierte ihn und warf einen Blick in die vollbesetzte Kirche, wo der Bräutigam noch immer im Altarraum stand und in dem etwas zu engen Anzug schwitzte und wo sich immer mehr Leute in den Bankreihen umgedreht hatten, um nachzusehen, was da vor sich ging.

Die Einzige, die ihren Blick nicht zum Waffenhaus richtete, war die Trauzeugin der Braut. Sie saß mit einer Festtracht bekleidet auf einem Stuhl im Chorraum und starrte vor sich hin.

Im Bruder der Braut flammte die Wut auf. Dieser Gernegroß. Er würde sie sich vornehmen. In seinem ganzen Leben hatte er sich noch nie so gedemütigt gefühlt, und er wurde das Gefühl nicht los, dass sie, die dort oben saß, einen Teil der Verantwortung für den Skandal trug.

Aber zuerst musste er herausfinden, wo seine Schwester war.

»Das wird sie bereuen.«

11. Dezember

»Fast alles hat sich verändert«, sagte Mutter Borghild. »Nur die Berge sind noch so, wie sie immer gewesen sind.«

Zusammen mit Ingrid stand sie vor dem Panoramafenster im Speisesaal und betrachtete die ersten Sonnenstrahlen über dem Himmelnuten.

Sie waren in den Speisesaal gekommen, als Perle mit den Frühstücksvorbereitungen beschäftigt war. Mit Tabletts und Schüsseln hantierend lächelte die junge Frau sie breit an.

»*A lovely girl!*«, vernahmen sie plötzlich hinter sich.

Sie tauschten Blicke aus. Es war Freya Wilkens, und es war zu spät, ihr zu entkommen.

»Immer so enthusiastisch!«, trällerte die Amerikanerin mit einem Verweis auf Perle, die ihrerseits lächelte und winkte.

»Ja, sie ist großartig«, bestätigte Ingrid.

»Ich hoffe, Sie geben gut auf sie acht, damit das Himmelfjell Hotel ein Ort wird, an den sie gern zurückdenkt«, sagte Freya. »Als Auftakt zu einer glänzenden Hotelkarriere. *Good morning to you*, im Übrigen. Wie geht es Ihnen?«

Ihr Lächeln offenbarte die weißen Zähne, die einen Kontrast zu dem sonnengebräunten Gesicht bildeten.

»Ich meinerseits habe elend geschlafen, was aber daran liegt, dass John mich ständig anstupst. Er behauptet, ich würde schnarchen! Hat man so was schon gehört!«

Ingrid hatte überhaupt kein Problem, sich vorzustellen, dass Freya Wilkens selbst dann laut war, wenn sie schlief.

»*Good morning!*«, entgegnete Ingrid, während Mutter Borghild sich damit begnügte, dem Neuankömmling zuzunicken. Für gewöhnlich war die Großmutter geschickt in der Konversation mit den Touristen, obwohl sie zu ihrer Zeit in der Schule nur wenig Englisch gelernt hatte. In diesem Moment jedoch schien sie offensichtlich nicht das Bedürfnis zu haben, etwas zu sagen.

Dafür, dass sie so elend geschlafen hatte, sah Freya ungemein frisch und munter aus. Das goldene Haar war zu einem Pferdeschwanz zusammengebunden, und sie trug eine überraschend moderne Wanderhose sowie eine hübsche grün-weiße Strickjacke im traditionellen Fana-Muster. Sie bemerkte Ingrids anerkennenden Blick und kam ihr zuvor.

»*Isn't it lovely?* Ich habe sie selbst gestrickt nach der Anleitung einer Freundin von *Daughters of Norway*. Als ich jung war, habe ich mich um so etwas nicht gekümmert, fand es nur peinlich all diese Quengelei mit der Heimat und Traditionen, Lefse und Lutefisk. Als ich jedoch anfing, nach meinen nordischen Wurzeln zu suchen, fand ich auch die Freude am Stricken.« Sie verwies auf ihr T-Shirt unter der offenen Jacke: *Knitting keeps me from unravelling.*

Ingrid lächelte: »Stricken hält mich beisammen. Ja, das kennst du vermutlich, Großmutter?«

Sie drehte sich zu Borghild um, die um eine Antwort umhinkam, da Freya unverdrossen weiterredete.

»John und ich wollen heute auf Expedition«, erklärte sie. »Wir wollen zu der alten Almhütte oben bei Storebru wandern – wir haben gehört, sie sei ein spektakuläres Beispiel der Blockbautradition hier in der Gegend.«

»Nach Storebru, das ist eine schöne Tour«, sagte Ingrid. »Aber die Straße zwischen Dalen und dem Parkplatz beim Storebruveien ist ziemlich unwegsam.«

Freya lachte laut.

»Ich möchte behaupten, dass *alle* eure Straßen hier im alten Land unwegsam sind! Aber was für ein Gottesglück, dass wir den Range Rover gefunden haben. Und dass John so ein zuverlässiger Fahrer ist.«

»Ja. Das ist wirklich ein Glück … Dann kommt Doktor Wilkins also auch bald zum Frühstück herunter?«

»Ja, er kommt gleich«, antwortete Freya. »Essen und Trinken hält Leib und Seele zusammen«, proklamierte sie auf Norwegisch mit breitem amerikanischen Akzent. »Das hat meine Mutter immer gesagt«, fuhr sie auf Englisch fort. »Und John ist ganz in eure Milch vernarrt, magische Milch. Isst jeden Morgen eine große Schale Haferflocken damit. Man sollte meinen, er sei es, der norwegische Ahnen hat.«

»Magische Milch?«, wiederholte Ingrid. »Sie meinen Magermilch?«

»Ja, Magermilch!«, tönte Freya enthusiastisch. »Die kann man doch auch für *Pancakes* verwenden, oder nicht?«

»Ja, unbedingt«, bestätigte Ingrid. »Wir können Maja bitten, einmal welche zu machen, wenn Sie möchten?«

»*Great!* Wir lieben Pancakes, besonders, wenn sie einen *touch of Norway* haben«, sagte Freya. »Ich werde Mrs. Seter sagen, dass wir sie mal zusammen machen sollten. Ich kann ihr auch ein paar Tricks der amerikanischen Küche beibringen.«

»Darüber wird sie sich sicher freuen«, sagte Ingrid.

Sie glaubte, im Gesicht der Großmutter ein Zucken zu vernehmen, tat aber so, als sei nichts. Freya Wilkins schien zumindest nichts bemerkt zu haben.

»Aber eigentlich wollte ich Sie etwas fragen«, ergriff Freya erneut das Wort. »Das Gemälde, das im Treppenaufgang hängt, zeigt es die gleiche Aussicht, wie wir sie hier vom Speisesaal aus sehen?«

»So ist es«, bestätigte Ingrid und zeigte aus dem Fenster. »Das ist der Himmelnuten, den Sie dort drüben aufragen sehen, und dort der Styggfossen.«

»Wir hatten vor, an einem der Tage auch zum Wasserfall zu gehen«, fuhr Freya fort. »Er ist so groß und wild. Ich habe gehört, dass er viele Menschenleben genommen hat.«

»Dabei handelt es sich größtenteils wohl um Mythen«, sagte Ingrid. »Aber selbstverständlich muss man aufpassen, wenn man an einen solchen Wasserfall nah herangeht. Jetzt aber ist er gefroren, sodass man dort klettern kann.«

»Nein, das ist wohl nichts für mich und John«, sagte Freya.

*

Als sie sich anschließend auf dem Weg die Treppe hinauf befanden, hielt die Großmutter auf dem Absatz inne, wo das Ölgemälde vom Himmelnuten und dem Styggfossen hing. Zuerst sagte keine von beiden etwas; während Borghild das Gemälde betrachtete, blieb Ingrid abwartend stehen. Ingrid war so viele Tage ihres Lebens daran vorbeigegangen, ohne sonderlich darüber nachzudenken. Wie viele der anderen Gemälde im Haus war es einfach immer nur da gewesen.

Jetzt schaute sie es sich genauer an. Es zeigte ein frühsommerliches Motiv in einem sorgfältig ausgearbeiteten, vergoldeten Rahmen. Der spitze, schneebedeckte Gipfel des Himmelnuten reckte sich vor einem klaren blauen Himmel in die Höhe, das Moos und das Gras im Vordergrund waren hellgrün und der Wasserfall hell, beinahe weiß. So anders als das Eisschloss, in das er jetzt im Winter verwandelt war.

»Ja, dieses Gemälde hängt seit über sechzig Jahren hier«, erklärte Borghild.

»Oh, ich dachte fast, es sei noch älter«, entgegnete Ingrid.

»Nein, es ist von 1961, wurde jedoch in einem traditionellen Stil angefertigt«, sagte die Großmutter. »Ich vergesse nie, wann es gemalt wurde. Das war eine ganz besondere Zeit. Der Künstler erfreute sich großer Beliebtheit in den Monaten, in denen er sich hier im Dorf aufhielt. Antonsen hieß er. Jeder, der es sich leisten konnte, kaufte eines seiner Landschaftsgemälde. Das war die reinste Seuche. Mutter und Vater konnten da doch nicht nachstehen.«

Sie lächelte.

»Sie bestellten ein weiteres Bild. Das, das bei mir in der Wohnung hängt.«

»Das von den Mädchen in der Tracht?«

Die Großmutter nickte, nun plötzlich ernst.

»Es scheint gar nicht so lange her«, sagte sie. »Aber gleichzeitig ist seitdem ein ganzes Leben vergangen.«

*

Ingrid ging die Buchungen für die kommenden Wochen durch. Menschen kamen und Menschen gingen, sie aber hätte gern noch mehr Buchungen gehabt. Es war nicht gerade proppenvoll hier. Als positiv notierte sie, dass das Ehepaar Wilkins ganze zwei Wochen zu früh gekommen war. *Günstig für sie, ungünstig für mich, dass wir so wenig Gäste haben*, dachte Ingrid. Die Amerikaner hatten vor, über Weihnachten bis ins neue Jahr hinein zu bleiben. Gäste, die mehrere Wochen blieben, sorgten für viel weniger Arbeit als jene, die nur zu kurzen Wochenendbesuchen kamen, definitiv die Mehrheit.

Freitag, den Dreizehnten – *gut, dass ich nicht abergläubisch bin*, dachte Ingrid –, erwartete das Hotel eine Gruppe junger Männer, die von Freitag bis Sonntag hier sein sollten. Ingrid ging die Namensliste durch und fragte sich, wer sie waren und was für Annehmlichkeiten sie erwarteten. Das hier war schließlich nicht gerade Hemsedal oder Geilo, mit Whirlpool und Après-Ski. Wie wohl würden sie sich in einem alten Traditionshotel wie diesem fühlen? Gleichzeitig musste sie davon ausgehen, dass es einen Grund dafür gab, warum sie sich für das Himmelfjell entschieden hatten. Das Klettern vielleicht. Zwei Ehepaare aus der Gegend von Hamar hatten für das Wochenende ebenfalls ihre Ankunft gemeldet, wie auch eine britische Familie, die bestimmt von der Gesundheitssportsorte war.

Einige Gäste kamen selbst jetzt in der Wintersaison hierher, um zu klettern. Eisklettern erfreute sich immer größerer Beliebtheit, und der Styggfossen war eine spannende Herausforderung. Einige kamen auch, um zu wandern und dabei die Ruhe und die Aussicht zu genießen. An den Wochenenden stand das Haus auch Gästen offen, die nur im Restaurant zu Mittag oder Abend essen wollten. Freitagabend sollten hier, neben den Übernachtungsgästen, sechs Personen essen, und für Sonntag waren zehn zum Mittagessen eingebucht. Mehrere der Namen kannte Ingrid aus der Schulzeit in Dalen. Jetzt wollten sie vermutlich überprüfen, wie es hier oben lief.

Der Gedanke daran, die ehemaligen Schulkameraden wiederzutreffen, ließ Ingrid unruhig werden. Tor war der Einzige von ihnen, mit dem sie Kontakt hatte. Ansonsten war sie nach dem Lawinenunglück und der öffentlichen Trennung von Preben fast ein bisschen menschenscheu geworden. Es machte sie beklommen, Menschen grüßen zu müssen, besonders alte Bekannte, die fragten, wie es ihr *wirklich* ging. Menschen, die im Internet über sie gelesen hatten und die Informationen als Einladung betrachteten, um in ihr Privat- und ihr Gefühlsleben hereinzutrampeln. Sie hatten gewiss die Überschriften in der *Se og Hør* und anderen Klatschmagazinen gesehen.

Dramatische Trennung nach Unglück. Verließ das Land in aller Eile. Die Freunde verzweifeln: Sie will nicht mit ihm reden.

Sie schüttelte es ab. Wiederholte die Affirmationen, die sie von der Therapeutin gelernt hatte: *Ich bin eine starke und erwachsene Frau. Ich bin professionell. Ich kann mit Menschen sprechen.* Mit Neugierde und gespielter Umsicht musste sie einfach klarkommen. Um die Zukunft des Himmelfjell Hotels sicherzustellen, brauchte sie Gäste, und sie sollte über jeden Einzelnen froh sein, ganz gleich, wer es war.

Freitag, der 20. Dezember, war der letzte große Ankunftstag. An diesem Wochenende wurde eine Gruppe aus Hamar und eine aus der Gegend um Drammen erwartet, ebenso zwei Familien aus Oslo, die in den Wohnungen im Anbau unterkommen sollten. Auch Vegard sollte an diesem Tag wiederkommen, zusammen mit David. Sofern er es schaffte, davor wieder nach Oslo zu fahren. Das hing vermutlich von Pia P ab. Ingrid wurde das seltsame Gefühl nicht los, dass diese ihren Aufenthalt hinauszog. Vielleicht plante sie, hier einzuziehen? Wie auch immer, sie hatte gesagt, dass sie bezahlen würde. Auch wenn Ingrid vorläufig nicht wusste, wie sie das Thema wieder auf die Tagesordnung bringen sollte.

Ingrid war es, die beschlossen hatte, das Hotel Weihnachten zu öffnen, jetzt aber bereute sie es. Es war eine seltsame Vorstellung, dass sie und Mutter Borghild zusammen mit dem Ehepaar Wilkins Weihnachten feiern sollten. Das würde ein spezielles Erlebnis werden! Sie wünschte, Vegard könnte dann auch hier sein. Aber der hatte selbstverständlich andere Pläne, mit David und der Familie. Seit Ingrids Eltern gestorben waren, hatte das Hotel an Weihnachten keine Gäste mehr beherbergt. Mutter Borghild hatte die Hände voll zu tun, sich um die kleine Ingrid zu kümmern, und Weihnachten mit Fremden zu feiern, hatte sich unpassend angefühlt, ohne Engeline und Marius.

Stärker als je zuvor wurde Ingrid bewusst, wie dramatisch und herausfordernd das Leben für die Großmutter gewesen sein musste, mit der alleinigen Verantwortung für Hotel und Kind. Die Großeltern väterlicherseits in Oslo waren auch da gewesen, und Ingrid hatte zu beiden guten Kontakt gehabt, bis sie vor einigen Jahren gestorben waren. In der Praxis aber war Mutter Borghild sowohl Mutter als auch Vater für Ingrid gewesen, als diese klein war. Und es war Mutter Borghild, die auf der Hoteltreppe gestanden und zum Abschied gewinkt hatte, als Ingrid in die Welt hinausgezogen war. Alles hatte sie auf ihren Schultern getragen, ohne dass Ingrid sie ein einziges Mal hatte klagen hören.

Danke, Großmutter, dachte Ingrid. *Jetzt, mit über achtzig, sollst du dich zurückziehen dürfen, während ich die Verantwortung übernehme. Es ist wirklich keinen Tag zu früh. Ich bedaure, dass ich nicht früher gekommen bin.*

*

Borghild Berg ging in die Bibliothek. Sie war leer. Schön. Sie wollte die Gästebücher holen und sie in aller Ruhe durchsehen, bevor sie diese der Jugend überließ. Perle wollte eine Hausarbeit über die alten Aufzeichnungen schreiben, und Ingrid hatte angefangen, Fragen zu stellen, was in den sechziger Jahren geschehen war. Borghild musste genau überlegen, welche Version sie erzählen wollte.

Hier waren sie, in der untersten Schublade des Regals. Mehrere Stapel Bücher in zerschlissenem braunen Ledereinband. Sie zog die ältesten heraus und nahm sie mit zur Sofagruppe beim Kamin.

Himmelfjell Hotel stand in gotischen Goldlettern auf den ältesten Bänden. Sie schlug Band 1 auf. Der erste Eintrag war auf den 1. August 1893 datiert und lautete, in zierlicher Schönschrift gehalten: *Feierliche Eröffnung des Himmelfjell Hotels.* Der letzte Eintrag in dem dicken Buch war Neujahr 1899 erfolgt. Dann hatte man ein neues begonnen. Mittlerweile waren es etwa zwanzig an der Zahl. Hundertdreißig Jahre lang hatten Bergwanderer und Touristen ihre Namen und Ansichten in den schweren Lederbänden festgehalten. Darin waren Wanderrouten beschrieben, gutes und schlechtes Wetter notiert. Speisekarten von Festen waren hineingeklebt und in die Ecken Flora und Fauna skizziert worden. Heidekraut und Flechte, Moor-Birken und Moltebeeren sowie Tiere der kompletten Bandbreite vom Lemming bis zum Bären.

Sie hob den Blick und betrachtete das ausgestopfte Exemplar beim Kamin. Bjørnar war ein *Ursus arctos arctos*, ein eurasischer Braunbär. Nicht ganz so riesig wie der amerikanische Grizzly, um gar nicht erst vom Kodiakbären zu sprechen, aber dennoch groß und furchteinflößend. Borghild erinnerte sich gut daran, als Bjørnar zu Fall gebracht wurde. Der Großjäger aus Dalen hatte ihn geschossen. Damals war die Bärenjagd noch erlaubt gewesen, und der Jäger war jung. Er war ein Freund von Borghild. Das war er heute nicht mehr.

Sie riss sich zusammen und blätterte weiter, legte das Gästebuch beiseite und nahm das nächste, und das nächste. Was für eine Schatzkiste diese Bücher waren! Hier war ein Gruß in großer Schrift vom englischen Bergsteiger Sir Peter Downsize, der das Himmelfjell bereits 1919 großartig und die Bewirtung im Hotel »splendid« gefunden hatte.

Und hier, 1921, hatte ein Gesandter des Königlich Norwegischen Automobilclubs das Hotel besucht, das er »sehr zufriedenstellend« fand, obwohl am »Makadamisieren« der Straßen in Dalen und Umgebung einiges auszusetzen war. Es war, als höre man Freya Wilkins über die norwegischen Straßen klagen. Manche Dinge änderten sich nie. Auf der nächsten Seite war ein Ausschnitt aus der Lokalzeitung mit dem Bild des stolzen Automobilisten mit Hut und Fahrerhandschuhen eingeklebt.

Ihr Blick blieb am Bild einer Frau mit weißer Bluse und langem Rock haften, der bis zu den Knöcheln reichte. Darunter trug sie derbe Stiefel. Ingbrita Berg, Borghilds Großmutter, die eine der ersten Bergsteigerinnen des Landes gewesen war. Es hatte Gerüchte über sie gegeben, hatten die Leute im Dorf erzählt. Sie trug Röcke, wenn sie auf Bildern posierte, sei jedoch derart wild gewesen, dass sie in Hosen geklettert war. Sie hatte als erste Frau, ja, als einer der ersten Kletterer überhaupt, den Himmelnuten bestiegen. Zudem war sie zu einem Zeitpunkt auf dem Großen Skagastølstind gewesen, als das Bergsteigen an sich noch neu war.

Borghild selbst war nicht mehr geklettert, seit Engeline und Marius ums Leben gekommen waren; die Verantwortung für Ingrid hatte sie davon abgehalten. Es hatte ihr Kummer bereitet, das Klettern aufzugeben, aber sie hatte sich davor gehütet, davon Ingrids Freude am Bergsteigen überschatten zu lassen. Die hatte ihr jemand anderes genommen.

Sie standen in einer langen Tradition, sie und Ingrid. Alle diese Frauen, die im Schatten von Männern gelandet waren. Erneut betrachtete sie das Bild von Ingbrita. Das war eine Geschichte, von der mehr Menschen erfahren sollten. Ja, jemand sollte auf Grundlage dieser Aufzeichnungen die Geschichte der Bergsteigerinnen und des Hotels niederschreiben, wurde Borghild plötzlich bewusst. Jemand? Warum nicht sie selbst? Ja. Dem würde sie sich widmen. Selbst in ihrem dreiundachtzigsten Lebensjahr war sie voller Arbeitslust. Jetzt, da sie in der Hotelleitung abgelöst worden war, sollte das Schreiben der Geschichte des Himmelfjells ihr nächstes Projekt werden.

Aber zuerst – zuerst musste sie sich dem annehmen, was um sie herum im Begriff war zu geschehen. Sie schloss das Buch, das sie in den Händen hielt, und suchte nach dem aus der ersten Hälfte der sechziger Jahre.

Die Strichzeichnung war amüsant; sie sollte »Sofie, Borghild, Christian und Charlie bei der Mäusejagd im Hotel« darstellen. So hieß es in verschnörkelter Handschrift unter dem Bild. Sie erinnerte sich gut an diesen Winter. Der Wintertourismus erlebte zu dieser Zeit einen Aufschwung. Ab etwa 1960 wurden von Dalen aus neue und bessere Straßen gebaut, zudem gab es in den Städten immer mehr Menschen, die Urlaub in den Bergen machen wollten und sich diesen leisten konnten. Borghild und ihr Freund Christian Stugu – der noch nicht ihr Ehemann geworden war – hatten daher Borghilds Eltern überzeugt, das Hotel auch an den Wochenenden zu Weihnachten und Neujahr offen zu halten und so viel von diesem Umsatz mitzunehmen. Und das hatte sich als eine gute Idee erwiesen. Ihre Cousine Sofie war aus Bergen gekommen und hatte mehrere Saisons im Hotel gearbeitet. Und Charlie … Sie sah Charlie vor sich, mit den hellen Haaren und dem fröhlichen Lachen. Charlie war eine verlässliche Kraft gewesen, zusammen mit Christian und Hallgrim. Sie waren eine Truppe Jugendlicher gewesen, die zusammenarbeiteten, während die Stadtbewohner ins Gebirge strömten. Das Hotel war voller Gäste gewesen und die Stimmung großartig.

Aber leider waren es nicht nur die Touristen, die in diesem Jahr ins Hotel geströmt waren, die Mäuse hatten es ihnen gleichgetan. Als die Frostnächte einsetzten, waren sie in die Gebäude gezogen, und je mehr Wochen vergingen, desto schlimmer wurde es. Niemals würde Borghild die Nacht vergessen, in der Sofie eine Maus in der Schlafkammer hatte, die sie sich mit einem Stubenmädchen teilte, und aus reiner Panik nur mit Nachthemd bekleidet in den Schnee hinausgelaufen war. Die anderen Jugendlichen hatten sich schiefgelacht bei dem Anblick, während Sofie das Ganze keineswegs als lustig empfunden hatte. Selbst so viele Jahre später musste Borghild schmunzeln.

Aber sonst – abgesehen von den Mäusen – hatten sie es glänzend gehabt! Zu dieser Zeit hatte es keine Trennung zwischen Arbeit und Freizeit gegeben; alles war Arbeit, alles war Spaß. Die Jugendlichen wischten den Fußboden und trugen Gepäck auf die Zimmer, führten Touristen zu den Berggipfeln hinauf und fuhren auf Ski wieder hinunter. Sie schälten Kartoffeln, wechselten Bettwäsche und standen an der Rezeption. Und an den Abenden war Tanz. Und wie sie getanzt hatten!

Ihr Blick blieb an einem Gruß hängen, Borghild erhob sich jäh und schloss das Buch. Sie hatte keine Lust, noch länger hier in der Bibliothek zu sitzen. Sie wollte das Buch mit hinauf in ihre Wohnung nehmen und sich auf das vorbereiten, worüber zu reden sie bald gezwungen sein würde – zum ersten Mal seitdem das alles geschehen war.

12. Dezember

Es wurde dunkel, und Maja Seter zeichnete ein Kreuz über die Eingangstür. Während sie das Glas der Laternen putzte, die sie vor die Tür stellen wollte, betete sie das Vaterunser. Ingrid wusste, dass die Köchin über dem Bett in ihrem Zimmer ein Messer in die Wand rammen würde. Sie hatte ihr erklärt, dass man sich auf alle erdenklichen Arten schützen müsse, wenn die dunklen Mächte sich näherten.

»Und die dunklen Mächte kommen, ob man an sie glaubt oder nicht«, behauptete Maja.

In der dunklen Jahreszeit war es nicht schwer zu glauben, dass die bösen Mächte sich aus allen Richtungen näherten, dachte Ingrid. Jetzt, da in der Polarnacht die Grenze zwischen der Welt der Geister und der Welt der Menschen verschwamm. Und besonders heute Abend. Es war Lucianacht, die längste Nacht des Jahres. Die gefährlichste Nacht des Jahres. Das war der Grund, warum Maja so geschäftig war. Vieles musste vor dem Abend geregelt werden.

»Woher weißt du das alles?«, fragte Perle, die zum Essen in die Küche gekommen war. Zusammen mit Ingrid saß sie auf der Bank und beobachtete Majas Vorbereitungen.

»Ich habe diese Dinge schon immer gewusst«, antwortete Maja. »Ich habe sie von meiner Mutter gelernt, die sie wiederum von ihrer Mutter gelernt hat.«

Dieses Wissen wurde seit ewigen Zeiten weitervererbt. Wissen oder Aberglaube, wie man es nun nennen wollte, das jetzt weitestgehend vergessen war. Nicht jedoch von Maja Seter.

»Ich erinnere mich, und ich passe auf«, fuhr Maja fort. »Ich bin sicher, viel Böses abgewehrt zu haben, indem ich mich meines Wissens bedient habe.«

»Aber nicht alles lässt sich abwehren«, wandte Ingrid ein.

»Nein!«, bestätigte Maja. »Heute Vormittag musste ich zum Beispiel zusammen mit Freya Wilkens Lussekatter backen.«

Ingrid lachte. Sie wusste, dass Maja an diesem Tag nicht gern backte, da die Teigwaren eigentlich lange vor der Lucianacht fertig sein mussten. Das war für sie seit jeher eine Frage der Ehre, und der Tradition zufolge waren auch in diesem Jahr die Weihnachtsplätzchen bereits in Schachteln verstaut und diese wiederum in der Speisekammer gestapelt. Sieben verschiedene Sorten, darunter Krumkaker, Mürbeteigplätzchen und Schmalzgebäck, von denen jede ihre eigene Keksdose bekam.

»Jetzt sollen es auch noch Lussekatter sein«, sagte Maja. »Obwohl dieses Luciafest besser zu Kindern und Schweden passt.«

»Aber Freya möchte doch so gern an dieser *hübschen nordischen Tradition* teilhaben«, lächelte Ingrid.

»Ja, und Perle und Vegard auch«, entgegnete Maja.

»Ja, das macht sich doch supergut auf *SoMe*«, betonte Perle.

»*SoMe!* Es hat eine Weile gebraucht, bevor ich verstanden habe, dass das *soziale Medien* bedeuten soll«, schnaubte Maja. »Großer Gott. Das ist doch keine vernünftige Arbeit, Bilder auf Instagram und Snapchat zu stellen.«

»Sieh dir Pia an«, ergriff Perle erneut das Wort. »Sie lebt davon, Influencerin zu sein.«

»*Influencerin!*«, wiederholte Maja, mit exakt derselben Verachtung, mit der sie *SoMe* gesagt hatte. »Durchaus, sie sieht aus, als würde sie richtig gut davon leben, diese Pia. Mit den schicken Sachen, und sie sieht immer aus, als käme sie direkt vom Friseur. Aber bestimmt fühlt sie sich elend.«

»Elend?«, fragte Perle.

»Ja, sie sei nicht in Form, habe ich gehört«, antwortete die Köchin. »Allerdings ging es ihr wirklich nicht schlechter, als dass sie heute Morgen zum Frühstück nach unten gekommen ist und drei Brötchen verspeist hat, während sie Fotos von dem Essen gemacht und auf ihrem Handy herumgedrückt hat.«

Perle strahlte.

»Aber das ist doch spitze! Sie hat eine halbe Million Follower!«, ließ sie Maja erfreut wissen. »Es ist einfach meeega cool, dass sie hier ist. Und morgen wird sie Stories über die Luciafeier posten. Stell dir vor, dann werden deine Lussekatter berühmt.«

»Berühmt! Na klar. An mir soll's nicht liegen«, sagte Maja. »Wollt ihr Lussekatter, dann bekommt ihr Lussekatter, eimerweise, körbeweise. Sie stehen in der Speisekammer.«

Sie stellte die letzte Laterne ab, deren Glas nunmehr funkelnd sauber war.

»Aber jetzt habe ich etwas unten im Tal zu erledigen. Ich muss etwas holen.«

»Was?«, fragte Perle neugierig.

Die Köchin sah sie mit unergründlichem Blick an.

»Das wirst du noch früh genug herausfinden.«

*

»An der Anlage hier muss so einiges gemacht werden«, sagte der Elektriker, bei dem es sich nicht um den jungen, dünnen Mann handelte, der im Haus Mütze trug, sondern den älteren mit Latzhose.

»Ich schreibe einen vorläufigen Bericht, da es ein paar Dinge gibt, die ihr ausbessern müsst«, fuhr er fort. Er war den ganzen Tag über beschäftigt gewesen, zuerst mit den Leitungen im Boden, den sie im Zuge der Überschwemmung hatten aufbrechen müssen, und anschließend mit der Überprüfung der restlichen elektrischen Anlage, »wenn er schon mal hier war«, wie er sagte.

Mit einem Winken forderte er sie auf, mit ins Hinterzimmer zu kommen. »Sieh dir das an«, sagte er und leuchtete in den Sicherungskasten bei der Treppe. »Niemand hat mehr diese Art von Sicherungskasten, bei dem die Sicherungen gewechselt werden müssen. Wenn ihr den Schrank austauscht, könnt ihr auch die Stromkreise ändern. Sie sind für den aktuellen Verbrauch nicht ausgelegt. Es ist nicht so schlimm, dass alles unmittelbar ausgetauscht werden müsste, aber im neuen Jahr solltet ihr es machen lassen. Und dann gibt es hier und da ein paar Schalter, die nicht von einem ausgebildeten Elektriker installiert wurden. Ich habe sie ausgetauscht, wenn ich sie entdeckt habe.«

Puh. Noch ein Projekt, das ihr teuer zu stehen kommen würde. Hätte sich Alfred da nicht schon längst drum kümmern sollen? Hatte er versucht, die Mängel zu beheben, indem er die Elektroarbeiten selbst ausgeführt hatte? Als sie im Ausland war, hatte Ingrid geglaubt – beziehungsweise beschlossen zu glauben –, dass Alfred und Mutter Borghild die Instandhaltung des Hotels im Griff hatten. Allerdings … in Anbetracht von Mäusen, einer Überschwemmung und schlechter Elektrik war sie sich dessen nicht mehr so sicher. Freilich waren die Leute hier oben im Himmelfjell immer geschickt gewesen, sie selbst eingeschlossen. Sie konnte sowohl morsche Dielen als auch einen Siphon wechseln. Elektroarbeiten hingegen führte man als Ungelernter einfach nicht aus. Das wusste jeder. Man ließ die Anlage in regelmäßigen Abständen von Fachleuten überprüfen und in Ordnung bringen, was in Ordnung gebracht werden musste. Oder? Sie musste mit Alfred sprechen. Erneut. Sie konnte nur hoffen, dass es noch eine Weile gut ging, sodass sie es schafften, zwischen all den Ausgaben auch noch ein paar Einnahmen zu erzielen.

*

Als Hussein aus der Schule nach Hause gekommen war, hatte die Dunkelheit bereits eingesetzt, und jetzt war es Abend. Er saß in seiner Ecke auf dem Dachboden und meinte, sie dort draußen hören zu können. Die dunklen Mächte. Das wilde Heer der Unterirdischen. Er glaubte zumindest, dass sie es waren. Der Wind heulte um die Ecken, und etwas klopfte gegen die Hauswand. War das nur der Sturm, oder waren es der *Dschinn* Lussi und sein Gefolge? Hussein hatte Frau Maja alles über Lussi erzählen hören. Die Nacht zwischen dem zwölften und dem dreizehnten Dezember sei die dunkelste und gefährlichste des Jahres, hatte sie gesagt. Da käme Lussi, um zu überprüfen, ob die Menschen mit den Weihnachtsvorbereitungen vorankamen. Sei nicht aufgeräumt, gebacken und gebraut, könne man sehen, wie sich ihr unheimliches weißes Gesicht gegen die Fensterscheibe presste. Im schlimmsten Fall könnte sie das wilde Heer der Unterirdischen mitbringen und durch den Schornstein kommen. Ja, aus reiner Wut könnten sie das ganze Haus verwüsten!

Aber nicht nur das war speziell an dieser Nacht, der Lucianacht. Nein, Maja hatte auch gesagt, es sei die einzige Nacht des Jahres, in der Tiere sprechen konnten. Konnte das wahr sein? Das war jedenfalls der Grund, warum Hussein sich jetzt auf dem Dachboden befand. Er hoffte, Speedy würde sich heute Abend zeigen, damit er prüfen konnte, ob stimmte, was Maja gesagt hatte. Er hatte ein Stück Lussekatter in die Tasche gesteckt und die Krümel in die Ecke des Dachbodens gestreut. Er wollte seinen kleinen Freund nicht hungern lassen, obwohl er wusste, dass es falsch war, sich dem zu widersetzen, was sowohl Frau Maja als auch Tante Ingrid so deutlich gesagt hatten. Nichtsdestotrotz hatte Speedy sich bisher ferngehalten. Hussein fragte sich, was die Maus sagen würde, wenn sie auftauchte. Er war ganz sicher, dass sie sich höflich für das Essen bedanken würde.

Schlimm jedoch war, dass in dieser Nacht auch die Unterirdischen hervorkommen konnten. Es konnte sogar sein, dass sich eine von ihnen bereits im Haus befand. Diese seltsame Amerikanerin mit den grünen Sachen, den goldenen Haaren und dem viel zu breiten Lächeln. Hussein schauderte es.

Das, was Frau Maja erzählt hatte, war nur zu einem früheren Zeitpunkt des Tages spannend gewesen, als Hussein, umgeben von Erwachsenen und Backstubenduft, mit einem herrlichen safrangelben Lussekatt in der Hand in der guten, warmen Küche auf der Bank gesessen hatte. Hier oben auf dem Dachboden hingegen, wo er sich mit Taschenlampe und seinem Donald-Heft in der Ecke auf die Decke gesetzt hatte, wünschte er vielmehr, all das nicht gehört zu haben. Jetzt, da er ganz alleine war, war es doch ein wenig zu einfach, an die Existenz dunkler Mächte zu glauben. Er stand auf und leuchtete umher. Gegen die dunklen Mächte müsse man Kerzen anzünden und sie die ganze Nacht über brennen lassen, hatte Frau Maja gesagt. Er hatte nicht die Erlaubnis erhalten, Kerzen mit auf den Dachboden zu nehmen. Da könnte das ganze Hotel abbrennen. Das hatte auch Tante Ingrid gesagt. Allerdings war er nicht sicher, ob Taschenlampen gegen die dunklen Mächte etwas ausrichten konnten.

Speedy aber ließ sich nicht blicken. Nach einer Weile legte

Hussein die Wolldecke zusammen, auf der er gesessen hatte, und schob sie zusammen mit der Zeitschrift ordentlich in die Ecke. Es war wohl am besten, jetzt nach unten zu Mama zu gehen. Er hoffte, dass sie für heute mit der Arbeit fertig war.

Als er in ihre Etage kam, hörte er etwas anderes. Ein tiefes Brummen von draußen. Musik. Stimmen. Im Grunde klang das mehr nach Menschen und Autos als nach dunklen Mächten. Allerdings waren es keine gewöhnlichen Autos. Diese Autos waren furchtbar laut. Er hatte solche Autogeräusche schon einmal gehört, unten in Dalen. Er dachte an die großen Jungs, die immer umherfuhren, mit den Mädchen auf dem Beifahrersitz. Sowohl die Jungs als auch die Autos waren unheimlich. Sie jagten die Motoren hoch und sorgten willentlich für Lärm. Und manchmal waren sie richtig fies. Die großen Jungs.

Er kannte keine großen Jungs, die ein eigenes Auto besaßen, obwohl Vetter Ahmed in Akaba die Erlaubnis erhalten hatte, Onkel Abdels Hyundai zu fahren, nachdem er achtzehn geworden war. Genau daran erinnerte Hussein sich gut, obwohl er damals erst vier Jahre alt war. Ahmed war so stolz gewesen, als er auf den Hof gebogen und ausgestiegen war, mit dem Autoschlüssel gewackelt und die Sonnenbrille zurechtgerückt hatte. Nie zuvor hatte Hussein etwas so Tollkühnes gesehen. Von diesem Augenblick an hatte er sich darauf gefreut, selbst achtzehn zu werden und Papas roten Landcruiser fahren zu können. Aber dann hatten Mama und er plötzlich nach Norwegen fahren sollen, und Papa war zu Hause geblieben. Er hatte Dinge zu regeln. Er sollte nachkommen, sobald es ihm möglich war. Das sagte zumindest Mama.

Jetzt war sich Hussein ganz sicher, dass es Motorenlärm war, den er von draußen hörte. Und Musik, die förmlich in die Luft hineinpumpte. Dunk, dunk, dunk. Dunk, dunk, dunk. Hussein wusste nicht, ob die großen Jungs in Dalen zu allen kleineren Jungen eklig waren oder nur zu ihm. Konnten sie auch Erwachsenen gegenüber unheimlich sein? Er mied sie zumindest, so gut er konnte. Und hier oben hatte er sie nie zuvor gesehen.

Hussein ging zum Fenster am Ende des Flurs, zog sich jedoch schnell wieder zurück. Er ertrug nicht den Gedanken, eventuell ein weißes Gesicht zu sehen, das sich gegen die Scheibe presste. Eilig ging er in die Wohnung, schloss die Tür fest hinter sich und spürte, wie das Herz in der Brust hämmerte. Dunk, dunk, dunk. Dunk, dunk, dunk.

*

Was war das für ein Spektakel? Ingrid lief die Treppe zum Foyer hinunter. Sie durchquerte den Raum, riss die Haustür auf, und sah, dass Alfred bereits draußen war. Der Hausmeister beugte sich zur heruntergelassenen Scheibe eines alten orangen Volvo 240, an dessen Seite mit gotischen Buchstaben das Wort »Jägermeister« geschrieben stand, während auf der Motorhaube so etwas wie ein Hirschgeweih prangte. Alfred wirkte mürrisch. Bevor Ingrid den Platz überquert hatte, setzte sich das Auto in Bewegung und rollte Richtung Straße. Drei andere Autos, die mit bis zum Anschlag aufgedrehter Musik neben dem Hotel gestanden hatten, jagten die Motoren hoch und folgten ihm.

Sie schüttelte sich.

»Was in aller Welt geht hier vor sich? Waren das die Jungs aus dem Dorf? Was wollten sie hier?«

Ingrid war voller Fragen, während Alfred nur grunzte.

»Halbstarke. Spinner. Die wollen sich nur aufspielen.«

»Aber warum? Warum jetzt? Sie sind doch nie zuvor hier hochgekommen.«

»Vermutlich brauchten sie mal Abwechslung«, sagte Alfred und ging über den Flur zu seinem Zimmer.

Ingrid hingegen blieb eine Weile im Foyer stehen. Was war der Grund für diesen lautstarken Besuch? Wollten sie den Gästen einen Schrecken einjagen?

Wenn man von Gästen sprach. Da kam Freya Wilkens aus dem Speisesaal, in einem langen, blaugrünen Kleid mit goldfarbenen Sneakern darunter. Sie bewegte sich rasch direkt auf Ingrid zu. Die blonden Haare trug sie offen, ihre Augen leuchteten vor Freude, womöglich auch ein klein wenig nervös, aber allen voran enthusiastisch.

»O meine Liebe!«, rief Freya. »Was war das? Waren das Gangs aus der Nachbarschaft? Ist irgendeine Fehde im Anflug?«

Fehde. Was für eine merkwürdige Wortwahl. Als steckten sie inmitten eines Gangsterdramas. *West Side Story!* Bandenloyalität, Liebe, Passion, Messer und Tod. Nein, Ingrid glaubte nicht, dass die Jungs aus Dalen darauf aus waren, jemanden zu töten. Dass sie jedoch für Radau sorgen konnten, daran hegte sie nicht einen Augenblick lang Zweifel.

Sie schlug einen, wie sie hoffte, beruhigenden Tonfall an.

»Nein, nein. Nur ein paar Jungs aus dem Ort, die hallo sagen wollten.«

Das war keine direkte Lüge. Sie presste ein Lächeln hervor, während sie Freya am Ellenbogen nahm und zurück in den Speisesaal geleitete.

»Sind Sie fertig mit essen? Ich hoffe, Sie haben Majas herrlichen Karamellpudding probiert. Nicht? Den *müssen* Sie sich einfach gönnen. Der geht selbstverständlich aufs Haus! Und noch dazu eine doppelte Portion, nein, keine Widerrede. Niemand, der Majas Desserts erst einmal probiert hat, begnügt sich mit nur einer Portion.«

Es brauchte eine Weile, bis Ingrid wieder aus dem Speisesaal herauskam. Wenn sich die Direktorin erst einmal zeigt, muss sie sich Zeit nehmen, mit den Menschen zu sprechen – das hatte Mutter Borghild ihr eingeprägt. Zuerst hatte sie bei Freya und John Wilkens gesessen, um sicherzustellen, dass sie vom Besuch der ziellos im Auto umherfahrenden Jugendlichen nicht verängstigt waren. Das waren sie nicht, zudem stimmten sie zu, dass Majas Karamellpudding fabelhaft war. Vegard und Pia am Nachbartisch waren auch begeistert, und es war schön, ein paar Worte mit ihnen wechseln zu können, schließlich hatte sie beide den ganzen Tag über noch nicht gesehen.

Auf dem Weg in die Wohnung hinauf war sie ganz in ihre Gedanken versunken. Daher bemerkte sie die dunkle Gestalt in dem schwach beleuchteten Flur erst, als sie darauf trat. Etwas Weiches, das unter ihren Füßen weghuschte, ein Schatten, der über den Flur verschwand. Sie vernahm ein scharfes Fauchen und ihren eigenen erschrockenen Schrei. *Verdammt!* Was in aller Welt war das? Sie meinte, im Dunkeln ein Paar gelbe Augen leuchten zu sehen, bevor die Gestalt wieder eins wurde mit der dämmrigen Umgebung. Ingrid spürte ihr Herz heftig klopfen und lehnte sich für einen Moment gegen die Wand, um die Fassung wiederzugewinnen.

Hier war es zu dunkel; niemand hatte im Flur die Wandleuchten eingeschaltet. Ingrid fand den Schalter und bediente ihn, woraufhin die Schatten im Flur verschwanden. Ebenso verschwunden war auch die dunkle Gestalt.

*

Tor fuhr von der Hauptstraße ab, bog zur Werkstatt ein und sah auf die Uhr; doch, vermutlich hatten sie noch offen, sie arbeiteten gerne spät. Er wollte schauen, ob er mit dem Moschuskalb unter vier Augen sprechen konnte.

Er wusste nicht, was Karl erzählen könnte, aber irgendetwas hatte er offensichtlich im Sinn gehabt, als er ihn besucht hatte. Die Moschus-Bande führte irgendetwas im Schilde, da war sich Tor sicher. Hatte es etwas mit dem Hof zu tun? Hatte der Vater sie in noch mehr finanzielle Schwierigkeiten gebracht, von denen Tor nichts wusste? Nein, das musste nunmehr erledigt sein. Sein Bauchgefühl sagte ihm, dass es etwas mit der Neuausrichtung des Himmelfjell zu tun hatte. Karl hatte schließlich gefragt, ob Tor zurzeit oft im Himmelfjell sei. Und wenn es um Geld und Immobilien ging, war Hallgrim Dalen für gewöhnlich involviert. Was aber heckten sie aus? Und wie viel wusste Karl darüber?

Tor parkte den Pick-up bei dem niedrigen, alten Gebäude. Einige alte, tiefergelegte Autos fuhren vorbei und blieben im Leerlauf auf der anderen Seite des Grundstücks stehen; sie waren von der Sorte, die nur über zwei Geschwindigkeiten verfügten: 20 oder 200 Kilometer pro Stunde. Dann kamen die beiden Volvo 240 mit Musik auf voller Lautstärke, der eine blau, der andere knallorange mit einem Geweih darauf. Hier war von Markierungsbedarf die Rede.

Tor wusste, worauf das hinauslief. Wettrennen, quietschende, qualmende Reifen, im Auto abhängen, die Musik aufdrehen, zum nächstgelegenen Imbiss fahren. Die Freizeitaktivitäten der Jugendlichen in Dalen hatten sich nicht nennenswert verändert, seit er selbst in diesem Alter gewesen war. Er konnte nicht erkennen, wer in den Autos saß, allerdings hing hier oft die Bande von Moschus' Enkel ab. Sie fuhren viel umher, und es war auch nicht ausgeschlossen, dass ihnen ab und an Unfug in den Sinn kam. Er wusste, dass viele im Dorf Angst vor ihnen hatten und einige mit gutem Grund.

Als er in die Werkstatt kam, traf er hinter dem Tresen Gunnhild Dalen an, Karls Mutter. Sie war klein und dünn und hatte braune, kurze, mit ein paar grauen Strähnen durchzogene Haare. Sie strickte an etwas Großem, Lilafarbenem und hob nur kurz den Blick, als die Glocke ertönte und Tor zur Tür hereinkam. Noch eingetrockneter und mürrischer als bisher, dachte Tor, um sich sogleich seiner selbst zu schämen. Wäre er mit Arthur Dalen verheiratet und die Schwiegertochter von Moschus wäre er womöglich auch eingetrocknet und mürrisch. In der Nähe solcher Typen gab es wenig Spielraum für andere. Und es schien, als sei er mit den Jahren immer enger geworden und Gunnhild Dalen ihrerseits immer kleiner und ausgedörrter. Mittlerweile würde sie in der Nähe einer offenen Flamme vermutlich Feuer fangen wie ein Kienspan. Das war vielleicht der Grund, weshalb man sie hier drinnen aufbewahrte.

Tor grüßte so freundlich wie möglich. Gunnhild würdigte ihn eines trüben Blicks und eines matten Nickens, bevor sie ihre Aufmerksamkeit wieder auf ihre Stricksachen richtete.

Er räusperte sich. »Ist Karl hier?«

Gunnhild schüttelte den Kopf.

»Nein, Karl, er … er hat … frei.«

Sie konzentrierte sich intensiv auf eine Masche, die offensichtlich äußerst widerspenstig war.

Frei? Tor brachte das nicht ganz zusammen. Karl hatte doch nie frei. Wollten sie nicht, dass er mit ihm sprach? Er war auf dem Weg zur Ausgangstür, als Gunnhild wieder das Wort ergriff.

»Es war jemand vom Himmelfjell hier und hat Unmengen an Fragen gestellt. Eine Amerikanerin. Sie und ihr Mann. Sie wollten etwas an einem Range Rover überprüfen lassen. Sie wollte zugleich aber auch die komplette Dorfgeschichte wissen.«

Sie brach in ein trockenes, kurzes Lachen aus; es klang wie berstende Stöcke. »Hat Fragen gestellt und in alten Geschichten aus den Sechzigern gegraben und wollte wissen, wer hier mit wem verwandt war. Arthur ist nicht so gut in Englisch, weshalb er mich geholt hat. Aber ich hatte nicht so viel zu erzählen.«

»Nein …« Tor schüttelte den Kopf und wusste nicht, was er darauf entgegnen sollte.

»Sie hätte mit Hallgrim sprechen müssen, aber der hat kein Interesse daran, den Touristenführer zu geben.«

Dann hatte Gunnhild offensichtlich nichts mehr zu sagen und widmete sich erneut mit voller Konzentration dem Strickzeug. Tief in Gedanken versunken ging Tor aus der Tür, umrundete das Haus und setzte sich in seinen Pick-up.

»So, so. Komm her, Grete.«

Tor gab seinem Lieblingsmutterschaf eine Handvoll Hafer und klopfte ihm auf den Nacken. Das alte Heu hatte er bereits durch neues ersetzt und das Wasser in den Sauftrögen gewechselt.

Tor hatte viel Geld darauf verwendet, den Stall so umzubauen, dass die Schafe Zugang zu einem Außenbereich hatten. Der Vater hatte es als Unsinn abgetan, jedoch deutete alles darauf hin, dass sich die Gesundheit der Schafe verbesserte, wenn die Tiere auch im Winter ein wenig nach draußen kamen. Da blieben die Schafe besser in Form, und auch das Lammen im Frühjahr ging leichter. Er sah, dass ihnen die Ausflüge an die frische Luft guttaten. *Wie würde es dir gefallen, monatelang eingesperrt zu sein?*, hatte Tor gefragt, als sie die Angelegenheit zum letzten Mal diskutiert hatten, der Vater aber hatte nur gebrummt und mit der Fernbedienung die Nachrichtensendung lauter gestellt. Er mochte keine Veränderungen, weshalb alles, was an Verbesserungen vorgenommen werden sollte, Tor auf eigene Faust hatte erledigen müssen. Ein paar Mal war er mit Nortura, der Landwirtschaftsgenossenschaft, auf Kongressen gewesen; es war inspirierend gewesen, sich mit anderen Schafbauern darüber auszutauschen, wie man den Betrieb am besten führte. Allerdings hatte er weder die Zeit noch das Geld, regelmäßig an solchen Veranstaltungen teilzunehmen.

Doch es bereitete ihm Freude, neue Produktionsmethoden auszuprobieren oder mit dem Schlachter zusammen neue Wurstvariationen zu erarbeiten. Sie verkauften einiges an lokale Kunden und einiges ans Himmelfjell. Alles, was dort oben geschah, war eine Abwechslung, dachte er. Ja, eine Freude! Dass Ingrid zurückgekommen war, hatte dem Ort neues Leben eingehaucht. Er war froh darüber, dass sie weitermachen wollte, obwohl es nach aktuellem Stand nahezu eines Wunders bedurfte, damit es sich finanziell rentierte. Sie brauchten viel mehr Gäste! Das war klar. Wobei einige der Besucher, die sie momentan hatten, ehrlich gesagt recht wundersam waren. Besonders dieses amerikanische Ehepaar. Warum interessierten sich die beiden so sehr für die Dorfgeschichte?

Im Übrigen hatte er seine eigenen Geschichtsprojekte am Laufen. Die Zeitungsseite, die er und Ingrid in der Bibliothek gefunden hatten, hatte sein Interesse an der Lokalgeschichte weiter angefacht, und in ein paar Tagen hatte er einen Termin mit dem ehemaligen Chefredakteur der *Dalen Tidende*. Er freute sich darauf, mit Ingrid zu teilen, was er sowohl über das Verschwinden der jungen Frau als auch über die Geschichte von Dalen und dem Himmelfjell im Allgemeinen herausfinden würde.

»Vielleicht hätte ich Historiker werden sollen, Grete«, sagte er zu dem Mutterschaf. »Allerdings kann ich wohl nicht leugnen, dass ich jetzt vor allem wegen Ingrid am Ball bleibe.«

Das Schaf hatte dazu nichts zu sagen. Zumindest nicht laut. Es schaute ihn lediglich mit einem rätselhaften Blick an und kaute weiter auf dem Hafer.

13. Dezember

Im Hotel hatte der Tag wie üblich bereits weit vor Sonnenaufgang begonnen. Maja war in aller Frühe aufgestanden, hatte Kaffee aufgesetzt, das Frühstück vorbereitet und die Lussekatter hervorgeholt. Als die frischgebackene Direktorin gegen sieben Uhr in die Küche gekommen war, hatte sie vergnügt geträllert und Ingrid hatte schnell begriffen, warum: Dort, auf der Bank neben Hussein – der bereits sein Sternenjungenkostüm trug – lag eine Katze. Eine riesige, schwarze, schnurrende Katze, die es genoss, von Hussein gestreichelt zu werden, und die sich geradeso dazu aufraffen konnte, den Kopf zu heben, als Ingrid hereinkam. Die Katze richtete ihre schmalen, gelben Augen auf sie und hörte auf zu schnurren.

Ingrid holte tief Luft. Das hatte Maja am Abend zuvor also vorgehabt. Jetzt fielen ein paar Puzzleteilchen an ihren Platz. Es war also keine eingebildete Gestalt gewesen, auf die Ingrid am Vorabend im Flur gestoßen war. Das, was sie in der Dunkelheit derart erschreckt hatte, war dieses riesige Katzenbiest. Die Skepsis der Katze war vermutlich dem Umstand geschuldet, dass sie Ingrid als diejenige wiedererkannte, die sie am Vorabend unsanft getreten hatte.

»Ja, das ist Svartlaug«, sagte Maja vergnügt. »Sie wird sich jetzt um die Mäuse kümmern.«

Bei Majas Worten unterbrach Hussein für einen Augenblick das Streicheln der Katze und sah erschrocken zur Köchin auf. Maja aber fuhr fort.

»Svartlaug ist die Tochter von Gråpus«, erzählte sie mit dem Blick auf das schwarze Tier gerichtet, das sich jetzt auf der Bank zu einem Knäuel zusammengerollt hatte. »Und Gråpus war die Tochter von Svartpus, die im Himmelfjell gewohnt hat, als du Kind warst, Ingrid. Du erinnerst dich wohl an Svartpus?«

Und da – da fand sich Ingrid plötzlich dreißig Jahre in der Zeit zurückversetzt, in ihre frühesten Erinnerungen. Ingrid war gerade einmal drei Jahre alt gewesen, als ihre Eltern starben, doch sie erinnerte sich gut an diese Zeit. Abend um Abend hatte sie sich in den Schlaf geweint, weil Mutter und Vater nicht mehr da waren. Hatte sie in so jungen Jahren verstanden, dass es für immer war? Sie wusste es nicht, aber sie erinnerte sich daran, als hätte sich inmitten des Sommers eine große Dunkelheit ausgebreitet und sie verschlungen. Jeden Abend war Mutter Borghild gekommen, hatte sich auf die Bettkante gesetzt, Ingrid über die Haare gestreichelt und gesungen. Svartpus ihrerseits war in ihr Bett gesprungen und hatte sich als ein schnurrendes Bündel dicht an sie gekuschelt. Wie warm, gut und sanft sie gewesen war. Borghild hatte ihr erlaubt, die Katze in den Nächten bei sich zu haben.

Sie hatte Svartpus geliebt. Die wunderbare, kuschelige Fellnase, die im einen Moment Mäusejägerin und im anderen ihre beste Freundin gewesen war. Die Katze hatte lange gelebt, bis Ingrid aufs Gymnasium gekommen war. Sie hatte geweint, als sie starb, aber sie war alt und des Lebens müde gewesen und wurde bei einer Moor-Birke nahe des Trollsteins begraben.

Und gerade, weil sie sich an Svartpus erinnerte und weil Hussein da war und weil Maja so bestimmt war, Svartlaug dort haben zu wollen – *Svartlaug! Was für ein Name!* –, brachte Ingrid es schlichtweg nicht übers Herz zu sagen, dass es nicht erlaubt war, in einer Hotelküche Katzen zu halten, Mäusejahr hin oder her.

Vegard war es, der Pia P überredet hatte, in die Rolle der Lucia zu schlüpfen, auch wenn es für ihren Geschmack noch viel zu früh war. Doch sie wollten fertig sein, bevor Hussein zur Schule musste, weshalb Pia um halb acht in weißer Luciatracht vor der Küchentür bereitstand. Husseins Augen strahlten, als er ihr die Krone mit den brennenden Kerzen auf den Kopf setzen durfte.

»Du siehst aus wie eine Prinzessin«, sagte er bewundernd, bevor er sich beschämt wegdrehte und sich neben Ingrid stellte.

Jetzt flackerten die Lichter in den dunklen Fluren. Sie erleuchteten die weißen Tuniken der beiden Sternenjungen: einem großen blonden und einem kleinen dunkelhaarigen. Vegard und Hussein trugen weiße Hüte mit goldenen Sternen darauf; sie hatten den gestrigen Nachmittag genutzt, um sie zu basteln. Jeder von ihnen mit einem Korb voller Lussekatter ausgestattet schritten sie feierlich durch die Hotelflure.

»Wie süß sie sind!«, flüsterte Perle. Ingrid nickte ihr lächelnd zu. Hinter den Sternenjungen kam die gegenwärtige Lucia in langen, weißen Gewändern und mit dem Lichterkranz auf dem Kopf. Strahlend schön war sie. Ingrid hatte Pia in den letzten Tagen nicht oft gesehen, jetzt aber schien sie wieder in bester Verfassung. Ihr Gesicht wirkte frisch, die Augen strahlten klar, und die honigblonden Haare waren reizend in großen Locken über ihre Schultern drapiert.

Perle, Ingrid und Borghild trugen ihre normale Kleidung, aber jede eine Kerze in der Hand. (Zum Glück hatte die Großmutter nicht vorgeschlagen, dass sie in Tracht gehen sollten, dachte Ingrid.) Maja hatte angegeben, sie habe keine Zeit, sich an der Prozession zu beteiligen, sie müsse das Frühstück für die Gäste vorbereiten. Aber sie hatte Ingrid eine Tasse Kaffee für Alfred mitgegeben, die sie nun in der rechten Hand balancierte, während sie mit der linken die Kerze hielt.

Perle trippelte zudem aufgeregt umher und machte mit der Handykamera Fotos. Porträts von Pia und den Sternenjungen, Nahaufnahmen der Lussekatter, kurze Videomitschnitte von Kerzen in dunklen Hotelfluren. Das sollte auf Instagram gepostet werden. Und Snapchat. Und TikTok. *#Santalucia #SchwarzsenktsichdieNacht #Lussekatter #Morgenstimmung #mitbrennendenKerzen #starstruck @piap #HimmelfjellHotel*

Zählte man die sozialen Medien hinzu, waren heute Tausende von Menschen mit von der Partie, vor allem, wenn man all die Follower von Pia P bedachte. Und das war schließlich der Sinn der Sache, hatten Vegard und Pia Ingrid aufgeregt erklärt. Was nicht auf Snapchat und Instagram war, das hatte nicht stattgefunden.

Alsbald nach ihrer Anstellung hatte Perle Zugang zu den Hotelkonten bei den sozialen Medien erhalten. Ingrid fand es schön, diese Arbeit jemandem zu übertragen, der sich dafür begeisterte und interessierte, und Perle hatte sich des Vertrauens würdig erwiesen und schöne Beiträge gepostet, oft nach Rat von Vegard. Jetzt hatte Pia zur Bedingung gestellt, dass sie unter keinen Umständen Fotos teilen durften, auf denen ihr Bauch zu sehen war. Sie hatte betont, wie wichtig das war. Die öffentliche Bekanntgabe der Schwangerschaft wolle sie selbst übernehmen.

Wann?, hatte Ingrid sich im Stillen gewundert. *Du wirst das Kind zur Welt gebracht haben, bevor du jemandem davon erzählt hast.* Dann kam ihr in den Sinn: War das vielleicht der Plan? Durchlief Pia eine komplett geheime Schwangerschaft, von der kein Außenstehender erfahren sollte – während sie mit ihren Followern ansonsten offensichtlich weiterhin alles aus ihrem Leben teilte?

Sie muss in der Stadt ziemlich zurückgezogen gelebt haben, wenn es ihr gelungen war, das zu verbergen. Und hier im Hotel gab es vermutlich nicht so viele, die wussten, wer sie war. Pias Zielgruppe waren keine Wanderer und Bergsteiger. Daher könnte das vielleicht funktionieren.

Alfred öffnete die Tür, als sie anklopften, und wirkte beinahe schroff, doch Ingrid meinte, den Anflug eines Lächelns in den graublauen Augen unter den buschigen Brauen auszumachen, als er aus Husseins Korb eine Lussekatt bekam.

Während sie sich durch die Flure bewegten, öffneten sich einige Türen. Lächelnde Gäste durften sich mit Gebäck versorgen. Hussein hatte sich darauf gefreut, seiner Mutter Lussekatter zu servieren, und Aisha klatschte begeistert in die Hände, als sie die Tür öffnete und ihren Sternenjungen sah. Als sie am Zimmer des Ehepaars Wilkins ankamen, bestand Hussein darauf, dass Vegard anklopfte, da er selbst noch immer ein bisschen Angst vor Freya Wilkins hatte.

Freya – der zu Ehren der ganze Aufzug im Grunde stattfand, wenn man von Pias Instagram-Gefolgschaft absah – trällerte begeistert, als sie die kleine Gruppe mit brennenden Kerzen im Dunkeln vor ihrer Tür stehen sah. Als sie das Lucialied sangen, war sie sichtlich gerührt und küsste sowohl Vegard als auch Hussein auf die Wange. Der Jubel von Doktor Wilkins, der noch immer mit seinem gestreiften Pyjama bekleidet war, fiel nicht ganz so lautstark aus. Aber er lächelte gutmütig und bedankte sich freundlich, als er von Hussein ein Gebäckteilchen bekam.

*

Mit großen Schritten bewegte sich Ingrid vorwärts, und als sie am Engelinehaugen ankam, streckte sie die Arme über den Kopf und begrüßte den Tag. Obwohl die Luft eisig war, war ihr im Zuge des Aufstiegs warm geworden. Der Himmel war erneut fast wolkenfrei, die ersten Sonnenstrahlen färbten den Berghang rosa.

Aus dem Augenwinkel heraus sah sie linker Hand eine Bewegung und drehte den Kopf Richtung Kvitfonna auf der anderen Seite der Geröllhalde. Ein paar dunkle Punkte bewegten sich auf der weißen Fläche. Eine Rentierherde!

Auf der Jagd nach Futter und Unterschlupf liefen die wilden Rentiere, ununterbrochen in Bewegung, über die Berge. Moos und Flechte im Winter, Gras und Blätter im Sommer. War der Boden mit Schnee bedeckt, gruben sie sich hindurch, um etwas zu fressen zu finden. Hunderte – ja, Tausende – von Jahren war das Rentier hier gewesen, gewiss, bevor Menschen sich hier angesiedelt hatten. Im Himmelfjell waren Spuren der Rentierjagd gefunden worden, die bis in die Steinzeit zurückreichten. Immer wieder tauchten in dem kargen Gelände Pfeil- und Speerspitzen, ab und an auch Bögen und spezielle Holzstäbe auf. Zu Zeiten der Völkerwanderung hatten die Jäger reihenweise meterhohe Stäbe aufgestellt, um die Rentierherden dorthin zu leiten, wo sie sie hinhaben wollten. An der Spitze dieser Holzstäbe war eine Art Wimpel aus Birkenrinde befestigt. Damals wie heute waren die Rentiere schreckhaft und versuchten, diese sich bewegenden Dinge zu meiden. Dadurch liefen sie dorthin, wohin die Menschen sie haben wollten. Ein tragisches Paradox: Die Rentiere entgingen einer Gefahr und liefen direkt in eine viel größere hinein.

Es war ein seltsamer Gedanke, dass sich hier in dieser unwirtlichen Landschaft schon so lange Menschen bewegten. Hier waren sie mit selbst gefertigten Lederschuhen an den Füßen, Wollsachen und Waffen umhergegangen. Das muss ein hartes Leben gewesen sein. Hart und kalt. Weil die Schnee- und Eisgletscher schmolzen und die Reste früheren Lebens erstmals seit Hunderten von Jahren ans Tageslicht brachten, wussten die Archäologen – leider, könnte man wohl sagen – immer mehr über die Vergangenheit. Sogar über das einstige Leben der Mikroben hatte sie gelesen: Als sich Überreste einer vor mehreren hundert Jahren stattgefundenen Rentierschlachtung als Träger tödlicher Bakterien erwiesen, waren in Sibirien Fälle von Milzbrand aufgetreten, wovon sowohl Menschen als auch Tiere betroffen waren. Eine äußerst beunruhigende Auswirkung der stetig zunehmenden globalen Erwärmung.

Ingrids allergrößte Sorgen in dieser Hinsicht standen jedoch in Verbindung zu den Veränderungen, die sie während ihrer Expeditionen im Himalaya erlebt hat. In diesen gefährdeten Gebieten hatten sie und ihre Begleiter deutlich gesehen, wie schnell die Gletscher schmolzen. In Kombination mit dem Ausbau von Dämmen durch die Behörden und der fehlenden Instandhaltung selbiger erschuf dies eine enorme Gefahr von Lawinen und Überschwemmungen. Es war bereits zu mehreren gewaltigen Unglücken gekommen. Die Schneelawine, der sie ausgesetzt gewesen waren, war beinahe harmlos im Vergleich zu den Katastrophen, die die Zivilbevölkerung in Form von über die Ufer tretenden Flüssen und Erdrutschen traf. Die sich fortsetzende Entwicklung in die falsche Richtung bedrohte Leben und Berufe von Millionen von Menschen in Indien und Pakistan und nicht zuletzt in den Gebirgsländern Tibet, Nepal und Bhutan.

Als Expeditionsleiterin in diesen Gebieten hatte Ingrid dazu beitragen wollen, ein Licht auf genau diese prekäre Lage zu werfen. Sie, Preben und Bruder Giovanni hatten Kontakt zu mehreren Organisationen gehabt, die dafür arbeiteten, Wissen zu vermitteln sowie Dörfern und Familien zu helfen, die von den Klimaveränderungen betroffen waren. Es war wohl nicht von der Hand zu weisen, dass sie das große Netzwerk von Giovanni als Brechstange benutzt hatte, um Preben davon zu überzeugen, an der Expedition teilzunehmen. Giovanni war als

Bergsteiger weniger erfahren gewesen als sie, aber er hatte Zugang zu Menschen in Kirchen und christlichen Institutionen, was von unschätzbarem Wert war, wenn es darum ging, denen Hilfe anzubieten, die sie brauchten.

Als privilegierter Tourist – was man als Bergsteiger und Expeditionsteilnehmer im Grunde ist – sollte man seinen, sowohl physischen als auch mentalen, Überschuss darauf verwenden, in den besuchten Gebieten einen Beitrag zu leisten. Das war ihre heilige Überzeugung gewesen. Und sie und ihr Team hatten mehrere gute Kooperationsprojekte ins Leben gerufen. Aber dann geschah, was geschah. Die abgehende Lawine traf sie selbst. Und alles brach zusammen.

Sie dachte an den Bergsteigerpriester Abbé Henry, der einer von Giovannis großen Vorbildern war. »Es ist besser, beim Besteigen eines Berges hundertmal Misserfolg zu haben, als einmal Erfolg und das Leben zu verlieren«, hatte er irgendwo geschrieben. Was für eine bittere Ironie.

*

Als Ingrid ins Foyer kam, kollidierte sie beinahe mit dem Ehepaar Wilkins. Freya Wilkins trug einen grünen Mantel mit passender Mütze und hatte eine große Tasche unter dem Arm. Sie eilte in verblüffend hohem Tempo zur Haustür, dicht gefolgt von John Wilkins, blieb jedoch unmittelbar vor Ingrid stehen.

»Guten Morgen!«, sagte Freya Wilkins. »Ich hoffe, die Straßenverhältnisse sind gut. Wir wollen jetzt nach Hamar!«

»Nach Hamar? Was wollen Sie denn dort?«

»Wir müssen etwas im Staatsarchiv untersuchen. Und dann wollen wir ein paar Geschenke kaufen.«

Freya Wilkins presste die Tasche noch fester unter den Arm und ging zur Tür, die ihr Mann für sie aufhielt. Er hob den

Hut, nickte Ingrid zu, und dann verschwanden sie beide nach draußen in die Kälte.

Ingrid blieb stehen und starrte die Tür an, die langsam hinter ihnen ins Schloss fiel. Staatsarchiv? Nun, vielleicht war das gar nicht so verwunderlich; Freya hatte schließlich gesagt, dass sie norwegische Vorfahren habe. Vielleicht sollten sie Hilfe beim Durchgehen alter Kirchenbücher bekommen, um mehr über ihre Familie herauszufinden.

Fast gleichzeitig ging die Tür wieder auf, und herein kamen die jungen Männer aus Oslo, die Zimmer und Mittagessen gebucht hatten. Wie sich herausstellte, handelte es sich um Geologiestudenten und enthusiastische Eiskletterer, die sich am Styggfossen versuchen wollten und die keinerlei Erwartungen hinsichtlich Whirlpool und Après-Ski hatten.

Sie trugen Rucksäcke und Ausrüstung herein und sprachen über die Wettervorhersage und praktische Vorbereitungen.

»Du bist Ingrid Berg, nicht wahr?«, fragte derjenige, der scheinbar der Anführer der Gruppe war.

»Die bin ich.«

»Cool! Da können wir ja dich um Kletterratschläge fragen.«

»Klar, das könnt ihr gern tun! Seid ihr an etwas speziell interessiert?«

»Wir interessieren uns für metamorphe Gesteinsarten und steile Eiswände.«

»Ja, hier findet ihr beides in reicher Auswahl«, lachte Ingrid. »Gebt einfach Bescheid, wenn ihr Hilfe braucht, etwas davon zu finden. Der Styggfossen ist genau der richtige Ort für euch.«

Sie hoffte, keiner sah, wie sie beim Gedanken an den gefrorenen Wasserfall erschauderte. Die tiefe Schlucht. Die Höhe. Der Schnee auf dem Himmelnuten, der in einer Lawine herunterstürzen konnte. Sie wusste, dass einige der neuen Gäste sich nicht nur aufgrund der spektakulären Klettermöglichkeiten für das Himmelfjell Hotel entschieden haben würden, sondern auch wegen ihres Rufs als Bergsteigerin. Sie konnte sie nicht erahnen lassen, wie es wirklich um sie bestellt war.

Sie bemerkte Perles große Augen, als diese aus dem Speisesaal kam, wo sie für das Mittagessen eingedeckt hatte, und die Schar drahtiger junger Männer sah, die mit ihren Rucksäcken die Treppe hinaufgingen. Hatte Perle endlich eingesehen, dass Vegard nicht auf ihrer Spielfeldhälfte agierte und hielt nach anderen romantischen Möglichkeiten Ausschau? Oder war sie auch hier auf der Jagd nach Insta-Material? Diese Jungs waren lebende Illustrationen für *#DraußenistdasLebenambesten*.

Am frühen Nachmittag kamen weitere Gäste an, unter anderem eine britische Familie in einem Minivan von der Autovermietung in Lillehammer. Ein Ehepaar mit vier großen Kindern – zwei Jungen und zwei Mädchen – und einer Unmenge an Gepäck, das Alfred zusammen mit dem Familienvater hereintrug. Vielleicht konnte Hussein im Laufe des Wochenendes Bekanntschaft mit den jüngeren Kindern schließen, dachte Ingrid. Sie fragte sich oft, ob es im Himmelfjell zu einsam für ihn war, dachte sie jedoch an ihr eigenes Heranwachsen hier oben als einziges Kind, war es nicht Einsamkeit, woran sie sich erinnerte. *So* weit entfernt war Dalen, wo ihre Freunde lebten, schließlich nicht gewesen.

Sie machte einen Abstecher in die Küche, wo Maja und eine der jungen Aushilfen voll auf mit den Vorbereitungen für das Abendessen beschäftigt waren. Es duftete herrlich nach Fleisch, das in den Eisenpfannen zischte, und Kartoffeln mit Knoblauch und Butter, die zum Backen im Ofen standen. Perle war im Begriff, Gläser für den Schaumwein herauszusuchen, der vor dem Essen serviert werden sollte.

»Hier sieht es aus, als hättet ihr alles unter Kontrolle!«, sagte Ingrid zu Maja.

»Es kann noch immer schiefgehen«, ließ Maja sie wissen. »Schließlich ist heute Freitag, der Dreizehnte.«

Svartlaug öffnete die gelben Augen und sah sie von der Bank aus an. Ingrid zuckte mit den Schultern und ging wieder raus an die Rezeption. Die Glocke über der Eingangstür läutete, und herein kam ein Ehepaar aus Dalen, das einen Tisch zum Abendessen reserviert hatte. Ingjerd und Svein Slettebakken. Ingrid erinnerte sich an beide aus der Schulzeit, obwohl beide einige Jahre älter waren als sie selbst. Ingjerd hatte damals selbstverständlich einen anderen Nachnamen gehabt.

»Wir wollten mal sehen, wie es hier läuft«, lächelte Ingjerd, während sie die Lederhandschuhe auszog. »Trotz allem, was man so hört. Wir sind früh gekommen, um uns ein wenig umsehen zu können.«

»Herzlich willkommen!«, sagte Ingrid, während sie sich darüber wunderte, was Ingjerd gesagt hatte. *Trotz allem, was man so hört?* Sie beschloss, es zu ignorieren, und setzte vielmehr das auf, von dem sie hoffte, dass es ein freundliches Lächeln war. »Vielleicht möchtet ihr einen Drink in der Bar nehmen, während ihr wartet? Oder in der Bibliothek.«

Sie wollte gern den Umsatz an der Bar steigern, nicht zuletzt, da sie seit dem heutigen Tag einen richtigen Barkeeper hatten, Kjartan Hansdalen. Er sollte jeden Nachmittag um drei Uhr anfangen, bisher hatte er jedoch beunruhigend viel Zeit gehabt, um Gläser zu polieren und Cocktailrezepte zu studieren. Aber das Ehepaar Slettebakken wollte, zum Glück, gern einen Abstecher in die Bar machen, und selbiges traf auch auf die vier Gäste zu, die kurz nach ihnen zum Abendessen kamen. Als noch dazu auch Herr Taylor aus England vom Seitenflügel hereingeschlendert kam und sich erkundigte, ob es möglich wäre, hier irgendwo *a pint of lager* zu bekommen, war Ingrid regelrecht erfreut und Kjartan endlich eifrig beschäftigt.

Als sie zurück an der Rezeption war, kam Mutter Borghild, mit Mantel und Stiefeletten bekleidet, geradem Rücken und entschlossenem Blick die Treppe zum Foyer hinunter. Am Empfangstresen hielt sie inne.

»Hei, Ingrid«, lächelte sie. »Läuft hier alles gut?«

»Ja, hier läuft alles gut. Alle Gäste sind angekommen, und das Essen ist bereit. Aber wo willst du hin?«

»Ich will nur kurz runter nach Dalen«, entgegnete Mutter Borghild.

Zitterte die Stimme der Großmutter?

»Nach Dalen? Jetzt?«, fragte Ingrid. »Es ist doch bald schon sechs.«

Jetzt sah Ingrid, dass Mutter Borghild den Autoschlüssel in der Hand hatte.

»Fehlt etwas zum Essen?«, fragte sie. »Alfred kann sicher runterfahren und es holen. Oder ich kann es machen. Du musst nicht –«

»Nein, nichts Derartiges«, sagte Borghild. »Nur etwas, das ich regeln muss. Ich bin bald wieder zurück, meine Liebe.« Sie klopfte Ingrid auf die Hand und wandte sich zur Tür um.

*

Als Borghild aus Dalen zurückkam, ging sie direkt nach oben in die Kårstua. Sie setzte sich neben die Schatulle und nahm das Tagebuch heraus, sah jedoch ein, dass sie nicht die Kraft aufbrachte, etwas zu schreiben. Ebenso wenig brachte sie die Kraft auf, mit jemandem zu sprechen, und am allerwenigsten mit Ingrid. Noch nicht.

Der heutige Abend war nicht so gelaufen, wie sie es sich erhofft hatte.

Aber was hatte sie sich eigentlich erhofft? Was hatte sie geglaubt, würde sich aus diesem Besuch ergeben? Jetzt fragte sie sich, warum sie überhaupt gefahren war.

Es war ihr offensichtlich erschienen, dass sie ins Dorf fahren und mit Hallgrim sprechen musste. Sie hatte gefühlt, dass es jetzt absolut notwendig war, dass die Zeit gekommen war. Wieder und wieder war sie es in Gedanken durchgegangen. Wie sie es darstellen musste, wie sie ihn dazu bringen musste zu verstehen, wie alles zusammenhing.

Aber bereits als sie auf den Hof gefahren war, hatte sie den Besuch bereut. Wie früher ragte das Haus hoch und klobig auf, mit Licht nur über der Eingangstür und von einem Fenster in der oberen Etage. An der schwarz gebeizten Garage war so manches Rentiergeweih angebracht. Ein Monument der Jagd und des Todes.

Niemand reagierte, als sie klingelte, weshalb sie die Tür öffnete und in den Flur ging. Die Tür knirschte. *Merkwürdig, dass so ein großer Kerl mit dem Haus voller Söhne und Enkelsöhne nicht in der Lage war, die Scharniere zu ölen*, hatte sie gedacht.

Gott, wie schrecklich es war, das Haus zu betreten. Es hatte sie komplett überwältigt. Es war so lange her, dass sie zum letzten Mal dort gewesen war, und es erfüllte sie mit Trauer und schlimmen Erinnerungen.

Damals jedoch hatte sie das Haus nie als düster empfunden. Damals waren die Besuche dort für sie mit anderen Dingen verbunden ... Ganz anderen Dingen! Das düstere Gefühl hatte später eingesetzt.

Ihr schauderte. Überall diese toten Tiere. Hasen und Wiesel, die sie mit glänzenden Knopfaugen aus den Regalen anstarrten.

Ein ausgestopfter Dachs. An den Wänden in der Halle Hirsch- und Elchköpfe. Auf den Bänken Rentierfelle. Einen Bären hingegen hatte Hallgrim nicht.

Mehrfach hatte sie *Hallo!* gerufen, aber keine Antwort erhalten. Also war sie mit Jacke und Schuhen bekleidet die Treppe hinaufgegangen – bereit für einen schnellen Rückzug. Auf der Mitte der Treppe hatte ein schwarzes, hässliches Tier, das sie scheinbar anknurrte, sie zusammenzucken lassen. Es war ein ausgestopfter Nerz, der für einen Moment lebendig ausgesehen hatte.

Und dort oben in der oberen Etage hatte er, Hallgrim, an einer Art Arbeitspult gesessen, von dem aus man Aussicht auf Dalen gehabt hätte, wäre es draußen nicht so pechschwarz gewesen. Er saß mit dem Rücken der Treppe zugewandt, drehte sich jedoch nicht um und sagte auch nichts, als sie hinaufkam. Vielleicht strafften sich seine breiten Schultern ein wenig, aber das konnte auch Einbildung sein.

Hallgrim Dalen wurde seinem Spitznamen Moschus noch immer gerecht. Der Körper war kompakt, der Nacken krumm. Die Haare waren noch immer eher braun als grau, an den Seiten strähnig, oben dünn. Jedoch war an diesem Achtzigjährigen nichts gebrechlich. Alt, ja. Beinahe prähistorisch. Aber nicht gebrechlich.

»Hallgrim«, hatte sie gesagt.

Keine Reaktion. Sie wusste, dass er sich im Klaren darüber war, dass sie dort war, aber er wollte es nicht anerkennen.

Sie ging zum Pult, und langsam drehte er den Stuhl herum und sah sie mit kleinen, schwarzen Augen an. Er atmete lautstark durch die Nase aus, sagte aber nichts.

»Hallgrim«, sagte sie erneut. »Was geschehen ist, ist geschehen. Wir beide, du und ich, haben viele Jahre getrauert. Du hast deine Gründe, verbittert zu sein, so wie ich meine habe. Aber das muss ein Ende haben. Das darf weder das Hotel noch Ingrid kaputtmachen.«

Stille. Lediglich ihr Atem war zu hören. Mit dem Blick auf Hallgrim gerichtet war sie vollkommen regungslos stehen geblieben.

»Es gibt etwas, das ich dir erzählen muss«, sagte sie.

Sie hatte gehofft, das würde ihn dazu bewegen, etwas zu sagen oder zu tun, ihr auf irgendeine Weise entgegenzukommen. Doch es geschah nichts weiter, als dass sich der Luftstrom durch seine Nase zu verstärken schien und allmählich zu einem Schnauben wurde. Hätte Hallgrim Hörner gehabt, hätte er sie nun wohl gegen die Vorderbeine gerieben und mit den Hufen aufgestampft. Aber er tat nichts, als dort zu sitzen, die enormen Arme auf den Stuhllehnen, und sie anzustarren, zu starren und zu schnauben.

Jetzt sollte sie es sagen. Endlich sollte sie, *musste* sie, ihm die Wahrheit erzählen.

Sie blieb einige Sekunden stehen, um sich zu sammeln. Und da spürte sie, wie die Entschlossenheit sie verließ. Nein. Sie schaffte es nicht. Sie schaffte nicht zu sagen, was zu sagen sie gekommen war. Sie stand einfach nur da.

Unterbrochen wurde die Spannung, als unten die Tür aufging und anschließend mit einem Knall wieder zugeschlagen wurde. Aus dem Flur waren Männerstimmen zu hören, Arthur und Cato kamen die Treppe hinaufgestapft.

Hallgrims Söhne blickten sie verwundert an, sagten jedoch nichts, als Borghild an ihnen vorbei die Treppe hinunterging.

Sie musste eine andere Möglichkeit finden.

Und dann musste sie mit *ihr* reden.

14. Dezember

Ein *Pling* kündigte den Eingang einer E-Mail an. Eine Stornierung von zwei Personen, die in dieser Woche hätten anreisen sollen. Ein weiteres Mal ohne Erklärung.

Ingrid hob den Blick und schaute anstatt auf den Bildschirm aus dem Fenster. Betrachtete den Gipfel linker Hand. Den Gipfel rechter Hand. Das Heidekraut davor. Das Geröll. Erneut den Gipfel linker Hand, rechts, links, rechts, links. Es war wichtig, den Blick zu heben und die Augenmuskulatur zu entspannen, hatte sie gelesen. Das sollte Sehschwäche und Müdigkeit vorbeugen.

Trotz Majas düsterer Weissagungen war Freitag, der Dreizehnte recht gut verlaufen. Die Eiskletterer waren nach einem schnellen Mittagessen losgezogen und in der Abenddämmerung hellauf begeistert mit roten Wangen zurückgekehrt. Heute waren sie in der Morgendämmerung aufgebrochen, um das Tageslicht so gut wie möglich auszunutzen. Die britische Familie hatte sich sowohl mit ihrer Wohnung als auch der Umgebung zufrieden gezeigt. Die erste Ausgabe des *Vorweihnachtsmenüs des Himmelfjell Hotels* hatte alle Erwartungen übertroffen. Die Gäste hatten das Essen in den Himmel gelobt, und selbst Maja, die geschickt darin war Fehler zu finden, hatte zugeben müssen, dass dies ein Erfolg gewesen war. Erfreute Gäste und ein gut funktionierendes Team – damit musste man zufrieden sein. Daher hatte sich Ingrid am Abend ein wenig innerlichen Jubel und zusammen mit Vegard ein Glas Wein an der Bar gegönnt. Mutter Borghild war nach ihrer Rückkehr aus Dalen direkt in ihre Wohnung hinaufgegangen. Vielleicht hatte es etwas mit einem geheimen Weihnachtsgeschenk zu tun?

Wie auch immer – jetzt war Samstagvormittag, und Ingrid hatte bereits mehrere Stunden am Computer gesessen, um Versicherungsklauseln durchzugehen. Während sie gearbeitet hatte, war ihre Hand wie von selbst immer wieder zur Smørbukk-Schale gewandert. Auf dem Schreibtisch hatte sich ein kleiner Berg aus Bonbonpapier aufgetürmt. Ein typisches Anzeichen von Stress, das wusste sie. Sie sollte besser Wasser trinken und raus an die frische Luft kommen, aber erst *musste* sie diese Arbeit hinter sich bringen. Sie war gerade vom Schreibtisch aufgestanden, um den steifen Rücken ein wenig zu strecken, als es vorsichtig an der Bürotür klopfte. Sie ging hin und öffnete.

Davor stand Perle mit einigen Unterlagen in der Hand. Sie hatte heute frei, sich jedoch dafür entschieden, im Hotel zu sitzen, um für ihre Hausarbeit ein paar alte Hotelanzeigen durchzugehen.

»Ich dachte, du möchtest das vielleicht sehen«, sagte sie eifrig, nachdem sie hereingekommen war. Sie reichte Ingrid einen dicken, gelben Bogen Papier, der oben auf dem Stapel lag.

Ingrid nahm ihn und blickte verwundert auf das, was sich als eine alte Werbebroschüre erwies. Der Bogen war zweigeteilt, mit einer Borte in Form einer stilisierten Bergreihe am oberen und unteren Rand der Seiten. Auf der Vorderseite stand:

Ich schnüre meinen Stiefel
Ich schnall' an meine Ski
Es leuchtet so hell in den Bergen …

Und wo leuchtet es heller als im HIMMELFJELL?
Wollen Sie dem Lärm und Gedränge der Stadt entfliehen?

Willkommen zur Weihnachtsfeier
im HIMMELFJELL HOTEL
Kommen Sie in die Berge und genießen Sie die Ruhe der Natur.
Skikurse.
Weihnachtsgottesdienst.
Köstliches von den Höfen des Dorfes.
Lernen Sie jeden Nachmittag im Speisesaal des Hotels
Walzer, Swing und Volkstanz.
Tanzlehrer: Borghild Berg und Hallgrim Dalen

»Hallgrim Dalen«, sagte Perle. »Das ist der Alte unten im Dorf, nicht wahr? Ich finde den Gedanken, dass er und Borghild hier oben Tanzkurse gegeben haben, so seltsam, und gleichzeitig ziemlich lustig.«

»Komm, setz dich«, sagte Ingrid mit Verweis auf die Sofagruppe in der Ecke, während sie noch immer auf die Broschüre in ihrer Hand starrte.

Nein, sie hatte niemals … Nicht genug damit, dass es früher offensichtlich genauso herausfordernd war, Werbung zu gestalten (*Hallo! Es leuchtet so hell in den Bergen?!*), aber: *Tanzkurs mit Borghild Berg und Hallgrim Dalen?* Was in aller Welt hatte das zu bedeuten? Als sei es nicht schwer genug, sich Hallgrim »Moschus« bei Walzer, Swing und Springtanz vorzustellen – sie spürte förmlich, wie der Boden allein bei dem Gedanken daran wackelte –, aber hatte er wirklich *hier* getanzt, zusammen mit *Mutter Borghild*? Das war, als würde man mit dem Teufel Polka tanzen.

»Ich bringe das nicht zusammen«, sagte Ingrid, während sie sich neben Perle aufs Sofa fallen ließ. »Gibt es einen Menschen, den Mutter Borghild nicht ausstehen kann, dann ist es Hallgrim Dalen.«

Hallgrim war der Einzige, den die Großmutter, die für gewöhnlich ausgesprochen höflich und freundlich zu allen war, nicht grüßte, wenn sie einander unten im Dorf begegneten. Diese Kälte war so auffällig, dass selbst Neulinge wie Perle und Aisha es bemerkt hatten. Der Ort war nicht größer, als dass man unweigerlich ab und an auf Leute traf, wie sehr man auch versuchte, ihnen aus dem Weg zu gehen. Am Nationalfeiertag oder an Markttagen begegnete man ihnen. Bei Beerdigungen und an Heiligabend waren alle in der Kirche von Dalen versammelt – junge und alte, vom Himmelfjell und aus dem Dorf –, aber man konnte auf seiner Seite bleiben und nicht gleichzeitig hinausgehen.

»Aber warum?«, fragte Perle.

Ingrid sah sie an.

»Ich weiß es schlicht und einfach nicht«, entgegnete sie.

Sie hatte keine gute Erklärung für die Feindschaft zwischen Mutter Borghild und Hallgrim Dalen. Bisher hatte sie diese Abneigung vermutlich nur der Eigenheit alter Leute zugeschrieben? Jetzt aber begriff sie, dass mehr dahinterstecken musste. Es war offensichtlich, dass das Verhältnis zwischen den beiden früher einmal vollkommen anders gewesen sein musste – und dass etwas, *irgendetwas*, es ins Gegenteil verkehrt hatte.

Aus welchem Jahr stammte die Reklame? Ingrid drehte und wendete die Broschüre. *Weihnachten im Himmelfjell Hotel 1961* stand auf der Rückseite. So lange her! Die Großmutter war damals um die zwanzig. 1962 hatte sie Christian Stugu geheiratet, und 1964 hatten sie ihre Tochter Engeline bekommen, Ingrids Mutter. Aber auch vor dieser Zeit hatte Borghild, als einziges Kind des Hauses, im Hotel eine zentrale Rolle gespielt. Nicht nur sie, sondern offensichtlich auch Hallgrim Dalen. Ingrid kratzte sich am Kopf. Mutter Borghild hatte Ingrid ziemlich viel über den Hotelbetrieb in vergangenen Zeiten erzählt, von diesen Tanzabenden jedoch hatte sie noch nie etwas gehört.

»Wo hast du die gefunden?«, fragte sie Perle.

»Sie lag in den Archivmappen, die du mir gegeben hast«, entgegnete Perle. »Ich dachte, ich sollte sie durchsehen, bevor ich mich an die Gästebücher mache. Das ist so spannend!«

»Ja, in der Tat«, bestätigte Ingrid gedankenversunken. »Vielen Dank, dass du sie mir gezeigt hast.«

Noch eine Sache, nach der sie Mutter Borghild fragen musste, dachte Ingrid, nachdem Perle gegangen war. Und die sie Tor erzählen musste! Erneut betrachtete sie die Broschüre und freute sich darauf, sie ihm zu zeigen. Das würde seine Neugierde ordentlich anfachen. Sie wollte ihn anrufen. Schließlich konnte es sein, dass er mehr über die Zeitungsarchive herausgefunden hatte.

*

»Mmmm! Sowohl die Suppe als auch das Brot sind genauso köstlich, wie du es versprochen hast«, sagte Pia beim Mittagessen. Nach einem vormittäglichen Spaziergang mit Vegard durch die Umgebung waren ihre Wangen rot, und sie aß Majas Waldpilzsuppe und das selbst gebackene Brot mit gutem Appetit.

»Bitte, meine Liebe.«

Doktor Wilkins hielt seiner Ehefrau das Brotkörbchen hin – nachdem er dafür gesorgt hatte, dass die anderen Damen zuerst bekamen. Er war ein Gentleman der alten Schule. Für die beiden schien das ganz natürlich zu sein, dachte Ingrid, während sie das Ehepaar betrachtete. Anfangs war ihr John Wilkens eher als ein mürrischer Typ erschienen, die Art jedoch, wie er und Freya miteinander umgingen, war voller Wärme und Respekt.

So konnte eine Beziehung also auch sein, selbst nach vielen, vielen gemeinsamen Jahren.

Hätte sie mit Preben zusammen alt werden können? Der Ton zwischen dem Ehepaar war so anders, als es bei ihnen der Fall gewesen war. Sie und Preben hatten einander begehrt – ja, vielleicht einander sogar geliebt –, waren gleichzeitig aber auch Rivalen gewesen. Beide wollten sie anführen, beide wollten sie gewinnen. Es war ihnen nicht gelungen, irgendein Machtgleichgewicht zu finden. Sie hatte nicht gewusst, wie sie Streit mit Preben hätte vermeiden sollen, ohne selbst Kompromisse einzugehen. Es war nicht verwunderlich, dass es mit einer Tragödie endete.

Als sie im Begriff waren, nach der Mahlzeit aufzubrechen, wandte sich Ingrid an Pia und fragte, ob sie diese um ein wenig Hilfe bitten könnte.

»Ich möchte gern unsere Auswahl an Hautpflegeprodukten mit dir diskutieren«, sagte sie. »Wir haben einige weitere Proben von Produzenten erhalten, und ich glaube, du bist die Richtige, diese zu beurteilen.«

Sie war zufrieden damit, diesen Vorwand gefunden zu haben, um mit Pia unter vier Augen zu sprechen. Was sie tatsächlich herausfinden wollte, war, wie die Influencerin die kommenden Tage und Wochen geplant hatte und wie lange sie eigentlich gedachte, im Hotel zu bleiben. Es war nicht so leicht, dieses Thema aufzugreifen, ohne unhöflich zu wirken, jedoch dachte sie, dass es vielleicht einfacher sei, wenn die beiden unter sich waren.

Sie gingen hinauf in Ingrids Wohnung, wo diese zum Glück daran gedacht hatte, Bonbonpapier sowie benutzte Tassen und

Gläser wegzuräumen. Sie hatte angefangen, alles durch die Instagram-Brille zu betrachten, wenn sie mit Pia zusammen war, und da war es leicht durchzufallen. Sie holte die Warenproben und drapierte sie auf dem Tisch, während Pia auf dem Sofa eine bequeme Sitzposition fand.

»Das ist eine Möglichkeit für Umsatz, die ich früher nicht auf dem Schirm hatte«, sagte Ingrid. »Allerdings sind es mehrere Kosmetikhersteller, die Kontakt zu uns aufgenommen haben, um uns ihre Produkte zu verkaufen.«

»Wunderbar!«, ertönte es von Pia, die eine Hautcreme mit Honigextrakt vom Tisch nahm. »Himmelfjells Honigcreme. Welche Art von Produzenten wollen euch beliefern?«

»Es sind einige lokale Unternehmen und Einzelpersonen sowie ein paar größere, kommerziellere Firmen«, erklärte Ingrid. »Wenn es jedoch irgendeinen Sinn haben soll, dann muss es ein lokaler Anbieter sein.«

»Da stimme ich dir zu«, sagte Pia. »Da können die Gäste mit einzigartigen Produkten nach Hause fahren, während Bauern und kleine Geschäfte eine nette Zusatzeinnahme bekommen. Kann ich die aufmachen?«

So saßen sie da und cremten sich die Hände mit Honigbalsam und die Lippen mit auf Bienenwachs basierenden Pomaden ein. Pias Interesse an den Produkten war enthusiastisch.

»Die hier ist herrlich!«, sagte sie, indem sie einen Tiegel mit Creme hochhielt. »Die riecht so gut, und die Haut fühlt sich richtig zart an.«

»Nur lokale Zutaten«, lächelte Ingrid. »Zudem leicht herzustellen.«

»Weißt du«, sagte Pia. »Ihr könntet hier Kurse abhalten! Wochenendkurse, in denen die Gäste ihren eigenen Bedürfnissen angepasste Produkte herstellen können. Kombiniert mit Yoga- und Wellness-Angeboten, zum Beispiel.«

Ingrid nickte langsam. Sie war noch immer dabei, sich daran zu gewöhnen, wie sehr sich der Hotelbetrieb seit ihren Kindertagen verändert hatte. Mit Luxusprodukten konnte man enormen Umsatz machen, hatte sie gelernt, und besonders attraktiv fanden Gäste Dinge, die sie als gesund und natürlich auffassten.

Neben Körperpflegeprodukten, inklusive der »Tropfen der Direktorin« (ein Öl gegen Muskelkater nach langen Bergtouren), hatten sie auch Pläne, Speisen und Getränke als eine Art Souvenir zu verkaufen. Bisher hatten sie den Himmelfjell-Honig und das Erfrischungsgetränk Borghilds Himbeerlimonade.

»Ihr könntet doch auch Kleidung verkaufen?«, schlug Pia vor. »Mützen, Schals und Handschuhe wären hier oben im Gebirge angebracht.«

»Ja, das ist eine gute Idee«, sagte Ingrid. »Handgestrickt von Einheimischen, vielleicht?«

Und Kunst. Wie wäre es mit Tors Fotos, dachte sie. Sie könnte ihn bitten, einige seiner Fotos sehen zu dürfen.

»Dieses Öl soll gut für Schwangere sein«, sagte sie und reichte Pia einen schmalen kleinen Flakon. »Es verfügt über eine Kombination aus Pflanzenextrakten und Vitaminen, die gegen Dehnungsstreifen helfen soll. Nun, nicht, dass du welche hast«, sagte sie und verfluchte ihre Ungeschicktheit. Pia ihrerseits nahm die Flasche eifrig entgegen und studierte den Flakon.

»Das möchte ich gern ausprobieren«, sagte sie. »Schließlich bin ich in letzter Zeit mehr geworden, an einigen Stellen ist die Haut so warm und stramm. Es fühlt sich an, als würde sie platzen. Das ist in der Tat ziemlich unheimlich.«

»Nimm es mit!«, ermunterte Ingrid sie. Das war womöglich der Anlass weiter zu fragen.

»Aber fühlst du dich sonst wieder gut? Schließlich warst du

nicht ganz in Form. Du brauchst keine Angst zu haben, um Hilfe oder eine Fahrgelegenheit zu bitten, wenn etwas sein sollte. Vegard und ich, wir sind hier und können beide einspringen.«

»Danke. Das ist supernett. Aber mir geht es richtig gut«, sagte Pia. »Ich war nur … eine Zeit lang … ein wenig erschöpft. Habe schlecht geschlafen und das Essen vernachlässigt. Das vertrage ich nicht so gut. Vor allem jetzt nicht. Aber herzlichen Dank für die Umsicht. Du und die anderen hier im Hotel, ihr seid so nett zu mir.«

Pia blieb sitzen und drehte an dem kleinen Flakon herum. Stellte ihn auf den Tisch, nahm ihn wieder in die Hand.

»Ich verstehe, dass es seltsam wirkt, dass ich einfach bleibe und bleibe«, sagte sie. »Anfangs sollte ich nur für ein Wochenende hier sein. Aber aufgrund von etwas Privatem war ich nicht ganz auf der Höhe, und hier oben habe ich das Gefühl, dass ich besser damit klarkomme. Dass ich mich im wahrsten Sinne des Wortes ein wenig über das Ganze erhoben habe. Und da es mir graut, nach Hause zu fahren und mich wieder der Wirklichkeit zu stellen, habe ich die Abreise hinausgeschoben … und mich vielleicht ein wenig schwächer gemacht, als ich es bin, um einen Vorwand zum Bleiben zu haben.«

Sie warf Ingrid ein kurzes, entschuldigendes Lächeln zu. Es war ungewohnt, sie derart herumdrucksen zu sehen, dachte Ingrid. Sie hatte Pia P, mit all ihrem Charme und all ihren Followern, immer als enorm selbstsicher aufgefasst.

»Aber, also … Ich kann es ebenso gut geradeheraus sagen«, fuhr Pia fort. »Du musst nein sagen, wenn es nicht passt. Aber ich möchte gern über Weihnachten hierbleiben.«

Ingrid war regelrecht sprachlos. Sie hätte gedacht, jemand wie Pia hätte durchweg einen vollen Terminkalender und an Weihnachten viele Pläne mit Familie und Freunden.

Ingrid betrachtete Pias Bauch, und Pia bemerkte es.

»Der Geburtstermin ist noch eine Weile hin!«, versicherte sie mit einem beinahe entschuldigenden Lächeln.

Ingrid wurde verlegen. »Nein, nein, daran hatte ich nicht gedacht«, log sie. »Aber ja, du möchtest bis nach Weihnachten hierbleiben? Selbstverständlich kannst du das! Wir haben geöffnet.«

Pia sah plötzlich blass und angespannt aus, sie wirkte den Tränen nahe. Was ging in ihr vor?

»Du bist also herzlich willkommen zu bleiben«, sagte Ingrid. »Selbstverständlich! Aber … aber … du hast nichts anderes geplant? Jemand, der zu Besuch kommt, oder …?«

Das war die Frage, die es brauchte, um Pia Ps komplette perfekte Fassade zum Einsturz zu bringen. Sie kniff die Augen zusammen, und das Gesicht unter dem sorgfältig aufgetragenen Make-up loderte rot auf. Sie gab ein paar Geräusche von sich, die Ingrid einige Sekunden abverlangten, um zu begreifen, dass es Schluchzer waren. Dann flossen die Tränen.

»Nein!«, sagte Pia. »Ich habe keine Pläne, ich bekomme keinen Besuch, ich besuche niemanden. Ich habe niemanden, mit dem ich überhaupt zusammen sein will. Zumindest niemanden, der mir mit all dem helfen kann, was mir durch den Kopf geht. Das ist das Problem. Es ist alles ein einziges Durcheinander.«

Pia schniefte, woraufhin Ingrid ins Bad lief, um ein paar Papiertaschentücher zu holen, die Pia dankbar entgegennahm. Ingrid holte ihr zudem ein Glas Wasser und setzte sich wieder aufs Sofa.

»Was ist mit deinen Eltern? Oder … dem Vater des Kindes?«, wagte sie sich zu fragen.

Sie wusste, dass dies empfindliches Terrain war, das sie da betrat, da Pia nicht gesagt hatte, mit wem sie ein Kind erwartete. Ingrid hatte erneut versucht, Vegard danach zu fragen, der hatte aber nur gesagt, dass Pia P nicht darüber sprechen wolle und er dies respektiere.

»Der Vater des Kindes!«, schluchzte Pia. »Es gibt keinen Vater. Zumindest keinen, der weiß, dass er Vater wird. Das war nur eine Zufallsbekanntschaft. Ich lebe gut alleine und wollte daran auch nie etwas ändern. Ich mag es, mein eigenes Leben führen zu können. Ich hatte nie den Wunsch, Kinder zu haben. Ich habe mir vor langer Zeit eine Hormonspirale einsetzen lassen, und habe mich entsprechend sicher gefühlt. Aber ganz sicher war es offensichtlich nicht.«

Sie nahm sich ein frisches Papiertaschentuch, trocknete sich die Augen und putzte sich die Nase.

»Es war ein Typ, den ich bei einem Branchenfest kennengelernt habe«, sagte sie. »Für ein Wochenende war das ganz super, aber es war nie die Absicht gewesen, dass es mehr als das werden sollte. Er ist jetzt mit einer anderen zusammen. Daher kann ich nicht einfach auftauchen und ihm mitteilen, dass er Vater wird. Als ich bei der Ärztin war und die Bestätigung erhielt, dass ich schwanger bin, ist sie davon ausgegangen, dass ich abtreiben will. Und das hatte ich auch gedacht. Als ich jedoch dieses kleine Wesen auf dem Ultraschall gesehen habe, wusste ich … ich spürte, dass ich das nicht wollte. Plötzlich war ich sicher, dass es so angedacht war, dass ich dieses Kind bekommen soll. Aus der anfänglichen Angst, schwanger zu sein, wurde plötzlich die Angst, das Kind zu verlieren. Ich war so erleichtert, als es den Ärzten gelang, die Spirale zu entfernen, ohne dass ich das Kind verloren habe! Ist das nicht bescheuert?«

Pia lächelte Ingrid mit glänzenden Augen an. Eine Träne kullerte über ihre Wange.

»Jetzt sitze ich also hier. Single und schwanger. Ich dachte, es würde gut gehen. Ich habe mich so stark gefühlt. Ich würde es ohne irgendeinen Mann an meiner Seite schaffen und unabhängig davon, was meine Eltern davon halten. Unabhängig davon, was die ganze Welt davon hält. Und das empfinde ich in gewisser Hinsicht noch immer. Aber ich fühle mich so, so sehr allein.«

In diesem Augenblick, als sie Pia dort sitzen sah, in Tränen aufgelöst, mit den Händen auf dem runden Bauch, spürte Ingrid förmlich die physische Leere in ihrem eigenen Inneren. Spürte die Gebärmutter, in der sich ein einziges Mal, für nur wenige Monate, ein kleines Wesen festgeklammert hatte, das ein Kind hätte werden können, das sie aufgrund der Lawine jedoch verloren hatte. Während der Schmerz ihren Körper und Geist wie ein scharfes Messer durchfahren hatte, war es aus ihr heraus auf die weißen Krankenhauslaken geblutet.

Die Schwangerschaft war überraschend gekommen und war so kurz, dass sie sich nie an den Gedanken gewöhnt hatte, dass sie Mutter werden sollte. Ingrid hatte sich nie Kinder gewünscht … hatte den Gedanken daran aber auch nicht aktiv von sich gewiesen. Sie hatte lediglich ihr Leben gelebt und es mit der Zeit als immer weniger aktuell angesehen, dass Elternschaft ein Teil davon sein sollte. Daher war es ein Schock gewesen, als sie entdeckt hatte, dass sie schwanger war. Sie waren mit den Vorbereitungen für die Tour beschäftigt, waren in Kathmandu angekommen und sollten weiter nach Lukla, um sich auf die Wanderung zum Base Camp zu begeben.

Im Nachhinein war ihr bewusst, dass sie es viel früher hätte begreifen müssen. Ihre Menstruation war ein paarmal ausgeblieben, was bei Bergsteigerinnen mit hohem Trainingspensum und geringem Körperfettanteil jedoch nicht ungewöhnlich war. Übelkeit und Durchfall hatte sie zuvor ebenfalls schon oft erlebt. So viel, wie sie in den letzten Monaten gereist waren, und so viele Höhenmeter, die sie zurückgelegt hatten, wäre es seltsam gewesen, wenn ihr Körper nicht irgendwie reagiert hätte.

Bei einem Empfang beim norwegischen Botschafter war ihr schließlich aufgegangen, dass sie schwanger war. Oder besser gesagt, hatte es ihr dort jemand gesagt. Nach einem Stehbuffet waren stark duftender nepalesischer Kaffee und große Platten mit Kuchen aus gekochter Milch und Sirup hereingetragen worden. Die Spezialität waren frittierte Süßigkeiten, die aussahen wie gebratene orange Spaghetti, die vor Fett und Zucker trieften. Die Wirkung auf Ingrids Geruchssinn war heftig und unmittelbar gewesen. Sie war aus dem eleganten Raum gestürzt und hatte sich hinter einer Pflanze im Atrium übergeben.

»Bitte, *Madam*, Sie müssen auf sich achtgeben«, hatte sie hinter sich eine Stimme vernommen. Als sie sich umdrehte, starrte sie direkt in das Gesicht einer hübschen arabisch aussehenden Frau, die ihr eine Serviette und ein Glas Wasser reichte. »Bitte, setzen Sie sich.«

Die Frau geleitete Ingrid zu einer Bank, die entlang der einen Wand stand, und setzte sich neben sie.

»Entschuldigen Sie … darf ich das ein wenig lösen?« Vorsichtig griff die Frau nach dem Gürtel, der an Ingrids Seidenhose hinten zusammengebunden war und straff über dem Bauch gesessen hatte. Es war herrlich, mehr Platz zum Atmen zu bekommen.

»Ich möchte nicht aufdringlich sein, aber Sie sollten nicht so enge Kleidung tragen, wenn Sie schwanger sind. Das ist nicht gut, weder für Sie noch für das Kind.«

Schwanger? Das Wort hallte zwischen den Steinwänden und im Kopf wider. Ingrid hatte lachen wollen, aber das Lachen war ihr im Hals steckengeblieben. Sie sah ein, dass die Frau recht haben könnte. Warum in aller Welt hatte sie nicht daran gedacht?!

Sie nahm noch einen Schluck aus dem Wasserglas und betrachtete die hübsche unbekannte Frau.

»Danke«, sagte sie. »Ich … was hätte ich ohne Sie gemacht? Ich heiße übrigens Ingrid.«

»Und ich heiße Aisha. Ich bin heute Abend hier für das Catering verantwortlich. Es freut mich sehr, Sie kennenzulernen.«

Das Gespräch wurde unterbrochen, als ein Junge, der nicht älter als vier, fünf Jahre sein konnte, aus der Küche gelaufen kam und sich daran machte, auf ein Spalier zu klettern. »Hussein!«, rief die Frau und setzte zu einer langen Tirade auf Arabisch an.

Der Junge kletterte herunter und kam zu ihnen, scheinbar beschämt, jedoch mit einem schelmischen Funkeln in den Augen.

»Hallo, Hussein«, grüßte Ingrid auf Englisch. »Ich heiße Ingrid.«

Er platzierte seine rechte Hand über der Brust. »Hallo, Tante Ingrid«, sagte er.

Zu einem späteren Zeitpunkt des Abends hatte Ingrid sich eines Vorwands bedient und war mit dem Taxi zu einem Gesundheitszentrum gefahren, das rund um die Uhr geöffnet hatte. Die Bedienung hatte sie verwundert angesehen, als sie förmlich durch die Tür gewackelt kam und nach einem Schwangerschaftstest verlangte. Sie hatte den Test noch vor Ort durchgeführt, auf der Toilette des Gesundheitszentrums, und so lange dort gesessen und auf die beiden Streifen gestarrt, dass das Personal letztendlich angeklopft und gefragt hatte, ob mit ihr alles in Ordnung sei.

Als sie zurückkam, hatte sie Preben nichts gesagt. Auch am

Tag darauf nicht. Die Vorbereitungen hatten ihren Lauf genommen, und es hatte auch irgendwie nie gepasst, etwas zu erzählen. Es war so groß, dieses, ihr Projekt. Ursprünglich war es Prebens Traum gewesen, den Weltrekord in der Besteigung der Seven Summits aufzustellen, der höchsten Berge aller Kontinente. Und zusammen hatten sie dieses Vorhaben weiterentwickelt: Sie wollten das erste Paar, Mann und Frau sein, denen das in einem Zeitraum von unter einhundert Tagen gelang. Die Vorbereitungen hatten mehrere Jahre in Anspruch genommen, und sie hatten Gerüchte von mindestens einem anderen Paar gehört, das die gleichen Pläne habe. Es war so wichtig gewesen, die Ersten zu sein. Die Sponsoren hatten einen zusätzlichen Bonus versprochen, wenn sie es schafften, und das Prestige wäre enorm gewesen.

Sie hatte die ganze Zeit vorgehabt, Preben von der Schwangerschaft zu erzählen, selbstverständlich. Sie musste nur den richtigen Zeitpunkt, den richtigen Anlass finden.

Und vielleicht hätte sich Preben ihrer Teilnahme widersetzt, wenn er gewusst hätte, dass sie schwanger war. Sie konnte nicht abstreiten, dass dieser Gedanke dazu beigetragen hatte, es für sich zu behalten. Sie hatte sich gut in Form gefühlt und war sicher gewesen, dass dies kein Hindernis darstellen sollte. Immerhin war es noch früh, zudem hatten Frauen zu allen Zeiten während der gesamten Schwangerschaft gearbeitet und sich abgemüht und trotzdem hübsche und gesunde Kinder bekommen. Daher wollte sie warten, bis sie etwas sagte, vielleicht, bis sie auf dem Mount Everest waren. Auf dem Gipfel des siebenten Berges. Was für eine fantastische Überraschung das werden würde!

Aber bis dahin kamen sie nie. Der Anlass traf nicht ein. Hingegen die Lawine. Die Lawine, der Verlust, das Blut, die Einweisung ins Krankenhaus, das Chaos und die Nachricht, dass Giovanni nicht überlebt hatte. Und da war es zu spät. Da konnte sie es nicht sagen.

Lange war Aisha die Einzige gewesen, die etwas wusste. Ingrid hatte nie die Fürsorge der fremden Frau an diesem Abend in Kathmandu vergessen. Ihr Blick, der sah, was kein anderer sah. Als sie sich zufällig in der Botschaft wiedertrafen, als Ingrid nach dem Unglück das Land verlassen wollte, war Aisha auch die Erste – neben den Ärzten im Krankenhaus –, die von der Fehlgeburt erfuhr. Die Ärzte hatten ihr gesagt, sie sei im vierten Monat gewesen.

Aisha hatte Tränen in den Augen, als Ingrid ihr erzählte, was alles geschehen war. »Sie Arme«, hatte sie gesagt. »Aber Allah wird Ihnen neue Möglichkeiten eröffnen.«

Sie gingen an diesem Tag eine Verbindung ein, und es fühlte sich beinahe wie vom Schicksal vorbestimmt an, als sich herausstellte, dass Aisha auf der Suche nach einer Stelle in Europa war. Es hatte viel Arbeit und noch mehr Bürokratie erfordert, aber als Syrerin mit Flüchtlingsstatus hatte sie nach viel Wenn und Aber in Norwegen auch eine Arbeitserlaubnis erhalten und hatte Hussein mit ins Himmelfjell nehmen können. Sie redeten nicht viel über das, was geschehen war, sondern wahrten das Geheimnis wie etwas Zerbrechliches, das sie dennoch miteinander verband.

Später hatte Ingrid Vegard von der Schwangerschaft erzählt. Und er hatte ihr mehrfach gesagt, sie müsse Preben mitteilen, was geschehen war. Dass er ein Recht habe, es zu erfahren, und dass das auch ihr die Bürde erleichtern würde. Aber nein, sie wollte nicht mit Preben darüber reden. Sie wollte mit Preben über überhaupt nichts reden.

Preben würde also nie erfahren, dass er hatte Vater werden sollen. Und Ingrid würde nie erfahren, wie es hätte werden können, Mutter zu sein. Im Nachhinein hatte sie gedacht, es sei eine Strafe, die sie über sich selbst gebracht hatte. Weil sie sich auf die Expedition begeben hatte, ohne Rücksicht auf das ungeborene Leben zu nehmen. Weil sie Preben nicht einbezogen und ihn nicht dazu gebracht hatte, Verantwortung zu übernehmen. Weil sie die Umsicht gegenüber dem Kind nicht vor ihre Ziele gestellt hatte. Denn schließlich war es ihr Egoismus, ihr Übermut, der dazu geführt hatte, dass sie alle drei verloren hatte: das Kind, Preben und das Bergsteigen.

Auch Mutter Borghild hatte nichts von dem Kind erfahren. Sie wusste nicht, warum sie es ihr nicht erzählt hatte – sonst hatte sie der Großmutter immer so nahegestanden. Das aber schmerzte zu sehr. Es war ihre eigene Schuld und ihre eigene Trauer. Vielleicht waren sie und die Großmutter sich zu nah, als dass Ingrid ihr das aufbürden konnte. Für die Großmutter wäre der verlorene Urenkel auch eine Erinnerung daran gewesen, dass das Geschlecht vom Himmelfjell im Begriff war auszusterben. Nach Ingrid würde niemand mehr da sein.

Pia und Ingrid saßen eine Weile in Stille da. Ingrid spürte, wie die Tränen sich nach vorn pressten. Wie konnte sie das noch immer so aus der Bahn werfen? Es war viel Zeit vergangen, mittlerweile über anderthalb Jahre. Und es war nicht das erste Mal, dass jemandem ein Unglück widerfahren war. Oder eine Liebe zerbrochen war. Es war auch nicht das erste Mal, dass jemand eine Fehlgeburt erlitten hatte. Menschen erlebten das ständig. Die meisten machten weiter und versuchten es erneut. Für einige wurde es vielleicht der Grundstein dafür, das eigene Leben zu ändern.

Ingrid hatte gedacht, die Rückkehr ins Himmelfjell würde einen kompletten Neustart darstellen. Hier wollte sie sich, auf den Wurzeln des Alten, auf den Traditionen der Familie, ein neues Leben aufbauen. Hier im norwegischen Hochgebirge war ihr Zuhause. Das Drama sollte nunmehr hinter ihr liegen, sie war fertig mit dem, was draußen in der Welt geschehen war. Jetzt war sie hier. Und das war gut.

Offensichtlich war es aber doch nicht ganz so. Denn jeden Monat, wenn sie blutete, kehrte der Gedanke an all das Blut damals zurück. Die Schmerzen. Die Übelkeit. Die Angst. Die Trauer.

Und jetzt das. Pia, die mit ihrer Verzweiflung und Verwirrung vor ihr saß. Einen Augenblick lang war sie versucht, sich ihr anzuvertrauen. Zu sagen, dass sie wusste, wie es sich anfühlte, ein solches Geheimnis mit sich herumzutragen. Wahrscheinlich hatte Pia von dem dramatischen Unglück gehört, in das eine von Norwegern angeführte Expedition involviert war und bei dem ein Teilnehmer sein Leben verloren hatte. Vermutlich hatte sie auch von der Trennung von Ingrid und Preben gelesen und all den Spekulationen darüber, warum Ingrid sich aus der Öffentlichkeit zurückgezogen hatte. Das war der Anlass, Licht in die Sache zu bringen.

Sie streckte sich zu Pia und nahm ihre Hand. Sie *könnte* Pia erzählen, was tatsächlich geschehen war. Aber sie ließ es sein. Es würde zu nichts führen, und unabhängig davon war es sowieso zu spät, es würde nichts ändern.

Um ihre eigenen Tränen zu verbergen, legte sie die Arme um Pia, die wiederum ihr Gesicht gegen Ingrids Schulter lehnte.

»Was sagen denn deine Eltern?«, erkundigte sich Ingrid und strich Pia über die Haare. Sie bereute es bereits in dem Moment, in dem die Frage über ihre Lippen kam.

»Meine Eltern …«

Ingrid hätte sich die Zunge abbeißen können. Vegard hatte einmal erzählt, dass Pias Eltern ziemlich speziell waren und sie wenig Kontakt zu ihnen hatte.

Pia richtete sich auf und wischte sich mit einem weiteren Taschentuch das Gesicht trocken. Auf dem Tisch bildete sich allmählich ein kleiner Haufen.

»Meine Eltern wissen es auch nicht«, sagte sie. »Genau genommen habe ich sie seit vielen Jahren nicht gesehen. Sie sind sehr konservativ und haben mir ziemlich früh deutlich zu verstehen gegeben, dass sie meine Art zu leben nicht respektieren. Ich hätte früh heiraten sollen, wie sie, und einen ›ordentlichen Job‹ ergreifen. Mit dem Bloggen, den sozialen Medien und *dem ausschweifenden Jetset-Leben*, das ich ihrer Meinung nach führe, können sie nichts anfangen.«

Sie räusperte sich und trank einen Schluck Wasser.

»Mama, Papa und ich haben einander seit langem nichts mehr zu sagen. Ich hatte immer seltener die Kraft, mich bei ihnen zu melden, und sie selbst rufen mich ja nie an. Eines Tages war also einfach Schluss. Ich hatte aufgegeben, und von der anderen Seite herrscht das totale Schweigen. Es hat sich nicht gerade natürlich angefühlt, vorbeizugehen und von der Schwangerschaft zu erzählen. Sie werden es nicht als besonders erstrebenswert betrachten, dass ihre Tochter auf der Schwelle zu einem Dasein als alleinerziehende Mutter steht.«

»Ich habe meine Eltern verloren, als ich drei war«, sagte Ingrid. Pia sah sie überrumpelt an, während Ingrid selbst erstaunt war, einfach damit herausgeplatzt zu sein. Warum erzählte sie das? Die Antwort erhielt sie, als sie diese laut aussprach: »Solange deine Eltern am Leben sind, habt ihr noch immer eine Chance, den Kontakt wieder aufzunehmen. Trotz allem sind sie die Großeltern deines Kindes.«

Es wurde still.

Ingrid spürte selbst, dass sie zu weit gegangen war. »Entschuldigung«, sagte sie. »Es steht mir nicht zu, mich da einzumischen.«

»Das ist vollkommen in Ordnung«, sagte Pia. »Du bist doch nur ehrlich. Und du hast ganz recht. Sie sind am Leben, also ist es nicht zu spät. Aber da ist noch mehr, verstehst du. Ich weiß schlicht und einfach nicht, ob ich es schaffe, wieder eine Beziehung zu ihnen aufzubauen.«

Pia nahm ein weiteres Taschentuch aus der Packung und knetete es zwischen den Fingern, während sie nach Worten suchte.

»Sie sind immer mehr in Verschwörungstheorien abgerutscht. Früher, als ich jünger war, dachte ich, sie seien einfach nur konservativ. Aber in den letzten Jahren wurden sie von Freunden beeinflusst, und haben angefangen, an alle möglichen Geschichten zu glauben. Du weißt, solche, über die man in der Zeitung liest, von denen man nicht begreifen kann, dass jemand darauf anspringt. Chemtrails. Von den Behörden erdichtete Pandemien. Mein Vater behauptet, dass die amerikanische Regierung hinter dem elften September steckt und dass die norwegische Arbeiterpartei mit arabischen Ländern zusammenarbeitet, um Europa zu einer islamischen Kolonie zu machen. Und Mama unterstützt ihn. Alles. Das komplette Paket. Und sie ertragen es nicht, wenn ihnen diesbezüglich jemand widerspricht, denn dann wurde derjenige einer Gehirnwäsche unterzogen. Ich weiß ehrlich gesagt nicht, ob solche Großeltern für ein Kind besonders gut sind.«

Vielleicht besser als keine Großeltern, dachte Ingrid. Etwas zögernd sagte sie jedoch: »Möglicherweise war es das Beste, dass du den Kontakt zu ihnen abgebrochen hast … Aber hast du jemand anderen, der dir helfen kann? Geschwister, Freunde?«

»Mein Bruder ist fast genauso schlimm wie unsere Eltern«, seufzte Pia. »Das heißt, er glaubt wohl nicht an diesen Unsinn, aber er ist nicht in der Lage, mit ihnen zu streiten. Meiner Meinung nach ist er feige, er hat mich nie unterstützt, wenn wir uneins waren. Er geht dem irgendwie einfach aus dem Weg. Aber auch er verbringt nicht mehr viel Zeit mit ihnen. Ich glaube, seine Frau hat dem Ganzen einen Riegel vorgeschoben. Vermutlich erträgt sie all das dumme Geschwätz nicht. Und wer will schon Babysitter haben, die den Kindern derart gefährliche Lügen beibringen?«

Ingrid sah auf die Uhr. Oh! Es war bereits halb vier. Und sie hatte noch so viel zu tun.

Pia verstand das Signal und erhob sich vom Sofa.

»Soll ich dich zu deinem Zimmer begleiten?«, fragte Ingrid.

»Nein, danke, das geht schon. Jetzt bin ich in guter Verfassung«, sagte Pia. »Danke, dass du mir zugehört hast. Ich weiß nicht ganz, wie ich all das lösen soll. Was ich momentan aber will, ist, einfach weiter hier zu sein.«

»Du bist herzlich willkommen, so lange du möchtest«, lächelte Ingrid. »Unter der Bedingung, dass du versprichst, Bescheid zu geben, wenn du Hilfe brauchst.«

»Abgemacht!«, sagte Pia P.

15. Dezember

An manchen Tagen wacht man auf und weiß: Heute wird ein Scheißtag. Man kann hoffen, falsch zu liegen, man kann versuchen, etwas daran zu ändern, oder man kann es machen wie Preben Wexelsen: akzeptieren, dass der Tag so ist, wie er ist und das Beste daraus machen. Scheiße ist trotz allem guter Dünger. Und somit können Scheißtage zu den fruchtbarsten werden.

Während er sich im Bett aufsetzte, stellte Preben Wexelsen fest, dass ihm dieses Bild gefiel. Er notierte sich, dass er das irgendwann einmal in einem Vortrag verwenden sollte.

Er hatte in letzter Zeit viele Vorträge gehalten. Und viele Scheißtage gehabt. Wochen. Monate. Ja, genau genommen war es ein Scheißjahr gewesen. Das war nichts, was er seinem Umfeld zeigte. Für die meisten war er wohl derselbe wie zuvor: der erfolgreiche, starke und unternehmungslustige Bergsteiger, Anführer, Inspirator und Geschäftsmann. Das, was an ihm nagte, sowohl mental als auch physisch, behielt er für sich. Er hatte sich entschieden, immer zu versuchen, aus allem das Beste zu machen. Und meist gelang ihm das.

Er schwang sich aus dem karierten Hästens-Bett – 150000 gut investierte Kronen – und platzierte die Füße auf dem Boden. Als er aufstand, sah er in der Spiegeltür des Kleiderschranks seine nackte, sehnige Gestalt. Er hatte sich nicht sehr verändert; er war noch immer ein großer, schlanker Mann mit scharfem Blick und sonnengebräuntem Gesicht, das einen

Kontrast zu der sonst blassen Haut bildete. Hier und da ein paar Narben.

Als er das Gewicht auf den rechten Fuß verlagerte, ging ein Ruck durch den Körper, jedoch richtete er sich schnell wieder auf. Der Knöchel würde nie wieder ganz in Ordnung kommen, nachdem er infolge der Lawine im vergangenen Jahr gebrochen war. Er rollte die Schultern. Auch die schmerzten, ebenso wie das rechte Handgelenk und der Großteil der Finger. Mehrere Jahrzehnte bergsteigen bei niedrigen Temperaturen hatten ihre Spuren hinterlassen. Die genetische Tendenz zu Arthrose machte es nicht besser. Er hatte gute und schlechte Tage. Dieser schien offensichtlich ein schlechter zu werden.

Er hörte den Regen gegen die Scheibe prasseln und öffnete die Jalousie. Hörte die Rathausuhr eine Melodie spielen, an die er sich aus Schulzeiten erinnerte. *Ingrids Weise*. Vielleicht war das ein Zeichen.

Er machte sich einen doppelten Espresso und trank ihn, während er über den bleigrauen Oslofjord schaute. Sollte das Winter darstellen? Alles war verhangen, grau und nass. Vom Wetter jedoch hatte er sich noch nie aufhalten lassen. Preben hatte immer Orte, an die er gehen konnte, und Menschen, die er treffen musste. Auch heute, obwohl Sonntag war.

Während er sich anzog, pfiff er die Melodie vom Glockenspiel – komplett schief, das hörte sogar er selbst. Nichts Auffälliges. Anzug, aber keine Krawatte. Eine Weile überlegte er, eine sportlichere Richtung zu wählen, jedoch verlangte das heutige Treffen nach dem richtigen Maß an Formalität. Nach dem Zähneputzen prüfte er die Zähne im Spiegel. Sie leuchteten weiß, wie sie sollten.

Er würde es nie zugeben, aber er verspürte in der Tat eine gewisse Spannung vor der Begegnung. Nichts, was er nicht meistern konnte, aber es war ein wichtiges Gespräch. Am Vorabend hatte er lange an den Vorbereitungen für den heutigen Termin gesessen.

Hierher zu kommen, hatte Zeit gebraucht. Anfangs war er zu niedergeschlagen gewesen, und danach zu wütend. Denn er konnte sich nicht einverstanden damit zeigen, dass alles, was geschehen war, allein sein Fehler gewesen sein sollte. Auch wenn Ingrid dieser Ansicht war. Das war wirklich ungerecht. Schließlich hatten sie die Expedition zusammen geplant. Es war *ihr* Projekt gewesen, ihre gemeinsame Ambition! Dann war es zu dem Unglück gekommen, und alles hatte sich verändert. Danach hatte sie nicht mit ihm sprechen wollen. Als er selbst, mit Gips und Krücken, aus dem Krankenhaus in Kathmandu entlassen wurde, hatte er versucht, Ingrid zu kontaktieren, und musste erfahren, dass er nicht erwünscht war. Ingrid sei nicht in der Verfassung, ihn zu empfangen, hatte die Krankenschwester mitgeteilt.

Er selbst war, mit Ausnahme des Knöchels, unverletzt. Reines Glück. Das hatte sich fast schlimmer angefühlt.

Er hatte eine Reihe von Verhören bei der Touristenpolizei absolvieren müssen. Mit Ingrid hatten sie separat gesprochen. Dann erfuhr er, dass sie das Land verlassen hatte. So einfach ohne weiteres abgereist war, ohne Nachrichten oder Anrufe zu beantworten. Die Fragen der Presse und der Kooperationspartner hatte sie komplett ihm allein überlassen. Hatte ihn im Stich gelassen.

Er war wütend gewesen. Im Laufe der zurückliegenden Monate jedoch hatte er sich auf Versöhnung eingestellt. Er verstand ihre Wut, die Trauer um Giovanni.

Der Benediktinermönch war phasenweise Teil von Ingrids Kletterteam gewesen, und sie war es, die dafür argumentiert hatte, dass er bei einigen ihrer Seven-Summits-Touren dabei sein sollte, obwohl Preben anfangs skeptisch war. Dennoch musste er zugeben, dass es leichter für ihn war, Giovanni zu akzeptieren, als er begriff, dass dieser auch Zugang zu Sponsorengeldern hatte.

Giovanni war eine treibende Kraft für mehrere Projekte im Himalaya gewesen, bei denen Nachhaltigkeit und die heranwachsenden Generationen im Fokus gestanden hatten. Die Bergsteiger hatten hautnah gesehen, wie viel in diesen wichtigen Bergregionen im Begriff war, zerstört zu werden, und eine Verantwortung verspürt, diesbezüglich etwas zu unternehmen. Sie hatten Familien gesehen, die im Zuge der Verwüstungen durch Naturkräfte zerstört wurden und waren vielen Kindern begegnet, die in extremer Armut aufwuchsen.

Die Kinder sind die Zukunft, hatte Giovanni immer gesagt. *Sie sind es, die die Welt retten können. Und wir können sie dazu befähigen.*

Und darum ging es jetzt, dachte Preben. Das Projekt war größer als Ingrid und er – viel größer. Und jetzt hatte er die Möglichkeit bekommen, es umzusetzen. Seit den Geschehnissen im vergangenen Jahr hatte er mehrfach geschworen, dass er seine Schulden begleichen würde. Jetzt, da er die Chance hatte, würde er sie sich nicht entgehen lassen.

*

Borghild hielt den Schirm in der rechten Hand und die Tüte mit dem Kranz in der linken, als sie in strömendem Regen den Friedhof überquerte. Ohne dass sie die Inschriften auf den Steinen lesen musste, wusste sie, wer an welcher Grabstätte lag. Es waren so viele, die sie gekannt hatte, die nun hier ruhten. An Lehrer Thorkildsen erinnerte sie sich gut aus Schulzeiten. Das Familiengrab der Moens – ja, bei ihnen hatte sie seinerzeit mit den Kindern gespielt. Jetzt waren sie verschwunden, alle fünf. Der Gemeindepfarrer Tankred Röhmer. Pfui! Es war gut, dass sie ihn los waren!

Jedoch waren da auch viele, die sie vermisste.

An der Grabstätte ihrer eigenen Familie hielt sie inne und blieb eine Weile still stehen, bevor sie den Kranz gegen den Stein lehnte, auf dem ihr in dem blassen Licht des Vormittags die Namen in weißen Buchstaben entgegen leuchteten. Sie setzte sich auf die kleine Steinbank, obwohl diese nass war, und betrachtete die Inschrift.

Christian Stugu 11. 5. 1935–24. 11. 1985
Engeline Berg Stugu Foss 25. 1. 1964–24. 6. 1989
Marius Foss 25. 8. 1962–24. 6. 1989

Als Christian gestorben war, hatte sie einen neuen Grabstein angeschafft, weil der alte am Familiengrab bereits voller Namen und Daten war. Sie hatte es als Selbstverständlichkeit betrachtet, dass ihr Name, nach Christians, der nächste auf dem neuen Stein sein würde. *Borghild Berg Stugu*, wie ihr offizieller Name seit der Hochzeit lautete, obwohl sie meist Berg verwendete – den Familiennamen des Himmelfjell. Es hatte allen Grund zu der Annahme gegeben, dass viele, viele Jahre vergehen sollten, bevor die Namen der nachfolgenden Generation auf den Stein geprägt werden sollten. So war es jedoch nicht geworden. Knapp vier Jahre, nachdem sie Witwe geworden war, hatte Borghild auch ihre Tochter und den Schwiegersohn verloren.

Im Dorf wurde es nicht gut aufgenommen, dass Engeline »einen aus Oslo« heiratete, noch dazu einen Wirtschaftswissenschaftler aus einer bekannten und gut betuchten Hauptstadtfamilie. Die beiden hatten sich an der Handelshochschule kennengelernt. Engeline war gleich nach dem Abitur nach Bergen gezogen, um zu studieren, was ebenfalls bei vielen Dorfbewohnern für Kopfschütteln gesorgt hatte. Musste man nunmehr jahrelang zur Schule gehen, um ein Hotel zu betreiben? Nein, die Tochter des Himmelfjell war eine feine Dame geworden. Gestärkt wurde diese Auffassung, als Engeline mit ihrem Freund nach Hause zu Besuch kam. Als sie jedoch heirateten und dauerhaft ins Himmelfjell zurückkehrten und klar wurde, dass sie es ernst meinten, änderte sich die Stimmung allmählich. Da war Christian bereits plötzlich an einem Herzinfarkt verstorben und Marius wurde als »der neue Herr des Himmelfjell« betrachtet. Als die kleine Ingrid geboren wurde, war schließlich alles vergeben, sogar, dass er aus der Hauptstadt stammte. Es half zudem, dass Marius ein ungezwungener, praktischer Mann war. Er unterhielt sich gern mit den Menschen im Dorf und hatte nach und nach viele Bekannte, wenn vielleicht auch keine engen Freunde. Dazu hatte er keine Gelegenheit. Denn die junge Familie hatte gerade einmal ein paar Jahre hier gelebt, als das Unglück eintraf. Mitten im Sommer, auf dem Heimweg von einer Mittsommerfeier waren sie auf einem steilen Streckenabschnitt in einer Kurve von der Fahrbahn abgekommen. Beide waren sofort tot gewesen. Ihre wiederkehrenden Fragen, wie das hatte passieren können, waren unbeantwortet geblieben. Ein Unfall? Waren sie zu schnell gefahren? Oder unaufmerksam? Keiner von beiden hatte Alkohol im Blut gehabt. Und die Obduktion hatte ergeben, dass Engeline schwanger war. Es waren also drei Leben verloren gegangen. Eine Tochter, ein Schwiegersohn und ein kleiner Junge, der es nie geschafft hatte, geboren zu werden.

Ingrid hatte währenddessen bei Borghild im Hotel geschlafen. Die Eltern hatten überlegt, sie zu dem Fest mitzunehmen, aber das kleine Mädchen war müde gewesen. Mit Ingrid auf dem Arm hatte Borghild sich von Engeline und Marius verabschiedet, als diese ins Dorf aufbrachen. Ingrid hatte einen Blumenkranz auf dem Kopf. Die Eltern waren an diesem hellen Sommerabend in glänzend guter Laune gewesen. Als sie losfuhren, hatte Marius gehupt, während Engeline sich aus dem Autofenster gelehnt und ihnen zugewunken hatte.

Es war das letzte Mal, dass sie sie lebendig gesehen hatten. Und Ingrid verlor neben den Eltern auch einen kleinen Bruder. Sie verlor eine Zukunft als Teil einer Familie.

Marius' Familie war damit einverstanden gewesen, dass er hier begraben wurde. Selbstverständlich solle er seine letzte Ruhe neben seiner Frau finden, hatten sie gesagt. Die Familie Foss hatte Engeline geliebt, wie auch alle anderen, die sie kennenlernten. Und Marius hatte sich hier in den Bergen mehr zu Hause gefühlt, als es in Oslo jemals der Fall gewesen war. Hier lagen sie also, für immer fünfundzwanzig und sechsundzwanzig Jahre alt, und Borghilds Herz war so nachhaltig gebrochen, dass nur die Verantwortung für die kleine Ingrid dazu geführt hatte, dass sie überhaupt wieder auf die Beine gekommen war.

Borghild war damals Anfang fünfzig gewesen, jetzt war sie über achtzig. Sie war Mutter und Großmutter gewesen, Hoteldirektorin und Witwe, Freundin aller und gleichzeitig jemand, der seine Allernächsten verloren hatte. Sie hatte den Betrieb hochgefahren und runtergefahren, Leute angestellt und entlassen, geputzt und aufgeräumt, Listen geführt und die Finanzen verwaltet, mühselig ein Team zuverlässiger Mitarbeiter aufgebaut und alles die ganze Zeit am Laufen gehalten, wenn manchmal auch geradeso. Sie hatte es geschafft. Und jetzt war die kleine Ingrid endlich aus der großen weiten Welt zurückgekehrt, um die Großmutter abzulösen.

»Im Grunde ist es an der Zeit gewesen, Christian«, sagte sie zu ihrem Ehemann, so als könne er sie dort im Jenseits irgendwo hören. »Wenn man bedenkt, dass du Ingrid nie kennenlernen durftest. Du würdest stolz auf sie sein.«

Borghild stand auf, beugte sich zum Grabstein hinunter und richtete den Kranz ein wenig. »Ja, Christian, hier stehe ich im Regen und denke an den Tod. Nun, eines Tages müssen wir alle sterben. Aber an allen anderen sollen wir leben. Wie dieser schwedische Autor es ausgedrückt hat. Der ist übrigens auch gestorben. Aber vorher hat er viel geschafft.«

Sie nahm die leere Tüte mit, in der sich der Kranz befunden hatte, und ging mit festen Schritten und dem Regenschirm über dem Kopf zum Parkplatz.

*

Ingrid blieb in der Türöffnung zum Speisesaal stehen und schaute zu, wie das Mittagessen serviert wurde. Perle und die neue Küchenhilfe arbeiteten gut zusammen, wie sie dort das Essen auffüllten und die Teller heraustrugen. Perle sorgte stets für gute Stimmung. Jetzt unterhielt sie sich lächelnd mit den Geologiestudenten, die nach dem Mittagessen zurück nach Oslo fahren wollten. Dann blieb sie mit den Tellern in der Hand einfach stehen und posierte für Pia P, die sie mit ihrem Handy fotografierte. Das würde sich auf Instagram sicher gut machen, dachte Ingrid.

Auch Vegard wollte nach dem Essen zurück nach Oslo fahren, jetzt aber saßen er und Pia mit Freya und John Wilkins zusammen und unterhielten sich bei einer Tasse Kaffee. Das war eine neue Konstellation, und Ingrid hoffte nur, dass Freya Pia keine Löcher in den Bauch fragte. Ihre Neugierde war wohl eine Art von Fürsorge, dachte sie. Sie betrat den Speisesaal, als sie sich jedoch dem Tisch näherte, hörte sie, dass Pia die Fragen stellte und Freya antwortete.

»Ihre Eltern stammen also aus Norwegen?«, erkundigte sich Pia.

»Ja, so ist es«, entgegnete Freya. »Meine Mutter starb, als ich noch ganz jung war, aber wissen Sie, ich habe doch ein Foto von ihr.«

Freya wühlte in ihrer Tasche, zog eine wertvolle Geldbörse heraus und reichte Pia etwas.

»Hier ist sie! Lottie Hansen aus Norwegen.«

»Wie hübsch sie gewesen ist«, sagte Pia. »Sie sehen ihr ähnlich.«

Ingrid wurde ein wenig neugierig, hatte jedoch das Gefühl, sich zu diesem Zeitpunkt nicht in das Gespräch einmischen zu können, weshalb sie nur vorbeiging und grüßte, bevor sie den Speisesaal wieder verließ. Zumindest war es schön zu sehen, dass die Gäste Gesprächsthemen hatten.

Als sie ins Foyer kam, sah sie eine kleine Gestalt, die sich mit Daunenjacke und Mütze bekleidet aus der Haustür schlich.

Ingrid durchquerte das Foyer und öffnete die Tür, als die Gestalt den Parkplatz überquerte.

»Hussein, wo willst du hin?«, rief sie.

Keine Antwort.

Die Gestalt bewegte sich weiter Richtung Pfad. Ingrid lief in die Garderobe mit der Leihkleidung hinter der Rezeption, riss eine Windjacke mit sich und folgte ihm. Für einen Moment blickte sie auf ihre Halbschuhe hinunter, hatte jedoch keine Zeit, diese zu wechseln.

»Hussein! Hussein!« Sie lief den Pfad hinter dem Hotel entlang, auf dem sich nach dem Eisregen vom Vortag eine frostige, knirschende Kruste über den Schlamm und das Heidekraut gelegt hatte. Hussein musste doch in der Nähe sein.

Plötzlich sah sie ihn deutlich ein Stück weiter oberhalb des

Hangs. Sie erhöhte das Tempo. Jetzt wusste sie, wohin er unterwegs war. Am Trollstein hatte sie ihn eingeholt.

»Was machst du hier?«, rief sie keuchend. Es war unverkennbar, dass ihr letztes Lauftraining einige Zeit zurücklag. Hussein blinzelte sie von der Spitze des Steins an.

»Ich wollte die Aussicht betrachten«, sagte er. »Und dann übe ich Klettern im Gebirge. Die sagen, ich kann das nicht, aber ich kann es. Ich habe sogar eine Stirnlampe dabei, für alle Fälle, sieh nur.«

»Wer sagt, dass du nicht im Gebirge klettern kannst?«, fragte Ingrid.

»Na, die in der Schule. Mikkel. Obwohl ich im Klettern der Beste der ganzen Schule bin. Sie sagen, ich wisse nichts über das Gebirge, weil ich aus einem Land komme, in dem es nur Sand gibt. Aber die wissen nichts. Auch in Jordanien haben wir Berge! Und in Syrien! Ja, höhere Berge als in Norwegen.«

»Ja, das stimmt. Ich bin tatsächlich auf einem riesengroßen Berg gewesen, dem Hermon«, erzählte Ingrid, während sie auf den Stein hinaufkletterte und sich neben Hussein setzte. »Der Berg ist so schön, dass mehrere Länder sich darum streiten, wem er gehört.«

»Bist du dort gewesen?«

»Ja, ich bin mehrfach in der Gegend gewesen. Früher bin ich viel gereist, weißt du, und bin hier und da auf Berge geklettert.«

Hussein hob den Blick und starrte sie bewundernd an.

»Du bist die Kühnste, die ich kenne, Tante Ingrid! Ja, außer Papa.«

Wenn er nur wüsste, wie wenig kühn sie jetzt war. Aber sie zwang sich zu lächeln.

»Und außer dir, Hussein. Du bist vermutlich der Kühnste, den *ich* kenne.«

»Das nächste Mal gehe ich auf den Himmelnuten.«

»Auf den Himmelnuten?!«

»Ja! Ich werde es ihnen zeigen. Und ich freue mich darauf, Papa anzurufen und ihm zu erzählen, dass ich dort oben gewesen bin.«

»Hussein«, sagte Ingrid und legte ihm eine Hand auf die Schulter. Sie wusste, dass es unwahrscheinlich war, dass er allein dorthin aufbrechen würde, dennoch löste schon der Gedanke an den kleinen Kinderkörper in dem steilen, schwierigen, mit Schnee bedeckten Gelände Panik in ihr aus.

»Eines Tages kannst du durchaus den Himmelnuten besteigen. Aber das ist eine schwierige und gefährliche Route. Du musst zuerst üben. Jetzt aber glaube ich, dass wir nicht mehr klettern sollten. Denn du hast Mama vermutlich nicht gesagt, dass du draußen bist, oder?«

Hussein senkte den Blick.

»Nein, sie war am Computer beschäftigt«, sagte er. »Sie hat nicht gemerkt, dass ich rausgegangen bin.«

Sie kletterten vom Stein herunter, und Ingrid nahm Hussein an die Hand und geleitete ihn zurück zur Eingangstür des Hotels. Die kleine Kinderhand in ihrer war warm, ihr selbst war jedoch eiskalt.

Als sie in die Wohnung kamen, saß Aisha noch immer am Computer und ging die Abrechnungen durch. Sie sah auf und lächelte sie an, bevor sie beim Anblick von Husseins Kleidung die Brauen zusammenzog.

»Wo bist du denn gewesen, mein Kleiner?«, fragte sie. »Du bist doch wohl nicht auf eigene Faust rausgegangen?«

»Hussein und ich, wir waren nur draußen … und haben ein bisschen auf dem Parkplatz aufgeräumt«, sagte Ingrid.

Ihr stand nicht der Sinn danach, Aisha mehr Sorgen als nötig aufzuladen, und Husseins Pläne, den Himmelnuten zu besteigen, würden bei der Mutter garantiert keine Begeisterung auslösen.

»Wie schön, dass du hilfst, Hussein!«, lächelte Aisha, was bei Ingrid, ob der Lüge, unmittelbar einen Anflug von schlechtem Gewissen aufkommen ließ.

»Ingrid, hast du fürs Abendessen heute Pläne?«, fragte Aisha und stand auf. »Wenn nicht, bist du herzlich eingeladen, hier mit Hussein und mir zu essen. Ich habe ein Linsengericht auf dem Herd stehen. Ich dachte, wir würden jetzt bald essen, da ich gerade mit der Arbeit fertig geworden bin, die ich für heute zu erledigen hatte.«

»Oh, wie nett«, sagte Ingrid. »Sehr gern! Ich muss nur erst nach oben und die Schuhe wechseln.«

Sie lief in ihre Wohnung hinauf und tauschte dünne Strümpfe und Halbschuhe in dicke Wollsocken und ein Paar warme Hausschuhe. Nach der Tour in der Kälte waren ihre Füße vollkommen gefühllos. Als sie wieder herunterkam, hatte Aisha den Tisch gedeckt. In der Wohnung roch es appetitlich nach Gewürzen und gebratenen Zwiebeln.

Als das Essen verzehrt war, blieben die beiden Frauen sitzen und unterhielten sich, während Hussein auf Geheiß der Mutter ein Bad in der Wanne nahm.

»Wie schön, Zeit zu haben, über andere Dinge als Finanzen und den Hotelbetrieb zu sprechen«, sagte Ingrid, mit einer Tasse starken arabischen Kaffees vor sich. »Ich bin so beeindruckt von dir und Hussein, wie ihr euch dem Leben hier oben angepasst habt. Allerdings denke ich manchmal auch, dass es eine heftige Umstellung gewesen sein muss.«

Aisha lachte: »Ja, hier ist es ganz anders als in Syrien. Und kälter.«

Dann wurde sie ernst.

»Aber es geht uns gut hier, Ingrid. Es ist so friedlich. Du weißt … für uns ist das keine Selbstverständlichkeit. Wir kommen aus einem Land, das in Stücke gerissen wurde, das so unsicher ist. Wir vermissen Syrien. Aber es ist schwer, jetzt daran als ein Zuhause zu denken. Der Großteil der Familie ist in Jordanien. Und wir … nein, uns geht es gut hier.«

Ingrid dachte an Hussein, der gesagt hatte, er wolle auf den Berggipfel klettern, um seinen Vater in Jordanien zu beeindrucken, und als hätte Aisha ihre Gedanken gelesen, sagte sie plötzlich: »Er vermisst seinen Vater so sehr, weißt du. Wir hatten gehofft, Mohammed könnte auch die Möglichkeit erhalten, in Norwegen zu arbeiten, zumindest eine Zeit lang, aber wir wissen nicht, ob das machbar ist.«

»Dein Mann hat Arbeit in Jordanien, oder nicht?«, fragte Ingrid. »Ich meine, er hat auch dort gearbeitet, bevor in Syrien der Krieg ausgebrochen ist?«

»Ja, das stimmt. Seine Familie betreibt eines der großen Hotels in Akaba. Daher sind wir oft dort gewesen.«

Aisha hatte das beliebte Reiseziel früher schon einmal erwähnt. Akaba war eine alte Stadt, die in den letzten Jahrzehnten zu einem Touristenort ausgebaut worden war, weil sie am neuerworbenen Küstenstreifen Jordaniens zum Roten Meer lag.

»Eine Weile lief es richtig gut, in letzter Zeit aber war es nicht so leicht. Die Pandemie ist eine Sache, zudem schreckt all die Unruhe im Nahen Osten auch einige Touristen ab. Und jetzt ist so viel Zeit vergangen, seit wir uns das letzte Mal gesehen haben. Nicht, seit Hussein und ich nach Nepal gegangen sind, als ich die Stelle als Leiterin der Cateringfirma bekam. Wir haben versucht, über Skype miteinander zu sprechen, aber es scheint fast, als mache das die Sache für Hussein nur schlimmer. Wenn wir das Gespräch beenden, ist er immer so traurig. Deshalb habe ich gesagt, dass wir damit aufhören müssen.«

»Das ist sehr schade!«, sagte Ingrid. »Ich hoffe, er kann seinen Vater bald wiedersehen.«

»Als wir aus Syrien weggegangen sind, glaubten wir, die Familie sei in Jordanien sicher«, fuhr Aisha fort. »Aber auch dort hat sich eine Reihe von Problemen aufgetan. Jordanien hat so viele Flüchtlinge aufgenommen, das haben sie immer getan. Die meisten sind gute Leute. Anständige. Aber einige von ihnen sind es nicht. Einige kommen, um Probleme zu machen.«

Ingrid nickte. Sie hatte einiges über Jordaniens Herausforderungen mit Flüchtlingen und einer Zunahme der organisierten Kriminalität in dem früher so friedlichen Land gelesen, jedoch hatte sie nicht das Gefühl, über ausreichend Wissen zu verfügen, um etwas Vernünftiges über die Situation zu sagen.

Aisha blieb eine Weile still sitzen, bis sie fortfuhr. »Deshalb bin ich weggegangen, habe andernorts Arbeit angenommen. Wegen der schlechten Menschen. Sie kommen aus Syrien und anderen Gebieten und suchen Menschen auf, die sich in einer schwierigen Lage befinden.«

»Sie wollen junge Männer für den Krieg im Nachbarland rekrutieren?«, erkundigte sich Ingrid.

»Ja, das auch. Aber auch für die … wie heißt das? Mafia. Sie sind wie eine Mafia.«

»In Jordanien?«

»Ja, sie verbreiten Angst und Gewalt. In Banden.«

Aisha holte tief Luft. »Einer von Mohammeds Onkeln in Amman ist mit einer dieser Banden in Konflikt geraten. Eines Tages haben sie seinen Sohn geholt. Mohammeds Cousin. Er war erst fünfzehn Jahre alt. Er hat überlebt, aber sie haben ihn entführt und misshandelt.«

»Was?!«

»Ja. Es sollte eine ›Warnung‹ an den Vater sein. Da hatte ich genug«, sagte Aisha. »Ich konnte nicht dortbleiben. Ich konnte nicht riskieren, dass meinem Sohn das Gleiche passiert.«

*

Mit der Fernbedienung entzündete Preben Wexelsen den Gaskamin, lehnte sich mit dem Whiskyglas in der Hand zurück gegen die Lederkissen und starrte in die Flammen. Aus den Lautsprechern beiderseits des Sofas strömten sanfte Jazzrhythmen. »Eine kompromisslose Musikanlage für kompromisslose Musikliebhaber«, hatte die Werbung behauptet. Streng genommen war er wohl kein kompromissloser Musikliebhaber, jedoch mochte er es, in jeglicher Hinsicht das Beste zu haben. Er wusste, dass das snobistisch war, aber damit konnte er leben.

Preben öffnete einen Knopf am Hemdkragen. Rollte die steifen Schultern. Sie schmerzten weniger als noch am Morgen. Draußen regnete es noch immer in Strömen, aber hier drinnen war es warm und behaglich. Preben war zufrieden. Er hatte es gewusst: Ein Scheißtag konnte zu einem fruchtbaren Tag werden. »*Come rain or come shine*«, verkündete der Sänger.

Das Treffen mit der internationalen Organisation war wie geplant verlaufen. Die Sponsoren standen bereit, und die Stiftung sollte innerhalb kurzer Zeit gegründet werden. Zusammen waren sie alles durchgegangen: die Finanzen, die Umsetzung, die praktischen Herausforderungen. Dieses Treffen war die erste Stufe des Plans gewesen. Jetzt war er bereit für Stufe zwei, und die musste schnell genommen werden. Und da musste er Ingrid einbeziehen.

Sie wollte ihn nicht sehen, das hatte sie mehrfach klargemacht. Sie hatte weder auf Nachrichten noch auf Anrufe reagiert, und schließlich hatte er aufgegeben. Aber er würde das tun. Das war er Giovanni schuldig. War es Ingrid und sich selbst schuldig.

Jetzt *musste* er also mit ihr sprechen. Von Angesicht zu Angesicht. Auch wenn das bedeutete, dass er weit hinauf ins Nirgendwo fahren und sie in dem Eisschloss ausfindig machen musste, in dem sie sich versteckte.

16. Dezember

Die Luft war kalt, und es war bewölkt, als sie über das gefrorene Heidekraut ging, zudem lag in den kalten Windzügen ein ganz eigener Geruch. Es roch nach Schnee.

Und ganz richtig. Da landete eine Flocke auf ihrer Wange. Und noch eine. Das war der gute Schnee, der einen Hauch der alten Erwartung aus Kindertagen weckte: der erste Schnee, Schneeballschlachten, Schlitten fahren, Skitouren. Blaue Abenddämmerung draußen, Wärme und Kerzen drinnen. Musik, der Duft von Plätzchen. Weihnachtsstimmung.

Ja, wo war in all der Aufregung mit Überschwemmung, lautstarken Jugendlichen und Gästen, die kamen und gingen, eigentlich die Weihnachtsstimmung abgeblieben? Ingrid erinnerte sich an die Weihnachtsfeste mit Mutter Borghild, als sie klein war. Manchmal hatten sie mit Verwandten zusammen gefeiert, und andere Male waren es nur sie beide gewesen, aber immer hier im Hotel. Geschenke und Abendessen an Heiligabend, immer in Tracht gekleidet. *Wir machen uns nicht für andere schick*, hatte die Großmutter gesagt. *Das ist für uns selbst. Und für Weihnachten.*

In den wenigen hellen Stunden der Weihnachtsfeiertage pflegten sie, zusammen Ski zu fahren. Lange, ruhige Touren mit Kakao, Apfelsinen und Pfefferkuchen im Rucksack, aber mit einem ordentlichen Tempo die Hänge hinunter. Die Großmutter war immer so vital gewesen. Fuhr Mutter Borghild noch immer Ski? Ingrid fiel auf, dass sie das nicht wusste. Wenn sie zusammen losziehen könnten, war das ein weiterer Grund dafür, sich über den ankommenden Schnee zu freuen. Nur bitte nicht zu viel davon.

Seit sie erwachsen geworden war, hatten Ingrids Aktivitäten an Weihnachten variiert. Ab und an hatte sie die Großmutter besucht, aber ebenso oft war sie mit irgendeinem Job oder einer Expedition beschäftigt gewesen und hatte Bescheid gegeben, auch an diesem Weihnachten nicht nach Hause zu kommen. Wenn sie jetzt daran dachte, versetzte es ihr einen Stich. Mutter Borghild aber hatte nie geklagt. *Tu, was du tun musst, mein Mädchen*, pflegte sie zu sagen. *Und komm nach Hause, wann du kannst. Hier bist du immer willkommen.*

Der Himmel hatte sich aufgehellt, während Ingrid draußen war, aber aufgrund der dicken Wolkenschicht fiel der Sonnenaufgang an diesem Tag dezent aus. Sie war eine längere Runde als üblich gegangen, an der Geröllhalde entlang bis zum Tiefmoor, bevor sie kehrtgemacht hatte und an der Südseite des Himmelnuten entlang zurückgewandert war. Es war Montag und damit für das Team des Hotels Wochenende – in dem Sinne, dass die Geschäftigkeit eine seltene kleine Pause einlegte. Die Mittag- und Abendessen des Wochenendes waren überstanden, und mehrere Gäste waren abgereist; jetzt war es bis zum kommenden Wochenende ruhig.

Sie hatte erneut eine Anfrage von einer der großen Hotelketten erhalten. Sie wollten gern so bald als möglich ein Treffen ansetzen, schrieb der Investitionsdirektor in einer E-Mail, die am Vorabend eingegangen war. Was dachten die sich eigentlich, so kurz vor Weihnachten? Hofften sie, dass sie verzweifelt war und umgehend verkaufen wolle? Ingrid hatte kurzgefasst geantwortet, dass sie dann im neuen Jahr einen Termin vereinbaren könnten.

Im neuen Jahr … wie würde da alles aussehen? Sie durchlebten gerade Schicksalswochen. Momentan wollte sie eigentlich nicht an die Möglichkeit eines Verkaufs denken, das wäre eine zu große Niederlage, aber der Gedanke ließ sie auch nicht in Ruhe. Alles, was sie momentan plagte … die finanziellen Sorgen, die Überschwemmung, die Mäuse, die Bande aus dem Dorf, die elektrische Anlage … waren das Signale, dass sie aufgeben sollte? Obwohl sie nicht ans Übernatürliche glaubte oder an die Geschichten von Wichteln und Spuk, die Maja ständig erzählte, war da ein Gespenst, das sich ihr immer öfter zeigte. Das Gespenst namens Konkurs.

Der Gedanke, dass es Ingrid sein könnte, die das Handtuch werfen musste, nachdem ihre Familie das Himmelfjell 130 Jahre lang betrieben hatte, war unerträglich.

Gott erlegt uns nicht mehr auf, als wir tragen können, sagte eine Stimme in ihrem Kopf. Es war die Stimme von Bruder Giovanni. Giovanni, der jetzt im Kloster in Bozen hätte sein sollen, vollauf damit beschäftigt, neue Touren zu planen. Nun, streng genommen war er in Bozen. Jedoch nicht damit beschäftigt, seinem Umweltengagement oder seiner sozialen Arbeit nachzugehen. Und nicht zu Tisch mit seinen Klosterbrüdern, mit einem Glas des guten Weins, für den Muri-Gries so bekannt war. Er ruhte in der Erde des Klosterfriedhofs.

Sie vermisste ihren Freund so heftig. Sie hatten sich in vielerlei Hinsicht unterschieden. Ihre Lebensanschauung war vollkommen verschieden. Giovanni war jedoch nie missionarisch gewesen. Zumindest was Worte betraf. Vielleicht mehr im Hinblick auf Taten. Als sie bei der Arbeit auf Herausforderungen gestoßen waren, hatte er mehrfach über seinen Glauben an Gott mit ihr gesprochen. Er war der Meinung, Gott würde sie immer sehen und unterstützen. Ingrid war sich dessen nicht so sicher, damals nicht und heute noch weniger.

Als sie sich dem Kücheneingang näherte, fielen die Schneeflocken dichter. Aisha hatte Hussein in die Schule gefahren und war im Begriff, zusammen mit Perle nach dem Frühstück aufzuräumen. Heute hatte nicht für viele eingedeckt werden müssen, weshalb Maja ein paar Tage frei hatte.

Ingrid setzte sich an den Küchentisch, und Perle platzierte eine Tasse Milchkaffee vor ihr.

»Das wird nicht zu viel Arbeit für dich, Perle?«, erkundigte sich Ingrid. »Schließlich musst du dich auch um dein Studium kümmern.«

»Nein«, versicherte die junge Frau. »Das Semester ist doch vorbei. Und momentan könnte ich nichts Lehrreicheres tun, als hier im Himmelfjell zu arbeiten!«

Sie nahm das Handy aus der Schürzentasche. »Hast du Pia Ps schöne Story auf Insta gesehen? Die Buchungen werden nur so hereinströmen!«

Ingrid holte ihr eigenes Handy hervor und loggte sich ein. Sieh an, ja. Das Bild von Perles strahlendem Lächeln im Speisesaal und Pia selbst mit weißer Wollmütze über den honigblonden Locken vor dem Himmelfjell Hotel mit einem graublauen Himmel und leicht von Schnee überzogenen Bäumen im Hintergrund.

Schöner Ort! Würde ich es nicht selbst leiten, hätte ich definitiv Lust gehabt, ihm einen Besuch abzustatten, dachte Ingrid zufrieden und nahm einen Schluck von dem Kaffee. Sie blätterte sich durch ein paar weitere Posts über Wintersale und Geschenktipps, schob den Gedanken beiseite, dass auch sie sich bald um ein paar Weihnachtsgeschenke kümmern müsste und begab sich schließlich auf die Suche nach ihrer Großmutter. Sie sah in der Bibliothek nach, wo außer Bjørnar aber niemand war. Sie öffnete das Fach unten im Regal, fand, wonach sie suchte, und ging dann zur Wohnung der Großmutter und klopfte an.

»Komm rein«, vernahm sie von drinnen.

Die Großmutter saß mit einem Notizbuch vor sich am Schreibtisch. Als Ingrid zur Tür hereinkam, klappte sie es zu. »Guten Morgen, meine Liebe«, sagte sie und verwies mit einem Nicken auf die Arbeitsplatte. »Setz gern selbst Kaffee auf, wenn du welchen haben möchtest.«

»Nein, danke, ich komme direkt vom Frühstück. Perle hat mich mit Kaffee versorgt.«

Ingrid setzte sich aufs Sofa. »Es gibt ein paar Dinge, über die ich gern mit dir sprechen möchte. In den letzten Tagen ist es ja nicht einfach gewesen, Zeit zu finden …«

Die Großmutter schob das Notizbuch in den Schreibtisch, machte die Schublade zu und verschloss sie mit dem Schlüssel, den sie an einer langen Goldkette um den Hals trug. Dann nahm sie auf dem Stuhl neben dem Wohnzimmertisch Platz.

»Ich möchte dich wegen der Titelseite der Zeitung fragen, die Tor und ich gefunden haben. Mit der Geschichte über das verschwundene Mädchen.«

»Ja?« Das Gesicht der Großmutter zeigte keinerlei Reaktion, und sie machte auch keine Anzeichen, noch mehr sagen zu wollen, weshalb Ingrid fortfuhr. »Kannst du mir mehr über diese Sache erzählen?«

Borghild sah aus, als würde sie nachdenken. Sie holte tief Luft.

»Es gibt wohl einiges zu erzählen«, begann sie. Ihre Stimme war anders als sonst, fast unhörbar. Sie räusperte sich, saß eine Weile still da.

Ingrid wollte weiter fragen, als sie ein Pochen gegen die Wand vernahmen.

»Was war das?«, fragte Ingrid und war umgehend auf den Beinen. »Ist da draußen jemand?«

Auch Mutter Borghild stand auf, jedoch war Ingrid als Erste

an der Tür. Sie öffnete sie und schaute hinaus auf den Flur. Dort, auf dem Bauch, mit dem Gesicht zur Seite gedreht und den Händen vor sich auf dem Teppichboden lag eine blasse, leblose Freya Wilkins, bekleidet mit Stirnband, lavendelfarbenem Jogginganzug und weißen Schuhen.

*

Sowohl Alfred als auch John Wilkens waren sofort zur Stelle, nachdem Ingrid angerufen und sie informiert hatte. Mit Leichtigkeit hob Alfred die schlanke Frau auf und trug sie in Borghilds Wohnung.

Als er sie berührte, hatte Freya ein paar Geräusche von sich gegeben, wirkte jedoch nicht wach.

»Leg sie hierhin«, sagte Mutter Borghild und verwies auf ihr Bett.

Alfred tat wie ihm geheißen. Daraufhin nahm John Wilkins seiner Frau das Stirnband ab und zog ihr die Joggingschuhe aus, bevor er sich auf die Bettkante setzte. Er überprüfte ihren Puls und sprach ruhig und vorsichtig auf sie ein. Mittlerweile hatte sie die Augen aufgeschlagen, aber noch immer nichts gesagt.

»Darf ich Sie freundlichst bitten, die Arzttasche zu holen, die in unserem Zimmer steht?«, fragte Wilkins an Alfred gerichtet. »Vermutlich ist ihr Blutdruck plötzlich abgefallen.«

An Borghild gewandt sagte er: »Möglicherweise müssen wir ihre Blutdruckmedikamente anders einstellen. In letzter Zeit ging es auf und ab, und jetzt ist sie auch noch auf die Idee gekommen, Sport treiben zu müssen.« Er gestikulierte in Richtung des Jogginganzugs.

Dann wandte er sich wieder an seine Frau und streichelte ihr über die Wange.

»Wie geht es dir, *honey? Sweety*, bist du wach?«

Es war das erste Mal, dass Ingrid ihn so reden hörte. John Wilkins war immer freundlich und besonnen, sowohl seiner Frau als auch anderen gegenüber, jetzt aber sah er besorgt aus, fand sie. War es normal, nach einem Schwächeanfall so lange benommen zu sein? Fehlte ihr womöglich etwas Ernsthaftes?

Plötzlich schlug Freya die Augen auf und sah sich im Zimmer um, hatte jedoch offensichtlich Schwierigkeiten, den Blick zu fokussieren. Wusste sie, wo sie war? Sie schien niemanden von ihnen zu erkennen, nicht einmal ihren Ehemann. Als sie den Kopf jedoch zur Wand drehte, durchfuhr sie ein Ruck und sie mühte sich damit ab, auf die Ellenbogen zu kommen. Dann hob sie den Kopf, um besser sehen zu können.

Ingrid folgte ihrem Blick.

Seltsam. Dort hing nur das alte Gemälde von den in Trachten gekleideten jungen Mädchen neben einer Birke. Sie hatten lange geflochtene Zöpfe, blond die eine und braun die andere. Es war nichts Besonderes an dem Gemälde. Das Motiv war traditionell und das Handwerk leidlich, soweit Ingrid es beurteilen konnte. Gemalt 1962 von einem umherreisenden Künstler, war es nicht das, was die Großmutter gesagt hatte?

Freya aber sah aus, als hätte sie ein Gespenst gesehen. Sie starrte auf das Bild und bewegte die Lippen. Plötzlich sang sie, mit heiserer Stimme, aber in unverkennbarem Norwegisch:

Sing ein wenig für mich, du Mama mein,
sollst haben Faden für den Pullover dein.

Dann wurde sie wieder bewusstlos.

*

Tor setzte sich an den üblichen Tisch hinten in der Ecke. Er war früh dran. Während seine Finger den Rillen des Tisches folgten, betrachtete er die Einrichtung. Die Möbel in der Caféecke von Dalen Burger & Benzin waren seit den achtziger Jahren dieselben, und vielleicht noch länger. Vier braun gebeizte Tische und sechzehn Sprossenstühle. Auf jedem Tisch standen auf einem Pappuntersetzer ein Teelichthalter und ein Korb mit Ketchup, Senf, Salz, Pfeffer, Würzmischung und Pommes-frites-Gewürz. An den Wänden hingen Wagenräder und alte Coca-Cola-Werbung. Hinter dem Tresen saß die Inhaberin Olga Plassen, und soweit Tor es beurteilen konnte, saß sie auch in der gleichen Stellung da, wie sie es in den achtziger Jahren getan hatte, mit den soliden Füßen gut auf dem Boden platziert, den Armen über dem umfangreichen Busen verschränkt und dem Blick auf die Eingangstür gerichtet. Jedes Mal, wenn die Glocke über der Tür ertönte, stand sie schwerfällig auf und nahm die hereinkommenden Personen in Augenschein. War es jemand, den sie kannte, wurden sie mit einem Nicken beehrt, ansonsten begnügte sie sich damit hinzustarren, als könne sie ihnen durch pure hypnotische Kraft die Bestellung, die Bezahlung und all ihre Geheimnisse entlocken.

Tor war ein Nicken zuteilgeworden, als er hereingekommen war. Schließlich war er seit Teenagerzeiten hier Stammkunde. Er hatte die Tankfüllung bezahlt und zwei Cola sowie zwei Dalen Burger Spezial mit Käse und doppelt Pommes bestellt.

Die Türglocke erklang erneut. Das Moschuskalb kam im selben Augenblick herein, als Geir Plassen, Olgas Sohn, mit zwei riesigen Portionen aus dem Hinterzimmer kam. Das Moschuskalb trug noch immer den Blaumann aus der Werkstatt, und die dünnen Haare sträubten sich in alle Richtungen. Während er durchs Lokal ging, hob er die Hand, um Olga zu grüßen. Er setzte sich Tor gegenüber und lächelte breit, als er die Burger sah, die Geir stillschweigend vor sie auf den Tisch stellte. Er hatte sich nicht lange bitten lassen, als Tor vorher bei der Werkstatt vorbeigefahren und angeboten hatte, nach Feierabend eine Mahlzeit zu spendieren.

»Du weißt, was ich mag, Tor«, sagte Karl.

»Ja, ich weiß, was du magst, Karl«, bestätigte Tor. »Denn ich mag das Gleiche.«

Karl verpasste dem Berg Pommes frites eine großzügige Ladung Gewürz, bevor er sich auf das Essen stürzte und mit gutem Appetit aß. Tor nahm einen Happen von seinem Burger. Er musste abwarten, bis sie ihren Hunger gestillt hatten, bevor er versuchen konnte, das Gespräch auf die Themen zu lenken, die ihn in den letzten Tagen beschäftigt hatten.

»Läuft es aktuell gut in der Werkstatt?«, fragte er und tauchte eine Pommes in den Ketchup auf seinem Teller.

»Gibt's was Neues?«

Das Moschuskalb nickte enthusiastisch.

»Hab letzte Woche einen MB 220S von 1957 reinbekommen!«, erzählte er. »Even Langmoen hat ihn gekauft. Vater hat Teile von so einem aufgehoben, seit wir vor vielen Jahren mal einen kaputten hatten.«

Er fuhr mit einer detaillierten Beschreibung der auszuführenden Arbeiten fort, der Tor nur mit halbem Ohr zuhörte. Vermutlich musste er doch direkt zur Sache kommen.

»An dem Tag, an dem du bei mir warst«, begann er. »Wolltest du da was Spezielles? Wolltest du mit mir über etwas sprechen?«

Karls Blick schwirrte umher, bevor er anfing, mit dem Zeigefinger ein paar trockene Reste der Pommes frites über den Teller zu schieben.

»Nein …«, sagte er. »Es war nur, dass … eigentlich nichts.«

»Karl«, hakte Tor nach. »Du hast doch gefragt, ob ich momentan oft oben im Himmelfjell bin. Ich glaube nicht, dass das völlig grundlos war.«

Karl antwortete nicht.

»Als ich dort oben war, hatte ich den Eindruck, dass dort momentan viele seltsame Dinge vor sich gehen. Es hat beinahe den Anschein, als würde jemand aus dem Dorf gegen das Hotel arbeiten. Weißt du was darüber?«

Karl schob weiterhin die Kartoffelstreifen zwischen dem Salz und dem Ketchup auf seinem Teller hin und her, als sei er eine Rennbahn und die Essensreste Spielzeugautos.

»Ingrid hat erzählt, dass es ungewöhnlich viele Stornierungen gegeben hat«, fuhr Tor fort. »Und dann war am Freitag eine Bande Jugendlicher oben und hat die Gäste erschreckt. Und es gab eine Überschwemmung … aber das kann wohl nicht …«

Die Worte blieben in der Luft hängen. Tor räusperte sich und schaute seinen Freund aus Kindertagen an.

»Du hast niemanden über etwas reden hören?«

Karl wischte sich mit dem Handrücken über die Mundwinkel und starrte ins Leere.

»Du weißt«, sagte er und heftete den Blick wieder auf Tor. »Onkel Bernt hat gesagt, ich dürfe nichts darüber sagen. Dass so viele Leute so viele Fragen über alles Mögliche stellen, da sei es das Beste, die Klappe zu halten. Aber das gilt wohl nicht, wenn ich nur einen kleinen Tipp gebe.«

Er nahm die Ketchupflasche, drehte sie auf den Kopf und zeichnete umständlich zwei Buchstaben auf den Teller. Ein X und ein O. Roter Ketchup auf weißem Teller. Was in aller Welt sollte das bedeuten?

Tor schaffte es nicht zu fragen, bevor die Türglocke erneut ertönte. Die Tür ging auf, Olga erhob sich und nickte. Tor spürte, wie die Enttäuschung sich in seinem Körper breitmachte, aber auch ein anderes, dunkleres Gefühl. Mit schweren Schritten kam eine breitschultrige Gestalt auf ihren Tisch zu. Es war Hallgrim »Moschus« Dalen.

Hallgrim durchquerte das Lokal, warf seinem Enkelsohn einen strengen Blick zu und platzierte eine schwere Hand auf Tors Schulter.

»Nun, Jungs«, sagte er. »Hier sitzt ihr also, esst Burger, trinkt Cola und quatscht. Völlig sorglos. Nein, Karl, du kommst mit nach Hause zu deinem Vater und deiner Mutter. Es gibt genug Arbeit, die erledigt werden muss. Und du, Seter.« Hallgrim presste die Finger zusammen, sodass Tors Schulter schmerzte. »Hast du nicht einen Hof zu bewirtschaften? Vermutlich geht es schnell bergab, wenn du hier sitzt und die Zeit verplemperst. Der Seter Hof ist doch wohl noch nicht ganz schuldenfrei, wenn ich mich recht erinnere. Denk dran, dass dein Vater Geld von mir für den Traktor geliehen hat, als die Bank ihm nichts mehr geben wollte. Er wird nicht erfreut sein zu hören, dass du Zeit und Geld vergeudest.«

*

Tor streifte die Schuhe ab, hängte die Stallkleidung in den Windfang und schloss die Tür hinter sich, nachdem er ins Haus gegangen war. Das tat er für gewöhnlich nicht, heute aber machte er es fast automatisch. An einem anderen Tag hätte er vielleicht im Flur ein wenig innegehalten, sich die Fotografien von Gebäuden und Tieren angeschaut und darüber nachgedacht, was der nächste Schritt in dem ewig währenden Instandhaltungs- und Renovierungsprozess des Hofes war. Heute aber ging er direkt ins Bad, zog die restliche Kleidung aus und stellte sich unter die Dusche. Während er das heiße Wasser über den Körper laufen ließ, wünschte er, er könnte die Unruhe zusammen mit der Seife und dem Geruch von Schafstall in den Abfluss rinnen lassen.

Aber die Begegnung mit Hallgrim Dalen hatte seine Gedanken unablässig im Griff.

Er hatte sich keine Mühe gemacht, die Drohungen zu verbergen. Der Seter Hof hatte es lange schwer gehabt, vor allem nach der neusten Umstellung der Unterstützung für die Landwirtschaft. Und Tors Vater, Torbjørn Seter, war nicht der Geschickteste, was die Finanzen betraf, um es mal vorsichtig auszudrücken. Jetzt hatte sich Torbjørn Seter zurückgezogen und hoffte, sein Sohn würde den Hof besser betreiben, als er selbst es getan hatte. Hallgrim Dalen hatte sie mehrfach finanziell unterstützt. War unterstützt das richtige Wort? Man konnte ebenso gut sagen, er hatte gutgläubigen Menschen wie Torbjørn Fallen gestellt. Hallgrim war es, zu dem die Leute gern gingen, wenn die Bank Stopp sagte und die Verzweiflung einsetzte. Und Hallgrim konnte fast immer helfen. Aber alles hatte seinen Preis. Und jetzt wurde Tor daran erinnert, worin dieser Preis bestand. Hallgrim Dalen hatte die Familie Seter in der Hand, und des Umstands hatte er gedacht, sich zu bedienen, sofern Tor sich nicht um seine eigenen Angelegenheiten kümmerte.

Tor aber sah Ingrids Gesicht vor sich. Fröhlich und stolz als Gastgeberin des Hotels. Gespannt und eifrig, wenn sie über die Geschichte des Hotels sprachen. Ernst, wenn sie über die Buchhaltung des Hotels gebeugt war. All die Sorgen, die über ihr hingen, diese Unsicherheit, in welche Art von Spiel sie und das Hotel hineingezogen wurden. Und wenn er daran dachte, war sich Tor keineswegs mehr sicher, ob es noch ausreichte, sich weiterhin nur um seine eigenen Angelegenheiten zu kümmern.

Er musste herausfinden, worin das Ganze gründete, sowohl für sich selbst als auch für Ingrid. Ingrid Berg, die vor so vielen

Jahren ihr breitestes Lächeln aufgesetzt und sich mit einem Winken von Dalen und dem Himmelfjell verabschiedet hatte, aber nunmehr zurück war, um das Hotel zu leiten. Er gönnte ihr von ganzem Herzen, dass sie damit Erfolg hatte. Und er wollte gern – sehr gern – derjenige sein, der ihr dabei half, dass es gelang.

Tor drehte das Wasser ab und griff nach dem Handtuch, das über der Duschkabinenwand hing. Die Schulter tat noch immer weh, dort, wo Moschus' Finger zugedrückt hatten. Er hob die Hand und zeichnete mit dem Finger dieselben zwei Buchstaben an die beschlagene Wand, die das Moschuskalb mit Ketchup notiert hatte. XO.

*

Aus Borghild Bergs Tagebuch

Ich weiß ja, warum Hallgrim so ist, wie er ist. Alles wegen der Sache mit Charlie. Er meint, es war meine Schuld. Aber er weiß nicht, was wirklich geschehen ist. Ich hätte es mir selbst leichter machen können, wenn ich ihm vor langer Zeit die Wahrheit erzählt hätte. Aber ich habe ein Versprechen gegeben, und das habe ich gehalten. Ansonsten hätte ich nicht mit mir selbst leben können. Jetzt aber dringt es langsam wieder an die Oberfläche, all das, was so lange im Verborgenen gelegen hat. Und jetzt ist sie hier. Ich hätte es sofort begreifen müssen. Die Augen.

Zitternd bewegte sich die Hand, die den Stift hielt über die Tagebuchseite. Vielleicht *hatte* ihr Unterbewusstsein sofort begriffen, wie alles zusammenhing. Allerdings war es ihr nicht gelungen, das, was das Bauchgefühl ihr zu verstehen gab, zu einem bewussten Gedankengang zusammenzufügen. Denn eigentlich hatte sie es nicht glauben können. Und es war viel zu lange her, seit sie solche Augen gesehen hatte. Vielleicht war es Zufall. Vielleicht trog sie die Erinnerung.

Aber Ingrid hat angefangen, Fragen zu stellen. Sie hat diese Zeitung gefunden und will, dass ich mehr erzähle. Und ich werde es tun. Ich war im Begriff, es zu tun, zumindest anzufangen zu erklären, als Freya vor meiner Tür ohnmächtig wurde.

Was hat sie dort gemacht? Hat sie gelauscht? Oder war auch das ein Zufall?

Definitiv kein Zufall war Freyas Reaktion, als sie das Bild an der Wand gesehen hat. Das muss doch ein Beweis dafür sein, dass das, was ich glaube, stimmt? Oder zeigt das nur, dass sie überspannt ist und ich Zusammenhänge sehe, wo keine sind?

Heute ist Freya auf ihrem Zimmer geblieben, und Doktor Wilkins hat nach ihr gesehen. In einem anderen Zimmer liegt das schwangere Mädchen, das sich weigert abzureisen.

Borghild klappte das Tagebuch zu, stand auf und fand ganz hinten im Schrank den Papierhefter. Er war mit einem Bindfaden verschlossen, der sich unter den Fingern steif anfühlte. Es war viele Jahre her, dass er geöffnet worden war. Als sie ihn vor sich auf den Tisch legte, meinte sie, den Staub riechen zu können. Den Staub und die Trauer.

Geliebte B

Der letzte Sommer war ein Traum.

Ein Traum voller Heidekraut und blauem Himmel, warmen Tagen und hellen Nächten, Lachen, Atem, Haut und warmen Händen.

Ich habe zuvor nicht gewusst, dass das Leben so sein kann. Dass sich etwas so gut anfühlen kann.

Wir werden für immer zusammen sein, hast du gesagt.

Und damals haben wir es geglaubt. Dass es für immer sein könnte.

Das scheint nunmehr so lange her. Alles hat sich verändert.

In Wirklichkeit blieb nur noch so wenig Zeit.

Du weißt, warum ich das tun muss.

Danke, dass du mir hilfst.

Deine C

17. Dezember

»Man kann über Napoleon sagen, was man will, aber Kuchen backen, das konnte er!«

Der ehemalige Redakteur der *Dalen Tidende*, Arnstein Barke, lachte herzhaft über seinen eigenen Witz. Tor Seter hingegen würde nie wieder Napoleonkuchen essen. Das hätte er zumindest geschworen, wenn ihn in diesem Augenblick, nach gefühlt einem Kilo Butterteig, Vanillecreme mit Rum und Puderzuckerglasur, jemand gefragt hätte.

Die Konditorei in Vrangsida war im ganzen Tal für ihre riesigen Kuchenstücke bekannt, und hier hatte sich der pensionierte Zeitungsmacher treffen wollen. Nach einigen einleitenden Minuten über das Wetter, den Ort und die Geschichte des Napoleonkuchens war es Tor gelungen, das Gespräch auf den mysteriösen Fall des verschwundenen Mädchens aus dem Jahr 1962 zu lenken.

Arnstein Barke musste um die einhundert Jahre alt sein. Er hatte die Zeitung von irgendwann nach dem Krieg bis in die neunziger Jahre hinein geleitet. Jetzt wohnte er in Vrangsida, auf der anderen Seite des Flusses, und war regelrecht Feuer und Flamme gewesen, als Tor ihn ein paar Tage zuvor angerufen und gesagt hatte, er bräuchte seine Hilfe.

Arnstein Barke hatte nämlich eigenständig das Archiv der *Dalen Tidende* aufrechterhalten, nachdem die Chefetage es für nicht mehr notwendig erachtet hatte, Vergangenes aufzubewahren. Als Tor gefragt hatte, ob sich in seiner Sammlung womöglich Ausgaben aus dem Jahr 1962 finden könnten, hatte er dies enthusiastisch bestätigt. Und im Tausch gegen ein Stück Napoleonkuchen und mit dem Versprechen, große Vorsicht walten zu lassen, sollte Tor die benötigten Zeitungen ausleihen dürfen.

»Ich erinnere mich gut an den Fall, ja«, sagte Barke, nachdem er den Kuchenteller beiseitegeschoben hatte und mit seiner dritten Tasse Kaffee vor Tor saß. »Hör zu …«

*

Es schneite noch immer. Die Berggipfel waren nunmehr komplett hinter grauen Wolken verschwunden, es stürmte, und der Schnee war im Tagesverlauf immer dichter gefallen. Wie Gletscher sammelte er sich um die Autos draußen auf dem Parkplatz, und Ingrid war froh, dass ihr eigenes in der Garage stand.

Ingrid machte einen Abstecher in die Bibliothek, wo sie John Wilkins und Pia P auf der Sofagruppe neben dem Kamin sitzend vorfand. Doktor Wilkins hatte eine Tasse Kaffee vor sich und Pia etwas, das wie ein Kräutertee aussah. Sie trug einen champagnerfarbenen Overall aus einem samtartigen Stoff und sah unverschämt gut aus.

Als Ingrid sich ihrem Tisch näherte, erhob der Doktor sich höflich.

»*Good afternoon, Miss Berg*«, sagte er.

»*Good afternoon*«, entgegnete Ingrid. »Bitte bleiben Sie sitzen, lassen Sie sich von mir nicht stören. Wie geht es Ihrer Frau?«

»Danke, dass Sie fragen. Es geht ihr jetzt gut«, versicherte Wilkins und nahm wieder Platz. »Allerdings habe ich ihr geraten, ein paar Tage das Bett zu hüten, nach dem Schwächeanfall und der … Verwirrtheit, die sie erlebt hat. Ich bin sehr daran interessiert, ihren Blutdruck richtig einzustellen, und möchte nicht, dass sie sich Anstrengungen aussetzt.«

»Nein, das waren offensichtlich sehr aktive Tage für sie, nachdem Sie beide nach Norwegen gekommen sind«, unternahm Ingrid einen Versuch. »Ich hoffe nur, Sie geben Bescheid, wenn wir hier im Hotel etwas für sie tun können.«

»Nochmals vielen Dank dafür«, sagte Doktor Wilkins. »Sie machen hier wirklich alles richtig. Uns wurde herrliches Essen auf dem Zimmer serviert, und alle sind so umsichtig. Frau Seter hat mir viel über norwegische Weihnachtstraditionen erzählt, und Miss Pihlstrøm hier« – er sprach den Namen amerikanisch aus, *Peelstrom* – »berichtet mir von zeitgenössischer norwegischer Kultur.«

Er nahm einen kleinen Schluck von dem Kaffee.

»Ich bin ganz sicher, dass Freya bald wieder auf den Beinen ist. Ich weiß nicht genau, was ihren Anfall ausgelöst hat, aber ich bin sicher: Solange sie sich ein paar Tage ordentlich ausruht, ist sie bis Weihnachten wieder topfit.«

»Das hoffe ich«, sagte Ingrid.

Sie ging in ihre Wohnung hinauf, um sich ein wenig der Papierarbeit anzunehmen, aber der Gedanke an Freya nagte weiter an ihr. Sie fand nicht die Ruhe, um konzentriert zu arbeiten; sie wollte gern mit Freya selbst sprechen, um sich eine Vorstellung davon zu machen, was hier vor sich ging. Was an dem Bild hatte sie derart reagieren lassen? Und warum hatte sie plötzlich angefangen, ein altes norwegisches Wiegenlied zu singen?

Ingrid drehte sich im Kreis, öffnete den Küchenschrank, aß ein Smørbukk, und dann noch eins. Zog ihr Handy heraus, schaute sich die aktuellen Instagram-Beiträge von Perle und Pia P an. Unmengen an Likes, aber würden die sich irgendwann in Umsatz manifestieren?

In einer Woche war Heiligabend! Sie befanden sich wirklich auf der Zielgeraden. Es war reizend, dass es vor Weihnachten schneite, jedoch hoffte sie, dass es keine Ausmaße annehmen würde, die für Probleme im Straßenverkehr sorgten.

Es klopfte an der Tür und sie stand auf, um zu öffnen.

Die Wangen rot von der Kälte und die blauen Augen vor Eifer leuchtend stand Tor Seter auf dem Flur vor ihrer Wohnung. Die blonden Locken waren zerzaust, als er die Mütze abnahm.

»Hei!«, sagte er. »Ich habe den Jungen wieder von der Schule abgeholt. Das wird scheinbar zur Tradition.«

»Das ist nett von dir!«, entgegnete Ingrid.

»Nein, das war überhaupt keine Mühe. Zudem habe ich da etwas, worüber ich gern mit dir sprechen möchte. Falls ich nicht zu sehr störe?«

»In keiner Weise«, versicherte sie. »Komm rein! Willst du eine Tasse Kaffee? Ich habe gerade welchen gekocht.«

»Da sage ich nicht nein«, antwortete Tor, während er die Jacke an den Haken neben der Tür hängte und die schweren Winterschuhe aufschnürte. »Auch wenn ich heute schon ein paar Tassen getrunken habe. Und dazu Napoleonkuchen gegessen habe. Ich habe mich nämlich mit Arnstein Barke getroffen.«

»Du hast ihn also wegen des Zeitungsarchivs kontaktiert?« Sie warf einen Blick auf den Ordner mit Zeitungsausschnitten, der noch immer auf dem Wohnzimmertisch lag, genauso zusammenhanglos wie die Teile eines nicht gelegten Puzzles.

»Ja, genau das habe ich getan«, sagte Tor und nahm auf dem Sofa Platz. Jetzt sah sie, dass er eine Tüte dabeihatte. Sie war vom Schnee nass. Tor nahm einen Stapel Zeitungen heraus und legte sie auf den Tisch.

Nachdem sie die Kaffeetassen ebenfalls auf dem Tisch platziert hatte, setzte sie sich neben ihn aufs Sofa.

»Sieh dir das an!«, sagte er. »Und hör dir das an.«

Tor klopfte mit der Hand auf den Stapel auf dem Tisch.

»Das hier ist sehr speziell«, begann er. »Ich glaubte, das meiste über dieses Tal zu wissen, über diese Sache jedoch habe ich auffallend wenig gehört. Heute hingegen habe ich sehr viel erfahren.«

Vorsichtig breitete er die erste Seite auf dem Wohnzimmertisch aus.

Den Titelkopf, die Volkswagen-Werbung und die Überschrift kannten sie bereits:

DALEN TIDENDE, Montag, 5. März 1962

JUNGES MÄDCHEN VERSCHWUNDEN

Der Polizeichef von Dalen und Innviken gibt bekannt, dass nach einer jungen Frau gesucht wird, die seit zwei Tagen spurlos verschwunden ist. Siehe Seite 5.

Dieses Mal hatten sie tatsächlich eine Seite 5. Das alte Papier knisterte, als Tor umblätterte. Die Angaben zu dem Fall an sich jedoch waren spärlich.

»Das sagt doch nicht so viel mehr aus als das, was auf der Titelseite steht«, merkte Ingrid enttäuscht an. »Eine junge Frau ist verschwunden, und es gibt nur wenige Spuren, denen sie nachgehen können.«

»Warte! Sieh dir das an«, sagte Tor und suchte nach einer Zeitung weiter unten in dem Stapel. Die Titelseite der Ausgabe zwei Tage später jagte Ingrid einen kalten Schauer über den Rücken.

DALEN TIDENDE, Mittwoch, 7. März 1962

JUNGES MÄDCHEN NOCH IMMER VERMISST

Familie bittet um Hilfe

Der Polizeichef von Dalen und Innviken sucht nach der 19 Jahre alten Charlotte Dalen aus Dalen, die seit Samstag spurlos aus ihrem Zuhause verschwunden ist. Sie sollte in der Kirche von Dalen heiraten, ist zur Trauung aber nie erschienen. Ihre Familie und ihr Verlobter Jarand Smedplass (29) befürchten, dass ihr etwas Ernstes zugestoßen ist.

Der Artikel ging im Innenteil der Zeitung weiter:

Der Polizeichef und Freiwillige haben in den vergangenen Tagen nach Charlotte Dalen gesucht, die am Samstag spurlos verschwunden ist, als sie nicht zu ihrer eigenen Hochzeit erschien. Sie hat kein Gepäck mitgenommen und hat, soweit der Familie bekannt, keinen Kontakt zu Verwandten oder Bekannten in der Gegend aufgenommen. Ein Mantel, der Fräulein Dalen gehört, wurde am Dienstag in der Nähe des Styggfossen gefunden, ansonsten aber gibt es keine weiteren Spuren von der jungen Frau. Zudem haben Regenwetter und Wind die Suche erschwert. Dem Gemeindepfarrer Tankred Röhmer zufolge ist Charlotte Dalen ein zuverlässiges junges Mädchen, das nie zuvor weggeblieben ist oder ihrer Familie Sorgen bereitet hat.

»Sie hieß also Charlotte Dalen? Wer war das?«, fragte Ingrid verwundert.

»An diesem Punkt wird es wirklich seltsam«, sagte Tor. »Denn laut Redakteur Barke war das verschwundene Mädchen, Charlotte Dalen, Hallgrim Dalens kleine Schwester!«

»Was? Aber davon hat Mutter Borghild nichts erzählt«, ließ Ingrid Tor wissen. »Sie sagte nur, sie habe sie gekannt. Sie hatte versprochen, mir mehr zu erzählen, als wir unterbrochen wurden.«

»Es ist seltsam, dass sie das nicht erwähnt hat, ja«, stimmte Tor ihr zu. »Sie müssen in etwa im gleichen Alter gewesen sein. Wenn Charlotte – was steht hier? 19 Jahre? 1962, da war sie doch nur zwei, drei Jahre jünger als Borghild.«

»Ja. Und Mutter Borghild hat nie davon gesprochen. Das ist wirklich seltsam«, meinte Ingrid.

Arnstein Barke hatte bestätigt, was sie bereits wussten: Charlotte Dalen war nie wieder aufgetaucht, und man hatte niemals eine Leiche gefunden. Es handelte sich schlicht und einfach um ein ungelöstes Mysterium. In der Zeit nach dem Verschwinden hatte die Lokalzeitung selbstverständlich in weiteren Artikeln über den Fall berichtet, der auch von den landesweit erscheinenden Medien aufgegriffen worden war. Es kam selten vor, dass ein junges Mädchen spurlos verschwand. Aber niemand hatte sich mit Angaben dazu gemeldet, und nach und nach hatte die Aufmerksamkeit auf den Fall nachgelassen.

Es war auffallend ruhig geworden. Und Charlotte selbst war wie vom Erdboden verschluckt. Oder vom Wasserfall.

»Vielleicht hat sie sich tatsächlich hineingestürzt?«, mutmaßte Ingrid. »Sich das Leben genommen?«

»Ja, oder es kann sich um einen Unfall gehandelt haben«, entgegnete Tor.

»Warum aber sollte sie in dem Fall den Mantel abgelegt haben, bevor sie gestürzt ist?«, warf Ingrid ein. »Und vor allem: Was hatte sie überhaupt oben am Styggfossen zu suchen gehabt, anstatt an dem Tag, der ihr Hochzeitstag werden sollte, in der Kirche aufzutauchen?«

»Sie schreiben es nicht direkt, aber diesem Artikel zufolge kann es den Anschein erwecken, als sei der werdende Bräutigam verdächtigt worden, etwas mit dem Verschwinden zu tun zu haben«, sagte Tor und zeigte auf die vor ihm liegende Zeitung.

»Ja, wie hieß er nochmal? Jarand Smedplass? Diesen Namen habe ich noch nie gehört«, sagte Ingrid. »Zumindest bin ich mir ziemlich sicher, dass er aktuell nicht im Dorf wohnt.«

»Vielleicht ist er weggezogen«, spekulierte Tor. »Oder ist vor unserer Zeit gestorben. Aber wie auch immer: Wie soll er es geschafft haben, das Mädchen in den Wasserfall zu stoßen? Charlotte Dalen war am Morgen der geplanten Hochzeit zu Hause, das hat ihr Bruder Hallgrim der Polizei gegenüber bestätigt, steht hier.«

»Und dieser Smedplass war in der Kirche, als sie vermisst gemeldet wurde«, führte Ingrid seinen Gedankengang fort. »Es scheint, als sei die Selbstmordtheorie am wahrscheinlichsten.«

»Ja, so scheint es. Und das hätte man zu dieser Zeit wohl nicht in den Zeitungen geschrieben.«

»Aber was braucht es, dass man sich in den Styggfossen stürzt, anstatt zu seiner eigenen Hochzeit zu erscheinen?«, grübelte Ingrid.

»Irgendein Puzzleteilchen fehlt hier«, sagte Tor. »Was bringen wir hier nicht zusammen?«

»Das kann man wohl sagen!«, bestätigte Ingrid. »Dass es sich bei der vermissten Charlotte um die Schwester von Hallgrim ›Moschus‹ Dalen handelt, kann meiner Meinung nach kein Zufall sein. Mutter Borghild und Hallgrim grüßen einander nicht einmal, wenn sie sich begegnen, dabei müssen sie tatsächlich einmal Freunde gewesen sein.«

»Davon hatte ich keine Ahnung«, sagte Tor.

»Doch, warte kurz«, bat Ingrid. »Hier, schau mal!« Jetzt war sie an der Reihe, ihm etwas zu zeigen. Sie zog die Broschüre hervor, die Perle gefunden hatte.

»*Lernen Sie jeden Nachmittag im Speisesaal des Hotels Walzer, Swing und Volkstanz. Tanzlehrer: Borghild Berg und Hallgrim Dalen*«, wiederholte Tor ungläubig, nachdem er die Broschüre gelesen hatte. »Ist das ein Scherz?«

»Nein, du siehst es doch mit eigenen Augen! Frag nicht mich, was da passiert ist. Da wir aber gerade von Hallgrim sprechen: Dieses Zusammentreffen der Ereignisse aus der Vergangenheit ist zusätzlich auffällig, als dass ich das Gefühl habe, dass im Dorf derzeit jemand gegen uns arbeitet. Und ich werde das Gefühl nicht los, dass Hallgrim Dalen etwas damit zu tun hat.«

»Ja, Ingrid«, sagte Tor und sah sie durchdringend an. Diese blauen Augen wieder ... »Ich hatte den gleichen Gedanken. Daher habe ich mich im Ort umgehört. Habe mit dem Moschuskalb gesprochen, weil ich das Gefühl hatte, dass er mir etwas sagen wollte.«

»Oh?«

»Ja. Hallgrim versucht, mich davon abzubringen. Du weißt, wie er ist. Drohungen und Andeutungen, ungünstige Dinge könnten geschehen, wenn man fragt und gräbt. Aber das Moschuskalb – nun, ich sollte wohl besser Karl sagen. Karl kam zu mir, weil er irgendetwas auf dem Herzen hatte, und nach viel Hin und Her bekam ich einen Hinweis. Er zeichnete auf seinen Teller ein X und ein O.«

»X und O? Wie in XO Hotels?«

»Ja, genau. Wie in XO Hotels. Anschließend habe ich ein bisschen gegoogelt und mit ein paar klugen Menschen gesprochen, und jetzt bin ich mir ziemlich sicher zu wissen, wie das Ganze zusammenhängt. Moschus Maschinen arbeitet mit XO Hotels zusammen.«

»Verdammt aber auch. Diese Hotelkette kontaktiert mich ständig!«, gab Ingrid bekannt. »Ich habe mich sogar bereiterklärt, mich nach Weihnachten mit ihnen zu treffen.«

Tor fuhr fort: »Das ist sicher ein Teil des Plans. Moschus Maschinen hat für XO viele Aufträge im Bereich Ausschachten und Ausbau übernommen. Sie werden also ganz sicher gewinnen, sollte das Himmelfjell durch XO übernommen werden. Es könnte auch noch mehr dahinterstecken, vielleicht hat man ihnen Anteile oder irgendeine andere Form von Bonus versprochen, wenn es so läuft, wie XO will.«

Da fiel also das fehlende Puzzleteilchen an seinen Platz.

»Hallgrim Dalen und sein Clan haben also dafür gearbeitet, dass es für das Himmelfjell Hotel schlecht läuft, weil sie daran verdienen, wenn wir verkaufen müssen?«

Trotz allem, was man so hört … Die Worte von Ingjerd Slettebakken, an dem Tag, als sie und ihr Ehemann zum Abendessen und »um sich ein wenig umzusehen« hier waren, ergaben plötzlich Sinn. Jetzt begriff Ingrid: Hallgrim & Co. hatten versucht, das Hotel in Verruf zu bringen.

»Sie raten den Leuten also ab hierherzukommen?«

Tor nickte zur Bestätigung.

»Sie wollen, dass du so wenig Gäste hast wie möglich, damit die Grundlage deiner Einnahmen wegbricht. Du hast doch die plötzlichen Stornierungen erwähnt, die scheinbar ohne Grund stattfinden? Es würde mich nicht wundern, wenn sie sich auch anderer Formen der Sabotage bedienen.«

Voller Tatendrang griff Tor ihre Hand. »Aber jetzt, da wir davon wissen, können wir sie stoppen!«, sagte er. Es funkelte in seinen Augen.

Ingrid lächelte. »Es ist gut, dass ich dich zum Verbündeten habe!«

»Ja, der möchte ich gern sein«, versicherte Tor.

Sie ließ ihn ein wenig ihre Hand halten. Seine Hände waren groß und strahlten Sicherheit aus. Gern würde sie länger so dasitzen. Sich vielleicht an ihn lehnen.

Allerdings verspürte sie auch eine wachsende Unruhe. Ihr Körper wurde steif, als würde er sie warnen, die hier entstehende Nähe sei gefährlich.

Sie konnte sich nicht daran erinnern, wann sie zum letzten Mal irgendeinen physischen Kontakt zu Tor hatte. In der Grundschule vielleicht? Sie konnte sich nicht daran erinnern, dass sie sich geküsst hätten oder so etwas. Die »Beziehung« war vor allem darauf hinausgelaufen, dass sie sich nach der Schule aufgemacht hatten, um nach Tierspuren zu suchen. Als sie das Gymnasium beendet hatten und sie aus dem Dorf weggezogen war, hatte sie ihn zum Abschied sicher umarmt. Ganz sicher. Aber das fühlte sich so lange her an.

Tor spürte ihre Anspannung und ließ ihre Hand los.

»Sorry!«, sagte er. »Ich wollte nicht –«

Sie lachte. »Nein, alles gut, es ist nur, ich …« Sie wusste nicht, was sie sagen sollte. Versuchte, auf etwas zu kommen, was das Gespräch wieder in Gang bringen konnte. So zu tun, als sei nichts, dabei war sie sich Tors Nähe plötzlich so bewusst. Sein Körper in der großen, erwachsenen Version war ihr unbekannt.

Für einen Moment saß sie still da. Nahm seine Hand wieder.

Seife und Wolle. Das war es, wonach er roch. Sauber und warm. In ihr löste sich etwas, schmolz etwas. Vorsichtig hob sie den Arm und legte ihn um Tors Rücken, schmiegte ihr Gesicht an seine Schulter und atmete ruhig. Sie spürte die Wärme seines Körpers, spürte seinen Atem in ihren Haaren. Sie hielt die Augen geschlossen. Langsam, langsam, um nichts kaputtzumachen, drehte sie ihr Gesicht zu seinem Hals. Die Haut war warm und ein bisschen rau. Ihre Lippen – was tat sie da? – bewegten sich nach oben. Als er ihr sein Gesicht zuwandte und ihre Lippen sich trafen, vernahm sie einen Laut, eine Art Seufzen.

*

Als Ingrid und Tor die Treppe herunterkamen, hatte Ingrid das Gefühl, alle, denen sie begegneten, konnten sehen, dass etwas verändert war. Aisha stand hinter dem Empfangstresen und blätterte durch irgendwelche Unterlagen. Als sie aufsah und Ingrids Blick begegnete, wäre diese beinahe errötet.

An der Haustür nahm Tor sie in die Arme. Lange. Sie befreite sich so sanft wie möglich. Tor platzierte seine Hände daraufhin auf ihren Schultern und lächelte fast ein wenig beschämt.

»Ich muss wieder runter zu den Schafen. Grüß Mutter Borghild von mir. Vielleicht kann sie mehr über das erzählen, was in den Zeitungen gestanden hat?«

»Ja, vielleicht«, entgegnete Ingrid. Die Zeitungen und der Vermisstenfall waren fast aus ihrem Bewusstsein verschwunden; sie dachte nur noch daran, dass sie Tor Seter geküsst hatte.

»Fahr vorsichtig!«, sagte sie und ging zur Haustür, um nachzusehen, wie schlimm das Schneetreiben da draußen eigentlich war. Im selben Augenblick jedoch, in dem sie die Tür öffnete, fuhr sie zusammen und machte einen Schritt rückwärts.

»Herrgott«, brach es aus ihr heraus. Sie traute ihren eigenen Augen nicht, als sie sah, wer da auf der Treppe stand.

Knapp einen Meter vor ihr stand ein großer, attraktiver Mann mit nach hinten gekämmten dunklen Haaren und einem offenen dunklen Mantel über einem weißen Hemd. Die imposante Gestalt und das scharfe Profil waren, trotz der eingeschränkten Beleuchtung, unverkennbar.

»Preben! Was zur Hölle tust du hier?«

»Auch schön, dich zu sehen, Ingrid«, entgegnete Preben Wexelsen und sah sie in seiner gewohnt irritierenden Art und Weise an. »Ich bin gekommen, weil ich etwas mit dir besprechen muss.«

»Du kannst nicht einfach so hier auftauchen«, protestierte sie.

»Kann ich nicht?«, antwortete er. »Ist das hier kein Hotel? Ich dachte, ihr würdet euch über Gäste freuen.«

»Ingrid, ist alles in Ordnung? Brauchst du Hilfe?«

Tor wirkte besorgt.

Hilfe? Würde sie Hilfe benötigen? Wovon redete er? Es gab wohl niemanden, der ihr damit helfen konnte. Ingrid fror. Trotz der frischen Luft, die durch die geöffnete Tür hereinströmte, bekam sie nicht genug Sauerstoff. Sie machte ein paar Schritte zur Seite und stützte sich auf einem Stuhl ab. Ihr wurde schwarz vor Augen, ihre Hände waren taub. Dann riss sie sich zusammen und richtete sich auf.

Preben war ins Foyer gekommen und stand jetzt mit verschränkten Armen da.

»Danke, Tor. Aber das ist etwas, das ich selbst regeln muss. Danke für alles, was du bisher getan hast. Fahr nur nach Hause, wir hören bald wieder voneinander«, sagte sie schließlich.

»Bist du sicher?«, hakte Tor nach.

»Ja, alles gut. Ich rufe dich an.«

Sie griff Tor am Arm und schob ihn förmlich nach draußen.

Er sah sie ungläubig an, und sie hatte ein schlechtes Gewissen wegen ihres barschen Benehmens, mit Preben Wexelsen musste sie jedoch allein fertig werden.

Während die Tür langsam zuglitt, beschloss sie, Tors fragenden Gesichtsausdruck zu ignorieren. Das musste sie ihm später erklären. Sofern es sich erklären ließe. Schließlich wusste sie nicht einmal, warum Preben aufgetaucht war. Die Wärme, die sie vor nur wenigen Minuten mit Tor erlebt hatte, war jäh von Kälte und Unsicherheit vertrieben worden.

Preben klopfte den Schnee von seinen feinen, teuren und ganz sicher von Hand genähten Stadtschuhen. Selbstverständlich begriff er, dass er nicht willkommen war. Aber das half nichts. Freiwillig würde er nicht wieder gehen.

»Ich bin von Oslo hierhergefahren, um mit dir zu sprechen«, sagte er. »Und ich habe nicht die Absicht, das Himmelfjell zu verlassen, bevor ich das erledigt habe.«

Ingrid schaute auf die Uhr, es war fast sechs. Wenn sie ihn jetzt vor die Tür setzte, würde Preben nicht vor Mitternacht wieder in Oslo sein. Sie könnte ihn bitten, sich im Tal oder in der Nähe von Lillehammer eine andere Übernachtungsmöglichkeit in einem der Häuser der Hotelketten zu suchen. Dann schielte sie zum Empfangstresen hinüber, wo Aisha stand und sie beobachtete. Verstand Aisha, wer Preben war? Sie war ihm zuvor nur einmal begegnet, in einem gänzlich anderen Rahmen …

Ingrid überlegte fieberhaft, sie musste irgendeinen Vorwand finden, um sich der Situation zu entziehen und nachdenken zu können.

»Ich muss etwas regeln«, sagte sie kurz angebunden. »Aisha findet ein Zimmer für dich. Wir sprechen uns später.«

Ingrid übersah Aishas forschenden Gesichtsausdruck, drehte ihr den Rücken zu und ging die Treppe hinauf, während ihr Herz in der Brust hämmerte.

Erst das mit Tor … was nicht hätte passieren sollen … und jetzt war plötzlich Preben aufgetaucht. Sie spürte seinen Blick im Rücken. Drehte sich nicht um.

Ingrid saß in ihrer Wohnung auf dem Sofa und starrte vor sich hin, als es an der Tür klopfte. Sie murmelte irgendetwas, woraufhin Mutter Borghild die Tür öffnete und hereinkam.

»Hier bist du also«, sagte sie. »Ich habe dich gesucht.«

»Preben ist hier!«, purzelte es aus Ingrid heraus.

»Was? Hier?« Mutter Borghild schaute sich um, als würde sich Preben irgendwo in der Wohnung verstecken. »Nein, meine Liebe, Tor ist hier gewesen.«

Ingrid lachte freudlos.

»Ja! Tor war hier! Aber jetzt ist Preben hier.«

Die Großmutter blickte komplett verständnislos drein und hob die Hände in einer Art sich ergebender Geste.

»Aber was in Gottes Namen will Preben hier?«

»Ich weiß es nicht, Großmutter. Er sagt, er müsse etwas mit mir besprechen. Ich habe versucht, ihn loszuwerden, aber er weigert sich, wieder zu fahren.«

»Und wo ist er jetzt?«

»Er ist sicher auf seinem Zimmer. Ich habe Aisha gebeten, ihm ein Zimmer zu geben.«

»Aber da musst du wohl mit ihm sprechen?«

»Ja. Oder nein. Ich kann nicht. Ich weiß nicht. Ich habe keine Zeit.«

»Aber du hast Zeit, hier zu sitzen und in die Luft zu starren?« Der scharfe Ton schien der Großmutter unmittelbar leidzutun, denn jetzt sagte sie mit sanfterer Stimme: »Ingrid, meine Liebe.

Komm mit zu mir. Dann essen wir zusammen, und anschließend kümmerst du dich um Preben. Du weißt, dass du das tun musst, wenn er schon hergekommen ist.«

Sie streichelte Ingrid über die Wange. »Ich werde dir helfen, wenn ich kann, Ingrid. Es ist viel momentan. Aber du schaffst das. Wir schaffen das zusammen.«

Sie hatten sich Essen aus der Küche nach oben bringen lassen, und Ingrid spürte, dass Majas Frikadellen und Kohlgemüse genau das waren, was sie an einem Tag wie diesem brauchte. Sie saßen in Borghilds Wohnung, der Kårstua, am Esstisch, und Ingrid spürte, wie die Lebensgeister zurückkehrten.

Sie erzählte der Großmutter, was Tor herausgefunden hatte.

»Hallgrim Dalen will, dass wir verkaufen müssen. Er hat finanzielle Interessen daran«, sagte sie. »Moschus Maschinen hat sich mit XO Hotels verbündet.«

Die Großmutter sah Ingrid an. »Die finanziellen Interessen erklären einen Teil«, sagte sie. »Aber es ist mehr als das. Viel mehr. Und es gibt Dinge, von denen ich dir jetzt erzählen muss. Ereignisse aus der Vergangenheit. Denn egal, wie sich unsere finanzielle Situation entwickelt und wie es mit den Übernahmeversuchen von XO weitergeht, werden jetzt einige Sachen ans Licht kommen, Ereignisse, die lange im Dunkeln geblieben sind und über die ich bisher nicht gesprochen habe. Vielleicht hätte ich es eher tun sollen, aber ich habe sie für mich behalten, weil ich einst ein Versprechen gegeben habe. Ich habe auch geschwiegen, um das Hotel zu schützen, um *dich* zu schützen, Ingrid.«

Bevor sie weitersprach, holte die Großmutter tief Luft. »Geld ist nicht der einzige Grund, warum Hallgrim Dalen gegen uns ist, Ingrid. Warum er will, dass es dem Hotel schlecht geht. Nein, allen voran ist dies altem Groll geschuldet. Bösem

Blut. Du weißt ja, dass Hallgrim Dalen und ich nicht miteinander reden. Nicht mehr. Aber das haben wir einmal. Ja, es ist so, dass …« Mutter Borghild räusperte sich. »Faktisch ist es so, dass Hallgrim einst hoffte, dass er das Himmelfjell Hotel mal betreiben würde.«

Ingrid sah die Großmutter ungläubig an.

»Er? Hallgrim? Aber … also … Aber das Hotel hat doch immer deiner Familie gehört?«

Mutter Borghild sah sie mit einem vielsagenden Blick an.

»Ja. So ist es. Er hätte das Hotel also nur übernehmen können, wenn er in die Familie eingeheiratet hätte.«

Ingrid war total verwirrt. Was sagte die Großmutter da?

»Hallgrim Dalen wollte … häh? Heiraten? Dich?«

»Ja, ist das so abwegig?« Kokett zog die Großmutter eine Augenbraue nach oben. Ihr Lächeln wies Anzeichen einer viel jüngeren Frau auf, bevor sie wieder ernst wurde. »Ja. Das war, bevor … bevor wir Feinde wurden, und bevor ich Christian geheiratet habe. Offensichtlich. Hallgrim hat mir das nie verziehen. Er wollte immer, dass das Himmelfjell seins wurde.«

Ingrid legte ihr Besteck auf dem Teller ab. Dachte an die Tanzkurse.

»Waren du und Hallgrim Dalen ein Liebespaar? Also … warst du vor deiner Verlobung mit Großvater mit ihm liiert?«

»Nein, wir waren nur Freunde. Gute Freunde. Zumindest aus meiner Sicht. Die Vorstellung von einer Ehe war etwas, das nur in Hallgrims Kopf existierte.«

»Seid ihr deshalb Feinde geworden? Weil du Christian – Großvater – heiraten wolltest? Es ist doch verwunderlich, dass Hallgrim dir das nach sechzig Jahren nicht verzeihen kann, nachdem er selbst geheiratet und Kinder, Enkelkinder und Urenkel bekommen hat.«

»Das ist nicht alles«, sagte Mutter Borghild. »Es steckt in

der Tat noch mehr dahinter. Der Zeitungsartikel, nach dem du mich kürzlich gefragt hast, über den Vermisstenfall? Eigentlich dreht sich alles darum. Es geht um Charlotte Dalen.«

*

Ingrid schloss die Tür hinter sich. Sie hing ihren Gedanken nach. So viel, was sie vom Leben der Großmutter nicht wusste beziehungsweise worüber sie nie nachgedacht hatte. Ihren Großvater hatte Ingrid nie kennengelernt, da er starb, bevor sie selbst geboren wurde. Großvater Christian waren Schwarz-Weiß-Bilder in alten Fotoalben gewesen und ein Name, der liebevoll in Anekdoten genannt wurde, ein Teil der Geschichte des Himmelfjell Hotels, genauso wie die Möbel, die Schnitzereien und der ausgestopfte Bär.

Ingrid hatte nie zuvor darüber nachgedacht, warum Mutter Borghild sich für den Großvater entschieden hatte und dass er womöglich nicht ihre erste Liebe gewesen war. Schließlich spekuliert man über so etwas nicht groß, wurde ihr bewusst. Die Familie und die Geschichte sind so, wie sie sind, und wirken somit beinahe naturgegeben.

Jetzt aber hatte sie begriffen, dass sich diese Geschichte ganz anders hatte abgespielt haben *können*.

Und wie soll sich von nun an meine Geschichte abspielen?, dachte sie. Sie hatte so viel Kraft darauf verwendet, Erinnerungen an das Geschehene von sich wegzuschieben, jetzt aber war ihre eigene Vergangenheit im Hotel aufgetaucht, und daher konnte sie es nicht länger hinauszögern. Sie musste sich anhören, was Preben zu sagen hatte. Obwohl er mit so viel Schmerz verbunden war, dass sich allein beim Gedanken daran alles in ihr zusammenzog.

Zumindest wollte sie ihn nicht im Hotel haben. Er gehörte hier nicht her.

»Du solltest dir eine Jacke anziehen«, sagte sie, als sie vor seiner Zimmertür stand.

Sie selbst war bereits mit Daunenjacke und Mütze ausgerüstet.

»Wir gehen eine Runde, dann kannst du mir erzählen, was so wichtig ist.«

»Rausgehen? Jetzt?« Preben sah aus, als würde er aus allen Wolken fallen. Sie aber winkte ihn nur hinter sich her, ging zur Treppe und stapfte diese ohne ein weiteres Wort hinunter. Auch Preben sagte nichts mehr, griff sich lediglich Mantel und Schal und folgte ihr.

Plötzlich kam ihr etwas in den Sinn. Konnte Prebens plötzliches Auftauchen etwas mit all den anderen Geschehnissen zu tun haben? Hatte vielleicht auch er Kontakte zu einer der Hotelketten, die sie ständig wegen einer Übernahme kontaktierten? Sollte er sie beschwichtigen oder ihr drohen? Ihr ein Angebot machen, das sie nicht ausschlagen konnte?

Der Empfang war unbesetzt, und zum Glück begegneten sie auch im Foyer niemandem. Sie ging auf die Treppe hinaus und über den Parkplatz, und er folgte ihr. Es hatte so viel geschneit, dass es schwer war, sich zu Fuß fortzubewegen, aber darum kümmerte sie sich nicht. Sollte Preben seine Stadttreter ruinieren, dann war das nicht ihr Problem. Sie bewegte sich auf den gewohnten Pfad zu, auf dem sie jeden Stock und Stein kannte, und sie ging schnell. Blieb erst stehen, als sie den Trollstein erreicht hatte.

Dort machte auch Preben neben ihr halt.

Sie drehte sich zu ihm um und sah auf – er war einer der wenigen, die so groß waren, dass sie den Blick heben musste, um ihm ins Gesicht zu schauen –, er aber stand einfach nur da und starrte über die Landschaft. Also tat sie es ihm gleich. Die dunkle Heidelandschaft und dahinter die Geröllhalde und das Gebirge. Der Himmelnuten, der sich majestätisch vor ein paar am Himmel funkelnden Sternen erhob.

Nach einer ganzen Weile war es Ingrid, die die Stille durchbrach. »Jetzt bin ich wirklich gespannt, was du hier willst, Preben«, begann sie. »Nachdem, was passiert ist, und nachdem wir anderthalb Jahre nicht miteinander gesprochen haben … tauchst du hier auf, mitten im Weihnachtsstress. Das sind für das Hotel hier die wichtigsten Tage im ganzen Jahr. Was ist so dringend?«

Sie konnte ihren eigenen Herzschlag hören, spürte, wie die Haut kribbelte. Allein Prebens Anwesenheit versetzte sie in Alarmbereitschaft.

Wie nah sie diesem Mann einmal gewesen war. Ja, sie hatte sogar geglaubt, dass sie ihn liebte. Jetzt hingegen empfand sie nur Wut. Wut und Angst.

Als er nicht sofort antwortete, trat sie über den Pfad den Rückweg an.

Preben war direkt hinter ihr. Sie war versucht, ihn abzuschütteln. Wenn sie die Abkürzung nahm, die vom Hauptweg aus nicht so leicht zu sehen war, vor allem nicht jetzt, da sich die Dunkelheit der Nacht herabsenkte, würde er etwas Zeit brauchen, um zum Hotel zurückzufinden. Sie wusste, dass das für ihn keine Gefahr darstellte. Er hatte bereits schlimmere Verhältnisse überlebt. Viel schlimmere.

Was aber sollte sie damit erreichen? Jetzt war er hier. Und er würde sie nicht in Frieden lassen. Ihre stoische Seite gewann erneut die Überhand: Sie musste sich dem stellen. Abrupt blieb sie stehen.

Preben hob abwehrend beide Hände nach oben.

»Ich bin den ganzen Weg von Oslo hierhergefahren, um dich

zu sehen. Können wir nicht zum Hotel zurückgehen und in aller Ruhe miteinander reden? Ich bin gekommen, weil es etwas gibt, das ich mit dir besprechen *muss*.«

»Aber was, wenn *ich* nicht mit *dir* sprechen will?«

»Ingrid. Ich glaube, du willst darüber reden. Wir hätten zweifellos viel früher darüber reden sollen. Ich weiß, du warst … wütend auf mich nach dem Unglück.«

Sie schwieg.

Er fuhr fort: »Du glaubst, das Ganze hat mich nicht ebenso stark beeinflusst wie dich. Aber das hat es. Auch mein Leben wurde auf den Kopf gestellt, Ingrid. Wir haben einen Freund verloren, du hast dich von mir zurückgezogen, und alles, was wir zusammen aufgebaut hatten, ist zusammengebrochen. Wir haben das alles nicht nur für uns selbst getan, Ingrid. Wir hatten doch so viele Pläne. Und deshalb bin ich hierhergekommen. Weil eine Möglichkeit aufgetaucht ist, über die ich mit dir von Angesicht zu Angesicht sprechen möchte. Wenn wir es auch nicht wiedergutmachen können, so können wir vielleicht …« Er legte eine kurze Pause ein. »Ich habe lange daran gearbeitet, eine Möglichkeit zu finden, einen Beitrag zu leisten. Vielleicht ist es ein Versuch, für das Geschehene Buße zu tun. Und jetzt glaube ich, etwas gefunden zu haben. Ich habe mit Giovannis Klosterbrüdern zusammengearbeitet, um in Nepal eine Hilfsorganisation zu gründen – eine Stiftung, die das Umweltengagement und die soziale Arbeit weiterführt, die ihm – die uns drei! – so am Herzen gelegen hat. Und jetzt brauche ich deine Hilfe. Deine Mitarbeit. Die Vertreter der Organisation, die uns sponsern will, sind momentan in Oslo – und sie möchten gern noch vor Neujahr mit der Planung vorankommen!«

*

Perle saß am Tisch, als Ingrid nach dem Gespräch mit Preben zitternd in die Küche kam. Über seinen Vorschlag musste sie eine Nacht schlafen. Zuerst aber drehte sie ihre Runde, um zu schauen, wie es dem Personal ging.

Perle wollte auch bald in ihr Zimmer und sich hinlegen. Nach vielen, langen Arbeitstagen war sie erschöpft. Und das war ihr in der Tat anzusehen, dachte Ingrid. Selbst bei der normalerweise so taufrischen Perle machten sich unter den Augen erste Anzeichen von dunklen Ringen bemerkbar.

Alfred kam herein, um sich eine Scheibe Brot zu holen. Im Laufe des Tages war er im Wald gewesen, um die große Fichte in Augenschein zu nehmen, die er in diesem Jahr zum Weihnachtsbaum auserkoren hatte. Es würde ein prachtvoller Anblick werden, versicherte er ihnen.

Es war spät geworden, als Ingrid endlich wieder auf dem Weg zu ihrer Wohnung war. Die unordentlich daliegenden Sofakissen ließen sie an Tor denken. Daran, dass sie vor nur wenigen Stunden hier gesessen und ihn geküsst hatte. Was in aller Welt war in sie gefahren? Allerdings kribbelte es im Körper, wenn sie an seine großen Hände, an seine blauen Augen dachte.

Und Preben. Mit ihm war sie so verblieben, dass sie morgen weiterreden würden. Sie hatte beschlossen, dass er die Chance erhalten müsse, seinen Vorschlag ordentlich vorzustellen, nachdem er extra hierhergekommen war, um mit ihr zu sprechen. Seine Pläne waren für sie komplett überraschend gekommen. Während sie geglaubt hatte, er habe alles hinter sich gelassen und sei einfach weiter durch sein erfolgreiches Leben gesurft, hatte er in Wirklichkeit zielgerichtet an der Gründung einer Stiftung gearbeitet. An einer Möglichkeit, Buße zu tun. Da draußen hatte sie sich für einen Moment gefragt, ob es sich um etwas Persönlicheres handelte. Ob er versuchen wollte, sie zurückzugewinnen. Sie war erleichtert gewesen, als sich herausstellte, dass sein Vorschlag auf eine fachliche Zusammenarbeit hinauslief. Aber war die Erleichterung auch ein wenig mit Enttäuschung vermischt? Hatte sie tief im Inneren gehofft, dass er es erneut versuchen wolle – wenn auch nur, damit sie die Möglichkeit bekam, nein zu sagen?

All das schwirrte ihr durch den Kopf und vermengte sich mit dem, was Mutter Borghild ihr erzählt hatte. Dass Hallgrim Dalen in seinem Vorsatz enttäuscht worden war, Borghild zu heiraten und das Himmelfjell Hotel mit zu betreiben. Und dass er Borghild zudem aus irgendeinem Grund für das Verschwinden seiner Schwester verantwortlich machte. Oder war es umgekehrt? Machte Borghild ihn dafür verantwortlich? Das musste doch ein Missverständnis sein, dachte sie, kurz bevor sie einschlief. Auf der anderen Seite – ein Missverständnis, das sechzig Jahre anhielt?

*

Dezember 1961

Charlotte ging den frisch geräumten Weg hinauf und betrachtete die Bäume, die sich mit ihren dunklen Zweigen zu ihr hinunterbeugten. Als sie an die Tür des Pfarrhauses klopfte, erwartete sie, dass das Dienstmädchen, Ellen, öffnen würde, hingegen stand Gemeindepfarrer Röhmer persönlich in der Tür.

»Guten Abend, Charlotte«, sagte er. »Komm herein, komm herein.«

Sie sah sich um. Waren nur sie beide hier?

»Meine Frau ist nach Lillehammer gefahren«, sagte er und streckte seine Hand aus, um ihr den Mantel abzunehmen. »Sie ist froh darüber, ein wenig rauszukommen. Deshalb habe

ich dem Mädchen frei gegeben. Da können wir zwei ungestört miteinander reden.«

Sie war gekommen, um ihr Herz zu erleichtern. Hatte es wieder und wieder abgewägt. Es war unerhört, was sie mit sich herumtrug. Sie hatte nicht gewusst, dass es überhaupt möglich war. Sie hatte von Männern gehört, die so waren. Die andere Männer liebten. Aber Frauen?

Ihr graute bei dem Gedanken daran, was die Leute denken würden, sollten sie davon erfahren. Sie meinte, das Gerede im Dorf hören zu können. Krank, würden die Leute sagen. Wider die Natur.

Und gleichzeitig fühlte es sich so richtig an. Jeden Tag erwachte sie voller Freude und Erwartung. Sie wollte Gott für diese Liebe danken. Wie konnte sie da eine Sünde sein?

Vielleicht konnte ihr der Pfarrer hinsichtlich der Verwirrung helfen. Am vergangenen Sonntag hatte Gemeindepfarrer Röhmer in der Kirche so schön über die Liebe gesprochen. Denn die Liebe stammt von Gott, und jeder, der liebt, ist von Gott geboren und kennt Gott. *Sie war gerührt gewesen, hatte gedacht, wenn es jemanden gab, der verstehen würde, womit sie sich herumplagte, dann müsse er es sein. Und er war immer freundlich zu ihr gewesen, seit dem Konfirmandenunterricht.*

Sie saßen im Wohnzimmer. Er bot ihr Kaffee und Plätzchen an, anschließend ein Glas süßen Wein. Stellte die Karaffe auf den Tisch.

»Schau hier, nimm noch ein wenig. Und nun erzähl.«

Sie erzählte, und er hörte mitfühlend zu. Setzte sich neben sie auf das Sofa, schenkte erneut nach. Er kam näher, sie spürte eine Hand auf ihrem Knie. Er schob sie ein Stück höher.

Was tat er da?

Als sie zu weinen anfing, hob er den Arm und legte ihn um ihre Schultern.

»Sch, sch, komm her, Charlotte, mein Mädchen. Ich weiß durchaus, was es braucht, um solchen wie dir zu helfen.«

18. Dezember

Sie lag im Bett, müde und fröstelnd. Jedoch mit einem Hauch von Erwartung irgendwo tief dort drinnen im Eis.

Nicht nur Vegard hatte sie als Eiskönigin bezeichnet. Die Leute hatten es immer getan, schließlich wusste sie, wie sie hinter ihrem Rücken redeten. Denn egal, wie viel Bewunderung sie für ihre Expeditionen geerntet hatte, begriff sie, dass viele sie auch als *zu* diszipliniert, *zu* kontrolliert auffassten. *Unnatürlich*, hatte sie jemanden sagen hören.

Und als das Ganze schiefging, war ihr hinreichend Schadenfreude entgegengekommen. So als hätten sie die ganze Zeit über gewusst, dass sich hinter ihrer kontrollierten Fassade etwas Minderwertiges verbergen musste.

Gestern Abend hatte sie es von Preben wieder zu hören bekommen. *Du hast so kalt gewirkt, Ingrid,* hatte er gesagt. *Warum wolltest du nicht mit mir reden?* Die Ungerechtigkeit in seinen Fragen schmerzte. Denn schließlich war er es, der sie verraten hatte. Und sie dazu gebracht hatte, sich selbst zu verraten.

Sie hatte sich von Preben fernhalten müssen, weil er gefährlich für sie war. Er schwächte sie. Das Verliebtsein in Preben hatte dazu geführt, dass sie die Kontrolle verlor. Fahrlässig wurde. Und dafür war sie hart bestraft worden. Sie hatte alles verloren: Preben, das Bergsteigen und das Kind. Sie hatte ein Netzwerk, viele Freundschaften und das Engagement in den Gebirgsregionen verloren, in denen sie sich so viele Jahre bewegt hatte.

Und jetzt war Preben hier und wollte dafür büßen. Würde das möglich sein?

Die ganze Nacht hatte sie über seinen Vorschlag nachgedacht.

*

Preben saß allein an einem Fenstertisch. Er starrte hinaus auf die Berge, die sich langsam vom Himmel abhoben. Vor ihm standen Haferbrei, eine Tasse Kaffee und ein Glas Orangensaft. Aber das wusste sie ja. Schließlich sah sein Frühstück jeden Morgen so aus.

Nach all diesen Monaten gelang es ihr nicht, irgendeinen Groll gegen ihn zu verspüren, wie sehr sie es auch versuchte. Das gestrige Gespräch hatte sie zur Ruhe gebracht. Nicht so zu verstehen, dass alles in Ordnung war. Das konnte es wohl niemals werden. Aber er war mit einem Vorschlag gekommen, und sie wollte hören, was er sonst noch zu sagen hatte.

Als sie näherkam, hob Preben ruhig den Blick.

»Hei, Ingrid.«

»Hei.«

Sie zögerte. Er seinerseits verwies mit der rechten Hand auf den Stuhl ihm direkt gegenüber.

»Setz dich. Wenn du möchtest.«

Sie tat, wie ihr geheißen, und konzentrierte sich darauf, die Bewegungen ruhig auszuführen, während sie den Stuhl vorzog und sich dem Mann gegenübersetzte, der einmal der Mittelpunkt ihres Lebens gewesen war und von dem sie jetzt das Gefühl hatte, ihn kaum zu kennen. Er nahm einen Schluck vom Orangensaft und wischte sich mit der Papierserviette den Mund ab, bevor er sie zusammenfaltete und neben den Teller legte.

Vielleicht war auch er ein wenig nervös, kam ihr in den

Sinn. Vielleicht war das der Grund, warum er einfach hier aufgetaucht war, anstatt anzurufen oder eine Mail mit dem zu schicken, was er auf dem Herzen hatte?

»Danke, dass du mit mir sprechen möchtest«, begann er.

Sie musste lächeln. »Du lässt mir nicht gerade eine Wahl. Wollen wir hier sitzen bleiben oder woanders hingehen?«

»Hier ist es in Ordnung. Dann wissen auch die anderen, dass du in Sicherheit bist. Ich habe doch die Blicke deines Kameraden gestern gesehen. Er schien zu glauben, als dein Leibwächter auftreten zu müssen.«

»Meines Kameraden? Tor?«

»Ja, der Blonde, der auf dem Weg nach draußen war, als ich gekommen bin. Breitschultriger Bursche. Hast du dir einen ordentlichen Bauern gesucht?«

»Preben. Hör auf. Du kannst hier nicht mitten im Land der Bauern auftauchen und die Leute dafür kritisieren, dass sie Bauern sind.«

»Ich habe doch niemanden kritisiert? Ich habe nur gefragt.«

Sie meinte, in seinen grünen Augen einen Schimmer der alten Lust am Necken zu erkennen.

»Aber du hast recht. Deswegen bin ich nicht hier.«

Er wischte einen eingebildeten Krümel von der Tischdecke, bevor er sie wieder ansah. Dann beugte er sich zur Seite und nahm eine Ledertasche vom Boden. Stellte sie auf seinen Schoß und zog einen Plastikhefter mit Dokumenten heraus, den er ihr über den Tisch reichte.

»Sieh es dir an und sag, was du davon hältst.«

Er reichte ihr ein Blatt mit der Überschrift: *BOW. The Berg Orlando Wexelsen Foundation.*

Ingrid und Preben blieben lange an dem Fenstertisch sitzen, während die Küchenhilfen nach dem Frühstück aufräumten und der Speisesaal sich leerte. Normalerweise würde Ingrid niemals so dasitzen, während um sie herum das Personal arbeitete. Außerdem hatte sie tausend Dinge zu tun. In diesem Moment aber war sie sich sicher, dass das hier das Wichtigste war. Selbst als Mutter Borghild im Speisesaal auftauchte und sie und Preben fragend ansah, entschied sie, sitzen zu bleiben, anstatt sich das Anliegen der Großmutter anzuhören. Die Götter wussten, dass auch sie beide genug miteinander zu besprechen hatten – später.

Sie bemerkte die Unsicherheit in ihrer Stimme, als sie sprach.

»Ich bin ziemlich überwältigt, Preben, das muss ich sagen. Ich bin froh und überrascht, dass du das vorgeschlagen hast. Und ich möchte gern einen Beitrag leisten. Mehr als gern.«

Sie hielt inne: »Aber – ich verstehe noch immer nicht, wie du und ich zusammenarbeiten können sollen. Nachdem was geschehen ist. Schließlich haben wir nicht einmal darüber geredet.«

Preben sah sie erneut an, nunmehr ernst.

»Nein, wir haben nicht darüber geredet, und ich glaube in der Tat, es ist an der Zeit. Es sind anderthalb Jahre vergangen, Ingrid. Wir befinden uns auf dem Weg ins zweite Weihnachten seit … dem Unglück. Ohne, dass wir ein Wort miteinander gewechselt haben. Du bist einfach verschwunden und hast mich zurück- und mit dem Aufräumen alleingelassen.«

Sie sah ihn an. Erinnerte er sich so daran? »Was hätte ich tun sollen, Preben? Ich musste abreisen.«

»Du musstest abreisen?«

»Ja! Ich war kurz davor, komplett zusammenzubrechen. Die Lawine, Giovannis Tod …« Sie holte tief Luft. »All das, was sie in den Zeitungen geschrieben haben. ›Der Todestrip‹. ›Mit dem Leben gezockt‹. ›Promipaar in Todesunglück – Kletterfreund verlor sein Leben‹. Und all die Kritik. Dass es unser Fehler war. Ich verstehe auch, warum sie dieser Meinung waren. Und dann die Spekulationen über uns beide.«

Preben holte unmittelbar und hörbar Luft. »Hör zu, Ingrid. Glaubst du nicht, dass das auch für mich schwer war? Giovanni ist ums Leben gekommen, die gesamte Mannschaft ist in Gefahr gewesen, wir mussten unsere Arbeit abbrechen, und dann, mitten in all dem, hast du das Land verlassen, ohne dich zu verabschieden. Du hast nichts von dir hören lassen, hast nicht geantwortet, wenn ich angerufen oder dir Nachrichten geschickt habe.«

»Ich war wütend auf dich«, konterte sie. »Wegen dem, was geschehen war. Wegen der Gefahr, der du uns ausgesetzt hast. Was mich quält, ist, dass du nicht zugeben kannst, Fehler gemacht zu haben. Dass du so einen Druck ausgeübt hast, damit wir den Rekord brechen – obwohl wir hätten warten sollen, bis die Bedingungen sicherer gewesen wären. Das hättest du wissen müssen! Die Vorhersagen waren nicht gut. Wir hätten im Base Camp bleiben sollen.«

Ihr wurde heiß, sie hörte, dass sie immer lauter wurde. »Es ist ein Wunder, dass wir nicht auch gestorben sind, Preben! Wir wussten um die Lawinengefahr. Wir hätten an diesem Tag niemals aufbrechen dürfen. Und auf keinen Fall mit einem weniger erfahrenen Bergsteiger wie Giovanni im Team. Dieser Entschluss hat ihn das Leben gekostet. Ich war nicht in der Lage, dir zu vergeben. Und ich war nicht in der Lage, mir selbst zu vergeben, dass ich dich in dieser Weise meine Urteilskraft habe überschatten lassen.«

Über Prebens grüne Augen hatte sich ein Schleier gelegt.

»Ich gehe davon aus, dass du dich daran erinnerst, dass du es warst, die Giovanni bei der Expedition dabeihaben wollte. Aber ja – es war eine Fehleinschätzung, das Base Camp an diesem

Tag zu verlassen. Das war der größte Fehler meines Lebens. Das werde ich mir selbst niemals vergeben und erwarte auch nicht, dass jemand anderes es tut. Die jetzt begonnene Arbeit ist dennoch ein Versuch der Versöhnung, die Rechnung in gewisser Hinsicht zu begleichen.«

Er saß eine Weile still da. »Diese Lawine hat uns viel gekostet. Dass sie mich … nicht nur die Beziehung zu dir kosten sollte, sondern, dass du den Kontakt komplett abbrechen würdest, in Hass gegen mich entbrennen würdest, das war für mich nur sehr schwer anzunehmen. Mit dem, was ich jetzt tue, versuche ich jedoch zu zeigen, dass ich Verantwortung übernehme.«

Sie zögerte. Wie viel sollte sie ihm erzählen? Sollte sie auch … das mit ihm teilen, was er über die fatale Tour noch nicht wusste? Von dem verlorenen Kind erzählen?

Sie wusste, dass Vegard recht hatte: Preben musste es erfahren. Aber nicht jetzt.

Sie sah sich in dem mittlerweile leeren Speisesaal um. Eines Tages würde er es erfahren. Dies jedoch war weder die richtige Zeit noch der richtige Ort, ihn das Allerschlimmste wissen zu lassen. Etwas musste sie dennoch versuchen zu erklären.

»Ich … ich war komplett am Boden zerstört, Preben. Nach der Lawine, den Verletzungen und dem Schock darüber, Giovanni verloren zu haben. Nach all der Berichterstattung in den Medien. Ich konnte nicht mehr weitermachen. Nicht mit dem Job. Nicht mit dir. Es tut mir leid.«

Sie vernahm den Salzgeschmack im Rachen und wischte sich mit einer Serviette die Augen trocken. Das, stellte sie fest, war das erste Mal, dass sie in Prebens Nähe geweint hatte. Sie waren mehrere Jahre zusammen gewesen, und sie hatten so viel miteinander geteilt: Enthusiasmus, Freude, Leidenschaft. Wilde Ambitionen. Wut. Verbissenheit. Willensstärke. Angst, auf dem Weg eine Bergwand hinauf, und Sehnsucht, erneut hinaufzuklettern, sobald sie wieder unten waren. Diesen Drang, der sie dazu brachte, das nächste Abenteuer zu planen, sobald das eine vorüber war. Trauer jedoch, die hatten sie nie geteilt. Nicht vor diesem Tag.

»Ich weiß, dass alle der Meinung sind, ich sei so kalt«, sagte Ingrid. »Meinem Empfinden nach aber warst du es, der dort oben kalt war, Preben. Und im Nachhinein dachte ich wohl, du könntest nicht verstehen, wie es mir geht. Und ich … ich war sicher, dass es dich nicht wirklich kümmert. Ich hatte das Gefühl, du würdest nur anrufen, weil es einen schlechten Eindruck machen würde, es nicht zu tun. Nach einigen Wochen hast du die Versuche eingestellt, Kontakt aufzunehmen. Nachdem ich alles verloren hatte, habe ich hier neu angefangen. Und plötzlich sah ich dich im Fernsehen. In einer Realityshow! So, als wäre nichts geschehen.«

»Ja, nach und nach habe ich beschlossen, mein Leben fortzuführen«, sagte Preben. »Und die Karriere als Bergsteiger. Auch wenn du für dich eine andere Entscheidung getroffen hattest, war es für mich das Richtige. Ich weiß, dass ich privilegiert bin, Ingrid. Ich gebe zu, dass sowohl der Erfolg als auch die materielle Belohnung mir viel bedeuten. Und ich weiß, dass es den Anschein hat, als würde mich das meiste unberührt lassen. Aber das tut es nicht.«

Er sah eine Weile aus dem Fenster. »Ingrid, du weißt, dass ich nicht komplett gefühllos bin. Ich habe dich vermisst.«

Er wich ihrem Blick aus. War da ein Glanz in seinen Augen?

Was sollte sie sagen? Hatte er sie vermisst? Es beschämte sie beinahe, wie wenig sie darüber nachgedacht hatte, wie das Ereignis auch Prebens Dasein geprägt haben musste. Sie war so sehr von ihrem eigenen Verlust geblendet gewesen, dass sie den seinen nicht gesehen hatte.

Er schaute ihr wieder in die Augen. Sie spürte Wärme in

sich aufsteigen. Aber nein. Da wollte sie nicht wieder hin. Sie streckte den Rücken durch und sagte nichts.

»Ich bin froh, dass wir zumindest so weit gekommen sind, dass wir darüber reden können, Ingrid. Ich erwarte nicht, dass … dass die Dinge wie früher werden. Vielleicht schaffen wir es nicht einmal, Freunde zu sein. Wenn wir zumindest aufhören könnten, Feinde zu sein, sind wir einen großen Schritt weitergekommen. Können wir uns darauf einigen?«

Ingrid nickte.

»Okay!«

»Gut!«

Er rieb sich die Hände in der Art, wie sie es von den Momenten kannte, wenn er mit einem Geschäftsabschluss zufrieden war oder sich über eine herausfordernde Wand freute, die bald überwunden werden sollte. Dann sah er sich in dem leeren Speisesaal anerkennend um.

»Und ansonsten ist das doch ein beeindruckendes Haus, das ihr hier habt. Richtig toll. Es ist schön, wieder hier zu sein. Ein Hotel von der alten, ehrwürdigen Sorte – eine Tradition, die es weiterzuführen gilt. Ein großes Lob an dich Ingrid, dass du die Leitung übernommen hast. Du schaffst das!«

Du schaffst das. Da spürte sie es wieder. Die Wärme. Die Inspiration, aber auch die Angst. Die gleichen Gefühle, die sie vor dem Klettern hatte. Ambition, Angst, Konzentration, Sehnsucht. Das wilde Verlangen hinaufzuklettern in Kombination mit der Furcht hinunterzufallen. Der nahezu unbegreifliche und selbstzerstörerische Drang, das zu tun, wovor man am meisten Angst hatte.

»Ich bin in der Tat nicht so sicher, ob ich das schaffe«, sagte sie. »Es ist zu anspruchsvoll.«

Jetzt kehrten die Tränen zurück. Verdammt nochmal. Aber dann war es halt so.

Wenn andere Ingrid sahen, dann sahen sie eine Person, die alles unter Kontrolle hatte und wusste, was sie tat. Und Kontrolle musste man haben, um ein fähiger Bergsteiger zu werden. Die Route kennen, bereit sein, sich vorzubereiten, es erneut versuchen. Und gleichzeitig mit der Gewissheit leben, dass die Kontrolle eine Illusion war. Jeden Augenblick konnte der Griff misslingen, das Seil reißen, die Sicherung sich lösen. Das war die Angst – und die Faszination. Die Duplizität, mit der man leben musste. Diese Gefühle konnte nur ein anderer Bergsteiger verstehen und teilen. In diesem Moment fühlte es sich so an, als könne in der Tat nur Preben Wexelsen sie verstehen.

»Zu anspruchsvoll?«, entgegnete Preben. »Das Hotel zu betreiben? Das glaube ich nicht. Ich kenne dich. Du glaubst jetzt vielleicht, dass es zu anspruchsvoll ist. Aber das hast du auch in dem Sommer gesagt, als wir in Västervik trainiert haben.«

Prebens Stimme war warm, beinahe zum Lachen aufgelegt.

»Du hast dort viele Tage darauf verwendet, allein die ersten Meter zu bewältigen. Anfangs wirkten sie vollkommen unüberwindbar. Du warst so wütend. Du hast sogar deine Sachen gepackt und wolltest wieder nach Hause fahren, erinnerst du dich?«

Sie begegnete seinem Blick, schaute jedoch schnell wieder weg.

»Ja, ich erinnere mich daran. Diese Bergwand war einfach nur entsetzlich. Haltepunkte für die Füße in der Größe einer Fünf-Kronen-Münze. Einen Zentimeter breite Griffflächen.«

»Aber du bist nicht wieder nach Hause gefahren. Du bist zur Wand zurückgekehrt. Hast es wieder und wieder versucht.«

»Habe wieder und wieder versagt.«

»Aber dann, eines Tages, hast du nicht mehr versagt. Du hast den Gipfel erreicht.«

Unter die Tränen mischte sich ein Lächeln: »Und dann

hat es nicht lange gedauert, bis ich die nächste Tour planen wollte.«

Preben grinste. »Dann wolltest du den überhängenden Felsen in Trøndelag rauf, für den Leute viele Jahre brauchen, um die schwierigsten Routen zu klettern!«

»Was du zu sagen versuchst, ist also: Wenn mir das gelingt, also wenn ich Erfolg damit habe, dieses Hotel zu betreiben, werde ich planen, ein weiteres zu eröffnen? Ein viel größeres Hotel?«

Er lachte laut auf.

»Nein, ich glaube nicht, dass du ein weiteres Hochgebirgshotel eröffnen wirst. Zumindest nicht in Norwegen. Das würde bedeuten, dasselbe ein zweites Mal zu tun. Wenn du gerade einen Berg bestiegen hast, nimmst du beim nächsten Mal nicht denselben Berg. Dann willst du etwas komplett anderes machen. Den höchsten Gipfel auf einem anderen Kontinent erklimmen. Wie wir.«

Er sah sie an. »Was du als nächstes eröffnest, sollte wohl das Büro der BOW-Stiftung in Nepal sein. Wenn du mir hinreichend verzeihen kannst, um das mit mir zusammen zu realisieren«, sagte er. »Du und ich, zu Ehren von Bruder Giovanni.«

»Ich möchte dir gern verzeihen«, sagte sie. »Ich werde daran arbeiten. Und was ist mit dir? Kannst du mir verzeihen?«

Preben sah sie lange an. »Ich glaube nicht, dass ich dir so viel zu verzeihen habe«, sagte er. »Ich bin einfach nur froh, dass wir es bis hierher geschafft haben.«

»Preben Wexelsen«, sagte eine Stimme neben ihm. »Es ist lange her.«

»Ja, das ist es, Frau Berg«, antwortete Preben charmant mit einem Lächeln und erhob sich. »Schön, Sie endlich wiederzusehen.«

Mutter Borghild streckte ihre Hand aus und grüßte Preben,

dem sie zuvor nur ein einziges Mal begegnet war, zurückhaltend, aber höflich.

»Es muss wohl vier Jahre her sein, dass Sie mit Ingrid zu Besuch hier waren?«, sagte sie.

»Ja, das stimmt«, bestätigte Preben. »Es war damals ja nur ein kurzer Besuch. Und wer hätte geglaubt, dass bis zum nächsten so viel Zeit vergehen würde?«

*

Mutter Borghild hatte es geschafft, Preben zu überzeugen, dass er bis zum Mittagessen bleiben müsse. Nicht gerade ein Traumszenario, dachte Ingrid, als sie sich mit Preben und der Großmutter an den Tisch setzte, aber letztendlich lief es besser als befürchtet.

Preben zeigte sich von seiner charmanten Seite, und das zeigte auch bei Mutter Borghild Wirkung.

Sie waren gerade mit dem Essen fertig, als Aisha in den Speisesaal kam und sich über die Stuhllehne zu Ingrid beugte. »Entschuldige, dass ich störe«, sagte sie. »Aber ich kann Hussein nicht finden. Er hatte heute einen kurzen Schultag, und vor einer Stunde waren wir wieder hier, aber jetzt weiß ich nicht, wo er abgeblieben ist.«

»Aber … oh«, rief Ingrid aus. »Er ist doch wohl nicht wieder auf eigene Faust losmarschiert?«

»Wieder?«, fragte Aisha und Ingrid hätte sich die Zunge abbeißen können.

»Ich werde nachsehen, ob seine Jacke weg ist«, sagte Aisha. »Einen Moment, ich laufe nach oben.«

Als sie zwei Minuten später wieder nach unten kam, war sie blass.

»Jacke, Skihose und Winterschuhe sind verschwunden.«

»Dann müssen wir raus und nach ihm suchen«, entschied Ingrid und erhob sich umgehend vom Tisch. »Preben, komm mit.«

Sie überkam ein ungutes Gefühl. Er war doch wohl nicht zum Himmelnuten aufgebrochen? Seit ihrer ersten Begegnung wusste sie, dass er ein eifriger Kletterer war, und jetzt befürchtete sie, er würde Ernst machen mit dem, was er über die Besteigung des Gipfels gesagt hatte.

»Wir müssen erst draußen nachsehen.«

Ingrid lief durch die Haustür nach draußen. Der Schnee fiel so dicht, dass man nur schwer etwas erkennen konnte, und Fußspuren würden schnell verschwunden sein, aber dort … war das …? Ja, sie war sich ganz sicher, dass sich auf der Treppe und ein Stück unterhalb Winterschuhabdrücke in Kindergröße befanden.

»Er ist draußen«, sagte sie, als sie wieder hereinkam, um ihre Jacke zu holen. Die anderen hatten sich am Empfangstresen versammelt. »Großmutter, Aisha, sucht ihr auf dem Grundstück.«

»Ich hätte ihm ein Handy geben sollen«, sagte Aisha, deren Stimme nunmehr zitterte.

»Du könntest über so eine Smartwatch nachdenken«, schlug Preben vor. »So eine, über die du ihn anrufen kannst. Nachdem … ich meine – nachdem wir ihn gefunden haben.«

Na, herzlichen Dank, dachte Ingrid und zog Preben mit sich zur Garderobe. Wanderkleidung und -schuhe hielten sie selbstverständlich zur Ausleihe bereit. Sie gab ihm einen Rucksack mit Seilen, Geschirr und einer Wolldecke. Zog sich selbst schnell an und nahm das Nötigste an Ausrüstung mit. Steigeisen, Keile, Helm.

»Wenn wir euch in einer Viertelstunde nicht angerufen haben, müsst ihr Hilfe rufen«, sagte sie zu Mutter Borghild.

*

Der Weg war weit, und es wurde bereits dunkel. Während Ingrid und Preben gegen den Wind ankämpften, peitschte ihnen der Schnee ins Gesicht. Die Spuren hatten kurz nach dem Parkplatz aufgehört, doch Ingrid hatte eine böse Ahnung, wo sie suchen mussten. Wortkarg wies sie Preben den Weg. Sie schob die Hand in die Jackentasche, zog das Handy heraus und checkte mit steifen Fingern das Display. Kein Empfang. Die Großmutter hatte mittlerweile sicher die Rettungsmannschaft gerufen, aber tief im Inneren wusste Ingrid, dass die Hilfe nicht rechtzeitig vor Ort sein konnte.

Wenn Hussein dort war, wo sie glaubte, eilte es, ihn zu finden. Am Engelinehaugen hielt sie für ein paar Sekunden inne. Ingrid dachte an all die Male, die sie hier gestanden hatte. Als Kind hatte sie gedacht, ihre Eltern seien von hier aus in den Himmel gereist; auch als Erwachsene hatte sie hier immer wieder Kraft getankt. Und jetzt brauchte sie all die Kraft, die sie bekommen konnte.

Preben blieb hinter ihr im Schneegestöber stehen, kam etwas näher und legte eine Hand auf ihre Schulter. Sie drehte sich um und begegnete seinem Blick, wollte lächeln, schaffte es jedoch nicht. Sie legte ihre behandschuhte Hand über seine.

Das Gehen wurde schwieriger, aber sie kämpften sich voran, vorbei an dem gefrorenen Styggfossen und hinauf zum Ende der steilen Wand des Himmelnuten. Sie schirmte die Augen mit der Hand ab und hob den Blick, doch weit sehen konnte man nicht. Um sie herum heulte der Wind, und der Schnee stach auf der Haut.

»Glaubst du wirklich, der Junge kann hier hinaufgegangen sein, allein, bei diesem Schneetreiben, und ist auf eigene Faust losgeklettert?«, fragte Preben. »Das ist doch lebensgefährlich. Vielleicht ist es besser, wenn wir hier warten, bis die Rettungsmannschaft kommt.«

Sie schüttelte den Kopf. »Wir müssen nachsehen. Wenn er dort ist, wo ich glaube, haben wir keine Zeit zu verlieren. Das Wetter ist zu schlecht, als dass sie jetzt mit dem Hubschrauber kommen könnten. Wir müssen klettern.«

»Ingrid. Dann tue *ich* es«, sagte Preben bestimmt.

Sie blinzelte ins Schneegestöber hinein, folgte dem Berg mit dem Blick. Wenn Hussein hier war, wie konnte er es geschafft haben hinaufzukommen?

Dort drüben sah es so aus, als sei kürzlich etwas Schnee heruntergerutscht. Wahrscheinlich hatte sich eine Schneebrücke gebildet, über die Hussein gegangen und die dann zusammengebrochen war. In diesem Fall hatte er keine Chance, ohne Hilfe zurückzukommen. Sie wusste, dass sie jetzt gezwungen war zu tun, was sie nicht wagte. Was sie nicht geglaubt hatte, je wieder zu schaffen. Sie musste klettern.

»Danke, Preben. Du bist ein souveräner Bergsteiger. Aber ich glaube ehrlich gesagt nicht, dass jemand genau diese Wand besser bewältigen kann als ich. Zumindest muss ich vorangehen.«

Sie gingen über den Schnee, wobei Ingrid mit den Füßen genau nachspürte, wo sie das Gewicht platzieren musste, um nicht einzubrechen. Als sie die Wand erreichten, machte sie ein paar prüfende Griffe nach oben, stieß sich mit dem Fuß ab. Noch ein Griff. Noch einer. Auf dem ersten kleinen Absatz, nur wenige Meter oberhalb von Preben, hielt sie inne. Tastete nach dem Seil, das sie auf dem Rücken verstaut hatte. Die Möglichkeiten zur Sicherung waren begrenzt, jedoch konnte sie einige der Keile verwenden, und möglicherweise brauchte sie das Seil auch, um Hussein nach oben zu ziehen, sollte er in eine Felsspalte gefallen sein.

Sie rief den Berg hinauf. »Hussein!«

Keine Antwort. Auch Preben rief. Seine Stimme wurde

den Berg hinaufgetragen und war besser zu hören als ihre: »Hussein!«

Und ja – dort! Dort hörte sie etwas, schwach, weit über sich. Eine Kinderstimme.

»Hilfe!«, rief sie. »Tante Ingrid! Du musst mir helfen!«

Der weiße Drache fauchte ihr entgegen, wollte sie lähmen. Sie aber ließ ihn fauchen. Die ganze Welt drehte sich um den nächsten Zug. Sie konnte nicht denken, konnte sich nur darauf fokussieren, wo die Finger Halt fanden, wo der Fuß Halt fand. Sie hatte das tausendmal gemacht, jedoch hatte sie nicht geglaubt, dass sie es je wieder tun würde. Kälte. Schnee. Eis. Es war Irrsinn, den Himmelnuten mitten im Winter ohne anständige Sicherung hinaufzuklettern. Sie könnte sterben. Hussein könnte sterben. Er aber würde auf jeden Fall sterben, würde sie es nicht versuchen. Sie konnte nicht schuld daran sein, dass ein weiteres Leben verloren ging. Sie schob die Gedanken an den Schnee beiseite. An die Kälte. Daran, was passieren würde, sollte Hussein das Gleichgewicht verlieren und stürzen. Dachte nur an die nächste kleine Spalte, in der ihr Fuß Halt finden konnte, die nächste Kerbe, die breit genug war, um die Finger darin zu platzieren.

Ihr Körper übernahm jetzt. Er erinnerte sich an jedes Detail dieses Gebirges.

Sie schaffte es, sich über die Kante nach oben zu ziehen und erreichte das Plateau mit schmerzenden Fingern und hohem Puls. Von hier oben musste sie seine Stimme gehört haben. Jedoch war kein Hussein zu sehen. Konnte er es noch höher geschafft haben? Nein, das war unmöglich. Vorsichtig bewegte sie sich vorwärts; durch das Schneegestöber war schwer zu erkennen, wo entlang die Kante verlief. Ein falscher Schritt, und man landete direkt in der Geröllhalde.

»Hussein!«, rief sie. »Hussein, bist du hier?«

Keine Antwort.

»Hussein!«

War das eine Stimme?

Jetzt hörte sie sie wieder. Der Wind tat das seinige, sie zu übertönen, aber da war sie: »Hilf mir!«

Befand er sich vor der Kante?! Hing er an der Kante? Auf den Knien kroch sie zum Rand und schaute darüber.

Und ja, dort, auf einer Ansammlung von Steinen unterhalb des Absatzes sah sie eine rote Jacke.

»Hussein! Gott sei Dank!«

Sie lehnte sich nach vorn und begegnete seinem Blick. Seine Augen glichen zwei kleinen schwarzen Punkten in einem vor Schmerz und Kälte zusammengekniffenen Gesicht.

»Tante Ingrid! Es tut weh!«

»Gib mir deine Hand.«

Mit ihrer linken Hand griff sie fest nach seiner, während sie mit der rechten das Seil hervorzog. Sie musste es unter seine Arme bekommen und ihn sichern, bevor sie ihn hochzog, damit sie nicht den Halt und ihn verlor ... Sie schob den Gedanken beiseite.

Jetzt kam es darauf an. Sie spürte die Kälte nicht mehr, war voll und ganz auf Hussein konzentriert. Sie befestigte das Seil um ihn und stellte sicher, dass ihre Füße Halt hatten. Spannte alle Muskeln an.

»Komm, Hussein. Ich habe dich jetzt.«

Als die alpine Rettungsmannschaft auf dem Weg vom Hotel zum Himmelnuten war, traf sie auf eine Frau mit Kletterausrüstung und einen Mann, der ein in eine Wolldecke gewickeltes Bündel trug. Das Bündel stellte sich als ein verfrorener Junge mit einem verletzten Fuß heraus. Er war von einem Felsvorsprung gefallen, »schien jedoch, das Ganze auf wundersame Weise ohne größere Verletzungen überstanden zu haben«, wie kurz darauf in der Onlineausgabe der *Dalen Tidende* zu lesen war.

Aisha und Mutter Borghild empfingen Ingrid und Preben im Foyer. Ingrids Hände waren verfroren, ansonsten jedoch war sie warm, ja, euphorisch; nie zuvor hatte sie einen vergleichbaren Adrenalinrausch erlebt.

Als sie Hussein in Prebens Armen sah, flossen bei Aisha die Tränen. »Danke, Allah!«, sagte sie. »Danke, dass du hier bist, Hussein! Ich dachte, du seist tot!«

Doktor Wilkins untersuchte Hussein oben in der Wohnung. Abgesehen von einem verstauchten Handgelenk, einem verstauchten Fuß und leichteren Erfrierungen im Gesicht und an den Fingern sei mit dem Jungen alles in Ordnung, versicherte der Arzt. Er verschrieb ein heißes Bad, Unmengen Kakao mit Schlagsahne sowie ein Skype-Telefonat nach Jordanien.

»Er sehnt sich so sehr nach seinem Vater, dass es ihn krank macht«, erklärte er. »Das hat zu seinem verrückten Einfall beigetragen. Er hatte die Idee, Kontakt mit ihm aufnehmen zu können, wenn er nur auf den höchstmöglichen Gipfel klettert. Und … einige in seiner Klasse haben ihn gewiss herausgefordert und gesagt, das würde er niemals schaffen. Sie sollten mit der Schule sprechen und herausfinden, wie es ihm dort eigentlich geht. Ansonsten muss ich sagen, dass er über ein ganz einzigartiges Talent zum Klettern verfügt. Und dass er damit weitermachen sollte. Vielleicht unter etwas milderen Bedingungen.«

»Ich kann mit ihm üben«, sagte Ingrid.

»Du *willst* also wieder klettern?«, fragte Preben mit einem breiten Grinsen.

»Ja, das steht fest«, entgegnete sie. »Ein bisschen Frost kann mir nichts anhaben.«

*

Tor fror. Es würde seine Zeit brauchen, bis die Klimaanlage die Temperatur im Auto auf ein erträgliches Niveau gebracht hatte. Er schaltete das Radio ein und fuhr langsam über die Zufahrt zum Hof. Es ertönten Panflötenversionen bekannter Weihnachtslieder. Ihm schauderte. Als er gerade den Sender wechseln wollte, erklang die Erkennungsmelodie der Nachrichten. *Es ist 17 Uhr, hier sind die Nachrichten. Der Einsatz der Regierung für Offshore-Windkraftanlagen erfährt von mehreren Parteien Kritik.*

Nun. Wind vom Meer hatten sie hier in Dalen zumindest nicht. Er wechselte doch zu Radio Rock. Die Nachmittagsversorgung der Tiere war erledigt, und Tor hatte vor, nach Lillehammer zu fahren und Weihnachtsgeschenke zu kaufen. Nicht dass es sich um einen Großeinkauf handelte: Vielleicht ein Wollschal und eine Tube Handcreme für die Mutter und neue Handschuhe für den Vater. Nicht gerade fantasievoll, allerdings erwarteten seine Eltern auch nichts Erfinderisches. Seiner Schwester Grete in Bergen hatte er Geld überwiesen, damit sie den Kindern Geschenke von Onkel Tor kaufen konnte. Wenn man seine finanzielle Lage bedachte und besonders im Hinblick darauf, dass Grete und ihr Mann Magnus zusammen viermal so viel verdienten wie er, hatte es sich um eine ziemlich große Summe gehandelt. So wenig jedoch, wie er die Kinder sah, war ein großzügiges Weihnachtsgeschenk wohl das Mindeste, was er ihnen bieten konnte.

Im Sommer kamen seine Schwester und ihre Familie ab und an zu Besuch, an Weihnachten jedoch blieben sie für gewöhnlich zu Hause in ihrem großen Haus in Fana. Dort bekamen sie Besuch von Magnus' Familie, und sie luden immer auch Tor und die Eltern ein. Aber Tor hatte schließlich den Hof, und die Eltern zogen es vor, zu Hause zu sein, weshalb sie zu dritt feierten. Es kam vor, dass Tante Maja bei ihnen war, aber an diesem Weihnachten musste sie arbeiten.

Er bog auf die Hauptstraße ab und merkte, dass er etwas zu heftig aufs Gaspedal trat. Er versuchte zu verdrängen, was seit gestern Abend durch seine Gedanken wirbelte. Himmelfjell. Die halbe Nacht hatte er wach gelegen und daran gedacht, was zwischen ihm und Ingrid geschehen war. Das Glücksgefühl, das er dort in ihrer Wohnung empfunden hatte. Kaum vorstellbar, dass er ihr endlich so nahe hatte kommen dürfen.

Und dann der Rückschlag. Der Typ, der gekommen und sich dazwischen gedrängelt hatte. Er wusste durchaus, wer er war, Preben Wexelsen. Hatte ihn im Fernsehen gesehen. Arroganter Typ. Und als Preben kam, hatte Ingrid Tor förmlich aus der Tür geschoben. Nein. Er wollte an etwas anderes denken. Überlegte, sich ein wenig nach Fotoausrüstung umzusehen, wenn er schon mal in der Stadt war. Seine Kamera war gut, jedoch könnte er gut mehr Ausrüstung gebrauchen. Das Objektiv, das er sich am sehnlichsten wünschte, war viel zu teuer, aber er ging gern zum Träumen in Fotogeschäfte und war froh darüber, dass es noch immer solche Spezialläden gab. Für gewöhnlich unterhielt er sich mit dem älteren Herrn, der bediente. Er hatte dort bereits vor der Übernahme des Ladens durch eine Kette gearbeitet und lange, bevor für die meisten Menschen das Handy den Fotoapparat ersetzte. Tor hatte das Gefühl, sie beide hätten etwas gemeinsam, der Verkäufer und er. Beide waren sie ein wenig aus der Zeit gefallen, Typen, die sich der modernen Wirklichkeit nicht anpassen konnten oder wollten.

Heute hatten die Geschäfte in Lillehammer länger geöffnet; die Fußgängerzone war vermutlich voll und ganz auf Weihnachten getrimmt. Musik, Lichterketten zwischen den Häusern, die Tanne der Heilsarmee, eine Bude, an der Vogelfutter verkauft wurde, und eine andere, an der Gløgg angeboten wurde, Menschen mit Tretschlitten, Kinder mit erwartungsvoll leuchtenden Augen.

Er erinnerte sich daran, wie es einst war, sich so auf Weihnachten zu freuen.

Jetzt konnte er nicht behaupten, sonderlich viel Freude auf das Fest zu verspüren. Er wusste genau, wie Weihnachten werden würde. Der Heiligabend, Minute für Minute. Die Sølvguttene im Fernsehen im Haus der Eltern, Rippchen und Sauerkraut, Vater, der genau das eine Glas Aquavit zu viel trank, dass Mutter sauer wurde. Der sparsame Geschenkeaustausch, die vorhersehbare Dankesrunde. Mutters Kransekake – nun, der war in der Tat ein Höhepunkt, das musste er zugeben. Der Vater, der im Sessel einnicken würde, die Mutter, die Tor bedrängen würde, noch eine Tasse Kaffee zu trinken, bis er irgendwann aufbrechen und – wie er es jedes Jahr tat – sagen würde, nein, er müsse wohl zusehen, nach Hause und ins Bett zu kommen, um für die Morgenfütterung fit zu sein.

Er mochte seine Eltern, jedoch hatte er sich sein Leben anders vorgestellt. Als er und Sandra geheiratet hatten, hatte er von einer Zukunft mit vielen Kindern, lebhaften Feiern, Menschen, die kamen und gingen, jeder Menge Leben und Trubel auf dem Hof geträumt. Daraus war nie etwas geworden. Jetzt war es einfach nur still. Ja, er hatte die Schafe. Aber trotzdem.

Es war bereits pechschwarz geworden. Wie kurz diese Tage waren. Die Straßen waren durchweg befahrbar, allerdings hatte das Räumen nach dem heftigen Schneefall gestern für große

Schneeberge entlang der Fahrbahn gesorgt, vor allem außerhalb von Dalen, wo sie an manchen Stellen einer Mauer glichen.

Sein sowie das Grundstück der Eltern hatte er mit dem Traktor gründlich geräumt. Als er gestern vom Himmelfjell zurückgekommen war, hatte er jedoch etwas Seltsames bemerkt: Überall waren dort Reifenspuren gewesen. Und die stammten von keinem seiner eigenen Autos. Der komplette Hof war voll davon. Es hatte ausgesehen, als wäre dort jemand ständig im Kreis gefahren. Was in aller Welt hatte das zu bedeuten?

Er hatte sich umgeschaut, nachdem er aus dem Auto ausgestiegen war. Hatte sich gefragt, ob dort jemand sei. Keine Autos, das war offensichtlich, aber konnte jemand im Haus sein? Bei der Eingangstür hatte er hingegen keine unbekannten Fußspuren entdeckt und auch keine Anzeichen von etwas Ungewöhnlichem, nachdem er aufgeschlossen hatte. Dennoch hatte er ein starkes Unbehagen empfunden, das lange anhielt, nachdem er das Haus betreten hatte.

Das Erste, was er getan hatte, nachdem er in die Küche gekommen war, war die Eltern anzurufen, um sich zu erkundigen, ob bei ihnen alles in Ordnung war. Die Mutter hatte bei der Frage überrascht geklungen.

»Ja, selbstverständlich ist alles in Ordnung, Tor. Hast du etwas Spezielles im Sinn gehabt?«

»Nein«, sagte er. »Ich wollte nur nachfragen. Jetzt bei … all dem Unwetter und so. Braucht ihr was?«

Er konnte ihnen nicht sagen, worüber er sich Sorgen machte, nämlich darüber, was Hallgrim und seiner Familie einfallen könnte, wenn Tor zu viel in Sachen grub, die ihn nichts angingen. Dass er glaubte, die Familie Dalen sei auf dem Hof gewesen, um ihn darauf hinzuweisen, dass sie ein Auge auf ihn hatten, und ihn daran zu erinnern, wer hier im Dorf das Sagen hatte.

Diese Gedanken beunruhigten ihn. Und zur Krönung des Ganzen war auch noch dieser Wexelsen aufgetaucht. Es war offensichtlich gewesen, dass Ingrid nicht glücklich darüber war, ihn zu sehen. Tor bereute es, dass er sich so leicht hatte abwimmeln lassen. Er hätte bleiben und das Geschehen verfolgen sollen. War Wexelsen noch immer im Himmelfjell? Nicht auszudenken, wenn er Ingrid in irgendeiner Weise bedrohte oder bedrängte. Er konnte das nicht einfach geschehen lassen.

Unmittelbar bog er von der Straße auf einen Wendeplatz hinter einer alten Holzlagerstelle ab. Er hatte sich umentschieden. Die Weihnachtsgeschenke konnten warten. Das hier hatte Eile. Er fuhr wieder auf die Straße, dieses Mal in die entgegengesetzte Richtung, zum Himmelfjell. Es war das Beste, wenn er hochfuhr, um nachzusehen, ob alles in Ordnung war. Ingrid sollte wissen, dass er für sie da war, wenn sie ihn brauchte.

*

Als Trost dafür, dass sie nicht zum Einsatz gekommen war, bekam die alpine Rettungsmannschaft Kaffee und Kuchen, während Ingrid und Preben in trockene Sachen schlüpften und sich in die Bibliothek setzten.

Preben nahm das angebotene Glas Wein dankend an; er wollte bis zum nächsten Tag warten, um wieder nach Oslo zu fahren. Er war sicher, die Vertreter der Organisation würden verstehen, warum er das Treffen um einen Tag hatte verschieben müssen.

»Du hattest recht, Preben«, sagte Ingrid. »Als du gesagt hast, dass ich wieder klettern würde.«

»Du hast früher auch schon mal Angst gehabt, dich aber immer wieder nach dem Erklimmen der Wand gesehnt«, betonte Preben.

»Als ich dazu gezwungen war, um Hussein zu retten, war es, als würde die Krise die Angst überwinden. Ich hatte keine Zeit innezuhalten, um an Lawinen zu denken oder danach zu lauschen. Mein Körper hat mich einfach die Wand hinaufgelenkt.«

Preben nahm erneut einen Schluck von dem Wein.

»Ja, das muss man schon sagen. Was für ein Tag! Mit dir ist es nicht einen Augenblick langweilig, Ingrid.«

»Ich bin so dankbar für alles, was du heute getan hast, Preben«, sagte sie. »Da draußen hatte ich das Gefühl, dass wir wieder ein Team waren.«

Sie erhoben die Gläser zu einem stillen *Skål*.

Ingrid streckte eine Hand über den Tisch aus. Ihre Finger legten sich über Prebens und drückten vorsichtig zu. Er erwiderte den Händedruck.

Selbstverständlich war es genau der Moment, in dem Preben und Ingrid Hand in Hand, mit den Sternen über dem Himmelnuten als Hintergrundkulisse, dasaßen, als Tor Seter die Bibliothek betrat.

Ingrid sah, wie Tor erstarrte, auf der Stelle stehen blieb, bevor er umgehend kehrtmachte und das Zimmer mit schnellen Schritten wieder verließ. Ingrid stand auf und lief ihm hinterher. »Tor!«, sagte sie, als sie ihn im Foyer einholte.

Sie legte ihm eine Hand auf den Oberarm.

»Tor, es ist nicht so, wie du …« Dann hielt sie inne. Warum sollte sie sich Tor gegenüber erklären? Sie hatte doch nichts falsch gemacht? Aber in ihr rief eine Stimme: *Doch! Das vergisst er nicht! Jetzt hast du alles kaputtgemacht!*

Was kaputtgemacht?, fragte sie sich selbst. *Was gibt es da kaputtzumachen?* Sie zog ihre Hand zurück.

Tor stand ihr zugewandt da, war jedoch vollkommen starr,

wie in einen Kokon gehüllt. In den blauen Augen fand sich kein Lachen.

»Ich habe da etwas missverstanden«, sagte er. Seine Stimme klang betrübt. »Ich dachte … ich wollte nur nachsehen, ob alles in Ordnung ist. Aber das ist es ja offensichtlich. Ich fahre wieder. Ich hätte begreifen müssen, dass ich nur eine Ersatzlösung war.«

»Nein!«, rief sie regelrecht. »Fahr nicht!«

Er sah sie skeptisch an. »Warum nicht?«

»Weil es nicht so ist, wie du denkst.«

19. Dezember

»Gute Fahrt, Preben«, sagte Ingrid und legte ihm eine Hand auf den Unterarm. »Lass uns bald wieder was voneinander hören.«

»Das tun wir, Ingrid! Wir hören sehr bald wieder voneinander.«

Sie winkte, als er losfuhr. Er lächelte und erwiderte das Winken.

Sie sah dem Auto nach, als es die frisch geräumte Straße hinunterfuhr. Ihr Herz gab eine wundersame Regung von sich. In nur zwei Tagen hatte sich so viel verändert.

Dass sie und Preben sich versöhnen könnten, hatte sie nicht einmal als eine Möglichkeit in Betracht gezogen. Aber jetzt, nur einen Tag nach seinem plötzlichen Auftauchen, hatten sie es geschafft. Die Überraschung über Prebens Vorschlag hatte in ihr Tauwetter einsetzen lassen. Und ihre Teamarbeit bei Husseins Rettung hatte, wie eine im Frühjahr plötzlich einsetzende Flut, die Sperren hinweggespült.

Mit Preben war es anders als mit irgendjemand anderem, mit dem sie zusammen gewesen war. In allem, was er tat, lag eine intensive Kraft, und seit er seine grünen Augen zum ersten Mal in *dieser* Weise auf sie gerichtet hatte, wusste sie, was das beinhaltete. Preben hatte sie damals haben wollen. Daran gab es nichts zu deuteln. Und Preben bekam meist das, was er wollte. Aber jetzt … wollte er sie immer noch zurückhaben? Und wenn ja: Was wollte sie?

Im besten Fall war es ein Abenteuer, mit Preben zusammen

zu sein. Er und Ingrid waren zwei Kraftfelder, sie machten die starken Seiten des anderen noch stärker, und oft hatten sie sich zusammen unschlagbar gefühlt. Was für ein Team sie gewesen waren! Sowohl ihre Leistungen als auch ihre Beziehung waren von der Presse ausführlich abgedeckt worden, sie beide hatte eine Art Glanz umgeben, und Expeditionsteilnehmer und Sponsoren hatten Schlange gestanden, um Teil ihrer Mannschaft zu sein.

Allerdings hatten sie auch dieselben Schwächen: Sie waren stur und eigensinnig, und keiner von ihnen war gut darin zuzuhören – weder den Meinungen anderer noch den eigenen Gefühlen. Das erschwerte Situationen, in denen sie unter Druck gerieten und beide der Meinung waren, im Recht zu sein. Wenn sie sich stritten, gab es wilde Unwetter mit Blitz und Donner, gefolgt von langen Frostperioden. Von Preben gesehen zu werden, war, wie sich in der Sonne zu wärmen, wenn er sich jedoch entschloss, einen zu übersehen, befand man sich auf der Schattenseite. Und dort war es kalt.

Man konnte durchaus sagen, sie hatten einige Berg- und Talfahrten erlebt – sowohl im wortwörtlichen als auch im übertragenen Sinn. Haha – sie feixte über ihr Wortspiel. Wie aber konnte sie nun sicher sein, dass es *ganz* vorüber war? Wenn Preben den Wunsch hatte, es erneut zu versuchen, war sie dann in der Lage, seiner Kraft zu widerstehen?

Es wurde später Nachmittag, bevor sie dazu kam, Vegard anzurufen. Sie erzählte ihm, was geschehen war, von dem Besuch und der Rettungsaktion, dem Drama an allen Fronten. Es sprudelte nur so aus ihr heraus, bis die Gefühle des Freundes aus ihm herausplatzten.

»Stell dir nur vor, dass du wieder geklettert bist! Ich wusste es, Ingrid! Du würdest wieder klettern.«

Sie war nicht in der Lage zu antworten. Es war, als würde ihr erst jetzt bewusst werden, wie groß das war. Sie hatte dem weißen Drachen getrotzt. Als es notwendig wurde, hatte sie getan, was getan werden musste.

Allerdings bekam sie nicht viel Zeit, in eigene Gedanken zu versinken. Vegard redete enthusiastisch weiter.

»Also, das ist vollkommen wild, dass Preben Wexelsen so ohne weiteres vor der Tür stand! Die reine Seifenoper!«, lachte er. »Aber was ist mit Tor?

»Tor?«

»Ja, wie hat er darauf reagiert, dass Preben da war?«

»Hm …« Ja, was sollte sie sagen? »Nun, er war nicht sonderlich begeistert.«

»Nein, das will ich glauben!«, lachte Vegard.

Zum Glück war es ihr gelungen, Tor gestern Abend daran zu hindern, sofort wieder zu fahren. Er hatte sich ein wenig beruhigt, nachdem sie ihm von dem Drama um Hussein erzählt hatte, das sie und Preben soeben erlebt hatten. Dennoch hatte er gesagt, er sei nur gekommen, um nachzusehen, ob alles in Ordnung sei, und dass er umgehend wieder ins Dorf hinunter müsse. Was zwischen ihnen vorging, war also noch immer ungeklärt. Es beschäftigte sie noch immer, dass er sie Prebens Hand hatte halten sehen, und jetzt wusste sie nicht recht, wie sie das Gespräch wieder aufnehmen sollte.

Sie versuchte zu lachen, aber das Lachen steckte ihr im Hals fest.

»Hm«, sagte Vegard. »Da bin ich ein paar Tage nicht im Haus und du schaffst es, sowohl ein Liebesdrama als auch eine Rettungsaktion zu fabrizieren! Das ist doch vollkommen verrückt.«

»Liebesdrama? Nein, zwischen mir und Preben ist schon lange Schluss. Und Tor –«

»Ja, Tor! Er ist vollkommen vernarrt in dich. Und du magst

ihn auch. Du siehst es nur nicht, weil du ihn in die *Friendzone* verfrachtet hast.«

Nun, wenn du wüsstest, dass ich Tor gerade geküsst hatte, als Preben ankam, dachte sie. Denn exakt dieses Detail hatte sie in dem Gespräch mit Vegard ausgelassen. Sie hatte das Gefühl, dass er es trotzdem irgendwie erraten hatte.

»Ich bin noch immer ganz zittrig nach dem Vorkommnis mit Hussein«, sagte sie. »Und erleichtert. Und froh. Und total verwirrt.«

»Es ist gut, dass der Kauz und ich morgen kommen. Du brauchst jemanden, der auf dich aufpasst!«

Jetzt war Ingrid an der Reihe zu lachen.

»Und was sollt du und David deiner Meinung nach tun? Die Anstandsdamen geben? Oder mich im Gebirge absichern?«

Vegard prustete, wurde dann jedoch ernster.

»Ingrid, du weißt, dass ich dir gern helfen und dich unterstützen möchte, wenn ich kann. Nach dem Unglück warst du vollkommen am Boden zerstört. Ich habe nicht vor, dass noch einmal zuzulassen.«

»Ich werde mich nicht zerstören lassen, Vegard. Ich verspreche, dir Bescheid zu geben, wenn ich Hilfe brauche.«

»Gut!«

»Im Übrigen, wann glaubst du, werdet ihr hier sein?«

»Gegen sieben, schätze ich«, sagte Vegard. »Obwohl es davon abhängt, wann David mit der Arbeit fertig ist. Vielleicht ist acht realistischer.«

Sie notierte sich, dass sie frühestens um neun da sein würden.

»Aber zurück zu dir«, sagte Vegard. »Du hast gesagt, dass Tor mit den alten Zeitungen bei dir gewesen ist. Habt ihr etwas herausgefunden?«

»Ja, das ist alles sehr seltsam«, sagte Ingrid.

Sie gab Vegard eine kurze Zusammenfassung von dem, was

sie gelesen hatten, und dem, was der ehemalige Zeitungsredakteur Tor erzählt hatte.

»Die Schwester des einflussreichsten Dorfbewohners! Spurlos verschwunden! Es ist, wie ich schon gesagt habe, das sollte ein Podcast werden«, sagte Vegard. »Oder eine Fernsehserie. Das ist doch ein Mysterium!«

»Ja, das ist es in der Tat«, bestätigte Ingrid. »Aber da ist noch mehr, musst du wissen.«

»Noch mehr?«, erkundigte sich Vegard.

»Ja, Tor hat auch herausgefunden, dass Hallgrim Dalen wirtschaftliche Interessen daran hat, dass es dem Hotel schlecht geht. Der Punkt ist, dass ich mir immer sicherer werde, dass es einen Zusammenhang zwischen der Sache von damals und all den Dingen gibt, die momentan hier geschehen …«

»Woran denkst du dabei?«

»Nun, allen voran die plötzlichen Stornierungen«, erklärte Ingrid. »Hinter denen Hallgrim und seine Bande zu stecken scheinen. Mutter Borghild meint jedoch, dies sei nicht nur Geld, sondern auch einer alten Geschichte zwischen Hallgrim und ihr geschuldet, die … Okay, das ist ziemlich kompliziert. Es hat den Anschein, als mache er sie für das Verschwinden seiner Schwester verantwortlich. Ich muss zugeben, dass ich die Verbindungen dabei nicht ganz verstehe. Wir reden mehr darüber, wenn du kommst! Aber ich finde es so seltsam, dass gerade jetzt alles wieder hochkommt.«

Vegard schnaubte triumphierend.

»Zufall? Wohl kaum. *True crime.* Vielleicht droht der Mörder von damals, erneut zuzuschlagen?«

»Aber wir wissen doch gar nicht, ob die Verschwundene ermordet wurde«, wandte Ingrid ein.

Dann wurde sie still. Mord, Selbstmord, Unfall, oder eine komplett andere Erklärung für das Verschwinden – was wusste sie eigentlich darüber? Nur das, was in den Zeitungen gestanden hatte, und das, was sie von Mutter Borghild erfahren hatte, und das war nicht viel.

Sie seufzte.

»Bei all dem Drama, das in den vergangenen Tagen hier herrschte, weiß ich bei nichts, wo oben oder unten ist.«

»Ich hoffe, es geht dir gut«, sagte Vegard, bevor sie das Gespräch beendeten. »Wir sehen uns morgen!«

Ingrid blieb nachdenklich sitzen. Ging es ihr gut? Schwer zu sagen. Sie war ausgelaugt, überwältigt, glücklich, erschrocken, total verwirrt und möglicherweise ziemlich verliebt.

*

Freya Wilkins war kaum wiederzuerkennen. Die abenteuerlustige, farbenfrohe Dame war regelrecht verblasst, wie sie dort auf dem Sofa des großen Zimmers halb lag, halb saß. Sie hatte eine Wolldecke über den Beinen, war mit einer grauen Strickjacke bekleidet, die Augen waren halb geöffnet und die spektakuläre Aussicht auf das Gebirge schien sie nicht mehr wahrzunehmen. Die Haare waren unfrisiert und verrieten zwischen den ansonsten blonden Locken einen leicht grauen Ansatz. Auf dem Tisch vor ihr stand eine Tasse, in der noch immer ein Teebeutel hing. So dunkel wie der Tee war, musste er schon stundenlang ziehen.

»Hei, Freya, wie geht es Ihnen?«, erkundigte sich Ingrid. »Ich habe ein paar Kostproben von Majas Weihnachtsgebäck mitgebracht.«

Sie stellte die Schale auf den Salontisch, obwohl sie das Gefühl überkam, dass die Plätzchen nicht angerührt werden würden. Sie nahm auf einem Stuhl am Sofaende Platz. Doktor Wilkins hatte Ingrid die Tür geöffnet und saß jetzt an dem kleinen, der Wand zugedrehten Schreibtisch. Er schwang den Stuhl herum, sodass er den Schreibtisch und die vielen darauf liegenden Papiere im Rücken hatte. Die Arzttasche stand geöffnet neben dem Sofa.

»*Thank you*«, sagte Freya mit einem schwachen Lächeln. Sie betrachtete Ingrid und die Plätzchen, senkte dann jedoch den Blick wieder, als sei die Anstrengung, zwei Worte zu äußern, zu groß für sie. War das wirklich dieselbe Person, die vor nur wenigen Tagen mit der Energie eines Tornados ins Hotel gestürmt war?

»Maja lässt grüßen und hofft, dass Sie bald wieder fit sind, um mit ihr zusammen in der Küche zu agieren«, ließ Ingrid Freya wissen. »Jetzt kurz vor Weihnachten müssen viele Spezialitäten zubereitet werden – zudem muss das selbst gebraute Bier probiert werden«, sagte sie mit einem Lächeln in Richtung von Doktor Wilkins. »Das ist eine wichtige Tradition!«

Die Einladung von Maja war selbstverständlich eine blanke Lüge. Die Köchin hatte mehr als genug Stress, da brauchte sie obendrauf nicht auch noch Freya Wilkins, die ihr vor den Füßen herumtanzte. All die Quengelei und »Hilfsbereitschaft« der Amerikanerin ließ Maja langsam an ihre Grenzen stoßen. Ingrid hingegen hoffte, die Aussicht auf ein wenig traditionelles Handwerk würde in Freya die Lebenslust wieder entfachen können.

Indessen sah es nicht so aus, als könne es irgendetwas bewirken. Ingrid sah wieder zum Sofa, auf dem Freya nun mit geschlossenen Augen lag. Es sah aus, als würde sie schlafen. War sie ruhiggestellt, oder war sie nur erschöpft? In diesem Fall, wovon?

»Freya ist sehr erschöpft«, sagte Doktor Wilkins. Er erhob sich vom Schreibtischstuhl und setzte sich in den Sessel neben Ingrid.

»Unsere Reise aus den USA, all das Organisieren und das hohe Aktivitätsniveau hier in Norwegen ist wohl ein wenig zu viel für sie gewesen. Nicht so gut für den Blutdruck und sehr anstrengend, auch mental.«

Er senkte die Stimme, beinahe zu einem Flüstern.

»Sie wissen, Sie hat in diese Reise so große Erwartungen gesetzt. Sie hat Monate – ja, faktisch Jahre – darauf verwendet, sie zu planen. All ihre Kontakte in *Daughters of Norway* zurate gezogen, Tag um Tag im Internet nach Tickets und Informationen über die Gegend gesucht. Und sie ist so gespannt darauf gewesen, was wir hier über ihre Wurzeln herausfinden würden, womöglich ein paar Verwandte finden würden. Dann aber hat sie vielleicht mehr gefunden, als sie erwartet hat …«

»Mehr? Was hat sie gefunden?«

Doktor Wilkins sah seine Frau an. »Mehr erzählt sie wohl besser selbst, wenn sie wieder auf dem Posten ist.«

»Nun, ich hoffe wirklich, dass es ihr bald besser geht«, sagte Ingrid. »Und ich vertraue auf Sie, dass Sie uns Bescheid geben, wenn wir hier im Hotel irgendetwas tun können. Ob es sich um Essen oder Fahrten handelt oder wenn wir Medikamente aus der Apotheke holen sollen.«

John Wilkins nickte. »Danke«, sagte er. »Sie tun bereits mehr, als man erbitten kann. Aber ich verspreche, Bescheid zu geben.«

Als Ingrid Anzeichen machte, sich von dem Stuhl zu erheben, setzte Freya sich plötzlich auf dem Sofa auf und bohrte ihre weit aufgerissenen grauen Augen in sie. Sie lehnte sich nach vorn und packte Ingrid überraschend fest am Oberarm.

»Es ist dieses Bild«, sagte Freya. »Ich muss es noch einmal sehen. Das Bild von meiner Mutter.«

*

Februar 1962

Hallgrims Stimme erklang wie ein Donnerschlag. »Selbstverständlich wirst du Jarand Smedplass heiraten!« Er lehnte sich nach vorn, während er im Takt der Worte auf Charlotte zeigte. »Du! Solltest! So! Froh! Sein! Dass! Dich! Überhaupt! Jemand! Haben! Will!«

»Aber Hallgrim! Ich kann nicht. Auch wenn er dein Freund ist. Er ist viel zu alt für mich.«

»Neunundzwanzig ist nicht alt.«

»Wenn ich neunzehn bin, ist das alt! Und er war bereits verheiratet.«

»Es ist nicht Jarands Fehler, dass dieses Weib abgehauen ist.«

»Ist es nicht?« Charlotte sah ihren Bruder ungläubig an. »Es hat also nichts damit zu tun, dass er getrunken und sie geschlagen hat?«

Hallgrim schnaubte.

»Du solltest nicht auf Gerüchte hören.«

»Das sind keine Gerüchte! Ich weiß, dass es stimmt. Sie ist zu ihrer Schwester gezogen und hat die Scheidung per Gerichtsurteil erreicht.«

»Dummes Geschwätz. Weibergeschwätz.«

Charlotte fing an zu weinen.

»Ich habe Angst vor ihm!«

Hallgrim war vor Wut rot angelaufen.

»Du undankbares …«

Er kam einen Schritt auf sie zu, und für einen Moment glaubte sie, er würde zuschlagen. Jetzt weinte sie, dass sie kaum noch atmen konnte. Er hielt jedoch jäh inne, machte einen Schritt rückwärts und holte tief Luft.

Er wandte sich für eine Weile ab, um sie dann erneut mit eindringlichem Blick anzusehen.

»Charlotte. Es muss so sein. Jarand hat ja gesagt. Wer sonst glaubst du, will dich jetzt noch heiraten? Nachdem du dich in diese Lage gebracht hast?«

20. Dezember

Als sich die Tür zur Bibliothek öffnete und Ingrid hereinkam, klappte Borghild Berg das große auf ihrem Schoß liegende Buch zu.

»Guten Morgen, Ingrid!«

»Guten Morgen, Großmutter!«

Zielstrebig schritt Ingrid durch den Raum auf die Großmutter zu. Sie wirkte ein wenig angespannt. Und das war nicht verwunderlich, dachte Borghild. Sie war beeindruckt, dass die Enkeltochter nach den dramatischen Ereignissen der vergangenen Tage überhaupt auf den Beinen war. Zudem war es Freitag vor Weihnachten.

Ingrid setzte sich neben die Großmutter und legte eine Hand auf deren Arm.

»Großmutter, ich war gestern bei Freya Wilkins. Sie ist nicht wiederzuerkennen. Es hat den Anschein, als stünde sie unter Schock. Sie war so still, das sieht ihr nicht ähnlich. Allerdings hat sie etwas gesagt, das mich wirklich nachdenklich gestimmt hat. Sie hat von *einem Bild von ihrer Mutter* gesprochen. Dass sie es erneut sehen müsse. Was hat sie damit gemeint, Mutter Borghild? Warum glaubt sie, dass wir hier ein Bild von ihrer Mutter hängen haben?«

Mutter Borghild blieb eine Weile still.

»Ich werde dir von dem Bild erzählen«, sagte sie schließlich. »Aber es gibt so viel zu erzählen, und ich brauche Zeit, um es ordentlich zu vermitteln. Ich weiß, dass es an der Zeit ist, dass du erfährst, wie alles zusammenhängt. Doch ich glaube, dass wir das auf später verschieben müssen. Hier gibt es so viele Unterbrechungen, und jetzt kommen bald neue Gäste. Wir reden besser, wenn nicht so viel zu tun ist.«

Das besänftigte zwar nicht Ingrids Neugierde, aber vermutlich hatte Mutter Borghild recht. Das war weder die richtige Zeit noch der richtige Ort. Jetzt standen bald die Gäste vor der Tür, und die Mysterien der Vergangenheit mussten für eine Weile beiseitegeschoben werden. Die Zukunft des Hotels hing von den heutigen Gästen ab, unabhängig davon, welche Geschichten sich hinter alten Gemälden verbargen, und unabhängig davon, was für unangenehme Pläne Hallgrim Dalen schmieden mochte. Sie mussten sich auf das konzentrieren, bei dem sie etwas ausrichten konnten.

Für dieses Vorweihnachtswochenende hatte Ingrid eine Vereinbarung mit Dalen Skyss bezüglich des Bustransfers vom Bahnhof für die Gäste getroffen, die nicht mit dem eigenen Auto kamen, und eine Familie wurde mit dem Zug erwartet, der um 10:04 Uhr in Dalen ankam. Als der Minibus gegen halb elf vor dem Hotel vorfuhr, war die Haustür geöffnet, das Geländer mit Fichtenzweigen geschmückt und in der Bibliothek knisterte das Kaminfeuer.

Maja bereitete das Mittagessen vor, Alfred stand bereit, um das Gepäck hereinzutragen und Ingrid spürte, wie sich eine gewisse Ruhe über sie legte. Das war es, worauf sie sich vorbereitet hatte. Es war wie früher, als sie geklettert war: Alles im Kopf war Nervosität, Unruhe, Vorbereitungen und Lärm – bis sie eines Tages vor der Bergwand stand, die sie besteigen sollte. Da wurde es im Kopf still, und sie konzentrierte sich auf die Griffe, den Weg nach oben, das, was sie geübt hatte, das, von dem sie wusste, dass sie es tun musste.

Und das, was sie jetzt tun musste, war, die Gäste willkommen zu heißen, dafür zu sorgen, dass sie ihre Zimmer fanden und Essen bekamen, dass sie sich gut umsorgt fühlten. Sie erwartete sie an der Rezeption, sog den Duft der Fichtenzweige ein, mit denen sie geschmückt hatten, und der Pfefferkuchen, die in Körben auf den Tischen standen, und setzte ihr herzlichstes Lächeln auf.

»Willkommen im Himmelfjell Hotel!«

Plötzlich stand Mutter Borghild neben ihr.

Ingrid zuckte beinahe zusammen, derart vertieft in die eigenen Gedanken hatte sie nicht bemerkt, dass die Großmutter herausgekommen war.

»Das ist nicht das Schlechteste, oder?«, fragte Borghild, »Menschen hier willkommen zu heißen?«

Aus dem Impuls heraus zog Ingrid die Großmutter an sich.

»Nein, das ist wahrhaftig nicht das Schlechteste«, bestätigte sie.

*

Ein paar Touristen aus Japan, die enttäuscht waren, als sie entdeckten, dass es auf dem norwegischen Festland keine Eisbären gab, hatten dennoch einen gewissen Trost gefunden, als sie in die Bibliothek kamen und auf Bjørnar trafen, mit dem sie Bilder machen konnten. Er war ein akzeptabler Ersatz. Zudem *könnten* sie Glück haben, während ihres Aufenthalts Rentiere zu sehen, erklärte Ingrid ihnen. Und Nordlichter?, hatten sie gefragt. Ja, das sei in der Tat nicht auszuschließen. Sie könne nichts garantieren, aber mitunter leuchteten sie über den Bergen herrlich auf. Sie zeigte ihnen eine App, die man herunterladen konnte, um nachzusehen, wie hoch die Wahrscheinlichkeit für Nordlichter am aktuellen Standort war. Damit waren sie beschäftigt, bis das Essen serviert wurde.

So viele Gäste hatten sie bisher noch nicht zum Mittagessen gehabt. Neben den neu angekommenen saßen die »Veteranengäste« an einem eigenen Tisch: Pia P und das Ehepaar Wilkins. Freya sah aus, als hätte sie sich wieder einigermaßen erholt. Die blonden Locken waren frisiert und mit Haarspray fixiert, zudem trug sie eine farbenfrohe Strickjacke. Sie aß vorsichtig von der gebratenen Gebirgsforelle mit Gurkensalat.

Nachdem das reguläre Mittagessen beendet war, aßen Mutter Borghild und Ingrid in der Küche zusammen mit dem Team und Hussein. Hussein hatte darauf bestanden, in die Schule zu gehen, obwohl er von den Strapazen mitgenommen war und sowohl um Handgelenk als auch Fußknöchel einen Stützverband trug. Trotz allem war dies der letzte Schultag vor Weihnachten. Er war mit einer bunten Karte von den Klassenkameraden – *GUTE BESSERUNG, HUSSEIN, DU BIST SPITZE* – sowie einer Tüte Weihnachtsschmuck zurückgekommen, den er selbst gebastelt hatte. Ingrid versprach, er solle einen eigenen kleinen Weihnachtsbaum bekommen, den er und Aisha zusammen schmücken konnten.

Die Nachmittagsstunden vergingen wie im Flug. Als sie auf die Uhr sah, war es bereits nach vier. Von Vegard hatte sie bisher nichts gehört. Er wollte eine Nachricht schicken, wenn David und er in Oslo losfuhren. Aber wie erwartet verzögerte sich das Ganze ein wenig. Vermutlich würde es spät werden, bevor sie hier waren. Sie hoffte nur, dass nicht in letzter Sekunde etwas dazwischenkommen würde. Sie *brauchte* ihren besten Freund dieses Wochenende hier.

*

Es war halb zehn. Das Abendessen war beendet, und viele der Gäste waren in die Bar gegangen, während sich die ältesten und die jüngsten in ihre Zimmer zurückgezogen hatten.

Das Essen war ein Erfolg gewesen, die Gäste waren zufrieden, und Perle und die Küchenhilfen waren den ganzen Abend lang hin und her gelaufen, um die Schüsseln nachzufüllen, die leer waren, bevor sie sich versahen.

Majas Gesicht war vor Anstrengung und Nervosität ganz rot, als sich das geschäftige Treiben jedoch beruhigte und nur noch sie beide in der Küche waren, war Ingrid versucht, sie ein wenig mehr zum Fall des vermissten jungen Mädchens auszufragen. Wusste Maja mehr? Es gab ein paar Dinge, die sie noch immer nicht richtig einordnen konnte.

Die Köchin drehte sich zu ihr um und wischte sich die Hände an der Schürze ab.

»Die Schwester von Hallgrim Dalen? Das war vor meiner Zeit.«

»Kannst du nicht so nett sein und mir erzählen, was du weißt?«, hakte Ingrid nach. »Es scheint, als … wollten die Leute am liebsten nicht darüber reden.«

Was sie eigentlich meinte, war, dass Mutter Borghild nicht darüber reden wollte.

Die Köchin schielte zur Tür und nahm einen Topf vom Herd, bevor sie einen Stuhl vorzog und sich an den Küchentisch setzte.

»Das ist durchaus ein Fall, über den es schwer zu reden ist«, sagte sie. »Vielleicht waren diejenigen, die sie gekannt haben, der Meinung, es sei besser, die Geschehnisse in Vergessenheit geraten zu lassen. Es muss für alle entsetzlich gewesen sein, als sie verschwand. Schließlich war sie sehr jung, gerade mal ein Teenager.«

»Aber hast du etwas darüber gehört, was passiert sein könnte? Was glauben die Leute im Dorf?«

»Nein, keiner weiß was Genaues«, sagte Maja. »Allerdings gab es viele Gerüchte. Einige behaupten, sie sei von zu Hause abgehauen, dass sie einen Freund hatte, den die Familie ablehnte. Andere glauben, sie sei einem Verbrechen zum Opfer gefallen. Die meisten scheinen jedoch zu glauben, dass sie sich das Leben genommen hat. In den Wasserfall gesprungen ist. Und über so was hat man zu dieser Zeit am besten nicht gesprochen.«

»Aber warum hätte sie das tun sollen?«, fragte Ingrid.

»Es gab gewiss Gerüchte, dass sie schwanger war«, erläuterte Maja. »Und dass der, den sie heiraten sollte, nicht der Vater war.«

*

Die Küchenhilfen hatten den Speisesaal aufgeräumt und für den Rest des Abends frei bekommen. Vegards und Davids Essen stand bereit, um aufgewärmt zu werden, wenn die beiden denn irgendwann ankommen würden. Denn bisher gab es noch kein Lebenszeichen von ihnen.

»Ich gehe so lange nach oben ins Zimmer«, hatte Pia gesagt. Ingrid fand, sie sehe niedergeschlagen aus. Sie hatte sich sicher auch darauf gefreut, dass die Freunde kommen sollten. Sich vielleicht sogar ein wenig extra schick gemacht. Ingrid hatte das weiße Wollkleid bewundert, in dem Pia zum Essen heruntergekommen war, und bemerkt, dass sich ihre Haare an diesem Abend in besonders schönen Wellen über den Rücken legten. Und nun war der Abend fast vorüber. Recht schwerfällig war Pia die Treppe hinaufgegangen und hatte sich dabei am Geländer festgehalten.

Ingrid schickte Vegard eine Nachricht und bekam zur Antwort, dass sie nunmehr *ganz in der Nähe seien! Glaubten sie!*

Es war halb elf, als Davids Auto vor dem Hotel einbog. Ingrid hatte sich in der Rezeption beschäftigt, während sie gewartet hatte. Sie vernahm Musik vom Autoradio, bevor diese abrupt abgeschaltet wurde, woraufhin Ingrid zur Haustür ging, um ihre Gäste willkommen zu heißen. Die Fackeln leuchteten noch immer entlang der Treppe und sorgten in der Dezemberdunkelheit für einen hellen Pfad.

David öffnete die Tür, stieg aus dem Auto, hob die Hand zum Gruß und ging nach hinten, um den Kofferraum zu öffnen. Vegard sprang auf der Beifahrerseite aus dem Auto und war schnell oben auf der Treppe, um Ingrid in die Arme zu nehmen. Endlich war er zurück! Sie spürte, wie die Erleichterung durch sie hindurchströmte. Und da kam David.

»Ihr bekommt die Peer-Gynt-Suite!«, sagte sie, nachdem sie auch ihn umarmt hatte. Sie reichte ihm eine Schlüsselkarte. »Braucht ihr Hilfe mit dem Gepäck?«

»Nein, danke, das passt«, ließ Vegard sie wissen. »Wir gehen nur hoch und stellen die Sachen ab, dann gebe ich Pia Bescheid, dass wir hier sind.«

Okay, so weit, so gut, dachte Ingrid, als sie endlich in ihr Bett fiel. Wenn dieses entscheidende Wochenende mit einer Bergtour verglichen werden sollte, dann hätten sie jetzt mit dem Aufstieg begonnen.

21. Dezember

»Nebel am Morgen vertreibt Kummer und Sorgen«, sagte Alfred und nahm einen Schluck aus der Kaffeetasse.

»Was hast du gesagt?«, fragte Ingrid, die soeben in die Küche gekommen war. Sie war erschöpft und hatte Kopfschmerzen.

»Na, das sagt man so«, erklärte der Hausmeister. »Es bedeutet, wenn es morgens neblig ist, wird es den Tag über schönes Wetter. Nicht wahr, Maja?«

»So ist es«, bestätigte die Köchin und schaute kurz zum Küchenfenster. »Im Laufe des Tages wird die Sonne rauskommen, und es wird langsam milder. Es herrscht Tauwetter.«

»Hauptsache, es wird nicht *zu* mild«, klinkte Perle sich ein, die damit beschäftigt war, die Spülmaschine einzuräumen. »Schließlich können wir keinen Schneematsch gebrauchen, wenn wir mit Pferd und Schlitten den Weihnachtsbaum holen wollen! Das ist eine tolle *photo opportunity*.«

»Das ist was?«, fragte Alfred.

»Nichts. Schön für Bilder«, entgegnete Perle. Sie hatte es aufgegeben, den Hausmeister in Gespräche über die Social-Media-Strategie des Hotels einzubeziehen, oder zukunftsgerichtete Themen im Allgemeinen. Hingegen vertraute sie darauf, dass er einen schönen Weihnachtsbaum beschaffen würde.

»Bei dem milden Wetter kriegt man nicht viel auf die Reihe«, sagte Maja. »Es kommt jedes Jahr mit der Weihnachtsbäckerei.«

»Zudem ist heute Thomastag«, brummte Alfred. »Es wäre gut, jetzt einen Schluck vom Weihnachtsbier zu probieren.«

»Als hättest du das nicht schon probiert«, murmelte Maja.

Alfreds Antwort war ebenfalls ein Gemurmel, dessen Inhalt die anderen nicht deuten konnten.

»Hei! Ihr seid doch wohl nicht sauer?«, sagte Hussein, der in diesem Moment in die Küche kam. »Wenn jemand sauer ist, braucht er nur ein bisschen Pfefferkuchenteig zu essen, dann fühlt man sich gleich viel besser.«

Mit der bandagierten Hand öffnete er die Kühlschranktür und streckte die andere nach einer Schüssel aus, die mit Plastikfolie bedeckt war.

»Nein, Hussein!« Majas Stimme war streng. »Du kannst nicht noch mehr von dem Teig essen! Wir werden ihn heute ausbacken, und dann kannst du zusammen mit den anderen Kindern das Pfefferkuchenhaus verzieren, nachdem wir es zusammengesetzt haben.«

»Hussein, weißt du, was David sagt?«, fragte Perle, als sie begriff, dass Hussein protestieren würde. »›Eier dürfen sich nicht mit Steinen streiten.‹ Das ist ein Sprichwort aus China, wo er herkommt.«

»Bin ich dann das Ei?«, konterte Hussein.

Perle zwinkerte ihm munter zu.

*

Gegen Mittag kamen zwei Familien aus Oslo an. Ingrid hatte sie gerade eingecheckt und ihnen die Schlüsselkarten zu den Familienwohnungen gegeben, als Pia, David und Vegard zum Mittagessen herunterkamen. David hatte den gesamten Vormittag in der Bibliothek gearbeitet, während Pia und Vegard sich bisher nicht hatten blicken lassen. Ingrid sollte zusammen mit ihnen zu Mittag essen.

Omelett mit Salat und ein großes Glas Eiswasser vertrieben Ingrids Kopfschmerzen. Draußen hatte sich die Sonne durch den Nebel gekämpft, genau wie Alfred es vorhergesagt hatte. Jetzt leuchtete sie am blauen Himmel über den Bäumen und Berggipfeln. Noch immer waren es ein paar Grad minus, sodass der Schnee trocken war. Gute Bedingungen für die Schlittenfahrt. Für eine Extraportion Stimmung hatte das Hotel Pferde und einen Schlitten angemietet, auf dem der Weihnachtsbaum von einem Hof in Dalen abgeholt werden sollte. Die abenteuerlustigsten Gäste hatten dabei die Möglichkeit, neben dem Kutscher zu sitzen. Unterwegs sollten Perle und die neue Küchenhilfe Glögg und Pfefferkuchen servieren.

Pia, David und Vegard würden dabei sein, so wie einige der neuen Gäste. Da hier oben im Gebirge keine Fichten wuchsen, mussten sie ein Stück hinunter Richtung Dalen fahren, um das grandiose Exemplar zu schlagen, das Alfred im Herbst ausgewählt hatte und dem in diesem Jahr die Ehre zuteilwerden sollte, Weihnachtsbaum im Himmelfjell zu werden. Morgen sollten sich die Gäste am Schmücken des Baums beteiligen – auch das eine tolle *photo opportunity*, wie Perle angemerkt hatte –, der dieses Weihnachten den Mittelpunkt im Speisesaal bilden sollte.

Als der Minibus schon zur Abfahrt bereit war, ging die Haustür auf und eine Stimme rief: »*Wait for us!*« Und schon kam Freya Wilkins, mit Wollmantel, Schnürstiefeln und Bärenfellmütze, in hohem Tempo über den Parkplatz. Ihr folgte John Wilkins, tadellos gekleidet in seinem dunkelblauen Wintermantel. Selbstverständlich, dachte Ingrid. Es war klar, dass eine *Daughter of Norway* sich das Weihnachtsbaumschlagen nicht entgehen lassen konnte. Vielleicht war »das Bild von meiner Mutter« nur Folge einer Verwirrung Freyas? Momentan schien es ihr zumindest richtig gut zu gehen. Es wäre wohl für alle das Beste, wenn Freya während der Busfahrt nicht anfing, sich über angebliche Verwandtschaftsverhältnisse und Mysterien zu äußern – eventuell ohnmächtig zu werden oder norwegische Volkslieder zu singen.

Da Freya offensichtlich einen markanten Formanstieg zu verzeichnen hatte und jetzt mehr dem robusten Geschöpf ähnelte, das im Hotel angekommen war, konnte Ingrid sie späterhin wegen des Bildes fragen, von dem sie meinte, es würde ihre Mutter zeigen.

*

Ingrid vernahm den Klang von Schlittenschellen und öffnete die Haustür, als das Gefährt vor dem Hotel zum Stehen kam, dicht gefolgt vom Minibus. Der Weihnachtsbaum war in der Tat so wunderbar, wie Alfred es versprochen hatte. Gemeinsam mit dem Bauern, dem der Wald gehörte, hatte er ihn mit großem Zeremoniell abgesägt – was Perle genauestens dokumentiert hatte –, während den Gästen Glögg und Pfefferkuchen serviert worden waren und sie Fotos machen konnten. Jetzt sollte er sich im Keller akklimatisieren, bevor morgen das Schmücken auf dem Programm stand.

Aus dem Speisesaal waren Stimmen und Gelächter zu vernehmen, woraufhin Ingrid sich auf den Weg machte, um nachzusehen, was dort vor sich ging. In der Tür blieb sie stehen und betrachtete Hussein, der es mit seinem Charme geschafft hatte, die drei aus Oslo angereisten Teenager davon zu überzeugen, mit ihm gemeinsam das Pfefferkuchenhaus zu verzieren. Und das war nicht irgendein Pfefferkuchenhaus! Vielmehr handelte es sich um ein Schloss, mit Turm und Spitzdach, das jetzt mit Glasur, bunten Schokolinsen, Schaumzuckerfiguren und Gummibärchen dekoriert wurde.

Und hinter dem Schloss: eine Art Spitze? Ein Schornstein? Ein Berg?

Ingrid erinnerte sich daran, was Aisha über die Pfefferkuchenhäuser im Touristenhotel der Familie in Akaba gesagt hatte. Vielleicht hatte sich Hussein auch dort am Verzieren beteiligt? Allerdings war er damals noch klein. Sie war unsicher, an wie viel er sich von seinem Heimatland eigentlich erinnern konnte, wenn man Jordanien als solches bezeichnen konnte. Hussein war in Syrien geboren, hatte dann in Jordanien und schließlich in Nepal gelebt, bevor es ihn nach Norwegen verschlagen hatte. Was war für ihn eigentlich *zu Hause*? Und wie deutlich war das Bild, das er von seinem Vater hatte? Wenn man von den Skype-Telefonaten absah, hatte er ihn seit mehr als zwei Jahren nicht gesehen.

Sie hörte Schritte hinter sich, und plötzlich stand Aisha neben ihr. Sie betrachtete ihren Sohn, der mit den größeren Kindern plauderte.

»Es ist gut, ihn so zu sehen, Ingrid«, sagte sie. »Ich hatte solche Angst um ihn. Momentan sieht es jedoch zumindest so aus, als ginge es ihm gut.«

Ingrid nickte.

»Das tut es«, bestätigte sie.

Hussein platzierte einen großen Klecks Puderzuckerglasur auf dem Gipfel des Pfefferkuchenberges, der anschließend langsam die Berghänge hinunter sickerte. Dann nahm er einen kleinen Pfefferkuchenmann und setzte ihn ganz oben drauf.

*

Als Tor Seter auf den Parkplatz gefahren kam, ging hinter dem Gebirgskamm bereits die Sonne unter. Sie hatte den ganzen

Tag über beständig geschienen, und die Luft war spürbar milder und feuchter geworden.

Maja hatte darauf bestanden, dass ihr Neffe bei der Verkostung des Weihnachtsbiers in der Bar an diesem Nachmittag dabei sein sollte, und geschnaubt, als Tor angefangen hatte, die Schafe und eine Vertretung als Einwände vorzubringen. *So viel kann dein Vater wohl tun,* hatte sie bestimmt erwidert und ihren großen Bruder angerufen, um ihn aufzufordern, sich für ein oder zwei Tage wieder als Landwirt zu betätigen. *Torbjørn hat sich schon viel zu sehr an dieses Dasein gewöhnt, nachdem Tor den Hof komplett übernommen hat,* ließ sie Alfred und Ingrid wissen. *Es tut ihm nur gut, sich zwischendurch mal von seinem Lieblingssessel loszureißen.*

Und Ingrid freute sich darauf, Tor zu sehen. Vegard hatte sie übermütig in die Seite geknufft, als er hörte, dass Tor den Abend im Hotel verbringen und sogar dort übernachten sollte.

»Ausgezeichnet«, lautete sein Kommentar. »Es wurde Zeit!«

»Nun, er wird nicht direkt bei *mir* übernachten«, hatte Ingrid erklärt. »Er bekommt ein eigenes Zimmer.«

Vegard aber hatte an seiner irritierenden Strategie festgehalten. »Wir werden sehen.«

Noch mehr Knuffen. Herrgott, wie kindisch er sein konnte. Aber es konnte doch auch sein, dass … Nein, sie schüttelte den Gedanken ab.

Trotzdem war es etwas seltsam, Tor zu begrüßen, als sie sich im Foyer über den Weg liefen.

Schön, dich wiederzusehen, wollte sie sagen. *Es tut mir leid, dass ich dich förmlich hinausgeworfen habe, als Preben kam. Und dass ich mich so seltsam benommen habe. Es war nur ein bisschen viel für mich. Ich habe die ganze Zeit an dich gedacht. Ich möchte dich gern wieder küssen.*

Was sie stattdessen sagte, war: »Wie lässt es sich momentan fahren? Sind die Straßen glatt?«

»Ja, die Temperatur ist so weit gestiegen, dass man es an einigen Stellen merkt«, antwortete Tor und stellte seinen kleinen Rucksack auf dem Boden des Foyers ab. »Aber vorläufig ist das noch kein Problem. Und es friert doch bald wieder zu. Wie geht es Hussein? Und dir?«

Die traditionelle Weihnachtsbierverkostung im Himmelfjell war heilig. In der Hotelbar waren Biergläser in verschiedenen Größen aufgestellt. Als Ingrid und Tor hereinschauten, hatten sich viele Gäste bereits eingefunden, einige mit roten Wangen, nach dem Weihnachtsbaumschlagen und anderen Aktivitäten draußen. Aus der Bibliothek gesellten sich die beiden neu angekommenen Männer aus Oslo hinzu, die sich eifrig über Langlaufloipen austauschten, und ließen sich an einem der Tische in der Bar nieder.

Ingrid nahm Tor mit zu einem Tisch, den sie für sie beide, Mutter Borghild und Maja angedacht hatte. Für Vegard, David und Pia P hatte sie einen Tisch näher an der Theke reserviert, der momentan aber noch leer war.

»Ich hoffe, dass Pia auch mit nach unten kommt und die drei nicht einfach in Davids und Vegards Zimmer sitzen bleiben«, sagte sie zu Tor. »Dann macht es vermutlich wenig Sinn, Leuten den Hotelaufenthalt zu spendieren.«

Tor drehte sich zu ihr um. »Aha? Hier müssen sich die Leute also nützlich machen, um zu Besuch kommen zu dürfen?«

Es funkelte in den blauen Augen. So ganz gelang es ihm nicht, ein kleines Lächeln zu verbergen. Ingrid erwiderte es.

»Haha! Ja, *du* musst nichts anderes tun, als das Weihnachtsbier gutzuheißen und ein wenig mit deiner Tante zu reden, dann ist der Auftrag erledigt.«

»Und mit dir auch, hoffe ich. Reden, meine ich. Denn wir haben wohl einiges zu bereden?«

»Ich möchte gern mit dir reden«, entgegnete sie. »Aber nicht zwangsläufig in Gesellschaft anderer. Lass uns das auf später verschieben.«

Es fühlte sich an, als würde sich ihr der Magen zusammenziehen. Hatten sie etwas zu besprechen? Sie konnten doch auch einfach weiterhin so tun, als wäre nichts geschehen.

Die Bar füllte sich langsam, und da kam auch Mutter Borghild in Begleitung von Maja Seter. Ingrid gab den älteren Damen die besten Plätze an der Wand. Sie und Tor konnten auf den Sprossenstühlen auf der anderen Seite des Tisches sitzen.

Barkeeper Kjartan war vollauf damit beschäftigt, alles anzurichten, der Zeremonienmeister des Abends war der ansonsten zurückhaltende Alfred. Verantwortlich für das Brauen im Hotel war Maja, Alfred hingegen zeichnete sich im Trinken aus, weshalb sie sich auf diese Rollenverteilung geeinigt hatten. Kjartan war zum Assistenten geworden, ebenso wie Perle, die gleichzeitig simultan ins Englische dolmetschen sollte. Sechs verschiedene Sorten sollten probiert und von den Anwesenden für gut befunden werden, bevor das Bier offiziell als genehmigt bezeichnet werden konnte. Auf den Tischen standen Schalen mit geräuchertem Schinken, Rentierwurst und selbst gebackenem Flachbrot sowie Wasserkaraffen und Unmengen an Gläsern.

Das Ehepaar Wilkins kam herein und fand einen Platz ein Stück weit entfernt. Ingrid wurde rastlos und machte daher einen Abstecher hinter die Theke, während die Küchenhilfen im Begriff waren, große Krüge mit den verschiedenen Biersorten darin hereinzutragen. Und da kamen auch Vegard und David mit Pia im Schlepptau. Ingrid winkte ihnen zu und atmete erleichtert auf. Sie bahnte sich einen Weg durch die stetig voller werdende Bar, um ihnen ihre Plätze zu zeigen.

»Wir haben heute so viele schöne Bilder gemacht«, sagte Pia begeistert. Nach dem Ausflug zum Weihnachtsbaumschlagen – und möglicherweise dem kundigen Einsatz eines Rougepinsels – hatte sie frische rote Wangen. »Und jetzt bin ich gespannt auf das, was hier passieren soll.«

»Das wird gut«, versicherte Vegard. »Warte nur ab. Vielleicht gibt es auch die eine oder andere Überraschung.«

Nein, keine weiteren Überraschungen bitte, dachte Ingrid, sprach es jedoch nicht laut aus.

»Wir wollen hoffen, dass euch das Bier schmeckt«, lächelte sie. »Ansonsten gibt es kein Weihnachten, müsst ihr wissen.«

Pia P nahm auf einem Stuhl Platz und lächelte Ingrid an. »Ich werde nicht sonderlich viel Bier trinken, aber das muss ich miterleben!«

»Du solltest nicht überrascht sein, wenn Alfred nicht auch etwas Passendes für dich dabeihat«, sagte Ingrid.

Und wie auf Knopfdruck baute sich Alfred vor der Theke auf und ließ einen Gong ertönen. Über dem karierten Hemd trug er eine Weste, und in Kombination mit dem grauen Backenbart sah er aus wie eine Mischung aus einem Weihnachtskobold und Neil Young. Perle und Kjartan waren mit Kannen, die mit der ersten Biersorte gefüllt waren, in der Bar unterwegs. Ingrid eilte zu dem Tisch zurück, an dem Maja, Borghild und Tor saßen und miteinander redeten.

»Willkommen zur Bierverkostung!«, erklang Alfreds polternde Stimme, und die Gespräche verstummten. »Seit jeher war der Thomastag, der 21. Dezember, der Tag, an dem das Bierbrauen und Backen beendet sein mussten. Mit der Verkostung des Biers huldigen wir dieser Tradition.«

Er erhob ein Glas mit goldenem Gebräu darin.

»Wir beginnen mit einem hellen Pils, das Perle und Kjartan Ihnen jetzt austeilen. Davon haben wir auch eine alkoholfreie Variante hergestellt, die sich in den blauen Kannen hier befindet. Kann an jedem Tisch einer die Verantwortung für das Ausschenken übernehmen? Für beide Sorten gilt, dass das Bier strohgelb mit dickem Schaum sein soll. Der Geschmack soll frisch sein, mit viel Kohlensäure.«

Perle übersetzte und erklärte das Gesagte den ausländischen Gästen, und nachdem die Gläser gefüllt waren, bestimmte Klirren und anerkennendes Murmeln den Raum.

»Dann probieren wir! *Skål!* Und jetzt müssen Sie uns bei der Entscheidung helfen: Ist das Bier gutgeheißen? *Do you approve of the beer? Yes or no?*«

Woraufhin in der Bar einstimmig zu vernehmen war: Ja! *Yes!*

Die Stimmung war gut und wurde immer besser, nachdem sich die Gäste durch dunkles Lager (mit kräftigem Hopfengeschmack), englisches *Brown Ale* (das an Toffee erinnerte) und Himmelfjells Rauchbier (mit dem Geschmack und Geruch von deutschem Rauchmalz) probierten. Ingrid hielt sich zurück, sie war im Dienst und trank vor allem Wasser, nippte jedoch am Bier und dem alkoholfreien Pils, das in diesem Jahr neu dabei war. Zum Abschluss bot Alfred ein klassisches norwegisches Weihnachtsbier an. Das rotbraune schäumende Getränk schmeckte süß und reichhaltig und roch nach Früchten und Karamell. Ingrid nahm einen ordentlichen Schluck und verspürte zum ersten Mal in dieser Vorweihnachtszeit einen gewissen Hauch von Weihnachtsstimmung. So musste Weihnachten schmecken!

Als alle Biersorten gutgeheißen waren und Weihnachten somit offiziell kommen konnte, stimmte Alfred ein Lied an:

Für Norwegen, der Kämpfer Vaterland,
wir diese Schale leeren

Anfangs sang nur er, während das Publikum leicht verlegen mit den Stühlen scharrte und auf die Textblätter starrte, die erst jetzt auf den Tischen bemerkt wurden. Dann aber erklang im Raum eine klare, junge Stimme, die sich dem alten Lied anschloss.

Ingrid drehte sich um und sah zu ihrer Überraschung, dass es Perle war. Singend ging sie langsam zum Tresen und schaffte es, dass weitere der Anwesenden in den Gesang einstimmten. Ein Teil der Erwachsenen hatte das Lied offensichtlich schon einmal gehört und kannte die Melodie. Freya Wilkins war eine von ihnen; sie schien gerührt, als sie das kleine Bierglas vor sich erhob und sang:

Und noch ein Skål *auf euch meine Berge*
Auf Felsen, Schnee und Pisten!

Als der Applaus sich legte, sah Ingrid, dass Perle hinter der Theke eine Gitarre hervorgeholt hatte und sich jetzt den Gurt über die Schulter legte. Ein erwartungsvolles Raunen ging durch den Raum. Das hatte nicht auf dem Programm gestanden! Ingrid schaute zu Vegard, der sie verschmitzt anlächelte und mit dem Daumen nach oben zeigte. Das hatte er also mit Überraschung gemeint!

Ruhig ließ Perle ihren Blick über die Anwesenden schweifen. Sie wirkte verändert. Erwachsener. Sie strich die blonden Locken hinter die Ohren, räusperte sich und klimperte ein paar Töne auf der Gitarre. Ein Mikrophon oder einen Verstärker brauchte sie hier nicht, die Stille war förmlich greifbar, bevor sie mit klarer Stimme die ersten Zeilen des schönen und gleichzeitig traurigen Morten-Harket-Songs *A Kind of Christmas Card* präsentierte. Dem schloss sich direkt ein traditionelles Weihnachtslied an, das für gute Laune sorgte und beim Refrain alle zum Mitsingen animierte.

Der Applaus hielt lange an, nachdem Perle fertig war; Gesang und Getränke hatten die gute Stimmung noch verstärkt. Mit einem breiten Lächeln im Gesicht winkte Vegard Ingrid quer durch den Raum hindurch zu. Ihm schien die Ehre für den Erfolg zu gebühren – war er jetzt auch Perles Manager geworden?

Ingrid nahm den Krug mit dem Weihnachtsbier, füllte die Gläser erneut und erhob dann ihr eigenes zu einem *Skål*, zuerst mit Mutter Borghild, dann Maja und schließlich Tor. Der Blick aus seinen blauen Augen war intensiv, es war schwer, sich loszureißen. Sie spürte, wie ihr Gesicht heiß wurde. Rot gewiss auch. Verdammt aber auch.

Die Großmutter sah sie mit einem Lächeln an. Gute Mutter Borghild. Was dachte sie wohl?

Erneut begegnete sie Tors Blick. Wie gut es war, einfach nur im Hier und Jetzt zu sein. Plötzlich erschien es nicht mehr so dringlich, all diese alten Geheimnisse aufzudecken. Der Herausforderungen gab es genug, das stand fest, aber so war schließlich das Leben. In diesem Moment fühlte es sich so an, als sei alles in Ordnung, solange sie hier zusammen waren, zumindest für eine Weile. Einige verkrampfte Nackenmuskeln lösten sich vorsichtig. Was für eine Atmosphäre, so viele tolle Menschen. Vielleicht, vielleicht konnte das doch gut gehen.

Einige der Gäste schlenderten langsam aus der Bar; Ingrid folgte Borghild und Maja ins Foyer, während Tor zu Vegard und den anderen ging. Als sie einige Minuten später wieder hereinkam, waren die drei Männer in ein lebhaftes Gespräch vertieft.

»Hei, Jungs, das war gut! Aber wo ist Pia abgeblieben?«

Ingrid nahm auf dem freien Stuhl am Herrentisch Platz.

»Sie ist auf ihr Zimmer gegangen«, sagte Vegard. »War erschöpft, aber es ist alles in Ordnung.«

»Gut zu hören! Wollt ihr mit dem Weihnachtsbier fortfahren?«

Das wollten sie durchaus. Ingrid sorgte dafür, dass ein weiterer Krug sowie ein Glas Eiswasser für sie selbst auf den Tisch gestellt wurden. Die Stimmung war gut und entspannt, das Gespräch locker.

»Tor, du musst Ingrid die Bilder zeigen«, sagte David.

Er wandte sich an Ingrid. »Während du draußen warst, haben wir uns über Schafe und das Fotografieren unterhalten.«

»Ja, wie sich herausgestellt hat, teilen sie dieses Interesse«, stimmte Vegard ein. »Also, das Fotografieren. Nicht die Schafe.«

Tor beugte sich zu dem Rucksack hinunter, der auf dem Boden stand, und nahm eine Mappe heraus.

»Ja, ich habe etwas mitgebracht, das ich dir gern zeigen wollte. Er schob ein paar Gläser beiseite und legte die Fotomappe vor sie. Ingrid öffnete sie und blätterte durch die Bilder.

»Wow! Die sind wirklich gut!«, rief sie aus.

Und das meinte sie auch so. Schafe, Berge, alte Gebäude, Autos – die Motive des Dorfes waren wohlbekannt, jedoch hatte Tor ein gutes Auge für das Schöne an Alltagssituationen.

»Ingrid, du solltest überlegen, im Sommer hier Fotokurse oder Workshops für die Gäste anzubieten«, schlug David vor.

Ingrid nickte.

»Ja, das ist eine gute Idee.«

Vegard klinkte sich ein: »Das ist eine super Idee!«

Ingrid lächelte und ließ sich auf dem Stuhl nach hinten fallen.

Es war eine Seltenheit, Zeit mit diesen drei Freunden zu verbringen, und dann auch noch mit allen gleichzeitig. Sie hoffte nur, Vegard würde sich mit irgendwelchen idiotischen Andeutungen in Bezug auf sie und Tor zurückhalten. Oder – noch schlimmer – in Bezug auf Preben. Wie das Verhältnis zwischen ihnen künftig aussehen sollte, mussten sie auf eigene Faust herausfinden.

*

»Ingrid?«

Majas Hand auf ihrer Schulter riss sie aus den Gedanken. Gern hätte sie den ganzen Abend mit den Jungs hier in der Bar gesessen, jetzt aber hatte die Köchin etwas mit ihr zu besprechen.

Schon bevor sie die Küchentür öffnete, vernahm sie die herrlichen Gerüche. Das Küchenteam war vollauf damit beschäftigt, das Abendessen vorzubereiten. Heute Abend würden sie ein großes, traditionelles Weihnachtsbüfett servieren: Rippchen mit Rotkohl und Sauerkraut, Weihnachtswürstchen und Rinderfrikadellen. Gepökelte Lammrippe und Steckrübenstampf, Lutefisk mit Schinken und Mandelkartoffeln. Reiscreme mit roter Soße. Kransekake. Man musste den Heiligabend schließlich ein wenig vorziehen, damit die Besucher so viele der traditionellen Speisen wie möglich probieren konnten. Um die Gäste auch mit dem zufriedenzustellen, was Maja schnaubend als *neumodische* Ernährungspräferenzen bezeichnete, hatten sie auch Nussbraten sowie eine große Anzahl verschiedener Gemüse und Salate im Angebot.

Perle war mit Geschirr beladen auf dem Weg zum Abwaschbecken, wobei Ingrid sie mit einer Hand auf der Schulter stoppte.

»Perle, danke für den großartigen Auftritt! Was für eine Überraschung.«

Perle lächelte.

»Danke!«

Sie stellte das Tablett mit den Gläsern ab und zog ihr Handy aus der Tasche.

»Sieh dir das an! Das hat Pia P auf Instagram geteilt. Hast du die vielen Likes und Kommentare gesehen?!«

»Das ist fantastisch!«, sagte Ingrid.

»Ich kann es gar nicht richtig glauben«, entgegnete Perle. »So viele, die mich gesehen haben. Und das Hotel!«, fügte sie schnell hinzu. »Ich weiß, dass sie Pia und nicht mir folgen, aber trotzdem.«

»Ja, so funktioniert das«, sagte Ingrid. »Wir müssen uns die richtigen Leute ins Team holen. Und ich bin froh, dass ich dich habe, um mir dabei zu helfen.«

*

Als sich das Team nach dem Abendessen an dem langen Tisch in der Küche versammelte, waren sie sich einig, dass der große und wichtige Abend alle Erwartungen übertroffen hatte.

»Auch heute Abend wirken alle Gäste sehr zufrieden«, stellte Mutter Borghild fest. »Für einige geht die Party nun wohl weiter, ich aber werde mich für heute verabschieden und schlafen gehen.«

Sie lächelte.

»Gute Nacht, liebe Ingrid«, sagte sie. »Jetzt musst du deine Freunde suchen. Besonders einen von ihnen.«

*

Party in der Suite, stand in der Nachricht von Vegard. *Wir warten auf dich!*

Okay, jetzt konnte sie sich wohl ein oder zwei Gläser mit den anderen gönnen. Ausruhen konnte sie sich ein anderes Mal. Ja, sollte das Hotel in Konkurs gehen, konnte sie sich die ganze Zeit ausruhen. *Komme sofort*, meldete sie zurück.

Sie warf einen kurzen Blick in den Spiegel, wechselte das T-Shirt, legte ein wenig Lipgloss auf und machte sich auf den Weg in die Peer-Gynt-Suite. Im Flur blieb sie plötzlich stehen, lief zwei Etagen hinunter zum Weinschrank in der Bar, nahm eine Flasche Champagner heraus und bestückte zudem ein Tablett mit fünf Gläsern. Dann begab sie sich erneut auf den Weg, nur um ein weiteres Mal umzukehren und für Pia eine Flasche von Borghilds Himbeerlimonade zu holen. Dann ging sie so ruhig und besonnen sie konnte hinauf zur Suite.

Bevor sie anklopfte, hörte sie von drinnen bereits Musik, die lauter wurde, als Vegard, mit einem breiten Lächeln im Gesicht, die Tür öffnete.

»Hei, Ingrid!«, freute Vegard sich und nahm sie in den Arm, als wäre nicht gerade mal eine Stunde vergangen, seit sie einander zuletzt gesehen hatten.

»Hei, Vegard! Hilf mir lieber dabei, das Tablett abzustellen, bevor alles umkippt, du Verrückter«, lachte sie und mühte sich, nicht das Gleichgewicht zu verlieren.

»*Hey*, Champagner!«, lautete Vegards Antwort.

Er nahm ihr das Tablett ab und stellte es auf den Salontisch vor dem Sofa. Tor war im Begriff aufzustehen, als er das sich andeutende Fiasko mit dem Tablett erkannte, setzte sich jetzt jedoch wieder neben David, der Ingrid seinerseits mit einem ruhigen Lächeln begrüßte. Ach, jeder müsste einen David haben, dachte sie. Ein Blick in sein friedvolles Gesicht ließ unruhige Nerven umgehend zur Besinnung kommen.

Pia saß auf einem Stuhl, bekleidet mit einem weiteren reizenden Wollkleid und den langen Beinen in hochhackigen Schuhen. Dass es möglich war, so elegant auszusehen, hochschwanger, wie sie war, und sicher supermüde zu dieser Zeit des Tages. Sie zeigte wirklich Einsatz, dachte Ingrid.

Ingrid setzte sich auf den letzten freien Stuhl am Tisch, dem Sofa gegenüber. Sie füllte ein Glas mit Himbeerlimonade und reichte es Pia. Anschließend öffnete sie den Champagner.

»Herrlich!«, seufzte Vegard und griff sich das erste Glas, sobald Ingrid eingeschenkt hatte. Er legte den Kopf in den Nacken, und das Glas war leer, bevor es Ingrid gelungen war, für Tor, David und sich einzuschenken. Er streckte es ihr zum Nachfüllen entgegen und sagte laut: »*Skål*, auf das Himmelfjell!«

»*Skål!*«, erwiderten die anderen. Ingrid sog den Duft des Champagners in ihrem Glas ein, er erinnerte an Kaffee und geröstetes Brot. Der Geschmack war frisch und fruchtig. Ja, doch, Vegard hatte recht, das *war* herrlich. Und das Himmelfjell war ein *Skål* wert. Vielleicht sollte sie runtergehen und gleich noch eine Flasche holen.

Es war fast ein Uhr in der Nacht, als Pia vom Stuhl aufstand und sich an der Rückenlehne abstützte. »Oh, ich bin bestimmt zu schnell aufgestanden«, sagte sie. »Mir wird ein bisschen schwarz vor Augen.«

»Vorsicht«, reagierte Ingrid. »Wir brauchen hier keine weiteren Ohnmachten. Komm, ich begleite dich in dein Zimmer.« Sie legte einen Arm um Pia, die ihren Kopf gegen Ingrids Schulter lehnte. Sie waren ungefähr gleich groß.

»Ich schließe mich an«, sagte Tor. »Es ist doch ziemlich spät geworden.«

Ingrid betrachtete die leeren Flaschen und die Ansammlung

von Gläsern und Snackschalen auf dem Tisch. »Ich sollte vielleicht ein bisschen aufräumen«, sagte sie.

»Nein, du bist hier nicht bei der Arbeit«, protestierte David. Er saß auf dem Sofa mit Vegards Kopf auf seinem Schoß ruhend. »Wir räumen morgen auf!«

»Nacht-Nacht!«, fügte Vegard mit einem Winken hinzu.

»Es ist später geworden, als ich dachte. Ich hätte eigentlich längst im Bett sein sollen«, sagte Ingrid, nachdem sie Pia sicher zu ihrem Zimmer geleitet hatten und sie und Tor den Flur durchquerten.

»Aber es war so unglaublich nett heute Abend.«

»Ja, das war es«, stimmte Tor ihr zu. »Man fühlt sich hier auf ganz besondere Art zuhause, wenn man weiß, was hinter den Kulissen des Hotels vor sich geht. Wir haben uns fast kaputtgelacht, als du von Tante Maja und Speedy erzählt hast. Und dem Schimmel, der sich als Käsebällchen herausgestellt hat!«

Ingrid lachte. Die komischen und dramatischen Ereignisse der letzten Zeit und die starken Persönlichkeiten, von denen sie hier im Hotel umgeben waren, hatten einen hohen Unterhaltungswert. Allerdings hatte sie ihnen nicht *alles* erzählt.

Als sie bei ihrer Wohnung angekommen waren, schloss sie die Tür auf und blieb für einen Moment auf der Schwelle stehen.

»Gute Nacht, Ingrid«, sagte Tor.

Sie fasste Mut. »Du willst nicht noch mit reinkommen?«

»Dann bist du also doch nicht zu müde?«

Sie lachte erneut. »Doch, ich bin supermüde. Beinahe übermüdet, glaube ich. Aber wie du schon gesagt hast, haben wir schließlich etwas zu besprechen.«

Nachdem sie in die Wohnung gegangen waren, füllte sie

zwei Gläser mit Wasser und stellte sie auf den Tisch, bevor sie sich aufs Sofa fallen ließ. Tor hatte die Tür geschlossen und setzte sich neben sie. Jetzt konnten sie endlich miteinander reden. Doch anstatt etwas Reifes und Kluges zu sagen, fing sie zu ihrer eigenen und Tors Überraschung an zu weinen.

Tor nahm ihre Hand.

»Was ist los? Ingrid! Es gibt keinen Grund, traurig zu sein! Habe ich etwas getan oder gesagt?«

Er war so süß, Tor, mit seinen blauen Augen und dem fürsorglichen Lächeln.

»Nein, es ist nichts, was du gesagt oder getan hast«, schluchzte sie. »Ich bin nur … erschöpft! Und verwirrt, wegen dem mit dir und dem mit Preben. Es ist so viel Chaos, und die elektrische Anlage ist schlecht, und Mutter Borghild erklärt nicht richtig, was Hallgrim ›Moschus‹ will, und auch nicht, warum sie ein Bild von Freya Wilkins' Mutter an der Wand hängen hat.«

Tor wurde still. Lange.

»Oh«, sagte er schließlich. »Jetzt verstehe ich überhaupt nichts mehr. Aber hier gibt es offensichtlich noch mehr zu bereden, als ich dachte.«

*

Was für eine Erleichterung es war, ihm alles zu erzählen. Sie hatten die Schuhe abgestreift und saßen sich, mit den Rücken gegen die Armlehnen, auf dem Sofa gegenüber. Tor holte Wasser, hörte zu.

Sie spürte, wie sich ihre Gedanken sortierten, während sie redete.

»Es führt auf jeden Fall kein Weg daran vorbei, ordentlich mit Borghild und Freya Wilkins zu sprechen«, sagte Tor. »Wenn du willst, kann ich dich begleiten. Vielleicht sehen wir zusammen noch mehr Verbindungen.«

Er rückte auf dem Sofa näher an sie heran, legte ihre ausgestreckten Beine auf seinen Schoß und nahm ihre Hand.

»Ingrid«, begann er. »Ich frage mich … Ich frage am besten direkt geradeheraus. Ist zwischen dir und Preben Wexelsen noch was?«

Sie schüttelte den Kopf.

»Nein«, antwortete sie.

»Nicht, dass es mich etwas anginge«, fuhr er fort. »Oder doch – das tut es wohl irgendwie schon. Auf jeden Fall ist mir wichtig zu wissen, wie die Dinge zwischen uns stehen.«

Er wurde rot. »Denn … ich habe Gefühle für dich, Ingrid. Ich mag dich schlicht und einfach sehr.«

Er verstärkte den Druck auf ihre Hand.

»Ich empfinde das so, seit du ins Himmelfjell zurückgekehrt bist. Hatte gehofft, dass sich zwischen uns etwas entwickeln könnte. Und nachdem, was kürzlich hier in deiner Wohnung geschehen ist … Aber dann habe ich dich und Preben Hand in Hand in der Bibliothek vorgefunden und bin mir so dumm vorgekommen. Wie konnte ich glauben, dass du einen wie mich vielleicht mögen könntest? Wenn du einen wie ihn bekommen kannst.«

»Zwischen Preben und mir ist nichts mehr«, versicherte sie.

Er sah sie prüfend an.

»Bist du dir sicher?«

Sie dachte nach. Nach allem, was im Himalaya geschehen war, war sie felsenfest davon überzeugt gewesen, dass die Beziehung zu Preben für immer vorüber war. Aber jetzt, da er in ihr Leben zurückgekehrt war, war sie sich da noch immer sicher?

Sie dachte an ihre letzte Begegnung. Seine Vorschläge bezüglich der Stiftung und der erneuten Zusammenarbeit. An den Neustart, den das beinhalten könnte. Seinen intensiven Blick, den Eifer. Die Abmachung, sich bald wiederzusehen.

Aber ja, dachte sie. Sie war sich in der Tat sicher.

»Es ist vorbei«, sagte sie. »Beendet. Eine Beziehung zu einem Mann wie Preben ist wie ein Binärcode: Sie kann nur eins oder null sein. Alles oder nichts. Und jetzt ist sie nichts. Null. Also, auf romantischer Ebene. Aber Freunde, Geschäftspartner – das, glaube ich, können wir sein. Das war der Grund, warum er hier war.«

Während er aufnahm, was sie sagte, hielt Tor weiterhin ihre Hand.

»Es ist gut, wenn ihr es schafft zusammenzuarbeiten«, sagte er. »Wenn ihr aus dem, was euch passiert ist, etwas Sinnvolles erschaffen könnt. Allerdings muss ich zugeben, dass es mich sehr froh stimmt, wenn du sagst, dass es vorbei ist. Denn ich habe die ganze Zeit an dich gedacht, Ingrid. Und besonders, nachdem … wir uns geküsst haben.«

»Auch ich habe viel an dich gedacht«, entgegnete Ingrid. »Es war so schön. Aber ich war unsicher, was es zu bedeuten hat. Ob es nur ein … Einfall war. Habe mich gefragt, ob ich unsere Freundschaft zerstört habe. Denn ich habe wohl nie ganz geglaubt, was Vegard gesagt hat, dass du so begeistert von mir seist.«

Tor blickte erschrocken drein.

»Hat er das gesagt? Ist das so offensichtlich?«

Sie lachte.

»Ja, das ist es wohl. Zumindest behauptet Vegard es seit langem hartnäckig. Aber er muss mich auch immer aufziehen, solltest du wissen.«

»Aber du selbst, du hast es nicht geahnt?«

»Nein, sonderlich viel hast du ja nicht unternommen, um

es zu zeigen«, sagte sie mit einem Lächeln. »Bis jetzt, also. Es ist immer so einfach gewesen, mit dir zu reden, so schön, mit dir zusammen zu sein. Ich würde gern noch mehr Zeit mit dir verbringen. Allerdings habe ich von deiner Seite aus nie eine Erwartung gespürt, dass zwischen uns mehr sein sollte.«

Sie dachte nach.

»Vermutlich bin ich in letzter Zeit viel mit mir selbst und meinen Sachen beschäftigt gewesen. Alles hat sich um mich und meine eigenen Probleme gedreht. Arbeit, Verlust und Liebeskummer. Dabei hätte ich auch dich fragen können. Wie es *dir* eigentlich geht. Ob du dich auf dem Hof einsam fühlst. Ob du es vermisst, dein Leben mit jemandem zu teilen. Es ist, als seien das zu große Themen gewesen, um sie anzusprechen. Zu persönlich. Es war einfacher, über praktische Dinge zu sprechen.«

Tor drückte ihre Hand. Erneut fiel ihr auf, wie groß und stark seine Hände waren.

»Ich möchte mit dir gern über alles reden, Ingrid.«

»Das habe ich jetzt verstanden. Aber vermutlich hat Vegard mit seiner Behauptung recht, dass mein Blick davon getrübt war, dass ich dich in der Freundschaftszone platziert habe.«

»Freundschaftszone?«

Er setzte ein schiefes Lächeln auf, bevor er wieder ernst wurde.

»Das ist es also, was ich für dich bin? Nur ein Freund?«

»Nein, Tor.«

Sie schaute ihm direkt in die Augen.

»Du bist mehr als ein Freund. Viel mehr als ein Freund.«

Dann küsste er sie, während er eine Hand auf ihren Hinterkopf legte und die andere gegen das Kreuzbein presste. Er war so warm, seine Lippen waren warm, sein Atem war warm, sie wollte nicht, dass er aufhörte. Ein Damm brach, und sie erwiderte seinen Kuss, während ihre Hände unter sein Hemd wanderten, seine warme Haut fühlten. Sie wollte ihn haben! Zum ersten Mal seit so unendlich langer Zeit wollte sie einen Mann haben. Oh, wie sie wollte!

»Ingrid«, murmelte er, als sie ihn weiter küsste, während ihre Hände über seinen Rücken glitten und ihren Weg zum Hosenbund fanden. Er glühte, sie war ein Teil seiner Wärme, sie war an einem anderen Ort.

Anschließend blieben sie auf dem Sofa liegen. Ihre Sachen lagen auf dem Boden verteilt, und sie strich ihm abwesend über die Haare, während die Nachwirkungen des soeben Erlebten wie Wellen durch sie hindurchströmten. Dass es so herrlich sein konnte!

Es dauerte eine Weile, bis sie spürte, dass sie fror.

»Komm«, sagte Tor.

Er hob sie vom Sofa und trug sie ins Schlafzimmer.

Während ihre Gedanken verrücktspielten, gab sich ihr Körper in seinen Armen vollkommen der Entspannung hin. Es war das Gefühl, endlich *zu Hause* zu sein.

Draußen schneite es. Morgen früh würde Tor ins Dorf zurückkehren und sein Leben als Schafbauer wieder aufnehmen, heute Nacht aber würde er hier sein. Mit seinem warmen Körper dicht an ihrem und einer einfachen über sie beide ausgebreiteten Decke schlief sie ein.

22. Dezember

Mit Tors Atem in ihrem Nacken wachte Ingrid auf. Als sie vorsichtig den Arm drehte und auf die Uhr schaute, zeigte diese ein paar Minuten nach sechs an. Draußen war es pechschwarz. *Jetzt ist es draußen am kältesten,* dachte sie. *Die Morgendämmerung ist Stunden entfernt. Und der Sommer – der ist ein halbes Jahr entfernt. Dunkler als jetzt kann es nicht werden. Aber hier unter der Decke ist es warm. Und in mir drin ist es hell wie an einem klaren Sommertag.*

»Ich hätte vielleicht so tun sollen, als sei mein Bett benutzt worden?«, murmelte Tor ihr ins Ohr, als sie sich einige Stunden später draußen auf dem Parkplatz umarmten.

Sie lachte.

»Ich kann reingehen und die Laken ein bisschen durcheinanderbringen, bevor das Zimmermädchen kommt.«

In der Nacht hatte es viel geschneit, der Parkplatz und die Straße aber waren geräumt. Der Himmel war blau, die Luft eisig und klar.

»Heute ist Wintersonnenwende!«, sagte sie. »Die Sonne hat sich gedreht. Es geht auf hellere Zeiten zu.«

»Ja …«

Tor lächelte sie an.

»Die Sonne hat sich gedreht.«

Dann öffnete er die Tür des Pick-ups und stieg ein. Bevor er die Tür wieder schloss, drückte er ihre Hand und winkte, als er vom Parkplatz fuhr. Sie blieb stehen und sah dem Auto nach, bis es über die Spitze des Hügels nach Dalen hinunter verschwand.

Mutter Borghild wartete bereits in der Bibliothek, als Ingrid hereinkam. Ihre klugen Augen funkelten.

»Es ist schön, dass du deine Augen für Tor geöffnet hast«, sagte die Großmutter. »Du weißt, Ingrid: Mit dem Alter sehen wir vielleicht schlechter, aber was Menschen betrifft, wird unser Blick umso schärfer.«

*

Einige Stunden später, nach Büroarbeit und Mittagessen, standen sie gemeinsam im Speisesaal und betrachteten den Weihnachtsbaum, wie er sich in all seiner Pracht erhob. Wie abgesprochen hatte Alfred ihn in aller Frühe aufgestellt. Jetzt stand Perle auf einer Trittleiter und drapierte ihn mit Hilfe von Hussein und den jüngsten Gästen mit Lametta.

Es war der vierte Sonntag im Advent. Auf den Tischen im Saal standen Kannen mit Glögg und Schalen mit haufenweise Pfefferkuchen. Ruhige Musik erfüllte den Raum. Verantwortlich dafür war einer der Teenager aus Oslo, der sich ans Klavier gesetzt hatte. Ein großer, blonder, für gewöhnlich stiller Junge. Jetzt schien es jedoch, als würde er durch Musik anstelle von Worten kommunizieren. Vielleicht hätten sie ihn bitten sollen, während des Entzündens des Weihnachtsbaums zu spielen, dachte Ingrid. Allerdings würde sie niemals auf die Idee kommen, diesen Vorschlag Mutter Borghild zu unterbreiten, die in all der Zeit, soweit Ingrid sich erinnerte, das Klavier selbst bespielt hatte.

Kurz nach dem Mittagessen hatte es bereits begonnen, dunkel zu werden. Die Wolken zogen sich wieder dichter zusammen, und es fielen ein paar Schneeflocken, die Silhouette des Gebirges hob sich jedoch noch deutlich von dem graublauen Himmel ab.

Ingrid ging hinaus ins Foyer, wo die Koffer sich türmten, Gäste kamen und gingen. Als die Tür aufging, zog ein kalter Windhauch ins Haus. Es handelte sich um einen der Gäste aus Oslo in Skikleidung. Der Vater des Klavier spielenden Jungen, wenn sie es richtig verstanden hatte.

»Fantastische Loipen«, strahlte er, als er an Ingrid vorbeiging.

Pia, David und Vegard kamen die Treppe herunter. Auch sie wollten beim Entzünden des Weihnachtsbaums dabei sein, bevor sie sich mit dem Auto wieder auf den Weg nach Oslo begaben. Als Vegard Ingrid begrüßte, sah sie in seinen Augen ein schelmisches Funkeln, aber zum Glück sagte er nichts über Tor, solange die anderen dabei waren. Darüber würde sie schon noch rechtzeitig ausgefragt werden, nahm sie an. Zusammen gingen sie in den Speisesaal, in dem sich bereits mehrere Gäste eingefunden hatten.

Es war gemütlich, sich um den Weihnachtsbaum zu versammeln. Ingrid erinnerte sich daran, wie früher unten im Dorf der Baum entzündet wurde. Damals war es der Bürgermeister, der die Lichter an der Fichte vor dem Rathaus entzündete, während die Dorfbewohner Weihnachtslieder sangen. Nach der Zusammenlegung der Gemeinden waren in das einstige Rathaus diverse Büros eingezogen, eine Zeit lang sogar eine Pizzeria, und den Traditionen war nicht mehr nachgegangen worden. Es wäre schön, wenn man einige davon im Hotel weiterführen könnte, dachte sie; und gleichzeitig ein paar neue einführte.

Ohnehin war das Publikum hier oben ein ganz anderes. Sie sah sich im Saal um. Die Großmutter hatte sich bereits am Klavier eingefunden. Vegard, David und Pia P hatten gleich in der Nähe Platz genommen. Die Gäste aus Oslo hatten sich in einer Ecke versammelt, während Aisha, Hussein und der Rest des Teams auf der anderen Seite des Weihnachtsbaums eine Gruppe bildeten. Freya und John Wilkins saßen für sich an einem Tisch. Sie waren bei jeder Veranstaltung dabei, wurde Ingrid bewusst, allerdings war Freya nicht mehr so gesprächig wie in den ersten Tagen. Seit ihrem Schwächeanfall wirkte sie nachdenklicher.

Auf das Zeichen von Mutter Borghild hieß Ingrid die Anwesenden willkommen. Die Großmutter schlug am Klavier einen Akkord an, und damit waren sie im Gange.

O Tannenbaum, o Tannenbaum … Mutter Borghilds Stimme war laut und klar, mit einem leichten Vibrato. Perle hatte vorgeschlagen, dass sie aus Rücksicht auf die ausländischen Gäste vielleicht eher ein englisches Weihnachtslied wählen sollten, was Mutter Borghild jedoch mit einem kurzen Schnauben abgetan hatte. Sie wollte singen, was sie immer gesungen hatte. Die Gäste sangen nach bestem Ermessen mit, und wenn es ein bisschen wackelig wurde, griff Perle unterstützend ein. Diejenigen, die das Lied nicht kannten, filmten stattdessen mit dem Handy. Einige versuchten sich an beidem.

Am Ende der ersten Strophe sollte Alfred den Stecker in die Dose stecken, sodass die Lichter beim Ausklang des Liedes erleuchteten. Ingrid fing seinen Blick auf, als er dort neben der Steckdose an der Wand stand, und er zeigte ihr, dass er den Stecker in der Hand hielt. Hier hatte er die Kontrolle.

O Tannenbaum,
O Tannenbaum,
Dein Kleid will mich
was lehren …

Peng! Obwohl die Lichter am Weihnachtsbaum lediglich kurz aufblitzten, knallte es und sprühte Funken. Dann wurde alles dunkel.

*

Ingrid spürte, wie in dieser Sekunde die zerbrechliche Hoffnung schwand, die sich in den letzten Tagen in ihr aufgebaut hatte. Die Hoffnung, dass es trotz allem gut gehen könnte. Für wenige Tage hatte sie sich in Wärme und Optimismus eingelullt, jetzt aber kehrte die Wirklichkeit mit einem Knall und einem Funkenregen zurück.

Die Sonne hatte sich gedreht, oder auch nicht. Nein, hier würde die Polarnacht vorerst kein Ende finden, das stand fest.

Mit ein paar schnellen Schritten war sie bei Alfred.

»Ich glaube das nicht! Was geht hier eigentlich vor sich?«, zischte sie.

Alfred sah verwirrt aus, wie er dort mit dem Kabel in der Hand dastand.

»Das ist so schrecklilch peinlich!«, fuhr Ingrid fort. »Dabei sollte das ein schöner Abschluss für die Wochenendgäste sein.«

Alfred wirkte beschämt und murmelte etwas von Stromkreisen, neuen Lampen und Transformatoren.

»Ich dachte, du hättest überprüft, dass die Spannung standhält. Wir müssen doch wohl Strom für ein paar armselige Lämpchen haben? Sorge dafür, dass das Licht wieder angeht!«, sagte sie scharf und machte auf dem Absatz kehrt.

Sie sah, wie Hussein sie erschrocken anstarrte und spürte eine Hand auf dem Rücken.

»Ingrid?« Es war Mutter Borghild. »Warum sprichst du so mit Alfred? Das führt doch zu nichts.«

In derselben Sekunde schämte sie sich dafür, dem alten Hausmeister gegenüber so schroff gewesen zu sein. Was war los mit ihr?

In dem Versuch, aus der Katastrophe etwas Angenehmes zu machen, servierte sie zusammen mit Perle und dem Rest des Teams Glögg und zündete Kerzen an, und es brauchte auch nicht lange, bis Alfred den Hauptschalter gefunden hatte und das Licht wieder anging. Nunmehr funkelten auch die Lampen am Weihnachtsbaum, machten ihrer Meinung nach jedoch einen unzuverlässigen Eindruck, so als könnten sie jederzeit wieder einen Kurzschluss verursachen.

Die Gäste aus Oslo versammelten sich im Foyer, bedankten sich freundlich und versicherten ihr, dass es ihnen großartig gefallen habe. Sie konnte nur hoffen, dass trotz der Blamage mit dem Weihnachtsbaum sowohl bei ihnen als auch den anderen ein überwiegend positiver Eindruck vom Himmelfjell zurückbleiben würde.

Für einen Moment blieb sie bei Vegard und Mutter Borghild stehen.

»Meine Liebe, Ingrid«, sagte Vegard. »Was für ein glänzendes Wochenende! Das war super erfolgreich!«

»Abgesehen von den Weihnachtsbaumlämpchen.«

»Ja, abgesehen davon. Aber das ist nur ein kleines Detail.«

»Das ist mehr als nur ein Detail«, wandte sie ein.

»Bis Heiligabend sind es noch zwei Tage«, sagte Vegard. »Die elektrische Anlage bekommst du heute auf jeden Fall nicht ausgetauscht.«

Ingrid ließ sich auf einen Stuhl fallen. Er hatte ja recht. Es war Blödsinn, diesbezüglich jetzt zu quengeln. Sie war es so leid, an all diese praktischen Probleme zu denken, aber sie bekam sie einfach nicht aus dem Kopf.

Sie schloss die Augen. Puh, wie müde sie war. Alles schien

wie ein großes Durcheinander, es war schwer, sich zu erinnern, was in den letzten Tagen wann geschehen war. All diese abrupten Wendungen. Preben und Tor. Wie konnte sich in so kurzer Zeit so vieles verändern?

Der Optimismus, den sie in den vergangenen Tagen mehrfach empfunden hatte, war verschwunden. Erneut war er von Stress und belastenden Gedanken abgelöst worden. Der Adrenalinschub, den sie nach Husseins Rettung verspürt hatte, war abgeklungen. Und Tor … Dass sie entspannt und glücklich neben ihm aufgewacht war, schien jetzt wie eine Ewigkeit her, und nicht wie heute Morgen.

Es schmerzte im Kreuzbein und im Unterleib. Ah, genau … sie stellte fest, dass es einen weiteren Grund für den Stimmungswechsel gab: Ihre Periode stand wieder an. Sie hasste es.

Jedes Mal, wenn sie spürte, wie das Blut kam, war sie zurück im Krankenhaus im Himalaya und fühlte das neue Leben aus sich herausfließen. Sie erlebte alles ein weiteres Mal: die Angst während der Lawine, den Schmerz und die Übelkeit danach, die Trauer über all das, was sie verloren hatte, und alles, aus dem nichts werden sollte.

Vielleicht sollte sie eine Tablette nehmen. Jetzt nahmen die Schmerzen an Stärke zu.

»Du siehst blass aus, Ingrid«, stellte die Großmutter fest. »Geht es dir gut?«

»Ich … ich weiß nicht«, entgegnete Ingrid und überraschte sich damit selbst.

Ihre Standardantwort auf diese Frage lautete: »Ja.« Ingrid Berg ging es immer gut. Für anderes war kein Platz. Man konnte nicht die ganze Zeit in sich hineinspüren. Außerdem war es für niemanden von Interesse, wie es ihr ging. Von Bedeutung war, dass sie erledigte, was erledigt werden musste.

Aber jetzt, da sie hier mit Vegard und der Großmutter zusammen war, Weihnachten vor der Tür stand und der Kopf voller Gedanken und Sorgen war, war es, als würde die Wahrheit von alleine heraussickern.

»Vielleicht geht es mir nicht so gut.«

Sie fühlte sich schwindelig und fiebrig.

»Meine Liebe, Ingrid. Komm. Lass uns nach oben in die Wohnung gehen.«

Mutter Borghild nahm ihren Arm und geleitete sie schnell zur Treppe. Als sie vor der Wohnungstür standen, zitterten Ingrids Hände derart, dass die Großmutter ihr den Schlüssel abnehmen und selbst aufschließen musste.

Ingrid sank aufs Sofa. Die Großmutter holte ein Glas Wasser, welches ihre Enkelin gierig herunterstürzte.

»Hast du heute schon was gegessen?«, erkundigte sich Borghild. »Zum Frühstück warst du ja nicht da …«

Ingrid errötete beim Gedanken daran, was sie und Tor getan hatten, während die anderen frühstückten.

»Nein, habe ich nicht … Nur Joghurt. Mehr habe ich nicht runterbekommen, und jetzt ist mir ein bisschen schlecht.«

Die Großmutter sah sie besorgt an.

»Was ist los, meine Liebe? Übelkeit? Du bist doch wohl nicht –«

Mutter Borghild hielt inne, augenscheinlich brachte sie die offensichtliche Erklärung für morgendliche Übelkeit nicht über die Lippen. Ingrid spürte, wie die Dämme brachen. Die Tränen flossen über ihre heißen Wangen.

»Nein, ich bin nicht schwanger, Großmutter. Aber ich war es. Zuvor.«

Und dort auf dem Sofa erzählte sie der Großmutter endlich alles. Während die Tränen nur so flossen, sprach sie von der Verhütung, die versagt haben musste, von Aishas Erkenntnis während ihrer allerersten Begegnung, von dem Schwangerschaftstest in der Klinik in Nepal mit dem überraschenden Ergebnis. Wie sie es beiseitegeschoben hatte, während sie weiterhin die Expedition planten. Von der lebensverändernden Nachricht, die sie mit Preben hätte teilen *sollen* – später, zu einem geeigneteren Zeitpunkt, einem Zeitpunkt, der niemals eintraf. Sie erzählte von der Übelkeit, dem plötzlichen Schmerz im Unterleib, als sie aus dem Lawinengebiet gerettet worden und wieder zu sich gekommen war. Sie erzählte von der Verwirrung, als sie im Krankenhaus lag, dem Blut, der Angst.

Sie berichtete davon, dass sie das nie mit Preben geteilt hatte, sich aber fragte, ob er es dennoch hätte begreifen können. Dass sie nie darüber gesprochen hatten. Dass sie nicht mit ihm hatte sprechen *können*.

»Ach, liebe Ingrid!«

Die Großmutter trocknete mit einem Papiertaschentuch die Tränen vom Gesicht der Enkelin, als wäre diese ein Kind, und nahm sie in die Arme.

»Und das hast du ganz allein mit dir ausgemacht. Ach, mein Mädchen.«

Mutter Borghild drückte Ingrid fest an sich. Ingrid lehnte sich an sie und nahm die Umarmung entgegen. Die Großmutter war klein, aber stark. Sie roch nach frisch gebügelter Baumwolle und dezentem Kölnisch Wasser. Ingrid spürte die Kraft ihrer Arme und ließ sich festhalten.

»Das ist normal«, schniefte sie an die Schulter der Großmutter gelehnt. »Ich bin nicht gerade die Erste, die eine Fehlgeburt erlebt hat.«

»Nein, das bist du nicht«, sagte Mutter Borghild. »Dass andere das aber auch erlebt haben, macht es für *dich* nicht weniger schmerzhaft. Zudem ist es unter ungewöhnlichen, dramatischen Umständen geschehen. Du hättest bei dieser Lawine selbst das Leben verlieren können. Und du hast einen Freund verloren. Das ist sehr viel auf einmal.«

Sie saßen eine Weile still da, während die Großmutter ihr über die Haare strich.

»Was hast du gedacht … als du schwanger warst?«, fragte Borghild vorsichtig. »Habt du und Preben darüber gesprochen, zusammen zu wohnen, oder wie hattest du dir das vorgestellt?«

»Ich weiß es nicht … Das kam so plötzlich, sowohl, dass ich schwanger war, als auch, dass ich das Kind verloren habe. Wir sind nie so weit gekommen, das zu besprechen. Es war auch nicht so leicht vorstellbar, dass wir ein normales Familienleben führen sollten, ich und Preben und dieses Kind. Heiraten, normale Jobs und so. Was Preben und ich zusammen hatten, das baute auf dem Bergsteigen, den Expeditionen, Action und Abenteuer auf. Ich weiß nicht, ob sich das mit einem Kind hätte vereinbaren lassen. Vermutlich hätte wohl ich meine Ambitionen fallen lassen müssen.«

»Oder vielleicht hätte es für beide eine Zeit lang *andere* Ambitionen gegeben«, sagte Mutter Borghild. »Weißt du, ich finde, du solltest es Preben irgendwann erzählen, jetzt, da ihr wieder Kontakt habt.«

»Ja, ich weiß, dass ich das tun muss.«

»Vielleicht bist du noch nicht bereit dafür, aber der Verlust, den du erlitten hast, ist in der Tat etwas, woran er teilhaben sollte. Möglicherweise erleichtert ihm das, alles zu verstehen. Und das Kind, das du verloren hast, war nicht nur deins, sondern eures. Ich glaube, es hat für euch beide eine heilende Wirkung, wenn du es ihm erzählst.«

»Vielleicht hast du recht. Aber ich habe es für mich behalten müssen, um zu überleben, um all das andere zu meistern. Ich hatte das Gefühl, *alles* verloren zu haben«, fuhr Ingrid fort.

»Und jedes Mal, wenn ich meine Periode bekomme, denke ich daran. Es ist, als würde es wieder und wieder passieren.«

Die Großmutter streichelte ihr erneut über die Haare und sah sie mit ihren lebhaften Augen an.

»Das ist gerade jetzt vielleicht kein Trost«, sagte sie, »aber dass du jeden Monat blutest, bedeutet doch, dass alles funktioniert, wie es soll. Dass du wieder schwanger werden kannst.« Als sie merkte, das Ingrid ansetzte, um zu protestieren, fügte sie hinzu: »Ich meine selbstverständlich nicht gerade jetzt, aber später, sofern du es möchtest. Du hast noch Zeit.«

Ingrid konnte einfach nicht aufhören zu weinen. Jetzt, da der Damm gebrochen war, hielt nichts mehr die Tränen und die Sorgen auf. Sie legte ihren Kopf auf Mutter Borghilds Schulter, sog den sanften, wohlbekannten Duft ein, schluchzte und schniefte.

Schließlich war sie völlig erschöpft und die Strickjacke der Großmutter voller Rotz und Tränen.

»Ich glaube, du solltest dich ausruhen, Ingrid«, sagte sie. »Trink noch ein wenig Wasser, und dann legst du dich ins Bett.«

Ingrid war so heiß und so matt, brachte aber durchaus genug Kraft auf, um zu protestieren.

»Mich hinlegen? Jetzt? Das geht nicht.«

»Doch, das geht. Ich richte Vegard & Co. Grüße von dir aus und übernehme das Hotel für ein paar Stunden, während du dich ausschläfst. Das wird schon werden. Ich habe schon mal ein Hotel geleitet, weißt du?«

Und bevor Ingrid widersprechen konnte, lag sie im Bett und war zurück in der Kindheit. Sie spürte die weiche Hand der Großmutter über ihren Kopf streicheln, bis der Schlaf angekrochen kam und übernahm.

*

Dalen, Frühjahr 1962

Mit ruhigen Schritten überquerte Borghild den Friedhof. Sie durfte sich nicht anmerken lassen, was in ihrem Inneren vor sich ging. Alles musste normal wirken.

Das Wetter war so schön. Die Vögel zwitscherten, die Trachtenschuhe knirschten auf dem trockenen Kies. Sie achtete darauf, sich aufrecht und erhobenen Hauptes fortzubewegen. Sie nahm alle Details wahr: dass einige der Bäume langsam grün wurden, wie ihre Broschen im Sonnenlicht funkelten. Für das Wochenende war Unwetter vorhergesagt. Schließlich war gerade einmal März, allerdings gab es derzeit noch keine Anzeichen für Regen. Wer es nicht besser wusste, würde glauben, dies sei der perfekte Tag für eine Hochzeit.

Einige Tage zuvor war ihnen bewusst geworden, was getan werden musste. Sie waren am Styggfossen entlanggegangen. Dort oben lag noch immer Schnee, es war unwegsam und gefährlich, aber Charlotte hatte dorthin gewollt.

»Mittlerweile sieht man es – schau dir das nur an!«, hatte sie gesagt. »Ich bekomme den Knopf nicht mehr zu!« Sie hatte am Aufschlag des ockergelben Wollmantels gezogen. Er war so elegant, die neueste Mode; nur wenige Monate zuvor war sie so stolz darauf gewesen. Jetzt aber spannte er über dem Bauch, und ihre Freude darüber war dahin.

Charlotte hatte Tränen in den Augen. »Ich halte das nicht aus, Borghild. Ich kann nicht! Eher gehe ich in den Wasserfall, als Jarand zu heiraten. Und von … diesem Teufel verheiratet zu werden.«

Borghild legte eine Hand auf ihren Arm. »Charlie!«

Aber Charlie schüttelte die Hand ab. »Es nützt nichts, Borghild!«

Plötzlich riss sie sich den Mantel vom Leib und warf ihn die Geröllhalde zum Wasserfall hinunter. Für einen kurzen Moment war es, als würde Borghild Charlie selbst in den Tod schweben sehen. Ihre Charlie.

»Nein! Nein! Ich werde dir helfen«, schrie sie. »Ich tue alles. Ich liebe dich, und ich werde dir helfen.«

Und jetzt war getan, was zu tun sie versprochen hatte, und Borghild ging zur Kirche. Ihren Eltern hatte sie gesagt, sie würde ein paar Stunden brauchen, um Charlotte beim Ankleiden und Zurechtmachen zu helfen, weshalb sie zur Kirche vorausfahren sollten. Sie waren jetzt dort drinnen. Genauso wie Christian Stugu und der Rest des Freundeskreises. Aber niemand musste Borghild einen Platz freihalten, denn sie war die Trauzeugin der Verlobten und sollte ganz vorn im Chor sitzen.

In der Kirche wartete auch der Bräutigam, Jarand Smedplass, zusammen mit seinem Trauzeugen Hallgrim Dalen. Borghild wusste nicht, wen von ihnen sie am meisten verabscheute. Charlies großen Bruder, der einst ein guter Freund gewesen war – der sogar vorgeschlagen hatte, dass sie ihn heiraten solle! Oder diesen »Bräutigam«, den alkoholisierten und brutalen Grobschmied, der bereits eine Ehefrau so oft geschlagen hatte, dass sie aus Dalen geflohen war. Dennoch war es für Hallgrim und das Dorf also besser, dass Charlie mit Jarand verheiratet wurde, als dass sie unverheiratet Mutter wurde. Denn das wäre eine Schande … Zum Teufel!

Borghild wusste jetzt mit Sicherheit, dass Charlie lieber gestorben wäre, als diese Ehe zu vollziehen, in die Hallgrim sie drängte. Charlie konnte nicht damit leben, mit einem Gewalttäter verheiratet zu werden. Und auf keinen Fall damit, dass derjenige, der sie verheiraten sollte, er war … Gemein-

depfarrer Röhmer ... das Schwein, das sich an ihr vergriffen hatte, als sie ihn um Seelsorge gebeten hatte. Das Schwein, dass sie geschwängert hatte.

Wie hätte Charlie das durchstehen sollen? Hallgrim hätte sie ebenso gut an den Rand des Abhangs drängen und sie in den Styggfossen stoßen können.

Borghild drosselte das Tempo, um die Zeit hinauszuzögern, bis sie hineinmusste, um ihre Rolle im letzten Akt dieses grotesken Schauspiels zu mimen. Sie wusste, dass etwa zur gleichen Zeit, zu der sie die Kirche betrat, Fahrer Hansdalen in seinem frisch polierten Mercedes vor dem Haus der Familie Dalen vorfahren würde, um Charlotte abzuholen und sie die wenigen hundert Meter zur Kirche zu chauffieren. Allerdings würde er dort niemanden antreffen. Denn Charlotte war schon längst weit weg. Weiter, als diejenigen, die auf sie warteten, jemals erfahren würden.

Und Borghild wusste, dass sie ihrer Liebe niemals wieder in die Augen sehen würde.

*

Aus Borghild Bergs Tagebuch

... Ich wusste, dass ich ihr nie wieder in die Augen sehen würde. Bis jetzt. Vor einigen Wochen habe ich diese Augen wiedergesehen. Tiefes Granitgrau, mit goldenen Flecken. Es dauerte eine Weile, bis ich begriffen hatte, was das bedeutete, aber tief im Inneren habe ich es wohl in dem Moment begriffen, in dem ich Freya zum ersten Mal gesehen habe. Schließlich hat sie Charlies Augen.

23. Dezember

Als Ingrid die Augen aufschlug, war es bereits nach zwölf. Sie hatte tief geschlafen und von Schnee und Blut geträumt, aber Mama und Papa waren da gewesen. Engeline und Marius. Es war selten, dass sie von ihnen träumte, weil sie so klein war, als sie starben, und die Erinnerungen undeutlich waren. Im Traum aber hatten sie ihre Hochzeitssachen getragen, wie auf dem Foto in ihrem Album. Die Mutter trug ein langes, burgunderrotes Kleid, ihre braunen Haare waren gelockt. Der Vater war mit einem Smoking bekleidet, hatte einen Bart und sanfte Augen. Der Schnee war geschmolzen. Um sie herum schwebten Blüten, Rosen aus dem Brautstrauß und Heidekraut aus der Umgebung. Alles duftete nach Blumen. Sie hatten sie in den Arm genommen und fest an sich gedrückt. Lange, nachdem sie aufgewacht war, spürte sie noch immer die Wärme ihrer Körper und vernahm den Duft der Rosen.

Sie streckte die Hand nach dem Handy auf dem Nachttisch aus. Keine Nachrichten, auch nicht von Tor. Das war seltsam. Sie war nicht in der Lage, klar zu denken. Sie hatte einen Bärenhunger! Das war nicht verwunderlich. Sie hatte achtzehn Stunden geschlafen und seit dem gestrigen Mittagessen nichts zu sich genommen. Zudem war ihr heiß, und sie war verschwitzt. Sie brauchte eine Dusche.

Erneut vernahm sie einen starken Blumenduft, der den Raum erfüllte. Moment. Das war kein Traum. Auch waren es keine Rosen. Das waren … Hyazinthen? Fichtenzweige und Hyazinthen.

In einer Glasschale auf ihrem Wohnzimmertisch stand ein großer Strauß. Jemand musste sich damit hereingeschlichen haben, während sie schlief.

Zwischen den Fichtenzweigen steckte ein kleiner Umschlag. *Blumen Dalen* stand darauf. Sie zog ihn heraus und entnahm die kleine Karte.

Danke. T.

Sie atmete den Duft ein und lächelte.

Nach der Dusche und einem großen Glas Wasser fühlte sie sich in der Lage, sich ins Hauptgeschoss zu begeben.

»Was für eine nette Überraschung, dass ihr noch hier seid!«, ließ sie Vegard wissen, als sie einige Minuten später mit einer Tasse Kaffee in der Bibliothek saßen. Sie hatte geglaubt, er sei am Abend zuvor zusammen mit David gefahren, doch sie hatten die Abreise verschoben, als sie gehört hatten, dass es ihr schlecht ging. Wie nett sie waren.

»Selbstverständlich sind wir hier, mein Mädchen!«, sagte er und legte seine Hand über ihre.

Sie spürte, wie ihr wieder Tränen in die Augen stiegen. Was war los mit ihr?

»Wie geht es dir, Ingrid?«

»Gut. Aber … ich bin ziemlich erschöpft. Und ich ertrage den Gedanken nicht, dass Mutter Borghild und ich Weihnachten zusammen mit dem Ehepaar Wilkins feiern sollen. Das war nicht gerade das, was ich mir vorgestellt habe, als ich beschloss, das Hotel Weihnachten zu öffnen! Ich dachte, wir würden viele Gäste haben, nun aber sind es wir, die Wilkins und Alfred. Nicht gerade ein Traumweihnachten.«

Vegard sah sie an, und sie wusste, dass er zu einem Motivationsgespräch ansetzen wollte, woraufhin sie die Hand hob, um ihn zu stoppen.

»Ich gebe ihnen Bescheid, dass wir Weihnachten schließen müssen. Wir können es auf die Probleme nach dem Wasserschaden oder irgendetwas anderes schieben. Und dann finden wir für sie etwas anderes in einem der Hotels in Lillehammer. Dann kann ich die Weihnachtstage nutzen, um über das Gespräch nachzudenken, das ich mit XO führen werde. Wir sollten ihnen wohl mitteilen, dass wir daran interessiert sind, über einen Verkauf zu reden.«

Vegard sah sie eindringlich an.

»Ich glaube nicht, dass du das ernst meinst«, sagte er. »Du bist einfach erschöpft.«

Sie war für eine weitere Argumentation bereit, er aber sagte nur: »Warte einen Augenblick.« Dann stand er auf. »Lass mich mit dem Kauz reden.«

»Worüber?«, fragte sie.

Aber Vegard war bereits zur Tür hinaus.

Zwanzig Minuten später hatte sie eine halbe Tüte Smørbukk verspeist, die sie noch im Schrank gefunden hatte. Von all dem Kauen tat ihr der Kiefer weh, als Vegard wieder hereinkam und sich neben sie aufs Sofa setzte.

»Wir bleiben«, sagte er.

»Was?«

»Wir bleiben über Weihnachten hier. David, Pia und ich.«

Ingrid verschlug es die Sprache.

»Häh? Aber du und David, ihr wollt doch zu deiner Schwester?«

»Wir hatten eigentlich vor, morgen, an Heiligabend, bei ihr zu essen, ja. Aber ich habe sie angerufen und ihr die Situation erklärt. Das ist in Ordnung. Unsere Verwandtschaft ist ohnehin so groß, weißt du. Es ist nicht gerade so, dass die Stube leer ist, wenn David und ich nicht dort sind. Zumindest nicht, solange unsere Geschenke da sind.«

Sie lächelte breit.

»Aber Vegard!«

»Du bist doch auch meine Schwester.«

Er sah sie an und fuhr sich mit der Hand durch die Haare. »Ihr habt doch Platz für uns, oder nicht? Sag jetzt nicht, dass es nicht passt.«

»Ja, Herrgott, selbstverständlich ist Platz! Wollt ihr Weihnachten wirklich mit uns feiern? Das ist fast zu gut, um wahr zu sein.«

Sie warf sich um seinen Hals.

Vegard lächelte zufrieden.

»Wozu hat man Brüder? Allerdings gibt es eine Bedingung.«

»Welche?«

»Dass du das Ehepaar Wilkins nicht rauswirfst und dass du bis nach Neujahr wartest, bevor du entscheidest, ob du das Hotel verkaufen willst.«

»Okay!«

Was das betraf, hatte sie durchaus ihre Vorstellungen, dennoch war es leicht, dieses Versprechen zu geben. Bald waren sie da. Am Ziel. Wenn Vegard blieb, würde sie Weihnachten überstehen. Und darum ging es jetzt. Sie dachte an das große Weihnachtsessen, das morgen stattfinden sollte. Bis dahin konnte doch wohl nicht mehr so viel schiefgehen? Schließlich war es bereits der Nachmittag des 23. Dezembers. Und das Hotel stand noch. Wenn auch gerade so. Der Entschluss, es zu verkaufen, konnte für eine Weile ruhen und reifen. Mit

Mutter Borghild brauchte sie das nicht vor dem neuen Jahr zu besprechen.

*

Aus der Küche roch es bereits wieder nach Essen. Heute standen geräuchertes Lachsfilet mit Cognac und Truthahnbrust mit Majas Waldorfsalat auf dem Speiseplan. Es rumpelte in Ingrids Magen, und dass der Appetit zurück war, war ein gutes Zeichen. Allerdings waren es noch ein paar Stunden bis zum Abendessen. Zuerst sollte in der Bibliothek Kaffee und Kuchen serviert werden. Mutter Borghild hatte sich bereits dort eingefunden.

Wo aber blieb das Ehepaar Wilkins? Die beiden waren vor einer Weile aufgebrochen und hatten nicht gesagt, wann sie gedachten, zurück zu sein. In Anbetracht des Schneetreibens gefiel Ingrid dieser Gedanke ganz und gar nicht, auch wenn Freya ständig behauptete, dass John ein so außergewöhnlich geschickter Autofahrer sei.

Ingrid ging durchs Foyer und öffnete die Haustür. Während sie über den Parkplatz schaute, kam in dem Schneegestöber ein alter, weißer Pick-up zum Vorschein. Er fuhr in viel zu hohem Tempo vor das Hotel und parkte schräg vor ein paar anderen Autos. Ihr Herz machte einen Satz. War Tor zurückgekommen? Nein. Zwar ähnelte das Auto seinem, doch auf dem hier stand MOSCHUS MASCHINEN.

Die Tür auf der Fahrerseite ging auf, und ein Ochse von einem Mann stieg aus. Auf die Entfernung sah es so aus, als seien die Schultern genauso breit wie er hoch. Er knallte die Autotür zu und kam auf das Hotel zu. Ingrid blieb in der Tür stehen und sah zu, wie er sich näherte. Ohne den Schnee zu beachten, der ihm entgegenpeitschte, bewegte er sich mit schweren Schritten vorwärts. Jetzt war er so nah, dass die Außenbeleuchtung für Widerschein auf dem glänzenden Schädel sorgte. Nachdem der Mann die Treppen hinaufgekommen war, hob er den Blick und sah Ingrid an. Der Blick aus den kleinen Augen unter der kräftigen Stirn war scharf.

»Ist Borghild da?«, fragte er, ohne den Blickkontakt abzubrechen. »Du kannst ihr mitteilen, dass Hallgrim Dalen zu Besuch gekommen ist.«

Im selben Augenblick bog der Range Rover von Freya und John Wilkins auf den Parkplatz ein. Das Ehepaar stieg schnell aus dem Auto aus und kam die Treppe hinauf, während Ingrid noch immer in der Türöffnung stand und verblüfft Hallgrim »Moschus« Dalen anstarrte.

Dann kam noch ein Auto, noch ein Pick-up. Und dieses Mal *war* es in der Tat Tor Seter.

*

»Was geht hier vor sich?«, fragte Ingrid.

Sie ließ ihren Blick über die kleine Versammlung schweifen, die sich nunmehr im Foyer eingefunden hatte, von Hallgrim Dalen zu Freya und John Wilkins, weiter zu Tor und wieder zurück zu Hallgrim.

»Worüber willst du mit Mutter Borghild sprechen?«, fragte sie.

Hallgrim Dalen gestikulierte und verwies dabei auf Freya, John und Tor: »Das musst du sie fragen.«

Ingrid sah Freya fragend an, die ihrem Blick ruhig begegnete.

»Wir mussten zu ihm und ihn holen«, sagte Freya. »Als wir jedoch an seinem Haus ankamen, war dieser junge Mann bereits dort.«

Ingrid blickte erst Freya, dann Tor ungläubig an.

»Ihr wart im Dorf und habt ihn geholt? Warum? Und was in aller Welt hast du dort gemacht, Tor?«

Waren sie jetzt alle verrückt geworden? Nein, Tor sah sie vollkommen ruhig an, und Freya wirkte nicht sonderlich durchgeknallt, wie sie dort in ihrem grünen Wollmantel stand, während die Schneeflocken in ihren Haaren schmolzen. Ganz im Gegenteil wirkte sie mehr sie selbst, als es seit ihrer Ankunft der Fall gewesen war.

»Es gibt Dinge, über die wir sprechen müssen«, sagte sie. »Zusammen.«

»Dann kommt mit hoch in die Wohnung«, sagte Ingrid. »In der Bibliothek sind Gäste, und wenn ihr unbedingt mit Mutter Borghild sprechen wollt, dann ist es wohl besser, wenn das an einem privaten Ort vonstattengeht?«

Tor schien das Gleiche zu denken. Er legte eine Hand auf Hallgrims Oberarm und wollte etwas sagen. Hallgrim aber schüttelte ihn einfach ab.

»Nein, wir gehen rein und bringen es hinter uns, was auch immer es sein mag. Wir finden sie wohl dort drinnen«, sagte er und ging mit dröhnenden Schritten zur Bibliothek.

»Hast du da auch deine Hände im Spiel?«, fragte Ingrid Tor, während sie Hallgrim hinterhereilten.

»Ich dachte, genug sei genug«, erklärte Tor. »Ich bin es leid herumzuschleichen und zu versuchen, Hinweise und Gerüchte aufzufangen, weshalb ich zu Hallgrim gefahren bin, um zu hören, was er selbst zu XO und dem Ganzen zu sagen hat. Allerdings war ich kaum zur Tür rein, als diese beiden aufgetaucht sind. Es gab ein wenig Gezeter, bevor Hallgrim ins Auto gesprungen ist und die anderen im Range Rover hinterhergefahren sind. Also habe ich mich drangehangen und bin ihnen gefolgt. Und plötzlich waren alle hier oben am Himmelfjell versammelt …«

Er hielt inne, als Hallgrim mit einem lauten Knall die Tür zur Bibliothek aufschleuderte. Borghild hatte mit Vegard, David und Pia auf der Sofagruppe am anderen Ende des Zimmers gesessen und sich unterhalten, während Perle im Begriff war, ihnen Kaffee zu servieren. Als die Tür lautstark aufflog, verstummten jedoch alle.

Borghild erhob sich. Sie starrte Hallgrim an. Er seinerseits blieb gleich hinter der Tür stehen, und zwischen ihnen, auf seinem angestammten Platz am Kamin, stand Bjørnar wie ein unparteiischer und unbeweglicher Linienrichter. Der Schnee auf Hallgrims dunkelgrauer Jacke und seinen kräftigen Schnürstiefeln schmolz und ergoss sich in einem Schwall auf den Parkettboden.

»Ihn dort habe ich geschossen!«, posaunte Hallgrim mit Verweis auf den Bären hinaus.

Dann wurde es wieder still im Raum.

»Er ist wegen einer Wette hier gelandet! Du hast damals gewonnen, Borghild. Aber das bedeutet nicht, dass du wieder gewinnst.«

Hallgrim machte einen Schritt in die Bibliothek hinein. Ingrid und Tor blieben in seiner Nähe, falls etwas geschehen sollte. (Was sollten sie tun? Den Polizeichef anrufen?, dachte Ingrid. Was aber sollte sie ihm sagen? Dass sie am Tag vor Heiligabend unerwarteten Besuch bekommen hatten? Der zudem von einigen ihrer Gäste hierhergeholt worden war? Kaum ein Grund zum Ausrücken. Außerdem würde der Polizeichef ohnehin nicht vor einer halben, vielleicht gar einer Dreiviertelstunde hier sein. In dieser Zeit konnte alles Mögliche passieren.)

Hinter Ingrid und Tor waren nunmehr Freya und John Wilkins in die Bibliothek gekommen, ihre Blicke unablässig an dem wuchtigen Mann gehaftet, der den kompletten Raum mit seiner Anwesenheit dominierte. Sein Körper war derart massiv und sein Kopf saß so tief zwischen den Schultern, dass es den Anschein hatte, als hätte er überhaupt keinen Nacken.

Perle war am Salontisch stehen geblieben und verfolgte das Geschehen mit weit aufgerissenen Augen. Ingrid vernahm das Klirren der Kaffeetassen auf dem Tablett, das sie noch immer in den Händen hielt.

Sie hätte schwören können, dass Moschus aufstampfte. Er machte noch einen Schritt auf Borghild zu. John Wilkins folgte ihm. Es war offensichtlich, dass er überlegte einzugreifen, allerdings war auch er an dem Ganzen nicht unbeteiligt. Warum in aller Welt hatten Freya und er Hallgrim mit hier raufgebracht? Ingrid begriff es nicht. Ansonsten war Doktor Wilkins doch ein äußerst vernünftiger und besonnener Mann. Jetzt blieb er, mit einer Hand auf einer Stuhllehne, stehen und beobachtete die Situation. Hallgrim schnaubte und wandte sich zum Ehepaar Wilkins um.

»Jetzt müsst ihr mir erklären, was ihr wollt«, sagte er in überraschend flüssigem Englisch.

»Warum habt ihr mich hier hochgebracht, um mit diesem … Ungeheuer zu sprechen? *This freak!*«

Das war eine seltsame Wortwahl, dachte Ingrid.

»Ich glaube, ihr müsst einfach miteinander sprechen«, sagte Freya.

Die Stimmung im Raum war auf dem Gefrierpunkt. Mutter Borghild aber ließ sich nicht abschrecken. Sie richtete sich zu ihrer vollen Größe auf – die allerdings nicht sonderlich beeindruckend war – und legte den Kopf in den Nacken, um dem alten Moschusochsen direkt in die Augen sehen zu können.

»Ungeheuer. Das sagt der Richtige, Hallgrim«, begann Borghild. Ihre Stimme war kalt wie das Eis des Styggfossen. »Gibt es hier ein Ungeheuer, dann bist wohl du es.«

Er schielte sie zornig an.

»Diese Leute fahren im Dorf umher, wühlen in alten Geschichten und stellen Fragen«, sagte er. »Und dann tauchen sie einen Tag vor Heiligabend bei mir zu Hause auf und sagen, wir müssten mit dir über Dinge reden, die meine Familie betreffen. Als hättest du für diese Familie nicht schon genug kaputtgemacht!«

»Ich habe nicht den Wunsch, deine Familie kaputtzumachen«, entgegnete Borghild. »Das schafft du selbst ausgezeichnet.«

Er antwortete nicht. Sie hielt seinem Blick stand.

»Du musst diesen Irrsinn stoppen«, fuhr sie fort. »Das ist bereits zu weit gegangen.«

Sie sah Freya an, dann wieder Hallgrim.

»In all diesen Jahren habe ich geglaubt, es sei das Beste, die Vergangenheit ruhen zu lassen. Allerdings habe ich damit jämmerlich falsch gelegen. Denn die Vergangenheit ist hier, mitten unter uns.«

Hallgrim machte erneut einen Schritt auf sie zu, während Borghild unerschrocken auf ihrem Platz stehen blieb.

»Während hingegen *du*, Hallgrim«, sagte sie. »*Du* hast dir doch zum Ziel gesetzt, *meine* Familie zu zerstören. Also sag mir jetzt, auch wenn ich die Antwort vielleicht selbst erraten kann: Warum hast du dich gegen uns verschworen und dich mit XO Hotels verbündet? Gerüchte verbreitet, um die Leute dazu zu bringen, Buchungen zu stornieren? Warum versuchst du, Ingrid und das Hotel zu zerstören?«

»Ich dachte, du würdest zur Vernunft kommen«, sagte Hallgrim. »Verkaufen, kompetente Leute den Betrieb hier oben übernehmen lassen.«

»Damit du dir durch Bestechungen ein paar Kronen extra in die Tasche stecken kannst, Hallgrim? Oder steckt etwas anderes dahinter?«

Alfred kam zur Seitentür herein und blieb wie angewurzelt stehen, als er sah, wer da war. Ingrid meinte beinahe, einen Funken Angst in seinen Augen ausmachen zu können. Für einen Moment starrte Moschus ihn intensiv an. Dann wandte er sich wieder Borghild zu.

»Ich habe Helfer, Borghild, solltest du wissen. Die Menschen in Dalen sind auf meiner Seite. Ich sollte meinen, es sei unnötig, dich daran zu erinnern, wer hier im Dorf das Sagen hat.«

Borghilds schallendes Lachen schien alle im Raum zu überraschen.

»Du *hattest* das Sagen im Dorf«, erwiderte sie. »Das wird jedoch nicht mehr lange so sein.«

Ingrid sah, dass Tor den Kiefer fest zusammengepresst und die Hände derart zur Faust geballt hatte, dass die Fingerknöchel weiß wurden. Sie legte eine Hand auf seine, um zu signalisieren, dass er sich ruhig verhalten solle. Jetzt mussten sie vor allem herausfinden, was hier vor sich ging – dann konnten sie sich anschließend den Konsequenzen widmen. Sie hatte geglaubt, all die merkwürdigen Dinge, die an diesem Weihnachten im Himmelfjell geschehen sollten, waren bereits ausgestanden, jetzt aber schien es, als stünden sie gerade erst am Anfang.

Die Großmutter ging zu dem großen Bücherregal, öffnete eines der untersten Schubfächer und nahm einen Stapel Papiere heraus. Dann ging sie zu Hallgrim. Sie stand nun direkt vor dem Kamin, wodurch der Schein des Feuers in ihren glatten, weißen Haaren rötliche Reflexe erzeugte. Blass im Gesicht verwies sie mit dem rechten Zeigefinger auf den Stapel Papiere, den sie fest in der linken Hand hielt. Danach zeigte sie auf Freya Wilkins.

»Hier, Hallgrim«, sagte sie. »Und hier. Hier siehst du, was dir deine Macht nehmen wird.«

»Wovon zur Hölle sprichst du?« Hallgrims Stimme war flach und tief.

»Ich meine, Hallgrim, dass du jetzt dein halbes Imperium abtreten musst. Das, was du dir unter den Nagel gerissen hast, als Charlotte gegangen ist.«

*

Es war, als würde dem Moschusochsen die Luft ausgehen und Hallgrim vor ihren Augen schrumpfen. Zurück blieb ein Mann, der an einen alten, zotteligen Hofbullen erinnerte, der sich fragte, warum niemand mehr Angst vor ihm hatte. Er starrte Borghild mit offenem Mund an.

Für einen Augenblick sah es so aus, als würde der riesige Körper kollabieren, aber Doktor Wilkins war mit ein paar schnellen Schritten bei ihm und führte Hallgrim zu einem Sitzplatz auf dem Sofa, direkt neben dem Kamin. Dort saß er ein paar Sekunden und atmete einfach nur, bevor er in einer Tonlage, die auffallend weniger polternd war als zuvor, fragte: »Als Charlotte gegangen ist?«

Borghild stand mit verschränkten Armen in der Mitte der Bibliothek. Sie antwortete laut und deutlich: »Als Charlotte von hier weggegangen ist, weil sie mit dem, was geschehen war, nicht leben konnte. Und, weil sie nicht mit dem neuen Unrecht leben konnte, in das du sie hineinzwingen wolltest.«

»Aber Charlotte ist nicht weggegangen!«

Hallgrims Gesicht war erneut feuerrot.

»Charlotte ist nicht weggegangen! Sie ist gestorben! Sie hat sich deinetwegen in den Styggfossen gestürzt!«

»Das hast du also geglaubt, Hallgrim. Dass sie sich das Leben genommen hat. Wegen mir.«

Borghild holte tief Luft; sie betrachtete Hallgrim nunmehr mit einem ganz anderen Ausdruck im Gesicht. Er erinnerte beinahe an Mitgefühl.

»Deshalb hast du mich in all diesen Jahren so gehasst.«

»Charlotte hat die Schande nicht mehr ertragen«, sagte Hallgrim. »Und du …«

Er zeigte mit einem zitternden Finger auf Borghild.

»*Du* hast sie gegen die Hochzeit aufgewiegelt. Das hätte sie retten können. Aber nein, für dich war es besser, wenn sie in den Wasserfall geht.«

Hallgrim saß schwerfällig auf dem Sofa. Borghild hingegen setzte sich mit aufrechtem Rücken auf die Kante eines Stuhls ihm gegenüber. Das Ehepaar Wilkins hatte sich zu Vegard, Pia und David an den Tisch gesetzt. Ingrid und Tor standen hinter Mutter Borghild, während Alfred, mit dem Rücken zum Kamin gewandt, neben Bjørnar stand. Den Kaffee und den Kuchen auf dem Tablett, das Perle schließlich geschafft hatte abzustellen, rührte niemand an. Perle ihrerseits hatte sich auf einen Stuhl an der Wand zurückgezogen. Sie verfolgte das Drama mit großen Augen.

»Es stimmt, dass sie die Schande nicht ertragen hat«, sagte Borghild.

Ihre Stimme wirkte angespannt, aber sie fuhr fort.

»Die Schande und den Schmerz, den ihr zuzufügen *du* beteiligt warst. Du und deine Kumpane. Du wolltest sie mit dem Trunkenbold Jarand Smedplass verheiraten. Damit *du* nicht in Verruf geraten würdest. Weil deine Schwester ein uneheliches Kind bekam, sollte sie einen Mann heiraten, den sie nicht liebte, Hallgrim! Ja, damit nicht genug: Sie sollte einen Mann heiraten, vor dem sie Todesangst hatte. Einen Mann, der gewalttätig und gefährlich war.«

»Sie hatte sich selbst in diese Situation gebracht, sich ins

Unglück gestürzt. Ich habe nur versucht, ihr zu helfen«, protestierte Hallgrim.

»Sich selbst in diese Situation gebracht! Ihr helfen! Herrgott. Ja, in diesem Dorf hat sie viel Hilfe erhalten. Hat sie dir jemals erzählt, wer sie geschwängert hat, Hallgrim? Oder hat sie es womöglich nicht gewagt?«

»Sie wollte es nie sagen. Sie war wohl beschämt darüber, sich in diese Situation gebracht zu haben. Aber ich habe immer geglaubt, es sei dieser umherreisende Kunstmaler gewesen.«

»Da liegst du falsch.«

Borghild seufzte schwerfällig.

»Hast du es wirklich nicht verstanden, Hallgrim? Dann werde ich es dir jetzt sagen. Es war nämlich jemand, der ebenfalls ihr ›Helfer‹ sein sollte! Es war Röhmer.«

Hallgrim zuckte zusammen.

»Röhmer? Der Gemeindepfarrer?«

»Ja!«

Jetzt bebte Borghilds Stimme vor Wut.

»Ja, ihr eigener Gemeindepfarrer und Seelsorger, zu dem sie ging, als sie in Not war. Und der das Vertrauen damit beantwortet hat, sich an ihr zu vergehen! Verheiratet war er auch. Röhmer hat es ganz sicher prima gepasst, dass du dich entschlossen hattest, Charlotte in eine unglückliche und falsche Ehe mit Jarand Smedplass zu zwingen. Da konnte er als Wächter der Religion und der familiären Werte dastehen und gleichzeitig sein eigenes Verbrechen überdecken.«

Borghild setzte sich wieder und schlug die Beine übereinander. Ihre Anspannung hatte sich gelegt. Ingrid meinte sogar, in ihrer Haltung einen Schimmer von Erleichterung auszumachen. Nicht verwunderlich, wenn sie all das sechzig Jahre mit sich herumgetragen hatte.

Borghild fuhr fort, nunmehr mit sanfterer Stimme.

»Charlotte hat sich nicht das Leben genommen, Hallgrim. Sie ist nicht in den Wasserfall gegangen. Wie kannst du das geglaubt haben? Da hätte man sie doch gefunden?«

»Aber … der Mantel …«

»Pah! Der Mantel! Den hat sie mehrere Tage zuvor aus Wut und Angst weggeworfen. Nun, ich habe auch eine Zeit lang befürchtet, sie könnte sich etwas antun. *Aber das hat sie nicht.*«

Borghild streckte erneut den Rücken durch und fixierte Hallgrim. Es war so still in der Bibliothek, dass man eine Stecknadel hätte fallen hören können.

»Nein, Charlie war nicht der Typ, der sich das Leben nimmt, Hallgrim. Charlie war stark. Sie ist weggegangen. Nach Amerika.«

»Was?!«

Ingrid begriff erst im Nachhinein, dass der Ausruf von ihr selbst stammte. Sie sah zum Ehepaar Wilkins und dann wieder zu Borghild. Was sagte die Großmutter da?

»Sie *musste* weggehen, weil sie nach all dem, was geschehen war, nicht mehr hier leben konnte. Das hättest du begreifen müssen, Hallgrim«, sagte Borghild. »Charlie konnte so nicht leben.«

»Sie konnte nicht so leben, wie *ihr* wart!« Hallgrim spuckte den Satz förmlich aus. »Ich dachte, das war auch der Grund dafür, sie in den Wasserfall zu treiben.«

»Was, Hallgrim?«

»Das, was ihr getrieben habt, du und sie. Pfui! Das war krank! Wider die Natur! Ihr habt alle getäuscht. Ich habe hier versucht, mich bei dir einzuschmeicheln, und du hast *so etwas* getan, mit meiner Schwester …«

Er wandte seinen Blick unmittelbar ab und senkte den Kopf. Weinte er? Wurde ihm unwohl?

Die Gedanken jagten durch Ingrids Kopf. Sie tauschte einen

Blick mit Tor aus, der für einen Moment aussah, als sei er aus allen Wolken gefallen. Jedoch war er hinreichend gegenwärtig, um einen Arm um sie zu legen und sie zu einem Stuhl zu geleiten. Dort blieb sie sitzen, während Tor, noch immer mit einer Hand auf ihrer Schulter, neben ihr stand.

So? So wie ihr wart? Wider die Natur? Meinte Hallgrim, dass diese Charlotte … Borghilds heimliche Geliebte war? Ingrid holte tief Luft und spürte, wie der anfängliche Schreck in eine zitternde Spannung überging. Jetzt fielen ein paar Steinchen an ihren Platz …

Hallgrim hob den Kopf und sah Borghild plötzlich wütend an.

»Du sagst, sie ist nach Amerika gegangen? Und du hast davon gewusst? Du hast uns also all die Jahre in dem Glauben gelassen, sie sei tot?«

»Ich hatte geschworen, ihr Geheimnis zu bewahren, Hallgrim. Sie dachte, die Menschen hätten kein Recht zu erfahren, was geschehen war. Aber sie wollte dir schreiben, wenn sie sich an einem anderen Ort ein neues Leben aufgebaut hatte. Das hat sie mir versprochen.«

»Das hat sie nicht getan«, sagte Hallgrim mit einer Stimme, rau wie Sandpapier. »Ich habe nie wieder etwas von ihr gehört. Du? Lebt sie noch?«

Da drehte sich Borghild zu Freya Wilkins um, und jetzt war ihre Stimme nicht mehr so fest.

»Ich weiß es nicht. Da muss ich dich fragen, Freya: Lebt Charlie Dalen noch?«

»Nein, sie lebt nicht mehr.«

Freya Wilkins' Stimme hallte deutlich durch den Raum.

»Meine Mutter ist vor vielen Jahren gestorben.«

Alle Augen waren nunmehr auf Freya gerichtet, die vis-à-vis dem Sofa stand, auf dem Hallgrim saß.

»Ihre … Mutter?«, fragte Hallgrim, mittlerweile blass unter der zerzausten Mähne.

»Wollen Sie damit sagen, dass Charlotte Ihre Mutter war? Dass Sie … das Kind sind, das …«

»*That's right.* Das Kind, das auf diese unglückselige Weise empfangen wurde – bin ich.«

Ingrid glaubte ihren eigenen Ohren kaum. Sie schaute ihre Freunde an. Alle starrten auf Freya. Was für ein Drama, dessen Zeugen sie wurden! Hier gab es auf jeden Fall haufenweise Stoff für den Podcast, den Vegard so gern produzieren wollte.

»Mutter kam mit leeren Händen und einem wachsenden Bauch nach Amerika«, fuhr Freya fort. »Aber sie baute sich ein komplett neues Leben auf. Kurz nachdem sie in New York angekommen war, lernte sie einen Norweger kennen, einen Freund ihres Vermieters in Brooklyn. Zu dieser Zeit hielten sich die Norweger in Amerika in New York auf. Sie heirateten, kurz nachdem sie sich kennengelernt hatten, am 17. Mai 1962. Vater wusste, dass sie schwanger war, als sie heirateten. Das ist klar. Schließlich war sie im sechsten Monat. Das erzählte er mir später, als ich erwachsen war. Er war kinderlos, verwitwet, wohlhabend, viel älter als sie. Für ihn war sie das reizendste Geschöpf, das ihm je begegnet war. Als sie zustimmte, seine Ehefrau zu werden, galt es für ihn, eine Vaterschaft zu übernehmen – einen Preis, den zu zahlen er mehr als bereit war.«

»Aber du hast gesagt, ihr Name war Lottie Hansen?«, fragte Pia. »Hieß sie nicht Charlotte Dalen?«

»Doch, aber sie hat schließlich Peter Hansen geheiratet, den ich als meinen Vater kennenlernen sollte«, erklärte Freya. »Sie waren fantastische Eltern, und hielten zusammen, bis Mutter 2004 starb.«

»Charlie … Lottie … ist also seit fast zwanzig Jahren tot«, sagte Borghild mit kaum hörbarer Stimme.

»Ja, sie ist nur etwas über sechzig Jahre alt geworden. Es war Krebs. Das war schwer, aber ich war fast vierzig und seit mehr als zehn Jahren mit John verheiratet.«

Freya drehte sich um und betrachtete liebevoll ihren Ehemann.

»Zu dieser Zeit wohnten wir, wie auch meine Eltern, in Kalifornien«, sagte sie. »Sie sind dorthin gezogen, nachdem Vater in Rente gegangen war, und Vater blieb dort wohnen, bis er selbst 2010 gestorben ist. Er ist über achtzig geworden. Er erzählte mir, dass er nie jemand anderen als meine Mutter geliebt habe.«

»Aber … hat Charlie … Lottie … dir von ihrem Hintergrund erzählt?«, fragte Ingrid. »Wusstest du, woher sie stammte?«

Freya drehte sich zu ihr um.

»Mutter hat mir viel über norwegische Kultur beigebracht. Sie hat Norwegen geliebt und etwas vage von dem Ort erzählt, aus dem sie stammte, was die persönlichen Details betraf, war sie hingegen zurückhaltender. Es war, als hätte sie diese Tür fest verschlossen. Auf dem Sterbebett sagte sie jedoch etwas, das ich anfangs nicht verstand. Sie sprach Norwegisch, ich dachte sie sprach darüber, in den Himmel zu kommen. Erst viel später wurde mir der Zusammenhang klar. Sie hat Briefe geschrieben. Briefe an eine Person, die sie lediglich B nannte … Briefe, die sie offensichtlich nie abgeschickt hat. Ich wusste nichts von ihnen, bis auch Vater starb und ich sie auf seinem Dachboden fand. Als ich die Briefe las, bekam ich langsam eine Ahnung, warum Mutter aus Norwegen weggegangen war, warum sie nicht mehr an dem Ort hatte leben können, den sie so sehr geliebt hat. Die Briefe waren kryptisch, beinahe in Codes verfasst. Und sie waren auf Norwegisch. Und sie hatten keine Postadresse. Aber sie weckten meine Neugierde. Die Briefe gaben den Ausschlag dafür, dass ich mit der Ahnenforschung begonnen und mich in norwegischen Vereinen engagiert habe. Aufgrund der Ortsnamen, auf die sie in den Briefen ständig Bezug nahm, wurde mir auch klar, was sie eigentlich gesagt hatte, bevor sie starb. Sie sagte, sie habe immer den Wunsch gehabt, das *Himmelfjell* wiederzusehen.«

Jetzt kullerten Tränen über Mutter Borghilds Wangen.

*

»Aber …« Ingrid ließ ihren Blick zwischen der Großmutter, Hallgrim und Freya hin und her wandern, um schließlich bei Letztgenannter innezuhalten. »Hallgrims Schwester Charlotte, die 1962 von hier verschwunden ist, war also Ihre Mutter?«

»Ja.«

»Dann ist Hallgrim Ihr Onkel?«

Freya schaute Hallgrim an, zuerst, ohne etwas zu sagen. »Ich wusste es nicht sicher, als ich hierherkam …«, begann sie dann zögernd. »Aber jetzt ist es wohl offensichtlich.«

Borghild nickte und trocknete ihre Tränen. Dann räusperte sie sich und sagte: »Und Freya ist die Erbin der Hälfte des Besitzes, den Hallgrim und Charlotte von ihren Eltern geerbt haben. Und für die Hallgrim nach Charlottes Verschwinden das Verfügungsrecht übernommen hat. Damit besitzt Freya die Hälfte der Moschus-Immobilien.«

Hallgrim sah sie bestürzt an.

»Besitzt …? Übernommen …? Aber ich glaubte doch, Charlie sei tot!«

Mutter Borghilds Stimme hatte wieder an Fassung gewonnen. »Ja, aber offiziell wurde sie nie für tot erklärt, oder? Ohnehin bist du verpflichtet, mit ihr zu teilen. Ansonsten bekommst du es sowohl mit mir als auch mit der Justiz zu tun. Denn ich habe meine Hausaufgaben gemacht, Hallgrim. Ich habe Nachforschungen angestellt und mehrere Fälle gefunden, die belegen, dass du in all den Jahren bei Immobilienangelegenheiten unredlich und gesetzeswidrig gehandelt hast und Menschen in Schulden und finanzielle Unfreiheit gezwungen hast.«

Sie wandte sich an Tor.

»Deine Familie weiß alles darüber, nicht wahr, Tor?«

Tor nickte stumm.

»Du hältst dich selbst für einen großen Mann, Hallgrim. Verstehst dich als König des Dorfes und Beschützer der Familie. Allerdings hast du deinen Wohlstand auf Gemeinheiten und Drohungen aufgebaut. Hast dir mehr erschlichen, als gut ist. Ich habe durchaus begriffen, dass du neben dem alten Groll gegen mich nunmehr auch finanzielle Interessen daran hast, uns aus dem Hotelbetrieb zu drängen. Du willst, dass wir an deinen Kooperationspartner, XO Hotels, verkaufen! Das aber wird nicht passieren.«

»Bist du deshalb an dem Abend zu mir gekommen?«, fragte Hallgrim.

»Ich bin zu dir gekommen, um dich zu warnen und dich zu bitten, das Himmelfjell in Frieden zu lassen«, sagte Borghild. »Auch in deinem Interesse. Aber es war nicht nur das … Als Freya auftauchte, wusste ich, dass es hier zu großen Veränderungen kommen wird. Der Schneeball hatte sich in Bewegung gesetzt. Wir *mussten* miteinander reden. Du aber wolltest nicht zuhören. Und mich hat der Mut im Stich gelassen.«

»Warum hast du mir nicht schon längst etwas gesagt?«

»Ich habe Charlie versprochen, nichts davon zu erzählen, dass sie weggegangen ist. Und dieses Versprechen habe ich sechzig Jahre gehalten. Jetzt aber *musste* ich es sagen. Und *du* … bekommst eine Chance, Dinge wiedergutzumachen.«

Während es draußen weiter schneite, war drinnen die Stille regelrecht spürbar.

»Entschuldigung«, sagte Perle und platzierte Tassen und Teller auf dem Tablett. »Ich werde frischen Kaffee holen.«

Niemand hatte von dem bereits vorhandenen etwas angerührt.

Alfred legte ein paar Holzscheite auf das Kaminfeuer, das im Begriff war zu erlöschen. Dann richtete er sich auf und schaute sich im Raum um.

»Hallgrim hat gesagt, es sei am sichersten für die Arbeitsplätze, wenn die Familie Berg überzeugt würde, dass sie das Hotel verkaufen müsse. Als Teil der XO-Kette sollten wir die Arbeit behalten können und für uns alle würde sich die Lage verbessern.«

Perle und Maja kamen mit frischem Kaffee aus der Küche, geprägt von der Stille im Raum stellten sie die Tabletts jedoch wortlos ab. Dann starrten auch sie den Hausmeister an.

Tausende Gedanken jagten durch Ingrids Kopf.

»Hast du uns sabotiert?«, fragte sie. »Die Überschwemmung? Hast *du* den Abfluss verstopft? Und für einen Wasserschaden in Höhe von Zehntausenden von Kronen gesorgt?«

Alfred schüttelte so heftig den Kopf, dass die grauen Haarsträhnen im Schein des Kaminfeuers flatterten. Er schien wirklich schockiert.

»Nein! Ich wollte nichts kaputtmachen.« Alfred sah zu Hallgrim, der schweigend und verbissen auf seinem Platz saß, und nickte erneut. »Obwohl er gesagt hat, wir müssten zusammenhalten, wir aus Dalen. Und dass die Leute vom Himmelfjell den Hotelbetrieb kaputtmachen würden, wenn sie nicht verkauften. Und … dass er dafür sorgen würde, dass ich meine Stelle verliere, wenn ich nicht tue, was er sagt. Er hat sogar vorgeschlagen, dass ich für eine kleine Lebensmittelvergiftung sorgen soll. Aber das hätte ich Maja niemals angetan!«

Alle drehten sich um und richteten ihre Blicke auf die Köchin, deren Gesicht feuerrot anlief.

Alfreds Tonfall, als er ihren Namen sagte, war so ergeben gewesen – oder vielleicht sogar … liebevoll?

Dass mir das bisher nicht aufgegangen ist!, dachte Ingrid. *Er liebt sie!*

Plötzlich sah sie all die Morgenstunden, in denen der alternde Hausmeister mit einer Tasse Kaffee in der Küche saß, während die Köchin munter drauflosredete, in einem ganz anderen Licht. Alfred hatte sich vor vielen Jahren im Hotel beworben, kurz nachdem Maja Witwe geworden war. Er selbst war nie verheiratet gewesen. Ingrid war blind gewesen – auch hier fand sich Liebe, direkt vor ihrer Nase.

Sie vernahmen eine Art Poltern, und es brauchte eine Weile, bevor sie begriffen, dass Hallgrim angefangen hatte zu lachen. »Wir arbeiten sehr hart daran, die Leute zu überreden, nicht hierherzukommen«, sagte er. »Wir dachten, das würde euch dazu bringen, das Handtuch zu werfen. Aber das ist uns bisher noch nicht gelungen.«

Nach ein paar Schluchzern strömte das Gelächter so gewaltig aus ihm heraus, dass er sich mit dem Handrücken die Tränen abwischen musste. Auch Ingrid hätte beinahe angefangen zu lachen.

Die einstige Zusammenarbeit zwischen der jungen Borghild Berg und dem jungen Hallgrim Dalen war schwer nachvollziehbar, wenn man die beiden jetzt sah. Der Gedanke, dass Borghild, Hallgrim und ihre Freunde – die meisten von ihnen waren mittlerweile verstorben – dieselben Jungen und Mädchen waren, die damals vor sechzig Jahren hier im Himmelfjell zusammen gearbeitet und getanzt hatten. Sie waren so jung gewesen, viel jünger, als Ingrid selbst es jetzt war.

Doktor Wilkins hatte während der Konfrontation nichts gesagt, hatte nunmehr aber eine unterstützende Hand auf die seiner Frau gelegt. Ingrid wusste nicht, wie viel er von dem Gespräch verstanden hatte, das teilweise auf Norwegisch geführt worden war, weshalb sie ihm nun nach bestem Wissen und Gewissen erklärte, was sich soeben vor ihnen abgespielt hatte.

»Ich wusste es, als ich das Gemälde gesehen habe!«, sagte Freya. »Als ich das Bild in Borghilds Wohnung sah, begriff ich, wie alles zusammenhing. Ich hatte begonnen, ein paar Puzzleteilchen zusammenzufügen, und ja, ich schlief mitunter schlecht und war leicht manisch – John war besorgt um mich.«

Als sie das sagte, strich sie ihrem Ehemann über die Hand.

»Wir sind im Staatsarchiv gewesen und haben im Internet recherchiert, als wir jedoch hierherkamen, hatte ich das Gefühl, mich etwas zu nähern. Ich bin über die Flure gelaufen, habe nachgedacht, gesucht und wollte so viel wie möglich herausfinden. Gleichzeitig war ich nicht in der Lage zu essen. Es war so überwältigend, hier zu sein, in diesem Himmelfjell, nach dem Mutter sich gesehnt hatte. Und dann bin ich ohnmächtig geworden und vor dem Bild von ihr und Borghild wieder aufgewacht!«

»Ihre Mutter und Borghild?«

Ingrid unterbrach sich selbst mitten im Satz und betrachtete die Großmutter, die ihr gegenübersaß. Warum war das alles so zäh? Selbstverständlich waren *sie* es, die auf dem Gemälde abgebildet waren, das all die Jahre in Borghilds Wohnung gehangen hatte … die Mädchen in den Trachten. Dass sie das nicht gesehen hatte! Sie hatte nicht einmal die Großmutter wiedererkannt, hatte lediglich zwei zufällige Modelle in Tracht in der norwegischen Natur gesehen, mit langen Zöpfen, das eine dunkelhaarig, das andere blond. Dabei war an dem Ganzen überhaupt nichts zufällig. Die beiden Mädchen auf dem Bild waren Borghild und Charlotte, die Großmutter und ihre große Liebe. Charlotte, die im Alter von neunzehn Jahren verschwand, die Mutter Borghild nie wiedergesehen hatte und die sie womöglich niemals aufgehört hatte zu lieben.

»Vor aller Augen verborgen«, sagte Freya Wilkins.

Sie nahm ihre Geldbörse aus der Tasche und zog etwas heraus. Dann stand sie auf und ging zu Borghild und zeigte ihr eine alte Fotografie. Borghild stand ebenfalls auf, nahm das Bild und betrachtete es ausgiebig, bevor sie Freya in die Arme nahm. Lange blieben sie so stehen, die Arme umeinandergeschlungen. Ingrid war sich fast sicher, dass beide weinten.

*

Das wurde ein langer Nachmittag in der Bibliothek. Nach einer Weile ging Perle hinaus, um ein weiteres Mal frischen Kaffee und eine Fuhre Waffeln zu holen, was das absolut Richtige zu sein schien, um die Stimmung ein wenig aufzulockern. Das Gespräch setzte sich fort. Viele Fragen schwirrten durch den Raum.

»Was ist aus dem Bräutigam geworden?«, fragte Tor.

Wie sich herausstellte, hatte der sitzengelassene Jarand Smedplass ein Jahr nach der geplatzten Hochzeit Dalen verlassen. Vermutlich ist er irgendwann in den 1970er Jahren gestorben, meinte Hallgrim zu wissen, jedoch hatte keiner wieder etwas von ihm gehört. Gerüchten zufolge hatte er sich zu Tode gesoffen.

»Nachdem er vorm Altar stehengelassen worden war, hat er hier im Ort nie wieder richtig Fuß fassen können«, erklärte Hallgrim.

»Nein, das versteht sich«, sagte Tor und nahm sich eine Waffel.

»Auf Nimmerwiedersehen«, kommentierte Mutter Borghild scharf. »Jarand Smedplass war ein schlechter Mensch. Gemeindepfarrer Röhmer auch. Er starb bereits 1963.«

Ingrid zitterte regelrecht. Wenn sie es richtig verstanden hatte, war Röhmer der Pfarrer, der sich an Charlie vergangen hatte und der Charlie und Jarand, laut Plan, hatte trauen sollen! Das war wirklich vollkommen krank. Freyas biologischer Vater war also ein Vergewaltiger. Wie nahm sie all diese Informationen auf?

Als hätte sie Ingrids Gedanken gelesen, sagte Freya: »Ich hatte einen guten Vater. Peter Hansen hat mich wie sein eigenes Kind aufgezogen und mich sehr geliebt, für irgendeinen anderen Vater bestand nie ein Bedarf.«

Sie drückte die Hand ihres Mannes.

»John und ich hatten nie das Glück, zusammen Kinder zu bekommen. Aber John hat zwei erwachsene Töchter und drei wundervolle Enkelkinder, die uns viel Freude bereiten. Und jetzt haben wir zudem euch alle gefunden.«

*

Hallgrim studierte Freya genau.

»Dann habe ich also eine Nichte. Nein, wartet, bis die Jungs das erfahren – eine Cousine aus Amerika! Du bist ihr so ähnlich! Charlie so ähnlich.«

Ingrid war keineswegs sicher, ob die »Jungs« so begeistert davon sein würden, dass eine Cousine aufgetaucht war, mit der sie das Erbe teilen mussten. Einer Sache hingegen *war* sie sich sicher, und zwar, dass Hallgrim Dalen jetzt Tränen in den Augen hatte.

Und was die Ähnlichkeit betraf, hatte er vollkommen recht. Schon von dem Gemälde und der alten Fotografie konnte Ingrid sehen, dass Freya Wilkins ihrer Mutter wie aus dem Gesicht geschnitten war. Die blonden Haare, die runden Gesichtszüge, die großen, grauen Augen … Wie muss es für Mutter Borghild gewesen sein, Freya zu sehen, als diese vor zwei Wochen hier durch die Tür hereingestürmt war? Hatte sie sich deshalb zurückgezogen und Freya gemieden? Hatte sie den Zusammenhang umgehend durchschaut? Hatte sie dieser Besuch aus der Vergangenheit erfreut, erschreckt, überwältigt?

Hier würde es in Zukunft noch viel Gesprächsstoff geben … So viel Zeit, die sie und Borghild mit Geheimnissen voreinander vergeudet hatten. Damit sollte jetzt Schluss sein.

Plötzlich stand Vegard auf. Zu Ingrid gebeugt flüsterte er: »Könnt du und Tor anschließend zu uns nach oben kommen? Es gibt hier noch einiges zu regeln, wenn die Weihnachtsfeier wie geplant ausfallen soll.«

Dann zwinkerte er David und Pia zu und ging zur Tür.

Ingrid wurde neugierig. Als sie kurz darauf aufstand und Richtung Foyer ging, folgte ihr Tor.

»Was für ein Drama«, sagte er leise.

Sie fing seinen Blick auf und flüsterte: »Ja, jetzt haben wir mehr Geheimnisse erhalten, als wir uns hätten wünschen können!«

*

Torbjørn Seter kratzte sich am Kopf und ging zu seiner Frau hinein.

»Das war merkwürdig, Toril. Das war jemand vom Hotel«, sagte er.

»Vom Hotel?«

»Ein Mann namens Vegard Vang. Ja, er sagte das in einem so feinen Osloer Dialekt, weißt du. *Ich rufe vom Himmelfjell Hotel an. Im Auftrag von Hoteldirektorin Ingrid Berg.*«

»Im Auftrag von Ingrid? Aber was wollte er?«

»Dazu komme ich noch. Er sagte, er wisse, dass es kurzfristig sei, aber er fragte, ob wir morgen dorthin kommen wollen.«

»Morgen? Heiligabend?«

»Ja, es war gewiss so gemeint, dass wir Weihnachten dort oben feiern sollen, zusammen mit Tor und Ingrid und den Hotelgästen.«

»Aber um Himmels willen! Das geht doch nicht!«

»Aber warum nicht, Toril? Also genau genommen? Maja wird doch auch dort sein. Ich habe zugesagt.«

*

Dann war es Zeit für das Abendessen. Es brauchte mehr als ein Familiendrama, um Maja Seter aus der Bahn zu werfen. Anschließend begleitete Ingrid Tor zum Auto. Wieder einmal. Es schien zu einer Gewohnheit zu werden, ihm nach draußen zu folgen. Zukünftig sollte es auch zur Gewohnheit werden, ihn ordentlich zu begrüßen.

Das Schneegestöber hatte sich gelegt, und Tor war sicher, dass er fahren konnte, obwohl noch nicht geräumt war. Der alte Hallgrim Dalen war vor mehreren Stunden gefahren, mit einer neuen Nichte, von der er erzählen konnte, und einer mehr oder weniger begrabenen alten Feindschaft.

Ingrid legte eine Hand auf Tors Oberarm.

»Dieser Verrückte, Vegard, hat also deine Eltern eingeladen! Ihr könnt selbstverständlich ablehnen.«

Tor sah sie besorgt an.

»Wäre es dir lieber, wenn wir nicht kommen? Vater hat Roger bestimmt schon angerufen.«

Sie stoppte ihn.

»Nein! Ihr könnt zusagen! Ich meine, ihr seid herzlich willkommen! Ich meinte nur, dass … ihr hattet sicher eigene Pläne und seid es gewohnt, zu Hause zu sein, und …«

Er nahm ihre Hand.

»Pfeif drauf, Ingrid! Pfeif auf das, was wir gewohnt sind! Ich kann Weihnachten überall feiern, solange du da bist.«

Sie sah den Ernst in seinen Augen. Sie standen jetzt nah beieinander, so nah, dass sie seinen warmen Atem in ihrem Gesicht spürte. Mit Tor fühlte sich diese Nähe gut an. Ja … mehr als gut. Es fühlte sich … richtig an. Ihr Körper war weich und warm, als sei eine Sperre verschwunden. Sie lehnte sich nach vorn und küsste ihn.

*

Aus Borghild Bergs Tagebuch

Ich sitze hier und betrachte das Gemälde von ihr und mir.

Als Mutter und Vater so zufrieden waren mit dem Gemälde vom Styggfossen und dem Himmelnuten, dass sie beschlossen, beim Kunstmaler Antonsen ein weiteres Bild in Auftrag zu geben, hatten sie ursprünglich gedacht, dass ich alleine posieren solle. Ihr einziges Kind, die Erbin. Aber das wollte ich nicht. Ich wollte Charlie auf dem Bild dabeihaben. Und so wurde es. Ich war durchaus ziemlich stur und verwöhnt. Es ging oft nach meinem Willen.

Es war so spannend, Modell zu stehen! Allerdings durften wir zwischendurch nicht schauen. Erst als Mutter und Vater uns eines Nachmittags baten, ins Wohnzimmer zu kommen, durften wir das fertige Bild sehen. Dort standen wir in unseren Trachten. Wir sahen selbst, dass wir hübsch waren. Dass alles, was uns umgab, hübsch war. Dass wir zusammengehörten. Wir haben uns damals so erwachsen gefühlt. Jetzt sehe ich, wie jung wir waren.

Ich griff nach ihrer Hand. Ich werde dich für immer lieben, sagte ich leise, sodass Mutter und Vater es nicht hören konnten. Ich war so sicher darin. Wir würden eine Möglichkeit finden, zusammen zu sein.

Erst später habe ich verstanden, dass Charlie unsicherer war als ich. Deshalb war sie zum Pfarrer gegangen. Sie war so jung, sie war zwischen ihren Gefühlen und dem, was von ihr erwartet wurde, hin und her gerissen. Sie wusste durchaus, dass das, was wir taten, von den Leuten *nicht gutgeheißen würde. Seit der Konfirmationszeit hatte sie ein gutes Verhältnis zum Pfarrer. Vertraute ihm.*

Wenn man bedenkt, dass Hallgrim nicht wusste, dass der Pfarrer der Vater des Kindes war, das Charlie erwartete. Aber sie hatte ja nie erzählen wollen, was geschehen war, sie machte sich selbst Vorwürfe, dem Pfarrer vertraut zu haben. Er, zu dem sie gegangen war, um über das Schwierige im Leben zu sprechen – und der sich an ihr verging. Als der Wolf, der er war. Als das Lamm, das sie war. Er, der der Hirte sein sollte.

Auch Jarand wusste vermutlich nicht, wer der Kindsvater war. Hallgrim hatte ihm nur erzählt, dass Charlotte in eine »missliche Lage« geraten war und hatte ihm eine lukrative Abmachung vorgegaukelt, wenn er die Vaterschaft anerkennen und sie heiraten würde. Und sie war eine gute Partie, Charlie. Jung, hübsch und Teilerbin der Besitztümer der Familie Dalen. Jarand musste geglaubt haben, den Hauptgewinn gezogen zu haben.

Ich wusste, dass ich das verhindern musste. Und das ist mir gelungen – wenn auch auf eine Art und Weise, die mir selbst mindestens genauso wehgetan hat wie dem verschmähten Bräutigam. Zumindest habe ich verhindert, dass das eine Schwein, das ihre Jugend zerstört hatte, sie mit dem anderen Schwein traut, das jetzt den Rest ihres Lebens zerstören sollte.

Allerdings, und das ist kaum zu glauben, war es Röhmer, der nur wenige Monate später Christian und mich getraut hat. Ja, wir hatten keinen anderen Pfarrer zur Auswahl, und inmitten der Trauer um Charlie tat ich das, was getan werden musste; ich hörte auf die Vernunft und heiratete den treuen, gutmütigen Christian.

Ich hatte immer gewusst, dass ich diejenige, die ich liebte, niemals würde heiraten können. Und da konnte es ebenso gut ein guter Freund sein. Er war ein anständiger Mann, Christian. Unsere Hochzeit wurde zu einer diskreten Angelegenheit. Etwas anderes hätte im Lichte dessen, was soeben geschehen war, seltsam ausgesehen. Wir trauerten um Charlie, wir alle – jeder auf seine Weise. Röhmer ist nicht alt geworden, aber das ist eine andere Sache. Seither hatten wir bessere Pfarrer.

Hallgrim war dennoch enttäuscht – nein, entrüstet! –, als ich mich für Christian entschied; hatte er doch immer gehofft, dass aus uns beiden ein Paar würde. Ob er mich oder das Hotel dabei am meisten wollte, weiß ich nicht. Aber Hallgrim Dalen war es nicht gewohnt, dass ihm etwas verweigert wurde. Und es wurde nicht besser, nachdem er begriffen hatte, dass zwischen Charlie und mir etwas war. Das ließ seine Wut weiter anwachsen, und er glaubte, auch das – die Perversität! – habe dazu beigetragen, dass sie in den Wasserfall gegangen war. Wie er dann hatte denken können, dass er und ich heiraten, liegt außerhalb meines Vorstellungsvermögens. Es war, als wäre er nicht ganz in der Lage, die Realität anzunehmen.

Er war schlicht und einfach nicht in der Lage zu verstehen, dass zwei Frauen einander tatsächlich lieben konnten.

Dennoch hätte ich ihn wissen lassen sollen, dass sie nicht tot war.

Sechzig Jahre hat er das geglaubt.

»Ich habe dich nicht gehasst«, hat Hallgrim gesagt, als wir heute Abend in der Bibliothek saßen. »Ich habe dich geliebt.«

»Das weiß ich«, sagte ich zu ihm. »Und ich mochte dich auch sehr. Einst.«

»Ich glaubte wohl, dass du das getan hast«, sagte er da. »Aber nicht auf diese Weise. Denn du hast nicht mich geliebt – sondern meine Schwester.«

24. Dezember

Die Sonne glitzerte im Schnee. Pia Ps Post auf Instagram zeigte den Weihnachtsbaum im Speisesaal vor dem blauen Himmel, der durch die großen Fenster zu sehen war. Es folgten Aufnahmen vom schneebedeckten Gipfel des Himmelnuten, einem Kerzenhalter mit brennenden Lichtern und der kleinen Ausstellung im Foyer mit Fichtenzweigen und Weihnachtswichteln. Die Hashtags lauteten *#Weihnachtsglück*, *#FröhlicheWeihnacht* und *#WeihnachtenimHimmelfjellHotel.* Der Beitrag hatte bereits mehr als zweitausend Likes erhalten.

»Ich habe Mama und Papa angerufen und mit ihnen gesprochen«, teilte Pia Ingrid mit, als sie nach dem Frühstück eine Tasse Tee zusammen tranken.

»Heute?«

»Ja, heute früh. Ich habe ihnen alles erzählt.«

Gestern Abend in der Peer-Gynt-Suite hatten sie das Drama, das sich in der Bibliothek abgespielt hatte, stundenlang analysiert. Und dann hatte Vegard, der Spinner, erzählt, dass er Tors Eltern zur Weihnachtsfeier eingeladen hatte! Heute Abend! Das war doch vollkommen verrückt. Aber auch ein bisschen schön. Und so war es nicht verwunderlich, wenn all das Gerede über Familie auch in Pia etwas ausgelöst hatte.

»Ich habe darüber nachgedacht, seit wir letztens darüber gesprochen haben«, sagte Pia. »Dass ich versuchen sollte, sie einzubeziehen. Sie sind bekloppt, aber trotz allem sind es meine Eltern.«

»Wie haben sie reagiert?«, erkundigte sich Ingrid.

»Weißt du was? Sie haben sich so gefreut! Ich konnte hören, dass Mama am Telefon geweint hat, als ich erzählt habe, dass sie Großmutter wird. Zuerst dachte ich, sie würde verzweifelt sein und auflegen, aber sie sagte, sie sei noch nie so glücklich gewesen.«

Pia holte tief Luft.

»Meine Güte, ich werde schon wieder ganz emotional. Aber ich darf das Make-up jetzt nicht kaputtmachen, wo ich doch Weihnachtsfotos machen will.«

Vorsichtig wischte sie sich mit einer Serviette unter den Augen entlang.

»Das ist doch phantastisch, dass sie so reagiert haben!«, sagte Ingrid. »Gut, dass du Kontakt zu ihnen aufgenommen hast.«

»Ja«, bestätigte Pia. »Mama will mich nach dem Urlaub besuchen. Sie hat von Kinderwagen und allem Möglichen gesprochen, was sie kaufen will. Und auch wenn ich glaube, dass das ziemlich stressig wird, freue ich mich auch darauf.«

Sie nahm einen Schluck von ihrem Tee.

»Du weißt, dass ich diese Schwangerschaft anfangs mit ganz anderen Augen gesehen habe. Ich war sicher, die volle Kontrolle und alles vorbereitet zu haben. Aber es war so verdammt schwer. Ich habe mich so alleine gefühlt. Zeitweise dachte ich, das sei der größte Fehler meines Lebens. Und auf keinen Fall war ich in der Lage, in die Stadt zu gehen und die Babyausstattung zu kaufen.«

Sie lächelte. »Ganz im Gegenteil. Ich habe mich hier oben auf einem Berg versteckt. Daher ist ein bisschen Hilfe, wenn ich wieder in die Stadt komme, sicher ganz schön. Mit Kinderwagen und all dem.«

»Du wirst wohl einen Kinderwagen gesponsert bekommen, wenn du auf Instagram nur davon berichtest«, lächelte Ingrid. »Aber ich verstehe, was du meinst.«

*

»Wir haben heute über Skype mit Papa gesprochen!«, strahlte Hussein, der mit den Armen voller Geschenke, die er unter den Baum legen wollte, in den Speisesaal gekommen war. »Er sagt, er will nach Weihnachten nach Norwegen kommen!«

»Ja, wir hoffen, dass uns das gelingt«, fügte Aisha hinzu.

Leiser sagte sie an Ingrid gewandt: »Das ist alles so unsicher. Ich wage es nicht, dorthin zurückzukehren, und ich weiß nicht, ob wir hier eine dauerhafte Aufenthaltserlaubnis bekommen. Aber das will ich Hussein nicht sagen. Momentan geht es nur darum, dieses Fest zu genießen, und da soll er sich auf ein Wiedersehen mit seinem Vater freuen dürfen. Alles andere sehen wir später.«

Ingrid nahm Aishas Hand und drückte sie.

»Das ist ein guter Anfang«, sagte sie.

Dann gingen sie zum Mittagessen. Selbstverständlich wurde heute Reisbrei serviert.

Maja stellte große Schüsseln auf den Tisch, bestand aber darauf, den Anwesenden selbst aufzufüllen. Der Reisbrei, für den Maja stundenlang rührend am Topf gestanden hatte, dampfte noch.

»Ich habe heute eine sehr gute Nachricht erhalten«, verkündete Vegard, nachdem er den Reisbrei probiert hatte. »Das heißt, ich hoffe, ihr empfindet sie auch als positiv. Hanna, die Künstlerin, wisst ihr, und ihr Freund PX wollen nämlich am Neujahrsabend gern das Hotel besuchen. Sie waren zu einigen großen Sachen eingeladen, brauchen nach einer heftigen Saison aber Entspannung. Ein paar Tage hier oben machen bestimmt Appetit auf mehr, und vielleicht können wir hier im Sommer ein Hanna-and-The-Hearts-Konzert organisieren.«

»Hanna und PX?«, rief Perle begeistert. »Neujahr? Hier? Dann möchte ich Neujahr doch nicht frei haben!«

Ingrid lachte. »Du *wirst* frei haben!«, sagte sie. »Aber als Gast bist du herzlich willkommen.«

»Super«, sagte Pia. »Ich kenne Hanna gut, sie ist megacool. Ein richtiges Partygirl. Wie ich es auch mal war.«

Sie lachte und klopfte sich sanft auf den Bauch.

»Deine Partyzeit ist noch nicht vorbei«, warf Freya Wilkins ein. »Warte nur ab.«

Sie legte eine Hand über die ihres Ehemannes und lächelte. Dann wurde sie wieder ernst.

»Es gibt ein paar Dinge, die ich gern sagen möchte«, begann sie. »Ich habe hier im Himmelfjell mehr gefunden, als ich gesucht habe. Es wird mehr als einen Weihnachtsbesuch brauchen, um all das zu verdauen – und damit meine ich nicht nur das Essen.«

Sie räusperte sich. »Wie ihr wisst, sind das für mich überwältigende Tage gewesen«, fuhr Freya fort. »Ich muss zugeben, dass ich unsicher bin, wie ich mich gegenüber *Uncle Hallgrim* und meinen neuen Cousins dort unten verhalten soll. Es schmerzt, daran zu denken, was meine Mutter in Dalen erlebt hat, und sie selbst hat entschieden, den Kontakt zu ihrer Familie hier abzubrechen. Aber wir werden sehen, was sich entwickelt. Allen voran bin ich froh und dankbar, den Ort gefunden zu haben, aus dem meine Mutter stammt und den sie geliebt hat. Und *die Person*, die sie geliebt hat.«

Mit glänzenden Augen sah sie Borghild an. »Ich hoffe, oft hier ins Himmelfjell zurückzukehren. Mir kam bereits der Gedanke, meine *Daughters-of-Norway*-Loge zu einer Reise nach Norwegen mitzunehmen! Ja, vielleicht können sie auch noch mehr beitragen. Es sind einige wirklich gut situierte Damen darunter.«

Freya nahm einen Schluck aus dem mit rotem Saft gefüllten Glas.

»Aber da ist noch etwas. Ich verstehe, wenn das jetzt unerwartet kommt, aber es ist mir gelungen, diese junge Dame« – sie verwies mit einem Nicken auf Perle, die dabei war, Kaffee einzuschenken – »zu überreden, im nächsten Jahr in die USA zu kommen. Ich glaube, meine Kontakte können ihr dort ein paar gute Jobmöglichkeiten vermitteln.«

»In Kalifornien?«, fragte Ingrid.

»Ja! Eine junge Frau mit einem solchen Elan und einem solchen Talent wird dort drüben ihren Weg gehen.«

Ja, das kam in der Tat ein wenig unerwartet, dachte Ingrid. Und sie war nicht sicher, ob Amerika das Land war, in das zu ziehen sie in diesen turbulenten Zeiten jemandem empfehlen würde. Aber es passte. Perle war wie geschaffen für die große Welt. Sie musste raus und ihre Flügel ausbreiten. Sie mussten ihr das einfach gönnen.

»Was für eine großartige Möglichkeit! Glückwunsch, Perle! Aber du hörst doch wohl nicht sofort auf?«

»Nein, ich werde mein Studium erst beenden«, antwortete Perle. »Ich möchte gern bis zum Sommer hier arbeiten, wenn ich darf. Und dann werde ich meine Arbeit abgeben.«

»Die über Werkzeugkästen?«, fragte Alfred.

»Ja, genau, die über Werkzeugkästen«, lächelte Perle.

»Ich habe die Mandel bekommen!«, rief plötzlich Hussein.

»Nein, wirklich? Was für ein Glück!«, sagte Maja. Sie zwinkerte Ingrid zu und holte dabei eine Tüte unter ihrem Stuhl hervor.

»Dann bekommst du dieses Geschenk«, sagte sie und zog, eingepackt in Zellophan, eine große Marzipankatze aus der Tüte.

»Echtes, hausgemachtes Marzipan«, verkündete sie. »Inspiriert von Svartlaug.«

»Miau«, war von Svartlaug zu vernehmen, die es sich unter dem Tisch gemütlich gemacht hatte.

*

Nach dem Essen bediente sich Ingrid eines Vorwands, um sich für ein paar Stunden in ihre Wohnung zurückzuziehen. Sie nahm ihr Handy und starrte es lange an. Suchte schließlich Prebens Nummer raus.

Sie dachte an das Himalaya-Projekt, die neue Stiftung, die zu gründen sie im Begriff waren. Ja, sie würde in vielerlei Hinsicht ihr Versuch des Ablasses werden, aber auch so viel mehr als das. Es ging darum, die Bürde zu schultern. Der Herausforderungen von Klimawandel, Erosion, Armut und Umweltzerstörungen waren es so viele und große, dass es leicht war, sich machtlos zu fühlen, aber sie würden sich dieser Machtlosigkeit nicht ergeben. Sie dachte an Giovannis Worte: *Gott erlegt uns nicht mehr auf, als wir tragen können.* Was Gott betraf, war sie sich nun nicht ganz sicher, aber sie wollte tragen, wozu sie in der Lage war.

Und dann fiel ihr etwas ein, das Mutter Borghild immer zu sagen pflegte: *Geteilte Freude ist doppelte Freude. Geteiltes Leid ist halbes Leid.*

»Preben Wexelsen«, sagte die bekannte Stimme am anderen Ende der Leitung.

»Hei, Preben!« Sie spürte, wie ihre Stimme zitterte, aber sie hatte sich entschieden.

»Wie geht's? Ja, ganz gut. Hier auch. Bald bereit für die Weihnachtsfeierlichkeiten. Das hast du vor? Bist du gerade beschäftigt? Nein? Bist du allein? Ich hoffe, es ist in Ordnung, dass ich an Heiligabend anrufe. Aber ich muss dir etwas sagen. Etwas, das du zu wissen verdienst.«

*

Dalen war in Glockengeläut gehüllt. Vom Turm der alten, braun gebeizten Kreuzkirche verbreitete sich der tiefe Klang über schneebedeckte Felder und Wiesen, über Höfe und Wald. *Komm-komm, komm-komm, komm-komm!*

Und die Leute kamen. Vom großen Hof oben auf dem Berghang, vom neuen Baugebiet sowie aus den Nachbardörfern kamen sie. In ihrem feinsten Zwirn, gefahren und zu Fuß, und einige sogar mit dem Tretschlitten, zwischen den Birken hindurch, die mit ihren nackten Ästen die Allee säumten. Sie gingen durch das große Tor und über den Friedhof, wo Kerzen auf den Gräbern brannten. Die Menschen strömten durch die weit geöffneten Kirchentüren, denn jetzt war Heiligabend, und der Festtagsfriede sollte eingeläutet werden.

Ja, sogar vom Himmelfjell kamen sie. Die alte Borghild Berg und ihre Enkelin Ingrid wurden bemerkt, wie sie die Kirche betraten, zusammen mit der blonden Amerikanerin, die im Dorf unterwegs gewesen war und mit dem einen oder anderen gesprochen hatte, in Familiengeschichten und alten Überlieferungen gegraben hatte – alle drei trugen sie Trachten mit klirrenden Broschen. Begleitet wurden sie von einer gemischten Truppe aus Hotelgästen. Ein vornehmer Herr, das war der Amerikaner. Ein paar jüngere Männer im Anzug, die aussahen wie Stadtmenschen. Eine hübsche Frau in weißer Kleidung, hochhackigen Stiefeletten und mit honigblonden Locken, die die Aufmerksamkeit der Jüngsten der Kirchgemeinde auf sich zog.

Ist das nicht …? Doch, das ist sie! Und ist sie …? Es sieht so aus. Ja, ganz sicher. Oi! Aber das hat sie nirgends gepostet …?

Doch die eine Sache, über die anschließend gesprochen wurde, war, dass Borghild sich auf dem Weg zu ihrem Platz umgedreht und Hallgrim Dalen und dem Moschus-Clan zugenickt hatte, der bereits in der Kirche Platz genommen hatte. Eine Sensation!

Und da kam doch tatsächlich auch Familie Seter. Torbjørn, Toril und ihr Sohn Tor. Sie waren nur selten in der Kirche zu sehen. Heute Abend aber saßen sie mit den Leuten vom Himmelfjell zusammen.

In der Sakristei stand die frisch gebackene Gemeindepfarrerin Hanne Kristoffersen und ging in Gedanken die Predigt des Tages durch. Das war ihr erster Weihnachtsgottesdienst in der Kirche von Dalen, und zweifellos war sie nervös. Sie und ihre Ehefrau Mari wohnten erst seit wenigen Monaten hier.

Sie hörte, dass viele Leute in der Kirche waren. Jetzt läutete die Uhr dreimal. Zeit hineinzugehen.

*

»Es begab sich aber zu der Zeit«, las die junge Gemeindepfarrerin, »dass ein Gebot von dem Kaiser Augustus ausging, dass alle Welt geschätzt würde.« Als sie die Worte des Weihnachtsevangeliums in die Kirche dringen hörten, wurde es in der Gemeinde ganz still. »Und jedermann ging, dass er sich schätzen ließe, ein jeglicher in seine Stadt. Da machte sich auf auch Josef aus Galiläa, aus der Stadt Nazareth, in das judäische Land zur Stadt Davids, die da heißt Bethlehem, darum dass er von dem Hause und Geschlechte Davids war, auf dass er sich schätzen ließe mit Maria, seinem vertrauten Weibe; die war schwanger. Und als sie daselbst waren, kam die Zeit, dass sie gebären sollte. Und sie gebar ihren ersten Sohn und wickelte ihn in Windeln und legte ihn in eine Krippe; denn sie hatten sonst keinen Raum in der Herberge.«

Es erklang »Stille Nacht, heilige Nacht«, und dann war Weihnachten. Als sie die Kirche verließen, war der Himmel dunkel, und als sie hinauf auf den Berg kamen, sahen sie über dem Himmelnuten die Sterne funkeln. Der weiße Vollmond spiegelte sich im Schnee. Vor dem Hotel warfen die Fackeln ihr flackerndes Licht über den Eingangsbereich.

Es war gut, nach drinnen ins Warme zu kommen. Maja hatte für alle Glögg vorbereitet, und sie nahmen ihre Becher mit in den Speisesaal.

Die Lämpchen des Weihnachtsbaums leuchteten hell, und unter den schweren Zweigen lag ein großer Berg Geschenke. Aus den kleinen Lautsprechern auf den Ecktischen erklang Bachs Weihnachtsoratorium.

Alfred, Aisha, Hussein und Maja hatten alles vorbereitet, und selbst die Köchin sollte am Weihnachtsessen teilnehmen, sobald sie in der Küche alles Nötige erledigt hatte. Der herrliche Duft von Lammrippe zog in den Raum. Die Tische waren mit weißen Decken, Kristallgläsern, Porzellan, Fichtenzweigen und roten Kerzen ausgestattet.

Wie schön es ist, dachte Ingrid. *Was für ein Glück ich habe, das gemeinsam mit Menschen erleben zu dürfen, die mir nahestehen.* Ein schwarzer Schatten schlich an ihr vorbei. Svartlaug stolzierte durch den Speisesaal und lief anschließend in die Bibliothek. Ingrid hatte vor einigen Tagen begonnen so zu tun, als könnte sie das Tier nicht sehen. Nicht ordnungsgemäße Katzenhaltung war ein Problem, das sie nicht beabsichtigte, genau jetzt zu lösen. Und sie musste zugeben, wenn auch nur sich selbst gegenüber, dass es durchaus ein wenig gemütlich war, die Katze hier zu haben.

Sie sah sich um. Das war schon eine spannende Gesellschaft: Mutter Borghild, Freya und John Wilkins, Ingrids Freunde, Tors Familie. John Wilkins trug Anzug und Weste und sah aus wie ein vornehmer Gentleman – was er ja auch war, dachte Ingrid. Freya Wilkins sah in Charlottes Tracht glänzend aus. Wie sich herausgestellt hatte, hatte Borghild sie all die Jahre im Hotel aufbewahrt, seit sie 1961 für das Gemälde Modell gestanden hatten. Sie hätte zur Hochzeit 1962 zum Einsatz kommen sollen, aber so weit war es ja nie gekommen.

Pia, Vegard und David hatten sich auf einer Stuhlreihe bei den Fenstern niedergelassen. Vegard und David hatten sich mit Glögg versorgt, während Pia selbst die alkoholfreie Variante dankend abgelehnt hatte. Sie war mit Vegard und David zur Kirche gefahren; sie hatte darauf bestanden, dabei zu sein, obwohl sie vorgeschlagen hatten, sie könne im Hotel bleiben und sich ausruhen. Sie war so fröhlich und enthusiastisch gewesen, als sie heute Morgen vom Telefongespräch mit ihren Eltern berichtet hatte. Jetzt wirkte sie indessen erschöpft, dachte Ingrid, und sie war wirklich blass, trotz des fachkundig aufgetragenen Make-ups.

In einer kleinen Gruppe etwas abseits standen Tor und seine Eltern. Wie attraktiv Tor in dunkler Hose, weißem Hemd, Weste und Krawatte war. Es war ungewohnt, ihn so zu sehen. Sie hatte sogar einen schwachen Duft von Parfüm vernommen, als sie sich vor der Kirche getroffen und er sie in den Arm genommen hatte. Er hatte Torbjørn und Toril in seinem Auto von der Kirche mitgenommen. Die Eltern waren so beklommen gewesen, als sie durch die Hoteltür kamen, und hatten gemurmelt, sich nicht aufdrängen zu wollen, Ingrid hatte sie jedoch lachend und mit dem Blick auf Vegard gerichtet daran erinnert, dass sie eingeladen worden waren und wie froh sie alle waren, sie dabeizuhaben.

Aber es fühlte sich auch … seltsam an. So als wären sie plötzlich eine Familie.

Ingrid schlug an ihr Glas, um die Gäste willkommen zu heißen und sie zu Tisch zu bitten, allerdings kam sie nicht weiter als bis zu den einleitenden Phrasen, bevor Pia Pihlstrøm sich plötzlich von ihrem Stuhl erhob und sich mit einem unterdrückten Stöhnen an der Rückenlehne abstützte.

Die Aufmerksamkeit aller Anwesenden richtete sich umgehend auf sie.

»Entschuldigt mich für einen Augenblick«, sagte Pia mit ungewohnter Stimme. Schnell durchquerte sie den Raum. »Ich muss nur kurz hoch. Wartet nicht auf mich, nehmt einfach Platz.«

Sie wankte zur Tür und hinterließ dabei eine nasse Spur auf dem Boden.

Vegard sprang auf und war als Erster bei ihr.

»Aber … aber … das, das ist ja wie im Film! Wie heißt das? Ist die Fruchtblase geplatzt? Du bekommst das Kind, meine Liebe!«

Er drehte sich zu den anderen um: »Jemand muss einen Krankenwagen rufen!«

Es dauerte nicht lange, bis John Wilkins an ihrer Seite war. »Ich bin Arzt«, sagte er nur. »Ich kann ihr helfen. Zuerst müssen wir schauen, wie weit die Geburt vorangeschritten ist und wie schnell es aller Voraussicht nach gehen wird. Ruft trotzdem im Krankenhaus an. Ms. Berg und Mr. Vang, kommen Sie mit.«

Zusammen halfen Ingrid und Vegard der verwirrten Pia aus dem Speisesaal heraus.

»Wir brauchen ein sauberes Zimmer mit einem großen Bad«, informierte Doktor Wilkins, während er Anzugjacke und Weste auszog und beides seiner Frau reichte. Die silbernen Manschettenknöpfe ereilte das gleiche Schicksal. Dann krempelte er die Hemdsärmel hoch.

»Freya, kannst du mit meiner Arzttasche in Pias Zimmer kommen?«

»Soll ich sie irgendwo hinfahren?«, fragte Tor, als Doktor Wilkins den Kopf auf den Flur hinausstreckte.

»Nein, ich glaube nicht, dass sie es ins Krankenhaus schafft«, antwortete der Arzt. »Vielleicht anschließend, sofern die Hebamme der Meinung ist, sie solle ins Krankenhaus eingewiesen werden.«

»Der Krankenwagen ist unterwegs, und deine Mutter spricht mit der Hebamme«, ließ Ingrid Tor wissen.

Pias Zimmer wurde zum Kreißsaal umfunktioniert, und Toril Seter hatte ihre Hilfe angeboten. Sie war nicht nur eine erfahrene Bäuerin, sondern auch Mutter mehrerer Kinder und damit als Geburtshelferin besser qualifiziert als die meisten anderen der Anwesenden – mit Ausnahme des Arztes. Sie hatte ihr Outfit schnell von Festkleid in Jogginghose und Baumwollpullover geändert, die Ingrid in ihrem eigenen Kleiderschrank gefunden hatte. Die sonst so stille Frau schien in ihrem Element zu sein, jetzt, da sie gebraucht wurde, und stand in engem telefonischen Kontakt mit der Geburtsklinik in Lillehammer.

Ingrid und Aisha liefen in den Waschraum, um Handtücher und anderes zusammenzusuchen, was bei einer Geburt benötigt wurde.

»Ist alles in Ordnung mit dir?«, fragte Aisha. »Ich meine, es ist doch …«

Ihr Blick strahlte Mitgefühl aus.

»Ja, alles in Ordnung!«, entgegnete Ingrid. »Für einen Moment graute mir, selbst während der Geburt dabei sein zu müssen, und um ehrlich zu sein, bin ich froh, dass ich nicht gebraucht werde. Das würde mir dann doch ein Stück zu nahe gehen.«

»Das verstehe ich gut«, sagte Aisha. »Wir machen uns lieber in anderer Weise nützlich.«

Als sie wieder in die erste Etage hinaufkamen, verrieten die Schmerzensschreie aus Pias Zimmer, dass der Geburtsvorgang begonnen hatte. Das ging offensichtlich schneller, als jemand es hätte erwarten können. Davor liefen Vegard und David wie zwei ängstliche Väter auf dem Flur auf und ab. Als Doktor Wilkins die Tür öffnete, um die Textilien entgegenzunehmen, fragte er Ingrid, ob sie die beiden, *for God's sake,* nicht mit nach unten nehmen und ihnen einen Drink geben könne.

»Aber gerne doch!«, entgegnete Ingrid.

Jetzt versammelten sich alle, die nicht zu Geburtshelfern ernannt worden waren, unten in der Bibliothek. Sich an den Tisch zu setzen und das Abendessen zu genießen, schien undenkbar, stattdessen hielten sie sich mit Getränken bei Laune. Maja war natürlich aufgewühlt. Dass im Hotel eine Geburt stattfinden sollte, war eine Sache, aber dass davon auch die Essenspläne durcheinandergebracht wurden *(Noch einer! Nach all der Aufregung gestern!).* Doch sie hielt die Speisen warm und beteuerte, dass alles gut gehen würde. Freya Wilkins verhielt sich überraschend ruhig. Sie war es sicher gewohnt, beiseitezutreten, wenn ihr Ehemann seinen Arztberuf ausübte, dachte Ingrid.

Als der Krankenwagen vor dem Haus parkte, war John Wilkins bereits aus der ersten Etage nach unten gekommen. Er hatte sich gewaschen und ein sauberes, weißes Hemd angezogen und berichtet, dass Pia ein gesundes, hübsches kleines Mädchen zur Welt gebracht hatte.

*

Nie zuvor hatten sie wohl ein solches Weihnachten gefeiert. Die Lammrippe kam vier Stunden zu spät auf den Tisch, und die Gäste wechselten sich mit den Besuchen bei der frisch gebackenen Mutter ab, bis der Arzt Einhalt gebot und sagte, Pia müsse sich ausruhen. Die Hebamme hatte bestätigt, dass alles in Ordnung war und kein Bedarf für eine Einweisung ins Krankenhaus bestand. Sie wollte am nächsten Tag wiederkommen, und dann würden sie alles Weitere besprechen.

Jetzt schliefen Pia und ihre Tochter. Zuvor hatte sie noch ihre Eltern über FaceTime angerufen und ihnen ihr Enkelkind vorgestellt. Ingrid hatte ihr mit dem Handy geholfen und den Tränen freien Lauf gelassen, als sie Pia mit dem kleinen, hellroten Geschöpf betrachtete und im Hintergrund den überwältigenden Ausbruch der Eltern hörte. Sie wollten sich am nächsten Morgen ins Auto setzen und so schnell wie möglich ins Himmelfjell kommen.

»Ich kann mir kein besseres Weihnachtsgeschenk für Pia und die Kleine vorstellen, als dass die Eltern und Großeltern Teil ihres Lebens werden«, sagte sie zu Vegard. »Verschwörungstheorien hin oder her.«

»Und zum Glück gibt es in der Herberge ausreichend Platz für sie«, lächelte Vegard.

Tors Mutter trug wieder ihr Festkleid und nahm den ihr angebotenen Aquavit nach der Aufregung dankend an.

»Normalerweise trinke ich nicht viel«, teilte sie dem Ehepaar Wilkins mit. »Aber das sind besondere Umstände.«

»O nein, da haben Sie wirklich recht«, bestätigte Doktor Wilkins und gönnte sich selbst einen soliden Schluck Aquavit. »Das können wir wohl durchaus als ein außergewöhnliches Weihnachten bezeichnen.«

»Kein Essen schmeckt besser als das, was man selbst gegessen hat«, sagte Alfred satt und zufrieden und strich sich über den Bauch.

Kransekake und Kaffee kamen auf den Tisch, und Hussein –

dem Anlass entsprechend wie ein feiner kleiner Herr in Anzug und Krawatte gekleidet – nahm sich der Aufgabe an, alle Knallbonbons zerplatzen zu lassen und die Witze darin laut vorzulesen. Auf den Köpfen von Gästen und Angestellten wurden Kronen und Hüte platziert, wobei Aisha die schönste Krone bekam, eine rosafarbene.

Dann war es an der Zeit, die Geschenke zu verteilen – auch das war eine Aufgabe, der sich Hussein mit dem größten Ernst annahm. Er flitzte zwischen Weihnachtsbaum und Tisch hin und her, während er die Aufschriften auf den Paketanhängern laut vorlas.

Mutter Borghilds Geschenk an Ingrid war der Entwurf des ersten Kapitels von *Dem Himmel entgegen. Die unbekannte Geschichte des Himmelfjell Hotels*, das sie vorhatte, innerhalb der kommenden zwei Jahre in Zusammenarbeit mit Tor fertigzustellen.

»Aber da ist noch ein Geschenk von Tor«, sagte Hussein und reichte Ingrid ein viereckiges Päckchen. Oh! Sie hatte für Tor oder seine Eltern keine Geschenke gekauft …

Als sie es auspackte, war sie überwältigt. Es war ein eingerahmtes Foto von ihr selbst, auf dem Weg die Treppe zum Himmelfjell hinauf.

Das Hotel erhob sich mit Turmspitzen und Drachenköpfen vor dem blauen Himmel, und sie selbst sah aus wie ein natürlicher Teil des Ganzen. Tor musste es an einem der Tage aufgenommen haben, an denen sie ihn zum Auto begleitet hatte. Wann aber hatte er geschafft, es zu entwickeln und zu rahmen? Als sie ihn fragte, lächelte er nur verschmitzt. »Das ist ein Beweis dafür, dass du hierhergehörst«, sagte er.

Die Form des Geschenks an Hussein von seiner Mutter gab keinen Anlass zu Fehldeutungen: Ein Paar neue Langlaufski. Er strahlte vor Freude, als er das Papier abriss.

»Ich werde der Erste draußen sein, wenn sie neben dem Hotel die Loipen spuren«, sagte er.

»Ich werde dich begleiten«, sagte Ingrid.

Ingrid schenkte Hussein eine Smartwatch mit GPS. Das war vermutlich das erste und einzige Mal, dass sie von Preben Geschenktipps angenommen hatte.

Dann lief Hussein erneut los und holte ein kleines Päckchen, das er Ingrid entgegenstreckte, während er vor Eifer auf und ab hüpfte. »Für Ingrid, von Hussein.«

Es war ein Stein. Ein kompakter, schwerer Feldstein. Und eine winzig kleine Wichtelfigur mit blonden Locken, die aus der Mütze hervorschauten. Bekleidet war sie mit Bergsteigerausrüstung.

»Ich dachte, der Stein könne ein Berg in deiner Wichtellandschaft sein«, sagte Hussein. »Dort muss es doch auch einen echten Bergsteiger geben.«

»Du siehst fantastisch aus in Tracht«, ließ Ingrid Freya wissen. »Du siehst aus, als seist du dafür geboren, sie zu tragen. Und das kann man wohl durchaus so sagen.«

Freya griff ihre Hand. »Ich bin nach Norwegen gekommen, um meine Wurzeln zu finden«, sagte sie. »Aber nie hätte ich geglaubt, eine Familie und ein *Zuhause* wie dieses zu finden«, fuhr sie fort. »Denn das habe ich. Ich habe ein Zuhause gefunden.«

Ingrid erwiderte ihren Händedruck.

»Ich bin so froh, dass du es so siehst«, sagte sie. »Schließlich muss es ziemlich überwältigend gewesen sein, all das, was du während deines Aufenthalts hier erfahren hast.«

»Ja, das war es. Aber so wie ich es sehe, ist es allen voran ein großes Geschenk, das ich bekommen habe. Und bevor ich wieder nach Hause fahre, werde ich *Uncle Hallgrim* erneut einen Besuch abstatten«, erklärte Freya.

Uncle Hallgrim! Es würde Zeit brauchen, sich daran zu gewöhnen, dachte Ingrid, während sie den zornigen, argwöhnisch dreinblickenden Ochsen vor sich sah.

»Wenn ich das nächste Mal nach Norwegen komme, gibt es hier Tanz! Mit Mutter Borghild und ihm als Tanzlehrer.«

Ingrid musste lachen.

»Tanz? Glaubst du wirklich, du wirst es schaffen, sie dazu zu überreden?«

»Ich kann Menschen zu vielem überreden, das kann ich dir sagen!«, versicherte Freya.

»Das glaube ich gern!«, entgegnete Ingrid.

»Wusstest du, dass der Tanz der Grund dafür ist, warum der Bär hier ist?«, erkundigte sich Freya.

»Wie bitte? Welchen Zusammenhang sollte das haben?«, fragte Ingrid erstaunt.

»Sie haben gewettet!«, erzählte Freya. »Hallgrim glaubte, es würde niemand zu ihrem Tanzkurs kommen. Sollten sich mehr als zehn anmelden, sollte Borghild den ausgestopften Bären bekommen, den er im Sommer zuvor geschossen hatte. Dann kamen dreißig. Am Neujahrsabend hat er den Bären hierhergebracht.«

Ingrid lachte laut auf. »Ich frage mich, was der Wetteinsatz von Mutter Borghild war.«

»Nun, darauf wollte *Uncle Hallgrim* nicht eingehen«, sagte Freya.

Es hatte beinahe den Anschein, als würde Bjørnar sie aus seiner Ecke heraus anlächeln.

*

Als Sättigungsgefühl und Müdigkeit langsam ihren Tribut forderten, waren Ingrid und Tor auf die Treppe vor dem Haupteingang hinausgegangen. Sie mussten bald wieder rein, allerdings war es so gut, dort ein wenig zu stehen, in seinen Armen die Ruhe und die Aussicht zu genießen.

»Mir ist da etwas eingefallen. Könntest du vielleicht Hussein ein bisschen helfen?«, schlug Ingrid vor. »Du weißt, wie es ist, hier im Dorf ein Junge zu sein. Vielleicht könntest du mit ihm und Aisha sprechen und schauen, ob wir etwas tun können, um es leichter für ihn zu machen?«

Tor nickte.

»Das mache ich sehr gern«, sagte er. »Weil er ein guter Junge ist. Aber vor allem, weil du mich darum bittest.«

Sie nickte und erlaubte sich einen Augenblick, die Wärme zu spüren, die hinter seinen Worten steckte. Sie legte ihren Kopf auf seine Schulter und atmete tief ein. Dann hob sie ihr Gesicht, und Tor beugte sich zu ihr und küsste sie behutsam auf den Mund.

Am Himmel tauchte das Nordlicht die Berggipfel in einen grünen Schimmer.

»Nun ist also Weihnachten im Himmelfjell Hotel«, ertönte direkt hinter ihnen eine zarte Stimme.

Ingrid und Tor drehten sich gleichzeitig um und lachten.

»Ja, so ist es«, bestätigte Tor. »Fröhliche Weihnachten, Hussein!«

Der Sechsjährige lächelte sie an und gab dabei den Ausblick auf seine fehlenden Schneidezähne preis. Dann zog er etwas Braunes aus der Hosentasche. »Fröhliche Weihnachten! Mögt ihr Pfefferkuchen? Speedy tut es. Ich habe ihm welche vor sein Loch in der Küche gelegt. Aber sagt es nicht Frau Maja.«

Danksagung

Herzlichen Dank an Ida Cleve und das restliche Team meines norwegischen Verlags Cappelen Damm für all die redaktionelle Unterstützung und den schönen Bucheinband. Danke an Alf Roar Rasmussen und Anne Marte Hagen, die frühere Manuskriptentwürfe gelesen und kommentiert haben, sowie herzlichen Dank an Familie und Freunde für Geduld, Aufmunterung und die Zurverfügungstellung von Wochenendhäusern und Wohnungen, damit ich Ruhe zum Schreiben fand.

Danke an alle Leserinnen und Leser, die ihr das Buch ausgewählt habt – ich hoffe, ihr seid der Meinung, dass es das wert war.

REZEPTE